TERRY PRATCHETT

Total verhext

GOLDMANN
Lesen erleben

Buch

Im fernen Märchenland Gennua schmiedet Hexe Lily finstere Pläne: Das arme Stubenmädchen Ella soll unbedingt den reichen, schönen und mächtigen Herzog heiraten. Auf den ersten Blick gar keine so üble Sache. Noch ahnt Ella nicht, dass der Herzog in Wirklichkeit ein Frosch und Lily definitiv die böse Schwiegermutter ist, die durch sie an die Macht kommen will. Doch Rettung naht: Ein furioses Hexentrio aus dem Königreich Lancre tritt eine abenteuerliche Reise an, um die Märchenhochzeit um jeden Preis zu verhindern. Denn Lily hat nicht nur ein paar alteingesessene Märchen wild durcheinanderwirbelt, sondern richtet auch sonst allerlei Übel an – und das geht Esmeralda »Oma« Wetterwachs, Nanny Ogg und Magrat Knoblauch gehörig gegen den Strich …

Weitere Informationen zu Terry Pratchett sowie zu lieferbaren Titeln des Autors finden Sie am Ende des Buches.

Terry Pratchett

Total verhext

Ein Scheibenwelt-Roman

Aus dem Englischen neu übersetzt
von Regina Rawlinson

GOLDMANN

Die Originalausgabe erschien unter dem Titel »Witches Abroad«
bei Victor Gollancz Ltd., London.

Die vorliegende Ausgabe ist eine Neuübersetzung des erstmals 1994
im Wilhelm Goldmann Verlag auf Deutsch erschienenen Romans.

1. Auflage
Taschenbuchausgabe Mai 2016

Umschlaggestaltung: UNO Werbeagentur, München,
nach einem Entwurf von R·M·E, Roland Eschlbeck/Ruth Botzenhardt
Umschlagmotiv: Tom Steyer/dieKLEINERT.de
Redaktion: Kerstin Jeske
mb · Herstellung: Str.
Druck und Einband: GGP Media GmbH, Pößneck
Printed in Germany
ISBN: 978-3-442-48434-8
www.goldmann-verlag.de

All den Menschen gewidmet –
und warum auch nicht! –,
die den Autor nach dem Erscheinen von
MacBest mit ihren eigenen Strophen
für das *Igellied* überhäuft haben.
Du liebes Lottchen …

Dies ist die Scheibenwelt. Sie ruht auf den Rücken von vier Elefanten, die auf dem Panzer der Himmelsschildkröte Groß A'Tuin stehen und von ihr durchs Weltall getragen werden.

Es war einmal vor langer Zeit, da wurde ein solches Universum für ungewöhnlich gehalten – und möglicherweise gar für unmöglich.

Doch damals, vor so langer Zeit, war auch alles noch sehr viel einfacher.

Denn damals war das Universum voller Unwissenheit. Wie ein Goldsucher, der an einem Bergbach hockt, durchsiebte der Wissenschaftler es nach dem Gold des Wissens, welches er aus dem Kies der Unvernunft und dem Sand der Ungewissheit herauswusch und zwischen den barteligen, achtbeinigen Schwimmkrabblern des Aberglaubens hervorklaubte.

Hin und wieder richtete er sich auf und gab einen Satz von sich wie: »Hurra, ich habe das Dritte Boylesche Gesetz entdeckt.« Und alle wussten, woran sie waren. Aber leider gewann zunehmend das Unwissen an Reiz, vor allem das tiefe, faszinierende Unwissen, das die ganz großen und ganz wichtigen Dinge wie beispielsweise Materie und Schöpfung betraf; die Menschen hörten auf, sich im Chaos des Universums aus rationalen Stöcken geduldig kleine Hütten zu bauen, und fingen stattdessen an, sich für das Chaos selbst zu interessieren – zum Teil deshalb, weil es wesentlich leichter war, ein Chaosexperte zu sein, hauptsächlich allerdings, weil dabei wirklich tolle Muster herauskamen, die man auf ein T-Shirt drucken konnte.

Und statt nun schleunigst mit der richtigen Wissenschaft* wei-

* Wie zum Beispiel endlich diesen verdammten Schmetterling aufzuspüren, der mit seinem Flügelschlag die vielen Stürme auslöst, die uns in jüngster Zeit heimsuchen, und dafür zu sorgen, dass er mit dem Geflatter aufhört.

terzumachen, behaupteten die Wissenschaftler mit einem Mal, es sei unmöglich, überhaupt irgendwas zu wissen. So etwas wie eine Realität, die man erforschen könne, gebe es eigentlich gar nicht, was natürlich wahnsinnig spannend sei. Ganz abgesehen davon, dass es von kleinen Universen vielleicht nur so wimmelt, die man bloß nicht sehen kann, weil sie in sich gekrümmt sind. Und übrigens: Wie finden Sie mein T-Shirt? Schick, was?

Demgegenüber ist eine große Schildkröte mit einer Welt auf dem Rücken praktisch eine Banalität. Wenigstens tut sie nicht so, als existiere sie nicht, und auf der Scheibenwelt hat auch noch nie jemand versucht zu *beweisen*, dass sie nicht existiert, nur für den Fall, die Theorie könnte sich womöglich bewahrheiten und man müsste plötzlich feststellen, dass man im luftleeren Raum schwebt. Was daran liegt, dass die Scheibenwelt am äußersten Rand der Realität beheimatet ist. Die kleinsten Kleinigkeiten können auf die andere Seite hinüberwechseln. Deshalb nehmen die Menschen auf der Scheibenwelt die Dinge ernst.

Märchen zum Beispiel.

Weil Märchen wichtig sind.

Die Menschen denken, Märchen würden von Menschen geformt. Dabei verhält es sich in Wahrheit genau umgekehrt.

Märchen existieren unabhängig von denen, die in ihnen mitspielen. Wer das weiß, für den ist Wissen Macht.

Märchen – große, flatternde Bänder aus geformter Raumzeit – wehen seit Anbeginn der Zeit durchs Universum. Und sie haben sich weiterentwickelt. Die schwächsten sind untergegangen, die stärksten haben überlebt und sind durchs Weitererzählen dick und rund geworden… Märchen, die sich durch das Dunkel schlingen und winden.

Ihre bloße Existenz überzieht das Chaos der Menschheitsgeschichte mit einem schwachen, aber unauslöschlichen Muster. Märchen ätzen Rillen hinein, die tief genug sind, dass ein Mensch ihnen folgen kann, genau wie sich Wasser einen Weg den Berg hinunter sucht. Jeder neue Akteur, der den Pfad eines Märchens einschlägt, tritt die Rille tiefer aus.

Man nennt dies die Theorie der narrativen Kausalität, was bedeutet, dass jedes einmal begonnene Märchen eine *Gestalt annimmt*. Es verinnerlicht sämtliche Schwingungen aller anderen Versionen dieses Märchens, die es jemals gegeben hat.

Das ist der Grund, warum sich die Geschichte ständig wiederholt.

Demnach haben tausende Helden den Göttern das Feuer geraubt. Demnach haben tausende Wölfe eine Großmutter gefressen, wurden tausende Prinzessinnen wachgeküsst. Millionen ahnungsloser Mitspieler sind dem Verlauf des Märchens nichts ahnend gefolgt.

Mittlerweile ist es ein Ding der *Unmöglichkeit*, dass der dritte und jüngste Königssohn, der aufbricht, um eine Aufgabe zu erfüllen, an der seine älteren Brüder bereits gescheitert sind, *erfolglos* heimkehrt.

Den Märchen ist es egal, wer in ihnen mitspielt. Es kommt allein darauf an, dass sie erzählt werden. Man kann es auch anders ausdrücken: Das Märchen ist eine parasitäre Lebensform, die aus nacktem Eigennutz mit Menschenleben Schindluder treibt.*

Man muss schon ein ganz besonderer Mensch sein, um sich dagegen aufzulehnen und selbst zum Treibmittel der Geschichte zu werden.

Es war einmal, vor langer Zeit …

Graue Hände packten den Hammer, holten aus und ließen ihn mit solcher Wucht auf den Pfahl niederkrachen, dass er einen Fuß tief im weichen Untergrund versank.

---

* Und in Sachen moderner Großstadtlegenden gilt es, einen Irrtum auszuräumen. Logik und Vernunft sagen uns, dass es sich dabei um reine Erfindungen handelt, verbreitet von Leuten, die nur nach Beispielen für merkwürdige Zufälle oder ausgleichende Gerechtigkeit lechzen. Aber das stimmt nicht. Mythen und Legenden *passieren wirklich* – und zwar *ständig und überall*, weil sie unablässig durch das Universum springen. In jedem beliebigen Augenblick werden hunderte tote Großmütter auf Dachgepäckträgern gestohlener Autos weggefahren, bleiben treuen Schäferhunden die Finger mitternächtlicher Einbrecher im Hals stecken. Und sie sind auch nicht nur auf eine einzige Welt beschränkt. Auf dem Merkur richten hunderte weiblicher Jivpts ihre winzigen vier Äuglein auf ihren Retter und sagen: »Mein Brutgatte kriegt die Krise – das war *sein* Reisemodul.« Die moderne Großstadtlegende lebt.

Nach zwei weiteren kraftvollen Schlägen steckte er unverrückbar fest.

Aus den Bäumen rings um die Lichtung sahen die Schlangen und Vögel schweigend zu. Alligatoren glitten wie tückische Strömungen durch den Sumpf.

Graue Hände hoben das Querholz hoch und zurrten es so fest, dass die Ranken ächzten, mit denen sie es umwickelten.

Sie beobachtete ihn. Dann nahm sie eine Spiegelscherbe und band sie ganz oben an den Pfahl.

»Den Gehrock«, sagte sie.

Er zog ihn über das Querholz. Weil die Stange nicht lang genug war, hingen die Enden der Ärmel schlaff herunter.

»Und den Hut«, sagte sie.

Der Hut war hoch und rund und schwarz. Er glänzte.

Die Spiegelscherbe glitzerte in dem Dunkel zwischen Hut und Mantel.

»Wird es funktionieren?«, fragte er.

»Ja«, sagte sie. »Auch Spiegel haben Spiegelbilder. Wir müssen Spiegel mit Spiegeln bekämpfen.« Finster blickte sie durch die Bäume zu einem schlanken weißen Turm in der Ferne. »Wir müssen *ihr* Spiegelbild finden.«

»Dann muss es aber eine sehr große Reichweite haben.«

»Ja. Wir brauchen jede Hilfe, die wir kriegen können.«

Sie sah sich auf der Lichtung um.

Sie hatte den Ross Mann angerufen sowie Lady Bon Anna, Hotaloga Andrasch und den Großen Schritt. Wahrscheinlich waren es keine besonders guten Götter.

Aber es waren die besten, die sie hatte erschaffen können.

Dies ist ein Märchen über Märchen.

Oder darüber, was es wirklich bedeutet, eine gute Fee zu sein.

Aber vor allem ist es eine Geschichte über Spiegelbilder und Spiegel.

Überall im Multiversum gibt es rückständige Stämme*, die Spiegeln und Bildern misstrauen, weil sie glauben, dass sie dem Menschen einen Teil seiner Seele rauben. Und man könne einen Menschen nun einmal nicht in unendlich viele Stücke aufteilen. Menschen, die mehr Kleidung am Leib tragen als sie, tun das als bloßen Aberglauben ab, obwohl es eine Tatsache ist, dass jemand, der andauernd auf irgendwelchen Bildern zu sehen ist, nach und nach immer *blutleerer* wirkt. Was man dann mit Überarbeitung und – bezeichnenderweise – mit einer übermäßigen Ausschlachtung durch die Medien zu erklären versucht.

Bloßer Aberglaube. Doch ein Aberglaube muss nicht falsch sein.

Ein Spiegel kann sehr wohl einen Teil der Seele aufsaugen. Er kann das Bild des gesamten Universums enthalten, einen ganzen Himmel voller Sterne in einer versilberten Schicht, kaum dicker als ein Hauch.

Wer Spiegel versteht, versteht fast alles.

Sehen wir in den Spiegel…

…tiefer…

…bis zu einem orangeroten Licht auf einem kalten Berggipfel, tausende Meilen entfernt von dem dumpfig warmen Sumpf…

Die Einheimischen nannten ihn Bärenberg. Bären gab es dort allerdings keine, nur *Beeren* – ein Tatsache, die zu zahlreichen profitablen Missverständnissen führte. Im nächstgelegenen Dorf erschienen oft Fremde, ausgerüstet mit schweren Armbrüsten, Fallen und Netzen, und verlangten herrisch nach Führern, die sie zu den Bären bringen sollten. Da die Menschen in der Umgebung mit dem Verkauf von Bärenbroschüren, Bärenhöhlenlandkarten, reich geschnitzten Bärenkuckucksuhren, Bärenwanderstäben und Bärenkuchen nicht schlecht verdienten, kam natürlich niemand

* Das heißt, sie werden von solchen Menschen als rückständig eingestuft, die mehr Kleidung am Leib tragen als sie.

auf die Idee, den irreführenden Rechtschreibfehler zu korrigieren.*

Außer Beeren hatte der Berg so gut wie nichts zu bieten.

Auf dem Gipfel hielten nur einige wenige Kiefern die Stellung, alle anderen Bäume hatten auf halber Strecke aufgegeben. Dadurch wirkte der Berg wie ein Glatzkopf, der seine letzten kümmerlichen Strähnen verzweifelt über den ansonsten kahlen Schädel drapiert.

Er war ein Versammlungsort für Hexen.

An diesem Abend brannte auf dem Berg ein Feuer, in dessen flackerndem Schein sich dunkle Schatten bewegten. Der Mond zog gemächlich über ein Spitzendeckchen aus Wolken hinweg.

Schließlich sagte eine hochgewachsene Gestalt, die einen spitzen Hut trug: »Soll das etwa heißen, wir haben *alle* Kartoffelsalat mitgebracht?«

Eine Hexe aus den Spitzhornbergen war dem Sabbat ferngeblieben. Hexen machen sich genauso gern einen netten Abend wie alle anderen Menschen auch, aber diese Hexe hatte einen dringenden Termin, den sie nicht verschieben konnte.

Desiderata Hohlig schrieb ihr Testament.

Als Desiderata Hohlig noch ein kleines Mädchen gewesen war, hatte ihr die Großmutter vier wichtige Ratschläge mit auf den unerwartet kurvenreichen Lebensweg gegeben.

Sie lauteten:

Traue nie einem Hund mit orangen Augenbrauen.

Lass dir von deinen Verehrern immer den Namen und die Adresse geben.

---

* Rechtschreibfehler können tödlich sein. So wurde beispielsweise der habgierige Seraph von Al-Ybi einst von einer ungebildeten Gottheit mit dem Fluch belegt, dass sich alles, was er anfasse, in Glod verwandeln solle – was zufälligerweise der Name eines kleinen Zwerges war, der hunderte von Meilen entfernt in den Bergen wohnte. Prompt wurde dieser auf magische Weise in das Königreich verpflanzt und gnadenlos vervielfältigt. Gut zweitausend Glods später verflog der Fluch. Bis heute sind die Bewohner von Al-Ybi für ihre ungewöhnlich geringe Körpergröße und ihre schlechte Laune bekannt.

Gerate nie zwischen zwei Spiegel.

Und zieh jeden Tag saubere Unterwäsche an. Du kannst nie wissen, wann du womöglich von einem durchgegangenen Pferd totgetrampelt wirst. Wenn sich anschließend herumsprechen sollte, dass du einen unappetitlichen Schlüpfer getragen hast, würdest du vor Scham vergehen.

Desiderata war Hexe geworden. Ein Vorteil des Hexenberufs ist der, dass man ganz genau weiß, wann man sterben muss, weshalb man sich über seine Unterbekleidung nicht den Kopf zu zerbrechen braucht.*

Damals, vor achtzig Jahren, hatte sie es spannend gefunden, den genauen Zeitpunkt ihres Todes zu kennen, weil man natürlich als blutjunger Mensch insgeheim davon ausgeht, dass man ewig leben wird.

Doch das war damals gewesen.

Und jetzt war jetzt.

Und die Ewigkeit schien längst nicht mehr so lang wie früher.

Im Kamin zerfiel ein Holzscheit zu Asche. Desiderata hatte darauf verzichtet, Brennholz für den Winter zu bestellen. Wozu auch?

Und dann war da ja noch diese andere Sache …

Sie hatte das kostbare Stück gut eingewickelt und zu einem langen, schmalen Päckchen geschnürt. Jetzt faltete sie den dazugehörigen Brief zusammen, adressierte ihn und schob ihn unter den Bindfaden. Erledigt.

Sie blickte hoch. Desiderata war seit dreißig Jahren blind, doch das hatte sie noch nie sonderlich behindert. Sie war von jeher mit der Gabe des zweiten Gesichts gesegnet – falls »gesegnet« das richtige Wort dafür ist. Als ihre normalen Augen nicht mehr wollten, trainierte sie das zweite Gesicht vom Blick in die Zukunft einfach auf den Blick in die Gegenwart um, was auch noch wesentlich leichter geht. Und da der Augapfel des Okkulten nicht auf Licht angewiesen ist, sparte sie sich das Geld für Ker-

* Was einiges über Hexen aussagt.

zen. Es gibt eben immer einen Silberstreifen am Horizont; man braucht nur zu wissen, wo man danach Ausschau halten muss. Sozusagen.

Vor Desiderata hing ein Spiegel an der Wand.

Das Gesicht darin gehörte ihr nicht. Ihres war rund und rosig.

Das Gesicht im Spiegel gehörte einer Frau, die es gewohnt war, Befehle zu erteilen. Kommandieren lag ganz und gar nicht in Desideratas Natur. Eher das Gegenteil.

Die Frau sagte: »Du stirbst, Desiderata.«

»Stimmt.«

»Du bist alt geworden. Das ist bei deinesgleichen immer so. Deine Macht ist fast erschöpft.«

»Da hast du Recht, Lilith«, antwortete Desiderata sanft.

»Das heißt, du kannst sie nicht mehr schützen.«

»Leider«, sagte Desiderata.

»Also muss ich es nur noch mit der bösen Alten aus dem Sumpf aufnehmen. Und ich werde siegen.«

»Tja, so sieht es wohl aus.«

»Du hättest dir eine Nachfolgerin suchen sollen.«

»Dazu bin ich nicht gekommen. Planen war noch nie meine Stärke.«

Das Gesicht im Spiegel kam näher, als wäre die Frau auf der anderen Seite ein Stück an das Glas herangerückt.

»Du hast *verloren*, Desiderata Hohlig.«

»Da kann man nichts machen.« Mühsam stand Desiderata auf und griff nach einem Tuch.

Das Gesicht im Spiegel verfinsterte sich. Anscheinend war die Frau der Ansicht, dass ein Verlierer eine Trauermiene aufzusetzen hatte und nicht so aussehen durfte, als ob er sich auf fremde Kosten amüsierte.

»Verstehst du denn nicht, was verlieren bedeutet?«

»Mach dir darüber mal keine Sorgen«, sagte Desiderata. »Und tschüss.« Sie hängte das Tuch über den Spiegel.

Ein wütendes Luftschnappen noch, dann Stille.

Desiderata stand einen Augenblick in Gedanken verloren da.

Dann hob sie den Kopf und sagte: »Der Kessel hat gerade gekocht. Möchtest du ein Tässchen Tee?«

NEIN, DANKE, antwortete es direkt hinter ihr.

»Wie lange wartest du schon?«

EINE EWIGKEIT.

»Ich hab dich doch hoffentlich nicht aufgehalten?«

HEUTE NACHT IST NICHT VIEL BETRIEB.

»Ich wollte mir gerade einen Tee machen. Es müsste auch noch ein Plätzchen übrig sein.«

NEIN, DANKE.

»Falls es dich doch noch überkommt ... die Plätzchendose steht auf dem Kaminsims. Eine echte klatschianische Töpferarbeit. Von einem echten klatschianischen Töpfer. Aus Klatsch«, fügte sie noch hinzu.

TATSÄCHLICH?

»Als ich noch jünger war, bin ich viel in der Welt herumgekommen.«

JA?

»Das waren noch Zeiten.« Desiderata schürte das Feuer. »Ich war beruflich viel unterwegs. Du bist sicher auch viel auf Reisen.«

JA.

»Ich musste ständig in Bereitschaft sein. Aber wem sag ich das? Vor allem wurde ich in Küchen gebraucht. Keine Ahnung, warum. Manchmal war es auch ein Ballsaal, aber meistens eine Küche.« Sie goss das siedende Wasser in die Teekanne, die auf der Feuerstelle stand.

AHA.

»Ich habe ihnen Wünsche gewährt.«

Tod machte ein verwirrtes Gesicht.

ACH JA? SO WAS WIE EINBAUSCHRÄNKE? ODER EINE NEUE SPÜLE?

»Nein, nein. Nicht den Küchen, den Menschen.« Desiderata seufzte. »Als gute Fee trägt man eine große Verantwortung. Man muss ganz genau wissen, wie weit man gehen darf. Denn Menschen, deren Wünsche sich erfüllen, sind hinterher oft nicht mehr die Nettesten. Gibt man ihnen also das, was sie wollen, oder das, was sie *brauchen*?«

Tod nickte höflich. Aus seiner Sicht bekamen die Menschen genau das, was sie verdienten.

»Wie zum Beispiel bei dieser Geschichte in Gennua–«, begann Desiderata.

Tod nahm ruckartig den Kopf hoch.

GENNUA?

»Du kennst es? Aber ja, hätte ich mir denken können.«

ICH … KENNE NATÜRLICH ALLE ORTE.

Desideratas Miene verklärte sich. Ihr Blick richtete sich ganz nach innen.

»Wir waren zu zweit, Lady Lilith und ich. Bei einer Taufe treten gute Feen ja immer als Pärchen auf. Patin zu sein ist ein mächtiges Amt. Es ist, als würde man Teil der historischen Entwicklung. Das Mädchen wurde unehelich geboren, aber das war weiter kein Beinbruch. Die Eltern hätten jederzeit heiraten können, sie sind bloß nie dazu gekommen. Lilith wünschte dem Kind Schönheit, Macht und die Vermählung mit einem Prinzen. Ha! Und daran arbeitet sie bis heute. Was hätte ich machen sollen? Gegen solche Wünsche ist kein Kraut gewachsen. Lilith kennt die Macht der Märchen. Ich habe mein Möglichstes getan, aber Lilith hat großen Einfluss. Wie ich höre, herrscht sie mittlerweile über die Stadt. Sie verändert ein ganzes Land, nur damit ein Märchen gut ausgeht! Aber jetzt ist es sowieso zu spät. Jedenfalls für mich. Deshalb gebe ich die Verantwortung weiter. So ist es üblich. Aus freien Stücken wird niemand eine gute Fee. Außer Lilith natürlich. Was das angeht, hat sie einen richtigen kleinen Fimmel. Ich schicke jemand anderen hin. Hoffentlich habe ich nicht zu lange gewartet.«

Desiderata war eine Seele von Hexe. Feen entwickeln ein tiefes Verständnis für die menschliche Natur; darum werden die Guten gütig und die Bösen mächtig. Desiderata hätte sich nie einer derben Ausdrucksweise befleißigt, und wenn sie ein Wort wie »Fimmel« in den Mund nahm, durfte man getrost davon ausgehen, dass sie damit jemanden beschreiben wollte, der in ihren Augen die Grenzen des Wahnsinns weit hinter sich gelassen hatte.

Sie schenkte sich eine Tasse Tee ein.

»Das ist das Dumme am zweiten Gesicht«, sagte sie. »Man sieht zwar, was *passiert*, weiß aber nicht, was es *bedeutet*. Ich habe die Zukunft gesehen. Darin kommt eine Kutsche vor, die aus einem Kürbis gemacht ist. Und so etwas gibt es nicht. Die Kutscher sind Mäuse. Was nicht sehr wahrscheinlich ist. Eine Uhr schlägt Mitternacht, und dann war da noch etwas mit einem gläsernen Pantoffel. Das alles wird geschehen. Denn so funktionieren Märchen nun einmal. Aber dann fiel mir ein: Ich kenne die richtigen Leute, die so ein Märchen noch herumreißen können.«

Sie seufzte abermals. »Wenn ich doch nur selber nach Gennua reisen könnte«, sagte sie. »Die Wärme würde mir guttun. Und es ist auch nicht mehr lange hin bis zum Fetten Dienstag. Früher bin ich zum Fetten Dienstag immer nach Gennua geflogen.«

Eine erwartungsvolle Stille machte sich breit.

Dann sagte Tod: DU WILLST DOCH HOFFENTLICH NICHT, DASS ICH DIR EINEN WUNSCH GEWÄHRE?

»Ha! Niemand gewährt einer guten Fee einen Wunsch.« Desiderata hatte wieder den nach innen gekehrten Blick, und sie redete mit sich selbst. »Verstehst du? Ich muss die drei nach Gennua bringen. Sie müssen dahin, weil ich sie da schon gesehen habe. Und es müssen alle drei sein. Was bei diesen Charakteren nicht gerade einfach ist. Das geht nur mit Kopfologie. Ich muss dafür sorgen, dass sie sich selber hinschicken. Wenn man Esme Wetterwachs sagt, dass sie irgendwohin soll, geht sie schon aus reiner Sturheit nicht. Also braucht man ihr bloß zu sagen, dass sie bleiben soll, wo sie ist, dann hält sie nichts mehr, auch wenn sie über Glasscherben laufen müsste. Das ist das Problem mit der Familie Wetterwachs. Durch die Bank schlechte Verlierer.«

Der Gedanke schien sie zu amüsieren.

»Aber *eine* Wetterwachs wird das Verlieren jetzt lernen müssen.«

Tod schwieg. Von seiner Warte aus, überlegte Desiderata, war Verlieren etwas, das früher oder später jeder lernte.

Sie trank ihren Tee aus. Dann erhob sie sich, setzte feierlich ihren spitzen Hut auf und hinkte zur Hintertür hinaus.

In einiger Entfernung vom Haus war unter den Bäumen eine Grube ausgehoben worden, in die ein fürsorglicher Mensch eine kurze Leiter gestellt hatte. Desiderata stieg hinunter und wuchtete die Leiter hinauf ins trockene Laub. Dann legte sie sich hin. Und kam wieder hoch.

»Herr Kieselschiefer, der Troll aus der Sägemühle, hat sehr günstige Särge im Angebot, wenn man nichts gegen Kiefernholz einzuwenden hat.«

DAS MUSS ICH MIR UNBEDINGT MERKEN.

»Ich hab mir das Loch vom Wilderer Hurker graben lassen«, sagte sie im Plauderton. »Er kommt auf dem Heimweg vorbei und schüttet es wieder zu. Ordnung muss sein. Von mir aus kann's losgehen.«

WIE BITTE? ACH SO. EINE REDEWENDUNG.

Er hob die Sense.

Desiderata Hohlig ging zur ewigen Ruhe ein.

»So«, sagte sie. »Das war ja ein Klacks. Und wie geht's jetzt weiter?«

Und dies ist Gennua. Das Märchenreich. Die diamantene Stadt. Das Land des Glücks.

In der Mitte der Stadt stand eine Frau zwischen zwei Spiegeln und betrachtete ihr Abbild, das sich bis ins Unendliche fortsetzte.

Die beiden Spiegel standen inmitten eines zum Himmel hin offenen Achtecks aus Spiegeln auf dem höchsten Turm des Schlosses. Der Spiegelbilder waren so viele, dass man nur mit größter Mühe unterscheiden konnte, wo sie aufhörten und der eigentliche Mensch anfing.

Die Frau hieß Lady Lilith de Tempscire, auch wenn sie in ihrem langen und ereignisreichen Leben schon auf viele Namen gehört hatte. Je früher man sich darin übte, desto besser. Wer in dieser Welt vorankommen wollte – und das wollte sie, und zwar so weit wie möglich, das hatte sie von vornherein beschlossen –, durfte sich nicht unnötig mit Namen belasten und musste die Macht ergreifen, wo auch immer sie sich einem bot. Sie hatte drei Ehemänner unter die Erde gebracht, von denen mindestens zwei bereits tot gewesen waren.

Und man hielt sich nie zu lange an ein und demselben Ort auf. Weil die meisten Menschen sesshaft waren. Ein anderes Land, ein anderer Name, und mit dem richtigen Auftreten lag einem die Welt zu Füßen. Schon hundert Meilen hatten beispielsweise gereicht, um aus ihr eine Lady zu machen.

Inzwischen würde sie über Leichen gehen …

Die beiden größten Spiegel standen einander fast, aber nicht ganz genau gegenüber. Lilith konnte über ihre Schulter blicken und sehen, wie ihre Abbilder einmal um das gekrümmte Spiegeluniversum herumliefen.

Es war ein Gefühl, als verströmte sie sich – durch die Reflexionen unendlich vervielfacht – in sich selbst.

Als Lilith mit einem Seufzen zwischen den Spiegeln hervortrat, geschah etwas Verblüffendes. Ihre Spiegelbilder hingen noch einen Augenblick hinter ihr in der Luft, wie dreidimensionale Schatten. Dann lösten sie sich auf.

Hm … Desiderata war also dem Tode nah, dieses alte Weib, das sich immer und überall einmischen musste. Sie hatte den Tod verdient. Die Macht, die sie besaß, hatte sie nie richtig verstanden. Sie gehörte zu den Leuten, die Angst hatten, Gutes zu tun, weil sie befürchteten, damit womöglich Böses anzurichten. Bevor sie auch nur einer einzigen Ameise einen Wunsch gewährten, setzten sie sich mit ihrer moralischen Selbstquälerei selbst schachmatt.

Lilith blickte auf die Stadt hinunter. Nun war der Weg für sie frei. Das dumme Voodoo-Weib aus dem Sumpf war nur noch eine lästige Lappalie.

Nichts stand mehr zwischen Lilith und ihrem sehnlichsten Herzenswunsch.

Einem glücklichen Ende.

In den Sabbat auf dem Gipfel des Bärenbergs war ein wenig Ruhe eingekehrt.

Maler und Schriftsteller haben sich seit jeher ziemlich übertriebene Vorstellungen von den Vorgängen bei einem Hexensabbat gemacht. Das kommt daher, dass sie viel zu oft hinter zugezogenen Vorhängen in ihrem Kämmerlein hocken, statt mal an die frische Luft zu gehen.

Da wäre zum Beispiel die irrwitzige Idee, dass Hexen nackt auf einem Berg herumtanzen. Dabei kennt das durchschnittliche gemäßigte Klima kaum eine Nacht, in der irgendwer zu mitternächtlicher Stunde unbekleidet ein Tänzchen wagen würde. Von Problemen mit Steinen, Disteln und aus dem Nichts auftauchenden Igeln einmal ganz zu schweigen.

Oder das Gerede von ziegenköpfigen Gottheiten. Die meisten Hexen glauben nicht an Götter. Natürlich wissen sie, dass es die Götter gibt. Hin und wieder haben sie sogar mit ihnen zu tun. Aber sie glauben nicht an sie. Dafür kennen sie sie zu gut. Da könnten sie ja gleich an den Briefträger glauben.

Oder die Sache mit dem Essen und Trinken – Körperteile von Reptilien und so weiter. Davon halten Hexen gar nichts. Das Schlimmste, was man den Essgewohnheiten der älteren Hexen nachsagen kann, ist ihre Vorliebe, Ingwerplätzchen in den Tee zu tunken, der so viel Zucker enthält, dass man ihn nicht mehr umrühren kann, oder ihren Tee aus der Untertasse zu trinken, wenn er ihnen zu heiß ist. Untermalt von anerkennendem Geschlürfe, wie man es sonst eher bei billigen Sanitärinstallationen antrifft. Da wären Krötenbeine und ähnliche Delikatessen unter Umständen sogar vorzuziehen.

Was hingegen die sagenumwitterten Salben angeht, bewegen sich die Maler und Schriftsteller zufälligerweise auf recht sicherem Boden. Da die meisten Hexen nicht mehr die Jüngsten sind, haben sie eine gewisse Schwäche für Salben, und mindestens zwei der an diesem Abend Anwesenden hatten Oma Wetterwachs' berühmte Gänseschmalz-und-Salbei-Brustsalbe aufgetragen. Dadurch konnten sie zwar weder fliegen noch hatten sie Visionen, aber wenigstens waren sie vor Erkältungen gefeit, wenn auch nur wegen des strengen Geruchs, den die Salbe nach etwa zwei Wochen verströmte und der ihnen ihre Zeitgenossen so weit vom Leibe hielt, dass sie sich gar nicht erst anstecken konnten.

Und dann wären da noch die Sabbate als solche. Die durchschnittliche Hexe ist von Natur aus kein geselliges Wesen, vor allem nicht, wenn es um die Gesellschaft anderer Hexen geht. Es kommt zu Kollisionen zwischen dominanten Persönlichkeiten. Sie sind eine Gruppe von Rädelsführerinnen ohne Rädel, eine Zunft mit einem ungeschriebenen Grundgesetz, welches da lautet: »Tu nicht, was du willst, sondern tu, was ich dir sage.« Die natürliche Größe eines Hexenzirkels ist eins. Hexen kommen nur zusammen, wenn es gar nicht anders geht.

Wie an diesem Abend.

Wegen Desideratas Abwesenheit kam das Gespräch wie von selbst auf das Thema Nachwuchsmangel.*

»Was denn, gar keine?«, fragte Oma Wetterwachs.

»Nicht eine einzige«, antwortete Mütterchen Brevis.

»Das ist ja furchtbar«, sagte Oma. »Eine Schande.«

»Hä?«, machte Muhme Dismass.

»Eine Schande!«, brüllte Mütterchen Brevis.

»Hä?«

»Keine Kandidatin! Um Desideratas Nachfolge anzutreten!«

»Ach so.«

Nach und nach wurde allen die Tragweite dieser Aussage bewusst.

»Falls eine von euch ihre Kruste nicht will, nehm ich sie«, sagte Nanny Ogg.

»So was hat es zu meiner Zeit nicht gegeben«, sagte Oma. »Allein auf dieser Seite des Berges lebte ein Dutzend Hexen. Aber damals dachten ja auch noch nicht alle nur an ihr Privatvergnügen.« Sie rümpfte die Nase. »Darum wird heutzutage viel zu viel

* Desiderata hatte eine Entschuldigung an Muhme Dismass geschickt, sie könne nicht kommen, da sie tot sei. Das zweite Gesicht macht es möglich, seine gesellschaftlichen Verpflichtungen sehr genau zu planen.

Wind gemacht. Als ich noch ein junges Ding war, gab es das nicht. Für so was hatten wir überhaupt keine Zeit.«

»*Tempus fuckit*«, sagte Nanny Ogg.

»Wie bitte?«

»*Tempus fuckit*. Das heißt, gestern war gestern und heute ist heute«, erläuterte Nanny.

»Das braucht mir keiner zu sagen, Gytha Ogg. Ich weiß, wann heute ist.«

»Man muss mit der Zeit gehen.«

»Wieso sollten wir? Ich sehe überhaupt nicht ein, warum wir–«

»Dann müssen wir wohl mal wieder die Reviergrenzen verschieben«, schlug Mütterchen Brevis vor.

»Geht nicht«, sagte Oma Wetterwachs wie aus der Pistole geschossen. »Ich hab schon jetzt vier Dörfer zu betreuen. Mein Besen läuft ständig heiß.«

»Ja, aber seit Mutter Hohlig von uns gegangen ist, sind wir wirklich unterbesetzt«, sagte Mütterchen Brevis. »Sicher, sie hat nicht viel gemacht, weil sie ja auch noch ihre andere Arbeit hatte, aber sie war da. Und darum geht es schließlich. Dass jemand da ist. Es muss immer eine Hexe vor Ort sein.«

Die vier Hexen starrten trübsinnig ins Feuer. Zumindest drei von ihnen. Nanny Ogg, die das Leben stets von der heiteren Seite betrachtete, röstete Brot.

»Unten in Weidenquelle haben sie sich einen Zauberer geholt«, sagte Mütterchen Brevis. »Weil sie für Oma Hoplis keine Nachfolgerin finden konnten, haben sie einen Zauberer aus Ankh-Morpork angeheuert. Einen echten Zauberer. Mit Stab. Er hat einen Laden mit allem Drum und Dran und einem Messingschild an der Tür, auf dem ›Zauberer‹ steht.«

Die Hexen seufzten.

»Frau Seng ist von uns gegangen«, sagte Mütterchen Brevis. »Und Mütterchen Piewig ebenfalls.«

»Tatsächlich? Die alte Amabel Piewig?«, sagte Nanny Ogg inmitten eines Krümelgestöbers. »Wie alt war sie denn?«

»Hundertneunzehn«, antwortete Mütterchen Brevis. »Ich sag

noch zu ihr: ›Bergsteigen ist nichts für Leute in deinem Alter‹, aber sie wollte nicht auf mich hören.«

»Manche Menschen sind so«, knurrte Oma. »Störrisch wie die Maulesel. Sobald man versucht, ihnen etwas auszureden, kennen sie kein Rasten und Ruhen, bis sie es ausprobiert haben.«

»Ich habe sogar ihre letzten Worte gehört«, sagte Mütterchen Brevis.

»Ach ja? Und was hat sie gesagt?«, fragte Oma.

»›Verdammter Mist‹, wenn ich mich recht entsinne.«

»Genau so einen Abgang hätte sie sich gewünscht«, sagte Nanny Ogg. Die anderen Hexen nickten.

»Gut möglich, dass wir noch das Ende der Hexerei in dieser Gegend erleben«, sagte Mütterchen Brevis.

Sie starrten wieder ins Feuer.

»Hat jemand zufälligerweise ein paar Marshmallows dabei?«, fragte Nanny Ogg hoffnungsvoll.

Nachdenklich betrachtete Oma Wetterwachs ihre Hexenschwestern. Mütterchen Brevis konnte sie nicht ausstehen – die Alte arbeitete auf der anderen Seite des Berges als Schullehrerin und hatte die unschöne Angewohnheit, sich nicht aus der Ruhe bringen zu lassen, wenn man sie reizte. Muhme Dismass war höchstwahrscheinlich die nutzloseste Sibylle in der gesamten Geschichte des Orakelns. Und Nanny Ogg wollte sie diese zusätzliche Last auch nicht aufbürden. Sie war schließlich ihre beste Freundin.

»Wie wäre es mit Jung Magrat?«, fragte Muhme Dismass arglos. »Ihr Revier liegt doch direkt nebenan. Kann sie nicht ein paar zusätzliche Aufgaben übernehmen?«

Oma Wetterwachs und Nanny Ogg wechselten einen Blick.

»Sie ist nicht mehr ganz richtig im Kopf«, sagte Oma.

»Also wirklich, Esme«, protestierte Nanny Ogg.

»Dann findest du es wohl normal, dass sie dauernd mit sich selber Versteck spielt, ja?«

»Wieso das denn?«

»Na, weil sie ständig auf der Suche nach sich ist.«

»Sie will sich doch nicht *suchen*«, erklärte Nanny. »Sie will sich *finden.*«

»Eben«, sagte Oma Wetterwachs. »Dabei hab ich's ihr noch lang und breit auseinanderklamüsert: Dümmchen Knoblauch war deine Mutter. Araminta Knoblauch war deine Oma. Yolande Knoblauch ist deine Tante. Und Magrat Knoblauch … bist *du.*«

Sie machte ein zufriedenes Gesicht, als hätte sie damit sämtliche Fragen zum Thema Identitätskrise erschöpfend beantwortet.

»Aber sie wollte nicht hören«, fügte sie hinzu.

Mütterchen Brevis runzelte die Stirn.

»Magrat?«, sagte sie. Wenn sie an die jüngste Hexe in den Spitzhornbergen dachte, hatte sie nur ein verschwommenes Bild vor Augen – eine weinerliche Miene verzweifelter Gutmütigkeit, eine Figur wie ein Maibaum und eine Frisur wie ein Heuhaufen nach einem Orkan. Gnadenlos im Tun guter Taten. Ein ewiges Sensibelchen. Ein Mensch, der aus dem Nest gefallene Jungvögel rettete und bittere Tränen vergoss, wenn sie starben, also genau dem Schicksal anheimfielen, das die gütige Mutter Natur für aus dem Nest gefallene Jungvögel vorgesehen hat.

»Das klingt mir aber nicht sehr nach unserer Magrat«, fuhr sie fort.

»Außerdem will sie selbstbewusster werden«, sagte Oma.

»Was hast du denn dagegen?«, fragte Nanny. »Selbstbewusstsein ist schließlich das A und O der Hexerei.«

»Hab ich etwa das Gegenteil behauptet?«, sagte Oma. »Daran ist nichts auszusetzen. Und das hab ich ihr auch gesagt: Solange du tust, was man dir sagt, kannst du so selbstbewusst sein, wie du willst.«

»Schön damit einreiben, dann ist es in ein, zwei Wochen wieder weg«, sagte Muhme Dismass.

Die anderen drei Hexen warteten gespannt, ob noch etwas nachkäme. Doch es kam nichts.

»Und sie gibt jetzt – wie heißt das noch mal, was sie gibt, Gytha?«, fragte Oma.

»Selbstverteidigungskurse«, antwortete Nanny.

»Aber sie ist doch eine Hexe«, bemerkte Mütterchen Brevis.

»Das hab ich ihr auch gesagt«, entgegnete Oma Wetterwachs, die sich zeit ihres Lebens nie davor gefürchtet hatte, des Nachts durch den Bergwald zu gehen, obwohl es da von Räubern nur so wimmelte, weil sie getrost davon ausgehen durfte, dass ihr dort nichts begegnen würde, was furchterregender war als sie selbst. »Das wäre ihr schnuppe, hat sie geantwortet. *Schnuppe*!«

»Bei ihren Kursen macht sowieso keiner mit«, sagte Nanny Ogg.

»Ich dachte immer, sie heiratet mal den König«, meinte Mütterchen Brevis.

»Das dachten alle«, sagte Nanny. »Aber ihr kennt ja Magrat. Springt auf jeden fahrenden Zug auf. Momentan hat sie sich darauf versteift, dass sie kein Lustobjekt mehr sein will.«

Den letzten Satz mussten sich die Hexen erst einmal gründlich durch den Kopf gehen lassen. Schließlich sagte Mütterchen Brevis, aus faszinierenden Gedankenuntiefen auftauchend: »Aber sie *war* doch noch nie ein Lustobjekt.«

»Ich für mein Teil bin heilfroh, dass ich nicht mal weiß, was ein Lustobjekt überhaupt ist«, sagte Oma Wetterwachs bestimmt.

»Ich weiß es«, sagte Nanny Ogg.

Die anderen musterten sie skeptisch.

»Unser Joschi hat mal eins von seinen Reisen mitgebracht.«

Die Musterung hielt an.

»Es war braun und dick, mit Perlen dran, und es hatte ein Gesicht und zwei Löcher für die Schnur.«

Doch auch damit konnte sie gegen ihre zweifelnden Blicke nichts ausrichten.

»Wenigstens hat er behauptet, dass es eins wäre«, fügte Nanny hinzu.

»Ich glaube, du meinst ein Fruchtbarkeitssymbol«, sprang Mütterchen Brevis ihr bei.

Oma schüttelte den Kopf. »So etwas sieht Magrat gar nicht ähnlich.«

»Das taugt doch keinen Pfifferling«, verkündete Muhme Dismass von dem Punkt auf der Zeitachse, an dem sie sich gerade befand.

Welcher das genau war, wusste niemand zu sagen.

So konnte es jedem ergehen, der das zweite Gesicht besaß. Das war Berufsrisiko. Der menschliche Verstand ist eigentlich nicht dafür ausgelegt, auf der großen Autobahn der Zeit hin und her zu rasen, weshalb es vorkommen kann, dass er sich aus seiner Verankerung losreißt, zufällige Abstecher in Zukunft und Vergangenheit unternimmt und nur noch gelegentlich in der Gegenwart vorbeischaut. Muhme Dismass litt unter zeitweiliger Fokusverschiebung. Was sich darin äußerte, dass sie eine Bemerkung, die man im August fallen ließ, wahrscheinlich erst im März hörte. Am besten sagte man gleich, was man zu sagen hatte, und hoffte darauf, dass ihr Verstand es aufschnappen würde, wenn er das nächste Mal wieder des Weges kam.

Oma fuchtelte mit den Händen ein paarmal vor Muhme Dismass' blicklosen Augen herum.

»Sie ist wieder weggetreten«, stellte sie fest.

»Wie wär's mit Millie Hüpfgut aus Schnitte, wenn Magrat nicht in Frage kommt?«, fragte Mütterchen Brevis. »Sie ist ein fleißiges Ding. Auch wenn sie noch schlimmer schielt als Magrat.«

»Das macht nichts. Ein eindrucksvoller Silberblick hat noch keiner Hexe geschadet«, sagte Oma Wetterwachs.

»Aber man muss ihn richtig beherrschen«, wandte Nanny Ogg ein. »Die alte Gertie Simmons hat sich ihre Verwünschungen immer an die eigene Nasenspitze gehext. Unmöglich! Was sollen denn die Leute denken? Da tritt jemand einer Hexe auf den Schlips, sie murmelt irgendwelche Flüche vor sich hin, und dann fällt ihr selber die Nase ab.«

»Und Desiderata kann sich ihre Nachfolgerin nicht doch schon selbst ausgesucht haben?«, fragte Mütterchen Brevis.

»Ausgeschlossen«, sagte Oma Wetterwachs. »So wird das hierzulande nicht gehandhabt.«

»Sicher, aber Desiderata war doch fast nie hier. Sie hatte dauernd beruflich im Ausland zu tun.«

»Bleib mir ja mit diesem Ausland vom Leib«, knurrte Oma Wetterwachs.

»Du warst doch selber schon mal in Ankh-Morpork«, sagte Nanny nachsichtig. »Das ist auch Ausland.«

»Ach was. Das ist bloß weit weg, aber deshalb noch lange nicht dasselbe wie Ausland. Ausland ist da, wo sie in heidnischen Sprachen plappern und fremdländisches Zeugs essen und *Objekte* anbeten«, sagte Oma Wetterwachs, Diplomatin des guten Willens. »Es kann sogar ganz in der Nähe sein, wenn man nicht aufpasst. Pah«, setzte sie vernichtend hinzu. »Desiderata hätte uns doch aus dem Ausland jeden Krempel angeschleppt.«

»Mir hat sie mal einen hübschen blau-weißen Teller mitgebracht«, sagte Nanny Ogg.

»Da fällt mir was ein«, sagte Mütterchen Brevis. »Irgendeiner müsste mal bei ihr zu Hause nach dem Rechten sehen. Sie hatte ein paar ziemlich gute Sachen. Nicht auszudenken, wenn sich die ein Einbrecher unter den Nagel reißen würde.«

»Ich glaube kaum, dass ein Dieb ausgerechnet in das Haus einer Hexe einsteig-«, Oma brach ab. »Du hast Recht«, fuhr sie nachdenklich fort. »Gute Idee. Ich kümmere mich sofort darum.«

»Brauchst du nicht«, sagte Nanny Ogg, der inzwischen ebenfalls ein Licht aufgegangen war. »Ich komme auf dem Heimweg sowieso daran vorbei. Kein Problem.«

»Aber du willst sicher nicht so spät zu Hause sein«, sagte Oma. »Ich erledige das schon. Die Mühe musst du dir wirklich nicht machen.«

»Das wäre doch keine Mühe«, sagte Nanny.

»In deinem Alter musst du dich schonen«, sagte Oma.

Sie maßen einander mit Blicken.

»Ich verstehe gar nicht, was ihr habt«, sagte Mütterchen Brevis. »Geht einfach zusammen hin, statt zu streiten.«

»Morgen früh habe ich ziemlich viel zu tun«, sagte Oma. »Würde es dir nach dem Mittagessen passen?«

»Abgemacht«, sagte Nanny Ogg. »Wir treffen uns in Desideratas Haus. Gleich nach dem Mittagessen.«

»Wir hatten auch mal eins, aber das Teil, das man anschraubt, ist abgefallen, und dann war es futsch«, sagte Muhme Dismass.

Nachdem der Wilderer Hurker die letzten Brocken Erde in die Grube geschaufelt hatte, überkam ihn das Bedürfnis, ein paar abschließende Worte zu sagen.

»Tja, das war's dann wohl.«

Sie war auf jeden Fall eine von den besseren Hexen, dachte er, während er im düsteren Morgengrau zu ihrem Häuschen zurückstapfte. Die anderen dagegen – wunderbare Frauen, keine Frage, wie er im Stillen hastig hinzufügte, besser als jedes andere weibliche Wesen, dem man lieber nicht im Mondschein begegnete – waren zum Teil einfach ein bisschen zu viel des Guten. Frau Hohlig war eine famose Zuhörerin gewesen.

Auf dem Küchentisch fand er ein längliches Päckchen, einen kleinen Haufen Münzen und einen Brief.

Hurker riss den Umschlag auf, obwohl er nicht an ihn adressiert war.

Er enthielt einen kleineren Umschlag und einen Zettel.

Auf dem Zettel stand: Ich kann dich sehen, Albert Hurker. Liefer das Päckchen und den Brief ab, und falls du es wagen solltest, deine ungewaschene Nase in eins von beiden reinzustecken, stößt dir was gar Schröckliches zu. Als gute Fee, die ich ja nun mal bin, darf ich natürlich niemanden verwünschen, aber ich darf dir prophezeien, dass es sich dabei vermutlich um den Biss eines wütenden Wolfs handeln wird, und zwar ins Bein. Und wenn es dann so richtig schön grün und eiterig geworden ist, fällt es ab. Frag mich lieber nicht, woher ich das weiß, aber das geht ja sowieso nicht, weil ich tot bin. Alles Gute, Desiderata.

Mit fest zusammengekniffenen Augen nahm Hurker das Päckchen vom Tisch.

Da sich in dem gewaltigen magischen Feld der Scheibenwelt das Licht nur langsam fortpflanzt, kommt auch die Zeit nicht schneller voran. Oder wie Nanny Ogg sagen würde: Wenn es drüben in Gennua Abendessen gibt, ist bei uns Dienstag…

In Gennua brach gerade der Tag an. Lilith saß in ihrem Turm und sandte ihr Spiegelbild suchend in die Welt hinaus.

Sie konnte aus jedem Wellenglitzern, jedem Eisfunkeln, aus jedem Spiegel und jeder Spiegelung herausspähen. Dafür brauchte sie keinen Zauberspiegel. Ein ganz gewöhnlicher tat es auch, vorausgesetzt, man kannte den Trick. Und Lilith, in der die Kraft von Millionen Spiegelbildern knisterte, kannte ihn ganz genau.

Wenn nur dieser leise Zweifel nicht gewesen wäre, der an ihr nagte. Möglicherweise hatte Desiderata das kostbare Stück weitergegeben. Menschen von ihrem Schlag waren so: gewissenhaft. Dann wäre es vermutlich bei dieser heulsusigen Junghexe gelandet, die manchmal bei ihr zu Besuch war – über und über mit Schmuck behängt und geschmacklos gekleidet. Die wäre genau der richtige Typ dafür.

Aber Lilith konnte keinen Zweifel gebrauchen. Sie wäre nie bis dahin gekommen, wo sie heute stand, wenn sie nicht immer auf Nummer sicher gegangen wäre.

Überall in Lancre schien Liliths Gesicht sekundenlang in Pfützen und Fensterscheiben auf, um im nächsten Augenblick flackernd weiterzuhuschen…

Nun wurde es auch in Lancre Tag. Herbstnebel wallten durch die Wälder.

Oma Wetterwachs öffnete die Tür. Sie war nicht abgeschlossen. Der einzige Besucher, den Desiderata erwartet hatte, ließ sich von Schlössern nicht beeindrucken.

»Sie hat sich im Garten begraben lassen«, sagte eine Stimme hinter ihr. Sie gehörte Nanny Ogg.

Im ersten Augenblick wusste Oma Wetterwachs nicht, wie sie reagieren sollte. Wenn sie Nanny darauf ansprach, dass diese absichtlich zu früh gekommen war, um das Häuschen ungestört allein durchsuchen zu können, hätte das mit Sicherheit eine Gegenfrage hinsichtlich ihres eigenen vorzeitigen Erscheinens nach sich gezogen. Letzten Endes wäre sie um eine plausible Antwort natürlich nicht verlegen gewesen, aber im Großen und Ganzen erschien es ihr ratsamer, die Sache einfach auf sich beruhen zu lassen.

»Ah ja.« Sie nickte. »Bei unserer Desiderata musste eben immer alles seine Ordnung haben.«

»Das lag an ihrem Beruf.« Nanny Ogg schob sich an ihr vorbei und ließ den Blick prüfend durchs Zimmer wandern. »In so einem Beruf darf man die Dinge nicht schleifen lassen. Meine Herren! Ist das aber ein Monstrum von einer Katze.«

Oma Wetterwachs betrachtete den ausgestopften Kopf über dem Kamin. »Das ist ein Löwe.«

»Auf jeden Fall muss das Viech mit ordentlich Karacho gegen die Wand geknallt sein«, sagte Nanny Ogg.

»Er wurde getötet.« Oma Wetterwachs schaute sich unauffällig im Zimmer um.

»Das glaub ich gern«, sagte Nanny. »Wenn ich dabei gewesen wäre, wie sich so ein Ungetüm durch die Wand frisst, hätte ich es auch mit dem Schürhaken erschlagen.«

So etwas wie ein typisches Hexenhäuschen gab es natürlich nicht, aber wenn es so etwas gab wie ein *untypisches* Hexenhäuschen, dann dieses. Neben glasäugig glotzenden Tierköpfen hingen bunte Aquarelle, Bücherregale zogen sich an den Wänden entlang. Im Schirmständer steckte ein Speer. Statt des üblichen Nippes aus Steingut standen fremdländisch anmutende Gefäße aus Messing und blauem Porzellan auf dem Vertiko. Nirgends war auch nur ein einziger getrockneter Kräuterstängel zu sehen, dafür gab es viele, viele Bücher, die meisten davon mit Desideratas kleiner, ordentlicher Handschrift vollgeschrieben. Ein Tisch war über und über mit Papieren bedeckt, wobei es sich wohl um Landkarten handelte, allesamt akkurat gezeichnet.

Oma Wetterwachs mochte keine Landkarten. Ihr Instinkt sagte ihr, dass sie der Landschaft nicht Genüge taten.

»Sie ist wirklich weit rumgekommen«, sagte Nanny Ogg. Sie nahm einen Elfenbeinfächer von der Wand und äugte kokett darüber hinweg.*

»Tja, wer kann, der kann.« Oma Wetterwachs zog die eine oder andere Schublade auf. Sie fuhr mit dem Zeigefinger über den Kaminsims und nahm das Ergebnis kritisch unter die Lupe.

»Trotzdem hätte sie zwischendurch ruhig mal ein Staubtuch in die Hand nehmen können«, murmelte sie. »Ich wäre lieber tot, als mein Haus so verkommen zu lassen.«

»Ich würde zu gern wissen, wo das … kostbare Stück hingekommen ist.« Nanny öffnete die Tür der Standuhr und spähte hinein.

»Schäm dich, Gytha Ogg«, sagte Oma. »Als ob wir *deswegen* hier wären.«

»Nein, natürlich nicht. War bloß so ein Gedanke.« Nanny Ogg drückte sich auf die Zehenspitzen hoch, um verstohlen einen Blick auf das Vertiko werfen zu können.

»Gytha! Reiß dich am Riemen! Geh und koch uns ein Tässchen Tee!«

»Na gut.«

Nanny Ogg verschwand grummelnd in der Spülküche. Sekunden später war das Quietschen des Pumpenschwengels zu hören.

Oma Wetterwachs huschte flink zu einem Sessel und tastete prüfend unter dem Polster herum.

Als von nebenan ein Klappern herüberdrang, richtete sie sich rasch wieder auf.

»Dass sie es unter dem Ausguss versteckt hat, glaube ich kaum«, rief sie hinüber.

Nanny Oggs Antwort war nicht zu verstehen.

Oma lauschte noch einen Augenblick, dann pirschte sie sich auf leisen Sohlen an die große Feuerstelle heran. Sie steckte die Hand in den Kamin und tastete die Wände ab.

* Nanny Ogg wusste nicht, dass das Wort kokett mit Kokotte verwandt ist, aber es hätte sie im Zweifelsfall auch nicht weiter gestört.

»Hast du was verloren, Esme?«, fragte Nanny Ogg, die unhörbar hinter ihr aufgetaucht war.

»Unglaublich, wie verrußt dieser Schornstein ist«, schimpfte Oma und zog hastig ihre Hand zurück.

»Sag bloß, da oben ist es auch nicht?«, flötete Nanny Ogg.

»Ich weiß überhaupt nicht, wovon du redest.«

»Mir brauchst du nichts vorzumachen. Das weiß doch jeder, dass sie so ein Ding besessen haben muss«, sagte Nanny Ogg. »In dem Beruf gehört es dazu. Ohne geht's nicht.«

»Schon möglich, dass ich einen Blick darauf werfen wollte«, gab Oma zu. »Und ich würde es auch gern mal in der Hand halten. Aber *nicht* benutzen. Im Leben nicht. Ich hab das Ding nur ein-, zweimal gesehen. Heutzutage gibt's kaum noch welche.«

Nanny Ogg nickte. »Man bekommt das richtige Holz nicht mehr.«

»Meinst du, sie hat es mit ins Grab genommen?«

»Höchst unwahrscheinlich. Mich würdest du mit so einem Ding jedenfalls nicht unter die Erde kriegen. Die bringen ja auch eine ziemliche Verantwortung mit sich. Außerdem glaube ich kaum, dass es lange begraben bleiben würde. So was will benutzt werden. Es würde die ganze Zeit im Sarg rumklappern. Unberechenbar, diese Teile.«

Nanny beruhigte sich ein wenig. »Ich kümmere mich um den Tee«, sagte sie. »Du machst schon mal Feuer im Kamin.«

Damit verschwand sie wieder in der Spülküche.

Als Oma Wetterwachs auf dem Kaminsims nach Streichhölzern suchte, fiel ihr ein, dass sie bestimmt keine finden würde. Desiderata hatte immer gesagt, sie sei viel zu sehr mit anderen Dingen beschäftigt, um im Haushalt auf Magie zu verzichten. Sogar ihre Wäsche wusch sich von selbst.

Oma Wetterwachs, die nichts davon hielt, Magie für Haushaltszwecke einzusetzen, war verärgert. Aber sie brauchte dringend eine Tasse Tee.

Sie warf ein paar Scheite in den Kamin und starrte sie so lange an, bis sie vor lauter Verlegenheit in Flammen aufgingen.

Dann fiel ihr Blick auf den zugedeckten Spiegel.

»Ein verhängter Spiegel«, murmelte sie. »Wer hätte gedacht, dass unsere Desiderata Angst vor Gewittern hatte.«

Sie zog das Tuch herunter.

Und riss die Augen auf.

Es gab kaum jemanden auf der Welt, der sich besser beherrschen konnte als Oma Wetterwachs. Ihre Selbstbeherrschung war so eisern wie eine Eisenstange. Und auch ungefähr genauso biegsam.

Sie zerschmetterte den Spiegel.

Im Spiegelturm fuhr Lilith von ihrem Stuhl hoch.

Sie?

Das Gesicht war anders, natürlich. Älter. Es war ja auch schon eine halbe Ewigkeit her. Aber Augen verändern sich nicht, und Hexen sehen einem anderen immer in die Augen.

Sie!

Magrat Knoblauch, ihres Zeichens Hexe, stand ebenfalls vor einem Spiegel. Dieser war durch und durch unmagisch. Außerdem war er noch heil, auch wenn es für ihn ein-, zweimal ziemlich knapp geworden war.

Sie runzelte die Stirn und vertiefte sich wieder in die kleine Broschüre mit den schlecht gedruckten Abbildungen, die am Vortag eingetroffen war.

Nachdem sie halblaut ein paar Worte gemurmelt hatte, straffte sie die Schultern, streckte die Hände aus, boxte mit voller Wucht ein Loch in die Luft und sagte: »HAAAAIIIIiiiiiii. Hm.«

Magrat wäre die Erste gewesen, die zugegeben hätte, dass sie für alles Neue offen war. Ihr Geist war so offen wie ein Feld, so offen wie der Himmel. Kein Geist hätte offener sein können, jedenfalls nicht ohne chirurgische Spezialinstrumente. Kein Geist empfänglicher – für was auch immer.

Momentan war er erfüllt von der Suche nach innerem Frieden, Harmonie und dem wahren Wesen des Seins.

Wenn jemand sagt: »Mir kam da eine Idee«, ist das nicht nur eine Metapher. Ungeschliffene Inspirationen, winzige, selbstständige Gedankensplitter wirbeln wie ein feiner Teilchenregen unablässig durch den Kosmos. Sie werden von Köpfen wie Magrats genauso unaufhaltsam angezogen wie Wasser von einem Loch in der Wüste.

Wahrscheinlich lag das alles nur daran, dass ihre Mutter mit der Rechtschreibung allzu nachlässig gewesen war, so ihre Vermutung. Eine liebevolle Mutter hätte Margaret richtig buchstabiert. Dann wäre aus ihr eine Peggy oder Maggie geworden – solide, robuste Namen, die Verlässlichkeit ausstrahlten. Aber was sollte man mit Magrat anfangen? Das klang doch nach einem räudigen Tier, das in einer Uferböschung am Fluss hauste, in permanenter Gefahr, aus seinem Bau herausgeschwemmt zu werden.

Sie hatte schon überlegt, sich einen anderen Namen zuzulegen, aber im geheimsten Winkel ihres Herzens wusste sie, dass es nichts nützen würde. Selbst wenn sie nach außen hin eine Chloe oder Isobel würde, wäre sie innen drin noch immer eine Magrat. Trotzdem hätte sie es zu gern einmal ausprobiert. Es wäre schön, keine Magrat zu sein, und sei es auch nur für ein paar Stunden.

Gedanken wie diese veranlassen einen Menschen dazu, sich auf die Suche nach sich selbst zu machen. Eine der ersten Erkenntnisse, die Magrat gesammelt hatte, war die, dass jemand, der sich finden wollte, gut beraten war, Oma Wetterwachs nichts davon zu erzählen. Die glaubte nämlich, Emanzipation sei eine Frauenkrankheit, über die man in Gegenwart von Männern nicht redete.

Nanny Ogg hatte zwar mehr Verständnis, leider aber auch die Angewohnheit, irgendwelche Zweideutigkeiten vom Stapel zu lassen – obwohl es sich bei ihr eher um Eindeutigkeiten handelte, auf die sie auch noch stolz war.

Kurz gesagt, Magrat hatte die Hoffnung aufgegeben, irgendetwas Nützliches von den älteren Hexen zu lernen, und ihre Netze eben weiter ausgeworfen. Sehr viel weiter. Ungefähr so weit, wie der Tag lang ist.

Alle Weisheitssuchenden haben eine merkwürdige Gemeinsamkeit: Ganz gleich, wo sie auch wohnen mögen, sie suchen die Weisheit immer in der fernsten Ferne. Denn die Weisheit ist eines der wenigen Dinge, die mit zunehmender Entfernung größer aussehen.*

Derzeit studierte Magrat den Weg des Skorpions, der kosmische Harmonie und inneres Einssein verhieß sowie die Möglichkeit, einem Angreifer die Nieren aus dem Leib zu prügeln. Es war ein Fernkurs.

Die Sache hatte nur ein paar kleinere Schönheitsfehler. Der Verfasser, Großmeister Lobsang Schnapper, wohnte in Ankh-Morpork. Nicht gerade der Ort, an dem man einen Sitz kosmischer Weisheit erwarten würde. Und obwohl er sich ausführlich dazu äußerte, dass der Weg des Skorpions lediglich zum Zwecke der Erlangung kosmischer Weisheit eingesetzt werden solle, waren diese Textstellen sehr klein gedruckt und zwischen Zeichnungen versteckt, auf denen Menschen einander begeistert mit dem Dreschflegel bearbeiteten und dabei »Hai!« riefen. In einer späteren Lektion würde Magrat lernen, wie man Ziegelsteine mit der Hand in zwei Teile zerschlug und über glühende Kohlen ging, neben anderen kosmischen Dingen.

Magrat fand, dass Ninja ein hübscher Mädchenname war.

Erneut nahm sie vor dem Spiegel ihre Kampfpositur ein.

Es klopfte an der Tür. Magrat machte auf.

»Hai?«, sagte sie.

---

* So erklärt sich zum Beispiel auch, weshalb »der Weg der Frau Kosmopolit« gerade bei solchen jungen Menschen so beliebt ist, die in verborgenen Tälern jenseits der Schneegrenze in den höchsten Spitzhornbergen leben. Nicht selten kommt es vor, dass sie sich von den Lehren ihrer safrangekleideten, Gebetsmühlen schwingenden Dorfältesten lossagen und die lange Reise bis in die Quirmstraße Nr. 3 im flachen, nebligen Ankh-Morpork auf sich nehmen, um zu Füßen der Näherin Frau Marietta Kosmopolit nach Erleuchtung zu suchen. Dafür gibt es – bis auf die oben erwähnte Anziehungskraft entlegener Weisheit – keinen erkennbaren Grund, da sie nicht ein Wort von dem verstehen, was sie sagt beziehungsweise schimpft – was häufiger vorkommt. Manch kahlköpfiger Jungmönch, der in seine Bergfestung zurückkehrt, widmet fortan sein Leben der Meditation über das eine oder andere der seltsamen Mantras, das ihm gewährt wurde – als da wären: »Hau ab, du Penner!« oder »Wenn ich noch *einen* von euch orangenen Teufeln dabei erwische, wie er heimlich durch mein Fenster glotzt, kriegt er meine Handkante zu spüren, verstanden?« oder »Was wollt ihr hier, ihr Mistkäfer, und warum starrt ihr mir dauernd auf die Füße?« Aus ihren Erfahrungen schöpfend haben die Jünger sogar eine eigene Kampfsportart entwickelt. Sie schleudern einander unverständliches Zeug ins Gesicht und dreschen mit dem Besen auf ihren Gegner ein.

Der Wilderer Hurker prallte zurück. Er war mit den Nerven sowieso schon ziemlich am Ende. Im Wald hatte sich ein wütender Wolf an seine Fersen geheftet.

»Äh«, sagte er. Als er sich wieder gefangen hatte, schlug sein Schreck in Besorgnis um. »Haben Sie sich am Kopf verletzt, Fräulein?«

Sie sah ihn verständnislos an. Dann ging ihr ein Licht auf, und sie nahm das Stirnband mit dem Chrysanthemenmuster ab – ohne ein solches Band ist es praktisch unmöglich, kosmische Weisheit zu erlangen, indem man dem Gegner den Ellenbogen um 360 Grad verdreht.

»Nein«, antwortete sie. »Was gibt's?«

»Ich hab hier ein Päckchen für Sie.« Hurker hielt es ihr hin.

Es war ungefähr zwei Fuß lang und sehr schmal.

»Da ist auch ein Brief dabei«, ergänzte der Wilderer hilfsbereit. Er schob sich möglichst unauffällig an ihre Seite, während sie ihn las, und versuchte, über ihre Schulter hinweg mitzulesen.

»Das ist vertraulich«, sagte Magrat.

»Ach ja?«

»Ja!«

»Es hat geheißen, Sie würden mir einen Penny fürs Abliefern geben«, sagte Hurker. Magrat kramte einen aus ihrer Tasche.

»Geld schmiedet die Ketten, mit denen die Arbeiterklasse gefesselt ist«, ermahnte sie ihn und drückte ihm die Münze in die Hand. Hurker, der sich im ganzen Leben noch nicht der arbeitenden Klasse zugehörig gefühlt hatte, aber durchaus willens war, sich gegen Bares jeden noch so unsinnigen Kokolores anzuhören, nickte brav.

»Und weiterhin gute Besserung, Fräulein«, sagte er. »Wegen Ihrem Kopf.«

Als Magrat in ihrem Küchendojo wieder allein war, wickelte sie das Päckchen aus. Es enthielt einen schlanken, weißen Stab.

Sie las den Brief noch einmal: »Ich bin nie dazu gekommen, eine Nachfolgerin auszubilden, deswegen bleibt's jetzt an dir hängen. Du musst nach Gennua fliegen. Ich hätte es selber erledigt, aber ich kann nicht, weil ich tot bin. Ella Samstag darf den Prinzen NICHT heiraten. P.S. Das ist wichtig.«

Magrat starrte ihr Spiegelbild an.

Sie starrte wieder auf den Brief.

»P.S.P.S. Sag den beiden alten Drachen, dass sie nicht mit dir mitkommen dürfen. Die verderben bloß alles.«

Aber da stand noch mehr.

»P.S.P.S.P.S. Er stellt sich gerne mal auf Kürbisse um, aber du kriegst den Dreh schon raus.«

Magrat sah erneut in den Spiegel. Und dann auf den Zauberstab in ihren Händen.

So ist das Leben: eben noch simpel, im nächsten Augenblick mit Komplikationen gespickt.

»Ach, du lieber Himmel«, sagte sie. »Ich bin eine gute Fee!«

Als Nanny Ogg hereingestürmt kam, starrte Oma Wetterwachs immer noch auf die Scherben des in tausend Stücke zersprungenen Spiegels.

»Esme Wetterwachs, was hast du angestellt? So was bringt Unglück, so was ... Esme?«

»Sie? *Sie?*«

»Was ist mit dir?«

Oma Wetterwachs kniff die Augen zu und schüttelte heftig den Kopf, als wollte sie einen undenkbaren Gedanken vertreiben.

»Wie bitte?«

»Du bist kreidebleich geworden. So hab ich dich ja noch nie gesehen.«

Oma Wetterwachs zog sich bedächtig einen Splitter aus dem Hut.

»Muss wohl der Schreck gewesen sein ... dass der Spiegel so plötzlich zersplittert ist ...«, murmelte sie.

Ihre Hand blutete. Doch ein Blick in ihr Gesicht genügte Nanny, um zu dem Entschluss zu kommen, niemals und unter gar keinen Umständen zuzugeben, dass sie die blutende Hand gesehen hatte.

Schnell griff sie nach einem unverfänglichen Gesprächsthema. »Könnte ein Zeichen sein. Wenn einer stirbt, kommt so was schon mal vor. Bilder fallen von der Wand, Uhren bleiben stehen... große Kleiderschränke krachen die Treppe runter...«

»An diesen Unsinn hab ich noch nie geglaubt, das ist doch der reinste... Und was soll das überhaupt heißen, Kleiderschränke krachen die Treppe runter?«, fragte Oma Wetterwachs. Sie atmete schwer. Wäre sie nicht für ihre Unverwüstlichkeit bekannt gewesen, hätte man fast glauben können, sie habe soeben den Schock ihres Lebens erlitten und sei regelrecht dankbar, ein paar stinknormale Meckereien vom Stapel lassen zu können.

»Das hab ich selber erlebt, wie meine Großtante Sophie gestorben ist«, antwortete Nanny Ogg. »*Auf die Minute genau* drei Tage, vier Stunden und sechs Minuten nach ihrem Tod krachte ihr Kleiderschrank die Treppe runter. Unser Darren und unser Jason wollten ihn um die Ecke tragen, und da muss er ihnen irgendwie aus der Hand gerutscht sein. Richtig gespenstisch. Aber wo ich sie doch bis ins Grab gepflegt habe, wollte ich natürlich nicht, dass ihre Agatha ihn sich unter den Nagel reißt, die ihre Mama höchstens mal an Swinvater besucht hat–«

Oma Wetterwachs ließ die altbekannte Litanei von Nanny Oggs Familienzwist beruhigend über sich hinwegperlen, während sie wie blind nach den Teetassen tastete.

Die Oggs waren das, was man eine Großfamilie nennt – aber diese Familie war nicht nur groß, sondern auch lang und breit und zäh. Ihr Stammbaum, der ohnehin eher einem Mangrovendickicht ähnelte, hätte auf kein normales Blatt Papier gepasst. Jeder Zweig lieferte sich mit jedem anderen Zweig eine verbissene Dauerfehde, ausgelöst von altbewährten Streitgründen wie »Was denen ihr Kevin auf der Hochzeit von Kusine Di über unseren Stan gesagt hat« oder »Wo nun eigentlich das silberne Besteck hingekommen ist, das Tante Em unserer Dora auf dem Totenbett versprochen hat, das würd ich doch zu gern wissen«.

Nanny Ogg, unumstrittene Matriarchin des Clans, heizte alle Seiten unterschiedslos an. Es war ihr einziges Hobby.

Die Kämpfe, die die Oggs untereinander ausfochten, hätten gereicht, um ein ganzes Land voller Streithammel für mindestens hundert Jahre zu beschäftigen.

Dadurch fühlte sich hin und wieder ein törichter Außenseiter bemüßigt, ebenfalls mitzumischen und vielleicht gegenüber dem einen Ogg eine abfällige Bemerkung über einen anderen Ogg fallen zu lassen. Woraufhin ausnahmslos alle Oggs mit vereinten Kräften auf *ihn* losgingen. Wie die Einzelteile einer gut geölten stählernen Maschine arbeiteten sämtliche Oggs zusammen, um den gemeinsamen Gegner gnadenlos zu vernichten.

Die Menschen in den Spitzhornbergen hielten die Oggsche Fehde für einen Segen. Der Gedanke, dass die Familie ihre ungeheuren Energien sonst womöglich auf den Rest der Menschheit loslassen würde, war ein fürchterlicher. Doch zum Glück kämpften die Oggs mit niemandem lieber als mit anderen Oggs. So blieb alles in der Familie.

Ein seltsames Gebilde, so eine Familie, wenn man mal darüber nachdenkt...

»Esme? Alles in Ordnung?«

»Häh?«

»Wie du mit den Tassen klapperst, das hält man ja im Kopf nicht aus! Und der Tee ist auch aufs Tablett geschwappt!«

Oma blickte ausdruckslos auf die Bescherung, die sie angerichtet hatte, und riss sich zusammen, so gut es eben ging.

»Ist doch verflixt noch mal nicht meine Schuld, dass die Tassen zu klein sind«, grummelte sie.

Die Tür ging auf.

»Morgen, Magrat«, fügte sie hinzu, ohne sich umzudrehen. »Was willst du denn hier?«

Das Quietschen der Türangeln hatte sie verraten. Magrat konnte nicht einmal eine Tür öffnen, ohne dass es wie eine Entschuldigung klang.

Sprachlos kam die jüngere Hexe herein, das Gesicht Rote-Beete-rot, die Hände auf dem Rücken.

»Wir sind nur vorbeigekommen, um Desideratas Sachen auszusortieren«, sagte Oma Wetterwachs laut. »Das ist unsere Pflicht gegenüber unserer Hexenschwester.«

»Und nicht etwa, um nach ihrem Zauberstab zu suchen«, ergänzte Nanny.

»Gytha Ogg!«

Schuldbewusst ließ Nanny Ogg den Kopf hängen.

»'tschuldigung, Esme.«

Magrat nahm die Hände nach vorn.

»Äh«, machte sie und wurde noch röter.

»Du hast ihn gefunden!«, rief Nanny.

»Äh, nein«, entgegnete Magrat, die sich nicht traute, Oma in die Augen zu sehen. »Desiderata hat ihn mir ... gegeben.«

Die Stille knisterte und summte.

»Sie hat ihn *dir gegeben*?«, fragte Oma Wetterwachs.

»Äh. Ja.«

Die beiden Althexen tauschten Blicke.

»Na so was!«, sagte Nanny.

»Hat sie dich denn überhaupt gekannt?«, fuhr Oma Wetterwachs Magrat an.

»Ich hab sie öfter besucht, um mir ihre Bücher anzuschauen«, gestand Magrat. »Außerdem ... hat sie gern ausländisch gekocht, und weil sie hier niemanden gefunden hat, der die Sachen essen wollte, hab ich ihr dabei Gesellschaft geleistet.«

»Ah-*ha*! Hast dich also mit Süßholzraspeln bei ihr eingeschmeichelt«, fauchte Oma.

»Aber ich hätte nie gedacht, dass sie mir ihren Zauberstab vermacht«, beteuerte Magrat. »Ehrlich nicht!«

»Da hast du bestimmt was falsch verstanden«, sagte Nanny Ogg freundlich. »Sicher wollte sie, dass du ihn einer von uns gibst.«

»So wird es sein, ganz gewiss«, bekräftigte Oma. »Sie hat gesehen, dass du dich gut dafür eignest, Botengänge zu erledigen. Zeig mal her.«

Sie streckte die Hand aus.

Magrat hielt den Zauberstab fest umklammert.

»... aber sie hat ihn mir gegeben ...«, sagte sie kläglich.

»Gegen Ende hin war sie nicht mehr ganz sie selbst«, sagte Oma.

»... aber sie hat ihn mir gegeben ...«

»Als gute Fee trägt man eine fürchterliche Verantwortung«, sagte Nanny. »Man braucht Einfallsreichtum, Flexibilität, Taktgefühl – und die Fähigkeit, komplizierte Herzensangelegenheiten und Ähnliches zu deichseln. Das muss Desiderata doch gewusst haben.«

»... ja, aber sie hat ihn mir gegeben ...«

»Magrat Knoblauch, als ranghöchste Althexe befehle ich dir, mir den Zauberstab auszuhändigen«, donnerte Oma. »Zauberstäbe machen nichts als Ärger.«

»Augenblick mal, Augenblick mal«, sagte Nanny. »Das geht jetzt aber ein bisschen zu weit –«

»... nein ...«, antwortete Magrat.

»Und du bist doch auch gar nicht die ranghöchste Althexe«, sagte Nanny. »Muhme Dismass steht noch über dir.«

»Klappe. Das mag schon sein, aber meistens steht sie neben sich«, sagte Oma.

»... außerdem kannst du mir überhaupt nichts befehlen. Die Gemeinschaft der Hexen ist unhierarchisch aufgebaut ...«, sagte Magrat.

»Das ist ja wohl der Gipfel der Schamlosigkeit, Magrat Knoblauch!«

»Ach was«, griff Nanny begütigend ein. »Schamlosigkeit sieht anders aus, und ich spreche aus Erfahrung ...«

Sie brach ab, als Magrat ein Zettel aus dem Ärmel rutschte. Kaum war er wie ein Blatt im Wind zu Boden gesegelt, hatte Oma Wetterwachs sich auch schon auf ihn gestürzt.

»Aha!«, sagte sie triumphierend. »Wollen wir doch mal sehen, was Desiderata *wirklich* geschrieben hat ...«

Sie bewegte die Lippen, während sie las. Magrat wappnete sich.

Ein Zucken lief durch Oma Wetterwachs' Gesicht. In aller Ruhe knüllte sie den Zettel zusammen.

»Genau, wie ich dachte«, sagte sie. »Desiderata schreibt, wir sollen Magrat nach Kräften unterstützen, weil sie noch so jung und unerfahren ist. Nicht wahr, Magrat?«

Magrat sah Oma Wetterwachs in die Augen.

Du könntest es darauf ankommen lassen, dachte sie. Der Brief war unmissverständlich… alles sonnenklar… auf jeden Fall die Stelle mit den beiden alten Drachen… du könntest sie zwingen, ihn laut vorzulesen. Es steht ja schwarz auf weiß da. Oder willst du ewig die dritte Hexengeige spielen? Doch schon war das zaghafte Flämmchen der Rebellion wieder verloschen.

»Ja«, murmelte sie bitter. »So was in der Richtung.«

»Sie schreibt, wir sollen in irgend so eine Stadt fliegen, um irgendwem zu helfen, einen Prinzen zu heiraten«, sagte Oma.

»Die Stadt heißt Gennua«, sagte Magrat. »Ich hab sie in Desideratas Büchern nachgeschlagen. Und wir sollen dafür sorgen, dass sie den Prinzen *nicht* heiratet.«

»Eine gute Fee, die ein Mädchen davon abhält, einen Prinzen zu heiraten?«, sagte Nanny. »Klingt ein bisschen… verquer.«

»Zumindest dürfte es nicht allzu schwierig werden, diesen Wunsch zu gewähren«, bemerkte Oma. »Millionen Mädchen heiraten keinen Prinzen.«

Magrat schwang sich zu einem verbalen Kraftakt auf.

»Gennua liegt sehr weit weg«, warnte sie.

»Das will ich auch gehofft haben«, sagte Oma Wetterwachs. »Das hätte mir gerade noch gefehlt, dass das Ausland gleich um die Ecke liegt.«

»Ich meine, es wird wirklich eine sehr lange Reise«, sagte Magrat kläglich. »Und ihr… ihr seid doch auch nicht mehr die Allerjüngsten.«

Brütendes Schweigen machte sich breit.

»Wir brechen morgen auf«, verkündete Oma Wetterwachs bestimmt.

»Warum kann ich denn nicht alleine hinfliegen?«, fragte Magrat verzweifelt.

»Weil du als gute Fee keine Erfahrung hast.«

Das war sogar für Magrats große Seele zu viel.

»Ihr doch aber auch nicht«, sagte sie.

»Stimmt«, gab Oma Wetterwachs zu. »Andererseits … andererseits … andererseits haben wir schon sehr viel länger keine Erfahrung darin als du.«

»Wir haben jede Menge Erfahrung darin, keine Erfahrung zu haben«, pflichtete Nanny Ogg ihr munter bei.

»Und darauf kommt es an. Immer«, sagte Oma Wetterwachs.

Sie nannte lediglich einen kleinen fleckigen Spiegel ihr Eigen. Als sie heimkam, vergrub sie ihn sofort in der hintersten Ecke des Gartens.

»So«, sagte sie. »Wollen wir doch mal sehen, ob du jetzt immer noch hinter mir herspionieren kannst.«

Kein Mensch hätte es für möglich gehalten, dass Jason Ogg, seines Zeichens Kunst- und Hufschmied, Nanny Oggs Sohn war. Er sah nicht aus wie natürlich geboren, sondern wie künstlich zusammengebaut. Auf einer Werft. Die Genetik hatte es aus unerfindlichen Gründen für angebracht gehalten, ihn nicht nur mit einem sanften, bedächtigen Gemüt auszustatten, sondern auch mit Muskeln, die für ein Ochsengespann ausgereicht hätten, mit Armen wie Baumstämme und Beinen wie vier paarweise übereinandergestapelte Bierfässer.

Die Tiere, die man zu ihm brachte, waren schäumende Zuchthengste, die glutäugigen Könige der Pferdenation, Rösser mit suppentellergroßen Hufen, die weniger mannhafte Männer einfach durch die Wand getreten hätten. Doch Jason Ogg kannte den geheimen Spruch des Reitersmannes. Er wagte sich allein mit den Bestien in die Schmiede und zog diskret die Tür hinter sich zu, und wenn er sie eine halbe Stunde später wieder herausführte, waren sie neu beschlagen und merkwürdig fügsam.*

* Oma Wetterwachs hatte ihn deswegen einmal ausgehorcht, und weil man vor einer Hexe keine Geheimnisse haben sollte, hatte er schüchtern geantwortet: »Tja nun, gnä' Frau, das läuft so: Ich pack ihn mir und hau ihm eins mit dem Hammer zwischen die Augen, bevor er weiß, was ihm blüht, und dann flüster ich ihm was ins Ohr. Ich sag zu ihm: ›Eine falsche Bewegung, und ich pack mir deine Eier auf den Amboss. Da drauf kannste Gift nehmen.‹«

Hinter seiner großen, imposanten Gestalt scharten sich der Rest von Nanny Oggs weitest verzweigter Familie sowie eine beachtliche Anzahl Schaulustiger aus der Stadt, die spitzgekriegt hatten, dass hier etwas Interessantes mit Hexenbeteiligung vorging, und sich die Gelegenheit nicht entgehen lassen wollten, »een Ooge« zu riskieren, wie es in den Spitzhornbergen so treffend heißt.

»Wir sind dann mal weg, Jason«, sagte Nanny Ogg. »Es heißt ja, dass im Ausland die Straßen mit Gold gepflastert sind. Vielleicht mache ich ein Vermögen, was?«

Jason schob seine buschigen Augenbrauen zusammen. »Ich könnt 'nen neuen Amboss für die Schmiede brauchen.«

»Wenn ich als reiche Frau wiederkomme, brauchst du nie mehr einen Fuß in die Schmiede zu setzen«, sagte Nanny.

Jasons Miene verdüsterte sich.

»Aber ich bin gerne in der Schmiede«, antwortete er bedächtig.

Damit hatte Nanny nicht gerechnet. »Tja, dann – dann schenke ich dir eben einen Amboss aus reinem Silber.«

»Der würd nix taugen, Mama. Der wär zu weich«, sagte Jason.

»Wenn ich dir einen silbernen Amboss mitbringe, wirst du dir einen silbernen Amboss schenken lassen, mein Junge, ob es dir passt oder nicht!«

Jason ließ den gewaltigen Kopf hängen. »Ja, Mama.«

»Sorg dafür, dass im Haus regelmäßig gelüftet wird«, sagte Nanny. »Und dass mir auch ja jeden Tag ein Feuer im Kamin brennt.«

»Ja, Mama.«

»Aber ihr müsst immer die Hintertür nehmen, hörst du? Die vordere Veranda hab ich verwünscht. Wo bleiben denn bloß die Mädchen mit meinem Gepäck?« Sie hastete davon, ein winziges Bantamhuhn, das loszog, um eine ganze Schar Hennen zur Schnecke zu machen.

Magrat stand interessiert lauschend dabei. Ihre eigenen Reisevorbereitungen waren einfach gewesen: ein großer Sack mit unterschiedlich warmer Kleidung zum Wechseln, um für sämtliche Eventualitäten des ausländischen Wetters gewappnet zu sein, und ein kleiner Beutel mit einer Auswahl an Büchern aus Desiderata Hohligs Häuschen, die so aussahen, als könnten sie ihnen unterwegs nützlich werden. Desiderata hatte sich stets zu allem Notizen gemacht und mit ihrer akkuraten Schrift mehrere dicke Kladden vollgeschrieben, unter Kapitelüberschriften wie: »Mit Zauberstab und Besen über die Große Nef Wüste«.

Nur über ein Thema hatte sie allem Anschein nach keinerlei Aufzeichnungen hinterlassen: über den Gebrauch des Zauberstabs. Soweit Magrat wusste, musste man ihn einfach schwenken und sich dabei etwas wünschen.

Doch rechts und links des Wegs zu ihrem Häuschen legten mehrere Kürbisse Zeugnis davon ab, dass dies keine allzu erfolgversprechende Strategie war. Einer von ihnen glaubte immer noch, ein Hermelin zu sein.

Jason, der allein mit Magrat zurückgeblieben war, scharrte verlegen mit den Füßen und nahm die Mütze ab. Er war zu Höflichkeit gegenüber Frauen erzogen worden, und Magrat fiel mehr oder weniger auch in diese Kategorie.

»Sie passen doch gut auf unsere Mama auf, ja, Frollein Knoblauch?«, fragte er mit einem besorgten Unterton in der Stimme. »Sie is' in letzter Zeit 'n bisschen komisch.«

Magrat tätschelte ihm die Schulter.

»Das ist völlig normal«, sagte sie. »Wenn die Kinder aus dem Haus sind, möchte eine Frau eben anfangen, ihr eigenes Leben zu leben.«

»Wem sein Leben hat sie denn dann bis jetzt gelebt?«

Magrat sah ihn verwirrt an. Ganz so klug, wie ihr der Gedanke vorgekommen war, bevor sie ihn ausgesprochen hatte, schien er ihr auf einmal doch nicht zu sein.

Sie bastelte sich rasch eine Erklärung zusammen. »Damit meine ich, im Leben einer Frau kommt irgendwann die Zeit, da sie sich selbst finden will.«

»Und wieso kann sie dann nich' erst mal hier suchen?«, fragte Jason weinerlich. »Nix für ungut, Frollein Knoblauch, aber wir hatten uns drauf verlassen, dass Sie Mutter und Frau Wetterwachs dazu bringen, hierzubleiben.«

»Ich habe es versucht«, antwortete Magrat. »Ehrlich. Ich hab ihnen gesagt, dass so eine Reise nichts für sie ist. Anno Domini, hab ich gesagt. Ihr seid nicht mehr die Jüngsten, hab ich gesagt. Wegen so einer Geschichte hunderte von Meilen zu fliegen, und das in eurem Alter.«

Der Schmied legte den Kopf auf die Seite. Jason Ogg würde zwar niemals das Finale der Scheibenweltmeisterschaft im Schnellverstehen erreichen, aber er kannte seine Mutter.

»Und das haben Sie zu unsrer Mama gesagt?«, fragte er.

»Sie brauchen sich wirklich keine Sorgen zu machen«, sagte Magrat. »Es wird bestimmt alles gut–«

Über ihren Köpfen krachte es laut. Einige Blätter Herbstlaub trudelten zu Boden.

»Verdammter Baum... wer hat den verflixten Baum da hingestellt?«, ertönte eine Stimme von oben.

»Das müsste Oma Wetterwachs sein«, sagte Magrat.

Wenn Omas ansonsten ausgesprochen robuster Charakter eine Schwachstelle besaß, dann die, dass sie nie lenken gelernt hatte. Das Lenken war ihrer Natur fremd. Sie vertrat den Standpunkt, es sei ihre Aufgabe, sich zu bewegen, während der Rest der Welt sich gefälligst so zu benehmen hatte, dass sie ihr Ziel auch erreichte. Was gelegentlich dazu führte, dass sie – so wie beispielsweise jetzt – von Bäumen herunterklettern musste, auf die sie gar nicht hinaufgestiegen war. Das letzte Stück ließ sie sich fallen und sah mit einem Blick, der jeden Kommentar im Keim erstickte, in die Runde.

»Dann wären wir ja jetzt vollzählig«, sagte Magrat keck.

Es funktionierte nicht. Die Althexe hatte Magrats Knie bereits in Augenschein genommen.

»Was ist das denn für ein Aufzug?«, fuhr Oma Wetterwachs sie an.

»Äh. Hm. Ich dachte... ich meine bloß, es ist sicher kalt da oben... wo es doch so windig ist und so«, stammelte Magrat, der vor diesem Augenblick gegraut hatte. Sie hasste sich für ihre

Schwäche. Schließlich war ihre Reisekluft *praktisch*. Die Idee war ihr eines Nachts gekommen. Von allen anderen Vorteilen einmal abgesehen war es fast unmöglich, Herrn Lobsang Schnappers kosmisch harmonische Todeskicks zu trainieren, wenn sich die Beine dabei ständig in den Röcken verhedderten.

»Hosen?«

»Es sind keine gewöhnlichen–«

»Und das vor aller Männer Augen«, empörte sich Oma Wetterwachs. »Es ist eine Schande!«

»Was ist eine Schande?«, fragte Nanny Ogg, die hinter ihr aufgetaucht war.

»Magrat Knoblauch! In Hosen!«

»Immer noch besser in Hosen als beim Kosen«, bemerkte Nanny nachsichtig. »Apropos kosen: Lass dir von deinen Verehrern immer schön den Namen und die Adresse geben.«

»Nanny!«, sagte Magrat spitz.

»Ich finde, es sieht bequem aus«, fuhr Nanny fort. »Bloß ein bisschen zu schlabbrig.«

»Ich bin für so was nicht zu haben«, sagte Oma. »Es kann ja alle Welt ihre Beine sehen.«

»Ist doch gar nicht wahr«, widersprach Nanny. »Und warum nicht? Weil der Stoff dazwischen ist.«

»Aber jeder kann sehen, wo ihre Beine *sind.*«

»Das ist doch Blödsinn. Da könnte man ja genauso gut sagen, dass alle Menschen unter der Kleidung nackt sind«, warf Magrat ein.

»Magrat Knoblauch, hüte deine Zunge«, sagte Oma Wetterwachs.

»Aber wenn es doch stimmt!«

»Nicht bei mir«, sagte Oma fest. »Ich habe drei Unterhemden an.«

Sie musterte Nanny von oben bis unten. Gytha Ogg hatte sich kleidungsmäßig ebenfalls auf das Ausland vorbereitet. Aber so kritisch Oma Wetterwachs sie auch beäugte, sie konnte beim besten Willen nicht viel finden, was an ihr auszusetzen war.

»Was ist das denn für ein Hut?«, grummelte sie schließlich. Nanny, die Esme Wetterwachs seit siebzig Jahren kannte, grinste.

»Schick, was?«, sagte sie. »Hab ich bei Herrn Vernissage in Schnitte machen lassen. Er ist bis in die Spitze mit Weidenholz verstärkt und hat innen drin achtzehn Taschen. Der hält sogar einen Schlag mit dem Hammer aus. Und was sagst du dazu?«

Sie lüpfte den Rocksaum, und ihre nagelneuen Stiefel kamen zum Vorschein. Auch an ihnen fand Oma Wetterwachs eigentlich nichts zu beanstanden. Es waren echte Hexenstiefel, das heißt so stabil gebaut, dass ein vollbeladenes Fuhrwerk darüber hätte hinwegrollen können, ohne in dem dicken Leder eine Beule zu hinterlassen. Das Einzige, was an diesen Stiefeln nicht stimmte, war die Farbe.

»*Rot?* Das ist doch keine Farbe für Hexenstiefel!«

»Mir gefallen sie«, antwortete Nanny.

Oma Wetterwachs rümpfte die Nase. »Jedem nach seinem Geschmack«, sagte sie. »In diesem Ausland kommst du mit solchen fremdländischen Flausen bestimmt gut an. Aber du weißt ja, was man Frauen nachsagt, die rote Stiefel tragen.«

»Mir egal, solange man auch sagt, dass sie trockene Füße haben«, gab Nanny fröhlich zurück und drückte Jason ihren Hausschlüssel in die Hand.

»Ich schreib dir, wenn du mir versprichst, dass du dir jemanden suchst, der dir vorliest.«

»Ja, Mama. Und was ist mit dem Kater?«, fragte Jason.

»Greebo nehmen wir mit«, antwortete Nanny Ogg.

»Was? Aber er ist eine Katze!«, fauchte Oma Wetterwachs. »Du kannst doch keine Katze mitnehmen! Mit einer Katze reise ich nirgendwohin! Es ist schon schlimm genug, in Begleitung von Hosen und aufreizenden Stiefeln unterwegs zu sein!«

»Aber wenn ich ihn hierlasse, wird er sein Frauchen vermissen, nicht wahr, Schätzchen?«, säuselte Nanny Ogg und hob Greebo hoch. Er hing so schlaff auf ihrem Arm wie ein Sack Wasser, den man über einen Zaun gelegt hat.

Für Nanny Ogg war er immer noch das niedliche kleine Kätzchen, das Wollknäuel jagte.

Für den Rest der Welt war er ein Ungetüm von einem Kater, ein unzerstörbares Paket geballter Lebensenergie in einer Haut, die weniger einem Fell glich als einem Stück Brot, das vierzehn Tage lang in einem feuchten Keller gelegen hat. Fremde empfanden oft Mitleid mit ihm, weil er keine Ohren mehr hatte und sein Gesicht aussah, als hätte ein Bär darauf kampiert. Dabei rührten diese Kampfspuren nur daher, dass Greebos Katzenstolz ihn dazu trieb, alles und jeden zu bekämpfen oder zu vergewaltigen, und sei es ein vierspänniger Holztransporter. Wilde Hunde verkrochen sich winselnd unter der Treppe, wenn Greebo vorbeistolzierte. Füchse wagten sich nicht in die Nähe des Dorfes. Wölfe machten einen Umweg.

»Er ist doch so ein Sensibelchen«, sagte Nanny.

Greebo richtete seine gelben Augen mit selbstherrlicher Boshaftigkeit auf Oma Wetterwachs – ein Blick, den Katzen immer demjenigen gönnen, der sie nicht leiden kann – und schnurrte. Greebo war möglicherweise der einzige Kater, der gehässig schnurren konnte.

»Und überhaupt«, fuhr Nanny fort, »als Hexe müsstest du eigentlich was für Katzen übrig haben.«

»Aber nicht für solche wie ihn.«

»Du bist eben einfach kein Katzenmensch, Esme«, sagte Nanny und schmiegte Greebo an sich.

Jason Ogg zog Magrat ein paar Schritte beiseite.

»Unser Bert hat mir aus dem Almanach vorgelesen, dass es da im Ausland schreckliche, wilde Tiere gibt«, flüsterte er. »Haarige Biester, die sich auf Reisende stürzen, stand da geschrieben. Ich darf gar nich' dran denken, was passiert, wenn sie sich auf Mama und Oma Wetterwachs stürzen.«

Magrat sah in sein großes rotes Gesicht.

»Sie müssen aufpassen, dass ihnen nix passiert«, sagte Jason.

»Keine Bange.« Sie konnte nur hoffen, dass seine Sorge unbegründet war. »Ich achte schon auf sie.«

Jason nickte. »Weil, in dem Almanach stand nämlich, dass ein paar von denen sowieso schon fast ausgestorben sind.«

Die Sonne stand bereits hoch am Himmel, als sich die drei Hexen in die Lüfte schraubten. Da Oma Wetterwachs' Besen so unberechenbar war, hatte sich ihr Abflug ein wenig verzögert. Er ließ sich nur nach längerem Auf- und Abgaloppieren starten und begriff erst, was man von ihm wollte, wenn er im rasenden Lauftempo durch die Gegend geschoben wurde. Die besten Besenbaumeister unter den Zwergen standen vor einem Rätsel, obwohl sie den Stiel und die Borsten schon Dutzende Male ausgetauscht hatten.

Unter lautem Jubel hob er schließlich ab.

Das kleine Königreich Lancre hatte die Form eines Keils, der so aussah, als wäre er aus einer Flanke der Spitzhornberge herausgeschnitten worden. Dahinter erhob sich, immer steiler ansteigend, das Massiv mit seinen messerscharfen Graten und den dunklen, gewundenen Schluchten.

Davor fiel das Land übergangslos zur Sto-Ebene ab, im blauen Dunst liegende Wälder, die bis ans Meer reichten, und irgendwo mittendrin lag der braune Schmierfleck, der Ankh-Morpork darstellte.

Eine Lerche tirilierte, beziehungsweise setzte zum Tirilieren an. Die genau unter ihr aufsteigende Hutspitze von Oma Wetterwachs brachte sie völlig aus dem Konzept.

»Das ist hoch genug für mich«, verkündete Oma.

»Wenn wir höher fliegen, können wir vielleicht erkennen, *wohin* wir fliegen«, sagte Magrat.

»Hattest du dir nicht Desideratas Landkarten angeguckt?«

»Von hier oben sieht alles ganz anders aus«, antwortete Magrat. »Nicht so … platt. Aber ich glaube, wir müssen … da lang.«

»Weißt du das genau?«

Eine Frage, die man einer Hexe besser nicht stellen sollte. Vor allem dann nicht, wenn man Oma Wetterwachs hieß.

»Ganz genau«, bekräftigte Magrat.

Nanny Ogg warf einen Blick auf die hohen Gipfel.

»Da stehen ganz schön viele Bergriesen im Weg rum«, sagte sie.

Sie überflogen Grat um Grat. Bald schon waren sie mit Schnee bestäubt und schleppten endlose Fahnen aus Eiskristallen hinter sich her. In den oberen Regionen der Spitzhornberge fuhr niemand Ski, und wenn doch, kam er nicht weit, bevor er mit einem letzten Schrei vom Schnee verschluckt wurde. Niemand lief im Dirndl juchzend und trällernd die Hänge hinauf. Es waren keine netten Berge. Es waren Berge, in denen der Winter seine Sommerferien verbrachte.

»Es führen Pässe hindurch«, sagte Magrat unsicher.

»Bestimmt«, sagte Nanny.

Wer weiß, wie es geht, kann zwei Spiegel folgendermaßen benutzen: Er stellt sie so auf, dass sie einander reflektieren. Denn wenn ein Abbild dem Menschen ein Stück Seele rauben kann, können ihn Abbilder von Spiegelbildern stärken, indem sie ihm ein Stück von sich selbst zurückgeben und ihn immer mächtiger machen.

Reflexionen von Reflexionen von Reflexionen bis ins Unendliche, und alle Abbilder sind gleich, so weit das Licht sich krümmt.

Nur dass sie eben doch nicht gleich sind.

Spiegel enthalten die Unendlichkeit.

Die Unendlichkeit enthält mehr, als man denkt.

Zunächst einmal alles.

Auch Hunger.

Weil es Myriaden von Abbildern gibt, aber für alle nur eine einzige Seele.

Spiegel geben viel, aber sie nehmen auch viel.

Hinter jedem Berg türmten sich weitere Berge auf. Wolken ballten sich zusammen, schwer und grau.

»Ich bin mir sicher, dass der Weg richtig ist«, sagte Magrat. Eisbedeckter Fels breitete sich unter ihnen aus. Die Hexen flogen durch ein Labyrinth kleiner Schluchten, die alle gleich aussahen.

»Klar«, sagte Oma Wetterwachs.

»Wenn du mich aber auch nicht hoch genug fliegen lässt…«, sagte Magrat.

»Wir kriegen gleich einen ordentlichen Schneesturm«, sagte Nanny Ogg.

Es war früher Abend. Das Licht floss aus den Hochtälern ab wie Vanillesoße.

»Ich dachte … es gäbe hier Dörfer«, sagte Magrat, »wo wir heimische Spezialitäten einkaufen und in primitiven Hütten Unterschlupf finden könnten.«

»Hier rauf würde sich noch nicht mal ein Troll verirren«, sagte Oma Wetterwachs.

Die drei Besen schwebten in ein kahles Tal hinunter, das nicht mehr war als eine Kerbe im Gebirgsmassiv.

»Und schweinekalt ist es auch«, sagte Nanny Ogg. Sie grinste. »Eine primitive Hütte wär jetzt nicht schlecht, aber mit jeder Menge Holz davor.«

Oma Wetterwachs stieg von ihrem Besen und sah sich die Felswand genauer an. Sie hob einen Stein auf und schnupperte daran. Sie ging zu einem Geröllhaufen, der für Magrat genauso aussah wie jeder andere Geröllhaufen, und stocherte darin herum.

»Hm«, sagte sie.

Ein paar Schneekristalle ließen sich auf ihrem Hut nieder.

»So, so«, sagte sie.

»Was machst du da, Oma?«, fragte Magrat.

»Meinen Grips anstrengen.«

Oma Wetterwachs schlurfte an der Steilwand entlang und musterte dabei gründlich das Gestein. Nanny Ogg gesellte sich zu ihr.

»So weit oben?«, fragte Nanny.

»Schätze schon.«

»Ist das nicht ein bisschen zu hoch für die?«

»Die kleinen Teufel sind überall und nirgends zu finden. Einmal ist sogar einer in meiner Küche zum Vorschein gekommen«, sagte Oma. »Hat behauptet, er wäre auf eine Ader gestoßen.«

»Ja ja, wenn's um Adern geht, kennen sie kein Halten mehr«, sagte Nanny.

»Wärt ihr vielleicht so gut, mir zu erklären, was ihr da treibt?

Was ist so spannend an irgendwelchen Steinhaufen?«, fragte Magrat.

Der Schneefall war stärker geworden.

»Das sind keine Steine, das ist Abraum«, sagte Oma. Vor einer glatten, vereisten Felswand, die in Magrats Augen genauso einladend aussah wie alle anderen Felswände, an denen man sich in den Bergen den Hals brechen konnte, blieb sie lauschend stehen.

Sie trat einen Schritt zurück, schlug einmal kräftig mit dem Besenstiel an die Wand und sprach: »Aufmachen, ihr abgebrochenen Riesen!«

Nanny Ogg verpasste dem Fels einen Tritt. Es rumpelte hohl.

»Wir holen uns hier draußen noch den Tod!«, ergänzte sie.

Zunächst tat sich gar nichts. Dann schwang ein Teil der Felswand einen Spaltbreit auf. Misstrauisch blitzte ein Auge daraus hervor.

»Ja, wer da?«

»Zwerge?«, staunte Magrat.

Oma Wetterwachs beugte sich hinunter, bis ihre Nase auf einer Höhe mit dem Auge war.

»Mein Name ist Oma Wetterwachs«, sagte sie.

Mit einem selbstgefälligen Leuchten im Gesicht richtete sie sich wieder auf.

»Und wer soll das sein, bitteschön?«, fragte eine Stimme unterhalb des Auges. Oma Wetterwachs' Miene erstarrte.

Nanny Ogg knuffte ihrer Freundin in die Rippen.

»Wir sind bestimmt über fünfzig Meilen von zu Hause entfernt«, sagte sie. »Kann doch sein, dass sie in dieser Gegend noch nie was von dir gehört haben.«

Oma Wetterwachs beugte sich ein zweites Mal hinunter. Schneeflocken rieselten von ihrem Hut.

»Ich will noch mal ein Auge zudrücken«, sagte sie. »Aber ich weiß, dass ihr da drin einen König habt. Lauf zu ihm und richte ihm aus, dass Oma Wetterwachs hier ist, wärst du so gut?«

»Er ist beschäftigt«, sagte die Stimme. »Bei uns hat es einen Unfall gegeben.«

»Dann will er sicher nicht, dass es noch einen Unfall gibt.«

Der unsichtbare Sprecher legte eine kurze Denkpause ein.

»Wir haben eine Inschrift an der Tür«, grummelte er. »In unsichtbaren Runen. Ist eine kostspielige Angelegenheit, sich echte unsichtbare Runen machen zu lassen.«

»Ich lese keine Türen«, sagte Oma.

Der Sprecher zögerte.

»Wetterwachs, sagten Sie?«

»Ja. Mit ›chs‹. Wie in Hexe.«

Die Tür schlug zu, nur eine haarfeine Fuge im Gestein blieb zurück.

Inzwischen fiel der Schnee in dichten Flocken. Oma Wetterwachs hüpfte ein wenig auf und ab, um sich warm zu halten.

»Typisch Ausländer«, schimpfte sie.

»Ich glaube kaum, dass Zwerge als Ausländer zählen«, sagte Nanny.

»Wüsste nicht, wieso nicht«, sagte Oma. »Ein Zwerg, der weit weg wohnt, muss ein Ausländer sein. Das ist doch die Definition von Ausländer.«

»Ach, ja? Da wäre ich nie drauf gekommen«, sagte Nanny.

Sie ließen den Eingang nicht aus den Augen. Ihr Atem hing in drei kleinen Wolken in der eisigen Abendluft. Magrat untersuchte die steinerne Tür genauer.

»Ich sehe keine unsichtbaren Runen«, sagte sie schließlich.

»Wie denn auch?«, entgegnete Nanny. »Dafür sind sie ja unsichtbar.«

»Genau«, sagte Oma Wetterwachs. »Red kein dummes Zeug.«

Die Tür schwang wieder auf.

»Ich habe mit dem König gesprochen«, sagte die Stimme.

»Und was hat er gesagt?«, fragte Oma Wetterwachs gespannt.

»›Oh nein, das hat mir zu meinem Glück gerade noch gefehlt!‹«

Oma strahlte. »Wusste ich's doch, dass er schon von mir gehört hat!«

Genau wie tausend Zigeunerkönige gibt es auch tausend Zwergenkönige. Die Bezeichnung bedeutet so etwas Ähnliches wie »Obersteiger«. Zwergenköniginnen gibt es keine. Was ihre Geschlechtszugehörigkeit angeht, sind die meisten Zwerge sehr zurückhaltend. Verglichen mit Dingen wie Metallurgie und Hydraulik lässt sie diese Frage relativ kalt.

Der König stand inmitten einer Schar aufgeregt brüllender Bergleute. Der Blick, mit dem er* zu den Hexen aufsah, war der eines Ertrinkenden auf ein Glas Wasser.

»Habt ihr was auf dem Kasten?«, fragte er.

Die beiden Althexen sahen sich an.

»Ich glaube, er meint dich, Magrat«, sagte Oma Wetterwachs.

»Uns ist nämlich Stollen neun eingestürzt«, sagte der König. »Böse Sache. Eine sehr vielversprechende Ader Goldquarz ist von der Außenwelt abgeschnitten.«

Ein Zwerg, der neben ihm stand, murmelte ihm etwas ins Ohr.

»Ach, ja. Ein paar von unseren Jungs sind ebenfalls eingeschlossen«, fügte der König beiläufig hinzu. »Und dann taucht ihr plötzlich auf. Da dachte ich mir, das muss wohl Schicksal sein.«

Oma Wetterwachs schüttelte sich den Schnee vom Hut und blickte sich um.

Sie musste zugeben, dass sie tief beeindruckt war. Echte Zwergensäle bekam man heutzutage kaum noch zu sehen. Die meisten Zwerge waren zum Geldverdienen ins Tiefland abgewandert, wo sie es sehr viel leichter hatten – beispielsweise mussten sie nicht mehr die ganze Zeit unter Tage arbeiten und sich mit dem Hammer auf den Daumen hauen oder sich über die Preisfluktuationen auf den internationalen Metallmärkten Sorgen machen. Kein Respekt vor Traditionen, das war das Problem in der heutigen Zeit. Ein gutes Beispiel dafür waren die Trolle. Es gab mehr Trolle in Ankh-Morpork als im gesamten Gebirge. Oma Wetterwachs hatte nichts gegen Trolle, aber ihr Instinkt sagte ihr, dass es um die

* Viele der traditionsbewussteren Zwergenstämme kennen kein weibliches persönliches Fürwort wie »sie« oder »ihr«. Folglich geht es beim zwergischen Liebeswerben unglaublich taktvoll zu.

Welt wesentlich besser bestellt wäre, wenn mehr Trolle aufhörten, Anzüge zu tragen und aufrecht zu gehen, und stattdessen wieder unter Brücken hausten, um sich auf Menschen zu stürzen und sie zu fressen, wie es die Natur vorgesehen hatte.

»Am besten zeigen Sie uns mal, wo der Hase im Pfeffer liegt«, sagte sie. »Ihnen ist also eine Ladung Steine runtergekracht, ja?«

»Wie bitte?«, entgegnete der König.

Man sagt oft, dass die Eskimos fünfzig Wörter für Schnee* haben.

Dabei stimmt das gar nicht.

Man sagt auch, die Zwerge hätten zweihundert Wörter für Stein.

Haben sie nicht. Sie haben überhaupt keine Wörter für Stein, genauso wenig wie Fische Wörter für Wasser haben. Sie haben Wörter für Eruptivgestein, Sedimentgestein, metamorphes Gestein, Steine unter den Füßen, Steine, die ihnen aus großer Höhe auf den Helm fallen, und für Steine, die interessant aussehen und die sie sich doch gestern extra beiseitegelegt hatten, wenn sie die Erinnerung nicht trügt. Was sie definitiv nicht haben, ist ein Wort, das einfach nur »Stein« bedeutet. Zeigt man einem Zwerg einen Stein, sieht er beispielsweise einen minderwertigen Brocken kristallinen Bariumsulfits.

Oder, wie in diesem Fall, zweihundert Tonnen Tonschiefer. Als die Hexen an der Unfallstelle eintrafen, waren Dutzende von Zwergen fieberhaft damit beschäftigt, die weiterhin einsturzgefährdete Decke abzustützen und den Schutt fortzuschaffen. Einige von ihnen weinten.

»Es ist furchtbar … einfach furchtbar«, murmelte einer von ihnen. »Was für eine schreckliche Geschichte.«

Magrat lieh ihm ihr Taschentuch. Er schnäuzte lautstark hinein.

»Unter Umständen ist es zu einer starken Rutschung an der Bruchlinie gekommen. Dann wäre die ganze Ader verloren.« Er

---

* Nun ja, nicht wirklich oft. Jedenfalls nicht täglich. Und auch nicht überall. Aber es ist durchaus möglich, dass die Menschen in irgendwelchen kalten Ländern immer mal wieder sagen: »Wow, diese Eskimos! Was für ein Volk. Fünfzig Wörter für Schnee! Nicht zu fassen, was? Unglaublich.«

schüttelte fassungslos den Kopf. Ein anderer Zwerg klopfte ihm tröstend auf den Rücken.

»Nicht verzagen«, sagte er. »Wir können immer noch von Stollen fünfzehn aus einen horizontalen Suchstollen vortreiben. Wir finden sie schon wieder, glaub mir.«

»Entschuldigung«, meldete sich Magrat zu Wort. »Wenn ich das vorhin richtig verstanden habe, sind hinter diesem ganzen Geröll doch noch Zwerge eingeschlossen, oder etwa nicht?«

»Ja, ja.« Der König klang, als sei dies lediglich eine bedauernswerte Begleiterscheinung des Unglücks. Immerhin war es nur eine Frage der Zeit, bis wieder Zwerge nachgewachsen waren, wohingegen anständiges goldhaltiges Gestein eine endliche Ressource war.

Oma Wetterwachs inspizierte den Gesteinssturz mit kritischem Blick.

»Alle müssen die Unfallstelle räumen«, sagte sie. »Dabei können wir keine Zuschauer gebrauchen.«

»Verstehe«, meinte der König. »Berufsgeheimnisse, was?«

»So etwas Ähnliches.«

Der König scheuchte die Zwerge aus dem Stollen. Die Hexen blieben im Licht der Laternen allein zurück. Aus der Decke bröckelten Steine nach.

»Hm«, machte Oma.

»Da hast du uns ja was Schönes eingebrockt«, sagte Nanny Ogg.

»Alles ist möglich, man muss es nur wollen«, lautete Omas nichtssagende Antwort.

»Dann streng mal schön deinen Willen an, Esme. Wenn der Schöpfer gewollt hätte, dass wir mit Hexerei Steine umschichten, hätte er die Schaufel nicht erfunden. Zu wissen, wann man eine Schaufel benutzt, das ist das Geheimnis der Hexenkunst. Und du stellst sofort die Schubkarre wieder hin, Magrat. Du hast doch keine Ahnung von Maschinen.«

»Na gut«, sagte Magrat. »Warum probieren wir es nicht mit dem Zauberstab?«

Oma Wetterwachs schnaubte. »Ha! Hier? Hat man so was schon gehört? Eine gute Fee in einem Bergwerk?«

»Wenn ich in einem Berg unter einem Haufen Steine begraben wäre, würde ich *gerne* was von einer hören«, gab Magrat hitzig zurück.

Nanny Ogg nickte. »Da ist was Wahres dran, Esme. Es gibt keine festen Regeln, wo man sich als gute Fee nützlich machen darf.«

»Ich traue diesem Zauberstab nicht«, sagte Oma. »Der erinnert mich zu sehr an einen Zauberer.«

»Also bitte!«, sagte Magrat. »Generationen von guten Feen haben das Ding schon benutzt.«

Oma Wetterwachs hob die Hände.

»Na schön, na schön, na schön«, raunzte sie. »Bitte sehr! Mach dich ruhig zum Affen!«

Magrat kramte den Zauberstab aus ihrem Gepäck. Nun war er da, der Moment, vor dem ihr gegraut hatte.

Der Stab bestand aus Knochen oder Elfenbein; Magrat hoffte, dass es kein Elfenbein war. Die Markierungen, die ihn zierten, waren über die Jahrzehnte von plumpen Feenhänden fast bis zur Unkenntlichkeit abgewetzt worden. Er besaß verschiedene Ringe aus Silber und Gold, aber nirgends auch nur die kleinste Spur einer Gebrauchsanweisung. Nicht eine Rune, keine einzige Sigille auf dem ganzen Stab, die erklärte, wie man mit ihm umging.

»Ich glaube, man muss ihn schwenken«, sagte Nanny Ogg. »Da bin ich mir ziemlich sicher.«

Oma Wetterwachs verschränkte die Arme. »Das hat mit Hexerei nichts mehr zu tun.«

Versuchsweise schwenkte Magrat den Stab. Nichts geschah.

»Vielleicht musst du dazu etwas sagen«, schlug Nanny vor.

Magrat machte ein panisches Gesicht.

»Aber was sagt man denn als gute Fee?«, jammerte sie.

»Äh«, sagte Nanny Ogg. »Keine Ahnung.«

»Ha!«, sagte Oma.

Nanny Ogg seufzte. »Hat Desiderata dir denn überhaupt nichts erklärt?«

»Kein Wort!«

Nanny zuckte mit den Schultern.

»Dann tu halt, was du kannst«, sagte sie.

Magrat starrte auf den Geröllhaufen. Sie schloss die Augen. Sie atmete tief ein. Sie versuchte, in ihrem Geist ein friedliches Bild kosmischer Harmonie erstehen zu lassen. Mönche hatten über kosmische Harmonie leicht reden, wenn sie gemütlich auf ihrem verschneiten Berg hockten und sich höchstens über Yetis Gedanken machten. Sie mussten ihren inneren Frieden nicht finden, während sie von Oma Wetterwachs angestarrt wurden.

Sie wedelte halbherzig mit dem Zauberstab herum und bemühte sich, nicht an Kürbisse zu denken.

Sie fühlte, wie sich die Luft bewegte. Sie hörte, wie Nanny der Atem stockte.

Sie fragte: »Hat sich was getan?«

Nach einer Weile sagte Nanny Ogg: »Doch. Irgendwie schon. Dann wollen wir mal hoffen, dass sie Hunger haben.«

Und Oma Wetterwachs sagte: »So macht man das also als gute Fee, ja?«

Magrat öffnete die Augen.

Der Haufen lag immer noch vor ihr, doch er war nicht mehr aus Stein.

»Ich find's ja süß, aber ich könnte mir vorstellen, der König wird eher sauer«, sagte Nanny.

Magrat riss die Augen ganz weit auf.

»Immer noch Kürbisse?«

»Süß und sauer, ja? Süßsauer«, wiederholte Nanny, für den Fall, dass die beiden ihren kleinen Scherz nicht verstanden hatten.

An der Spitze des Berges bewegte sich etwas. Ein paar kleine Kürbisse kullerten herab, Magrat fast vor die Füße, und in dem Loch erschien ein Zwergengesicht.

Es starrte auf die Hexen herunter.

Schließlich rief Nanny Ogg ihm zu: »Alles klar?«

Der Zwerg nickte. Fassungslos wanderte sein Blick über den Kürbisberg, der vom Boden bis zur Decke reichte.

»Äh, doch«, sagte er. »Ist Papa hier?«

»Papa?«

»Der König.«

»Ach so.« Nanny Ogg legte die Hände um den Mund und drehte sich zum Stolleneingang. »He da, König!«

Die Zwerge kamen zurück und blieben staunend vor den Kürbissen stehen. Der König sah seinen Sprössling fragend an.

»Alles in Ordnung, Sohnemann?«

»Alles in Butter, Papa. Keine Bruchlinien oder sonst was.«

Der König atmete auf. Mit einiger Verspätung fügte er hinzu: »Und sonst? Keine Verluste?«

»Es ist niemandem was passiert, Papa.«

»Ich war ernsthaft besorgt. Ich dachte schon, wir wären womöglich auf ein Konglomeratvorkommen gestoßen.«

»Ist bloß lockerer Schiefer, Papa.«

»Gut.« Der König musterte den Haufen noch einmal und kratzte sich den Bart. »Sieht mir ganz so aus, als wärt ihr auf Kürbis gestoßen.«

»Und ich dachte, es wäre eine komische Sorte Sandstein, Papa.«

Der König wandte sich den Hexen zu.

»Könnt ihr alles in alles verwandeln?«, fragte er hoffnungsvoll.

Nanny Ogg warf einen Seitenblick auf Magrat, die, noch immer unter Schock stehend, den Zauberstab anstarrte.

»Ich glaube, momentan können wir nur Kürbisse«, antwortete sie zurückhaltend.

Der König machte ein langes Gesicht.

»Tja, nun«, sagte er. »Wenn ich mich auf irgendeine Weise bei Ihnen revanchieren kann, meine Damen … mit einem Tässchen Tee vielleicht?«

Oma Wetterwachs baute sich vor ihm auf. »So etwas in der Art schwebte mir auch gerade vor«, antwortete sie.

Der König strahlte.

»Bloß ein bisschen teurer«, fügte sie hinzu.

Das königliche Strahlen verlosch.

Nanny Ogg stellte sich neben Magrat, die ungläubig den Zauberstab schüttelte.

»Sehr clever«, flüsterte sie. »Wieso hast du denn an Kürbisse gedacht?«

»Hab ich doch gar nicht!«

»Weißt du immer noch nicht, wie man damit umgeht?«

»Nein! Ich dachte, man müsste bloß, na ja, *wollen*, dass etwas passiert.«

»Wünschen allein reicht anscheinend nicht«, sagte Nanny so mitfühlend wie möglich. »Aber so ist es ja meistens.«

Kurz vor Tagesanbruch – soweit man davon tief unten in einer Mine überhaupt reden konnte – wurden die Hexen zu einem Fluss im Berginneren geführt. Neben einigen Frachtkähnen, die dort vor Anker lagen, war an einem Landungssteg ein kleines Ruderboot vertäut.

»Auf dem Fluss kommt ihr aus dem Gebirge raus«, sagte der König. »Ich glaube sogar, er führt direkt bis nach Gennua.« Von einem Diener nahm er einen großen Korb entgegen. »Und wir haben euch köstlichen Proviant eingepackt.«

»Müssen wir die ganze Strecke mit dem Boot fahren?«, fragte Magrat. Sie fuchtelte ein paarmal verstohlen mit dem Zauberstab. »Ich bin nicht so gern auf dem Wasser.«

»Der Fluss kennt den Weg aus den Bergen – wir nicht«, sagte Oma, während sie einstieg. »Die Besen benutzen wir später wieder, wenn die Landschaft nicht mehr so widerborstig ist.«

Nanny lehnte sich bequem zurück. »Und in der Zwischenzeit können wir uns ein bisschen ausruhen.«

Die beiden Althexen hockten gemütlich im Heck des Bootes, wie zwei brütende Hennen auf ihren Nestern.

»Könnt ihr rudern?«, fragte Magrat.

»Können ja, aber müssen nicht.«

Magrat nickte stumm und ergeben, doch dann glomm ein kleines Fünkchen Trotz in ihr auf.

»Ich weiß jedenfalls nicht, wie es geht«, sagte sie.

»Das ist nicht weiter schlimm«, antwortete Nanny. »Wenn wir sehen, dass du einen Fehler machst, sagen wir dir schon Bescheid. Keine Bange. Also dann: tschüss, königliche Hoheit.«

Seufzend griff Magrat zu den Rudern.

Oma hatte immerhin einen hilfreichen Rat auf Lager: »Die platten Enden müssen ins Wasser.«

Die Zwerge winkten. In einem Kreis aus Laternenlicht trieben sie langsam auf den Fluss hinaus. Magrat stellte fest, dass das Steuern gar nicht so schwierig war. Sie musste das Boot nur richtig herum in der Strömung halten.

Nanny sagte: »Ich kapiere ehrlich nicht, wozu sie immer diese unsichtbaren Runen an der Tür haben müssen. Da bezahlt man einen Zauberer, dass er einem unsichtbare Runen an die Tür pinselt, und hinterher hat man nicht den leisesten Schimmer, ob er für das Geld überhaupt was abgeliefert hat.«

Oma sagte: »Ist doch ganz simpel. Wenn du sie nicht sehen kannst, weißt du, dass du echte unsichtbare Runen bekommen hast.«

Nanny sagte: »Stimmt, da hast du Recht. Okay, dann wollen wir doch mal sehen, was sie uns zu essen eingepackt haben.« Es raschelte.

»So, so, so.«

»Und? Was ist es, Gytha?«

»Kürbis.«

»Kürbis mit ...?«

»Kürbis mit ohne. Bloß Kürbis mit Kürbis.«

»Wahrscheinlich hatten sie einfach zu viele«, sagte Magrat. »Das kennt man doch. Wenn der Sommer zu Ende geht, kann man im Garten solche Mengen ernten, dass man nicht mehr weiß, wohin damit. Ich koche verschiedene Chutneys, ich lege sie süßsauer ein, aber dann bin ich mit meiner Weisheit auch schon wieder am Ende.«

Omas Miene schien auszudrücken, dass es bis zum Ende von Magrats Weisheit vermutlich kein besonders weiter Weg war.

»Ich«, sagte Oma Wetterwachs, »habe mein Lebtag noch kein Gemüse eingelegt.«

»Aber du isst es doch so gern«, sagte Magrat. Hexen und eingelegtes Gemüse passten zusammen wie – sie zögerte. Der Vergleich »Erdbeeren und Sahne« verbot sich von selbst. Sie ersetzte ihn durch »Dinge, die gut zusammenpassen«. Wenn Nanny Ogg mit ihrem einzigen verbliebenen Zahn an einer eingelegten Zwiebel knabberte, war das ein Anblick, der einem die Tränen in die Augen trieb.

»Ich esse es für mein Leben gern«, sagte Oma. »Aber ich lasse es mir schenken.«

Nanny drang in die Tiefen des Korbes vor. »Irgendwie kommt mir jedes Mal, wenn ich mit Zwergen zu tun habe, der Ausdruck ›alte Knauserköppe‹ in den Sinn.«

»Ja, knickrige kleine Teufel. Und geldgierig. Was die für Preise von mir verlangen, wenn ich ihnen den Besen zur Reparatur bringe – ungeheuerlich«, schimpfte Oma.

»Ja, aber dann reparieren sie ihn doch immer kostenlos«, wandte Magrat ein.

»Das tut nichts zur Sache«, gab Oma Wetterwachs zurück. »Solche Preise gehören verboten. Das ist glatter Diebstahl.«

»Aber wie kann es denn Diebstahl sein, wenn du sowieso nichts bezahlst?«, fragte Magrat.

»Ich bekomme immer alles umsonst«, sagte Oma. »Die Leute wollen mein Geld ja nicht. Ich kann nichts dafür, dass sie mir dauernd was schenken. Kaum lasse ich mich auf der Straße blicken, kommt sofort alles angerannt, um mir frischgebackenen Kuchen, frischgebrautes Bier und gebrauchte, aber wenig getragene Kleidungsstücke aufzudrängen. ›Liebe Frau Wetterwachs, dürfte ich Ihnen bitte diesen Korb Eier verehren?‹, tönt es von allen Seiten. Die Menschen sind stets nett zu mir. Denn wie man in den Wald hineinruft, so schallt es auch wieder heraus. Respekt muss man sich verdienen. Nichts bezahlen zu müssen«, endete sie streng, »ist das A und O des Hexenberufs.«

»Was haben wir denn hier Schönes?« Nanny zog ein kleines

Paket aus dem Korb. Als sie das Papier abgewickelt hatte, kamen mehrere braune, harte Scheiben zum Vorschein.

»Große Götter«, staunte Oma Wetterwachs. »Ich nehme alles zurück und behaupte das Gegenteil. Das ist ja das berühmte Zwergenbrot. Das schenken sie nicht jedem x-Beliebigen.«

Nanny klopfte mit einer der Scheiben auf den Bootsrand. Das hohle Geräusch, das dabei entstand, klang fast so, als hätte sie ein hölzernes Lineal über eine Tischkante geschoben und schnappen lassen: *Boioioing*.

»Angeblich verdirbt es nie, auch nach Jahren nicht«, sagte Oma.

»Angeblich hält es einen tagelang bei Kräften«, sagte Nanny.

Magrat nahm einen der flachen Laibe und versuchte vergeblich, ihn entzweizubrechen.

»Und das soll man *essen*?«, fragte sie.

»Also ich glaube, zum Essen ist es nicht gedacht«, sagte Nanny. »Eher dafür, dass man ...«

»... bei Kräften bleibt«, sagte Oma. »Angeblich soll es ...«

Sie brach ab.

Über das Rauschen des Flusses und das gelegentliche Tropfen des Wassers von der Höhlendecke hinweg hörten sie hinter sich auf einmal ein gleichmäßiges Plätschern.

»Wir werden verfolgt!«, zischte Magrat.

Wo das Licht der Laterne kaum noch hinreichte, schimmerten zwei fahlgelbe Punkte. Nach und nach entpuppten sie sich als die Augen eines froschähnlichen grauen Wesens, das, auf einem Baumstamm hockend, hinter ihnen hergepaddelt kam.

Im nächsten Moment war es auch schon mit dem Boot auf gleicher Höhe. Lange, klamme Finger krallten sich in die Bordwand, und ein kummervolles Gesicht schob sich vor das von Nanny Ogg.

»Hallo«, murmelte es. »Wir haben Geburtssstag.«

Die drei Hexen starrten es eine Weile schweigend an. Dann nahm Oma Wetterwachs ein Ruder und schmetterte es dem Wesen auf den Kopf. Ein Platschen.

»Grässlicher kleiner Wicht«, sagte Oma, während das brabbelnde Gezeter immer weiter hinter ihnen zurückblieb. »Der führte bestimmt nichts Gutes im Schilde.«

»Ja«, gab Nanny Ogg ihr Recht. »Vor den Schleimigen muss man besonders auf der Hut sein.«

»Was der wohl von uns wollte?«, wunderte sich Magrat.

Nach einer halben Stunde trieb das Boot durch einen Höhlenausgang hinaus in eine enge Schlucht zwischen hohen, mit glitzerndem Eis überzogenen Felswänden. Auf einigen Vorsprüngen lag Schnee.

Nanny Ogg blickte sich um, als ob sie kein Wässerchen trüben könnte, und wurstelte aus den Tiefen ihrer zahlreichen Röcke ein Fläschchen zutage. Es gluckerte.

»Hier gibt's bestimmt ein tolles Echo«, sagte sie nach einer Weile.

»Das lässt du schön bleiben«, sagte Oma bestimmt.

»Was lass ich schön bleiben?«

»Du singst auf keinen Fall dieses Lied.«

»Wie bitte, Esme?«

»Wenn du dieses Lied singst, komme ich nicht weiter mit.«

»Was denn für ein Lied?«, fragte Nanny, ganz kindliche Unschuld.

»Das weißt du genau«, antwortete Oma eisig. »Das Lied, das du immer singst, wenn du was getrunken hast. Das, mit dem du mich bis auf die Knochen blamierst.«

»Ich wüsste wirklich nicht, welches du meinen könntest, Esme«, sagte Nanny Ogg lammfromm.

»Das Lied über … über diesen stacheligen Insektenfresser, der sich … verehelicht.«

»Ach so.« Nanny ging ein Licht auf. »Du meinst die Igelhochzeit.«

»Genau!«

»Aber das ist ein *Volkslied.* Und hier im Ausland verstehen die Leute doch sowieso nicht, worum es geht.«

»Wie du es singst, braucht man den Text nicht zu verstehen«, sagte Oma. »Wie du es singst, verstehen es sogar Schlammlurche, die auf dem Grund von Tümpeln hausen.«

Magrat sah über die Bootswand. Hier und da trugen die Wellen weiße Spitzenhauben. Die Strömung war stärker geworden, kleine Eisschollen trieben im Wasser.

»Es ist doch nur ein Volkslied, Esme«, sagte Nanny Ogg.

»Ha!«, sagte Oma Wetterwachs. »*Nur* ein Volkslied, dass ich nicht lache. Ha! Da erwartet man ein nettes Liedchen über... Kuckucke und Fiedler und Nachtigallen und sonst was, und dann geht es plötzlich... um ganz andere Sachen«, fügte sie düster hinzu. »Volksliedern kann man nicht trauen. Sie sind heimtückisch und hinterlistig.«

Magrat stieß das Boot von einem Felsen ab. Langsam wurde es von einem Wirbel herumgedreht.

»Ich könnte dir auch eins von Vögeln zwitschern«, sagte Nanny Ogg.

»Ähm«, machte Magrat.

»Am Anfang sind es vielleicht noch Vögel, aber ich möchte wetten, zum Schluss sind es Metaphern«, entgegnete Oma.

»Äh, Oma?«, sagte Magrat.

»Es war schon schlimm genug, als Magrat mir erzählt hat, was für eine Symbolik hinter den Maibäumen steckt«, sagte Oma. Traurig fügte sie hinzu: »Und wie gern ich mir früher einen Maibaum angesehen habe.«

»Ich glaube fast, die Strömung ist ein bisschen stärker geworden«, sagte Magrat.

»Müssen die Leute einem denn immer alles kaputtmachen?«, sagte Oma.

»Und damit meine ich *reißend*«, sagte Magrat, während sie das Boot um einen scharfkantigen Felsen herumsteuerte.

»Das Kind hat Recht«, sagte Nanny Ogg. »Das Wasser ist wirklich ein bisschen ruppig geworden.«

Oma sah über Magrats Schulter auf den vor ihnen liegenden Flussabschnitt, eine Bezeichnung, die mehr als zutreffend war.

Denn der Fluss sah aus wie abgeschnitten, und zwar von einem in Kürze zu erwartenden Wasserfall. Das Boot raste immer schneller dahin. Ein gedämpftes Donnern war zu vernehmen.

»Von einem Wasserfall haben sie kein Wort gesagt«, knurrte Oma Wetterwachs.

»Sie dachten bestimmt, den würden wir schon von alleine finden«, sagte Nanny Ogg, während sie ihre Habseligkeiten zusammenraffte und sich Greebo auf den Schoß hievte. »Nicht gerade ein sehr auskunftsfreudiges Völkchen, diese Zwerge. Ein Glück, dass Hexen nicht untergehen können. Außerdem wussten die kleinen Halunken ja auch, dass wir die Besen dabei haben.«

»*Ihr* habt Besen«, sagte Oma. »Aber kannst du mir vielleicht mal verraten, wie ich meinen in einem Boot starten soll? Anlauf nehmen geht ja wohl nicht. Und hör auf, so rumzuzappeln, sonst landen wir gleich alle im–«

»Nimm den Fuß da weg, Esme–«

Das Boot schaukelte heftig.

In dieser Situation zeigte Magrat, was in ihr steckte. Als eine Welle über das Boot schwappte, zückte sie den Zauberstab.

»Keine Angst«, sagte sie. »Lasst mich nur machen. Ich glaube, ich habe den Trick jetzt raus–«

»Nein!«, brüllten Oma Wetterwachs und Nanny Ogg wie aus einem Mund.

Es machte pflatsch. Das Boot nahm eine andere Form an. Und eine andere Farbe. Und zwar ein fröhliches Orange.

»Kürbisse!«, schrie Nanny Ogg, während sie langsam ins Wasser rutschte. »Nicht schon wieder Kürbisse!«

Lilith lehnte sich zurück. Das Eis an den Felswänden war zwar nicht so gut wie ein Spiegel, aber für ihre Zwecke reichte es.

So, so. Ein Waschlappen von einem schlaksigen Mädchen, das eher selbst eine gute Fee gebraucht hätte, als für diese Rolle zu taugen, und ein altes Waschweib, das trank und Lieder sang. Und ein Zauberstab, den das dumme Gör nicht zu benutzen wusste.

Es war zum Verrücktwerden. Und nicht nur das. Es war auch erniedrigend. Sollten das etwa die besten Gegenspieler sein, die Desiderata und Frau Gogol finden konnten? Der eigene Ruhm wuchs mit der Macht der Feinde.

Natürlich war *sie* auch noch dabei. Nach so vielen Jahren ...

Natürlich. Aber das gefiel Lilith. Schließlich mussten sie zu dritt sein. Die Drei war eine wichtige Zahl im Märchen. Drei Wünsche, drei Prinzen, drei Ziegen, dreimal raten ... drei Hexen. Die Jungfer, die Mutter und die ... Andere. *Das* war eines der ältesten Märchen von allen.

Esme Wetterwachs hatte Märchen nie verstanden. Und auch nicht, wie real Reflexionen sein konnten. Hätte sie es verstanden, würde sie wahrscheinlich inzwischen die Welt beherrschen.

»Immer sitzt du vor irgendeinem Spiegel«, sagte eine quengelnde Stimme. »Ich kann es nicht leiden, dass du immer in den Spiegel guckst!«

Der Prinz, ganz in schwarze Seide gehüllt und mit wohlgeformten Beinen, lümmelte sich in einem Sessel in der Ecke. Normalerweise ließ Lilith niemanden hinein in ihr Spiegelnest, aber genau genommen gehörte das Schloss schließlich ihm. Außerdem war er viel zu eitel und dumm, um zu begreifen, was vor sich ging. Dafür hatte sie gesorgt. Das hoffte sie zumindest. In der letzten Zeit schien er doch so einiges aufzuschnappen ...

»Ich kapiere nicht, wozu das gut sein soll«, nörgelte er. »Ich dachte, zum Zaubern braucht man bloß auf irgendwas draufzuzeigen, und mit einem *Wusch* ist die Sache erledigt.«

Lilith setzte ihren Hut auf und rückte ihn mit einem Blick in den Spiegel zurecht.

»So ist es sicherer«, antwortete sie. »Es ist ein in sich geschlossenes System. Wenn man mit Spiegelmagie arbeitet, braucht man sich nur auf sich selbst zu verlassen. Darum hat auch noch niemand die Welt mit Magie erobert ... bis jetzt. Sie versuchen immer ... aus anderen Quellen zu schöpfen. Und der Preis dafür ist hoch. Aber bei Spiegeln ist man allein seiner eigenen Seele verpflichtet.«

Sie ließ den Hutschleier herab. Außerhalb ihrer Zuflucht zwischen den Spiegeln fühlte sie sich hinter einem Schleier weniger angreifbar.

»Ich hasse Spiegel«, grummelte der Prinz.

»Und warum? Weil sie dir die Wahrheit sagen, mein Junge.«

»Dann ist das aber eine grausame Magie.«

Lilith zupfte noch ein wenig an dem Schleier herum.

»Oh ja. Bei Spiegeln hat man es nur mit der eigenen Macht zu tun. Sie kann von nirgendwo sonst herkommen«, antwortete sie.

»Die Frau aus dem Sumpf kriegt sie aus dem Sumpf«, sagte der Prinz.

»Ha! Und eines Tages wird diese Macht sie verschlingen. Sie hat ja keine Ahnung, mit welchen Kräften sie es zu tun hat.«

»Aber du, ja?«

In ihr regte sich leiser Stolz. Er lehnte sich wahrhaftig gegen sie auf! Sie hatte wirklich ausgezeichnete Arbeit geleistet.

»Ich kenne mich mit Märchen aus«, sagte sie. »Mehr brauche ich nicht.«

»Und wo bleibt das Mädchen?«, quengelte der Prinz. »Du hast mir das Mädchen versprochen. Dann habe ich es hinter mir und kann in einem richtigen Bett schlafen. Dann brauche ich keine Spiegelmagie mehr–«

Vielleicht hatte sie sogar *zu* gute Arbeit geleistet.

»Du hast die Nase voll von der Magie?« Lilith war die Liebenswürdigkeit in Person. »Du möchtest, dass ich damit aufhöre? Das wäre kinderleicht. Ich habe dich aus der Gosse geholt. Soll ich dich wieder dahin zurückschicken?«

Panik ließ sein Gesicht zur Maske erstarren.

»So meinte ich das doch gar nicht! Ich kann es bloß kaum erwarten, dass es endlich wahr wird. Nur ein Kuss, hast du gesagt. Ich verstehe nicht, was daran so schwierig sein soll.«

»Der richtige Kuss zur rechten Zeit«, antwortete Lilith. »Wenn es zur Unzeit passiert, funktioniert es nicht.« Sie lächelte. Er zitterte, teils vor Begierde, teils aus Angst – und ein wenig auch aus Veranlagung.

»Mach dir keine Sorgen«, sagte sie. »Es ist völlig ausgeschlossen, dass es nicht dazu kommt.«

»Und diese Hexen, die du mir gezeigt hast?«

»Die sind bloß … Teil des Märchens. Zerbrich dir über die nicht den Kopf. Das Märchen wird sie einfach schlucken. Und weil es ein Märchen ist, bekommst du das Mädchen. Ist das nicht schön? Also gut. Wollen wir …? Du möchtest doch sicher mal wieder ein bisschen herrschen gehen, nicht wahr?«

Der Prinz verstand die Andeutung als das, was sie war: eine Drohung. Er stand auf. Arm in Arm begaben sie sich in den Audienzsaal des Schlosses hinunter.

Lilith war stolz auf ihn. Zwar litt er des Nachts noch immer an seiner kleinen peinlichen Unpässlichkeit, weil sein morphisches Feld schwächer wurde, wenn er schlief, aber damit wurde sie fertig. Dann wäre da noch das Problem mit den Spiegeln, die ihn so zeigten, wie er wirklich war, doch auch dafür gab es eine Lösung. Sie hatte einfach sämtliche Spiegel – außer ihren eigenen – aus dem Schloss verbannt. Und zu guter Letzt waren da noch seine Augen. Aber an denen konnte sie nichts machen. Und weil es so gut wie unmöglich war, Augen mittels Magie zu verändern, hatte sie sich mit einer dunklen Brille behelfen müssen.

Trotzdem war er ein Meisterwerk. Und wie dankbar er ihr war. Sie hatte ihm gutgetan.

Zumindest hatte sie einen Mann aus ihm gemacht.

Etwas abseits des Wasserfalls, des zweithöchsten der gesamten Scheibenwelt, der im Jahr der Drehkrabbe von dem berühmten Forschungsreisenden Guy de Yoyo* entdeckt worden war, saß Oma Wetterwachs mit einem Handtuch um die Schultern dampfend – und innerlich kochend – vor einem Feuerchen.

»Es hätte noch viel schlimmer kommen können«, sagte Nanny

* Davor war er natürlich über Jahrtausende hinweg fast täglich von unzähligen Zwergen, Trollen, Eingeborenen, Fallenstellern und hoffnungslos Verirrten entdeckt worden. Aber sie waren keine Forschungsreisenden und zählten deshalb nicht.

Ogg zu ihrer alten Freundin. »Immerhin konnte ich gleichzeitig dich und meinen Besen schnappen. Und Magrat hatte ihren. Sonst würden wir uns jetzt alle den Wasserfall von unten angucken.«

»Da bin ich aber froh, dass die Sache auch ein Gutes hat.« Oma hatte ein böses Funkeln in den Augen.

»Ist doch mal ein kleines Abenteuer.« Nanny setzte ein aufmunterndes Lächeln auf. »Was meinst du, wie wir darüber lachen können, wenn wir uns eines Tages daran zurückerinnern.«

»Na, dann ist es ja gut«, sagte Oma.

Nanny tupfte ihre frischen Wunden ab. Vom arttypischen Selbsterhaltungstrieb einer Katze gepackt hatte Greebo sich unter Einsatz sämtlicher Krallen am Arm seiner Herrin empor bis auf ihren Kopf vorgearbeitet und sich von dort mit einem gewaltigen Sprung in Sicherheit gebracht. Jetzt lag er zusammengerollt am Feuer und träumte Katzenträume.

Ein Schatten zog über sie hinweg. Das war Magrat, die das Flussufer abgesucht hatte.

»Ich glaube, es ist fast nichts verlorengegangen«, verkündete sie, nachdem sie gelandet war. »Hier ist Omas Besen. Und … ach ja … der Zauberstab.« Sie lächelte tapfer. »Auf dem Wasser dümpeln überall kleine Kürbisse. Dadurch konnte ich ihn wiederfinden.«

»Sag bloß. Was für ein Glück«, sagte Nanny Ogg unverzagt. »Hörst du, Esme? Verhungern müssen wir jedenfalls nicht.«

»Der Korb mit dem Zwergenbrot ist auch wieder da«, sagte Magrat. »Ich hoffe bloß, es ist nicht verdorben.«

»Bestimmt nicht, glaub mir«, antwortete Nanny Ogg. »Zwergenbrot kann nicht verderben, egal was man damit anstellt.« Sie setzte sich wieder hin. »Was für ein gemütliches kleines Picknick, was für ein lustiges Feuerchen, was für ein hübsches Fleckchen Erde … jede Wette, im Wiewunderland – und nicht nur da – würden jede Menge Leute ihr letztes Hemd dafür geben, mit uns zu tauschen …«

»Wenn du nicht sofort aufhörst, Fröhlichkeit zu verbreiten, Gytha Ogg, rutscht mir gleich die Hand aus«, sagte Oma Wetterwachs.

»Pass bloß auf, dass du dir keine Erkältung holst.«

»Ich trockne«, antwortete Oma Wetterwachs. »Von innen nach außen.«

»Es tut mir ja leid«, sagte Magrat. »Mehr als mich entschuldigen kann ich aber auch nicht.«

Dabei wusste sie gar nicht genau, wofür sie sich eigentlich entschuldigte. *Ihre* Idee war das Boot nicht gewesen. Und den Wasserfall hatte sie auch nicht mitten in den Fluss gestellt. Mit dem Rücken in Fahrtrichtung konnte sie ihn noch nicht einmal kommen sehen. Sicher, sie hatte das Boot in einen Kürbis verwandelt, aber doch nicht mit Absicht. So etwas hätte jedem passieren können.

»Desideratas Notizbücher habe ich auch gerettet«, sagte sie.

»Was für ein Segen«, antwortete Nanny Ogg. »Jetzt wissen wir wenigstens, wo wir in der Irre herumirren.«

Sie blickte sich um. Obwohl sie den größten Teil des Gebirges hinter sich hatten, ragten noch immer hohe Gipfel vor ihnen auf, mit Wiesen, die sich bis zur Schneegrenze erstreckten. Aus der Ferne drang das Bimmeln von Ziegenglocken zu ihnen herüber.

Magrat faltete eine Karte auseinander. Sie war zerknittert und durchgeweicht, die Schrift verlaufen. Zaghaft zeigte Magrat auf eine verschmierte Stelle.

»Ich glaube, wir sind hier«, sagte sie.

»Ist ja ein Ding«, staunte Nanny Ogg, die noch weniger von Kartographie verstand als Oma. »Kaum zu fassen, dass wir alle auf so ein kleines Stückchen Papier passen.«

»Wahrscheinlich wäre es am besten, wenn wir erst mal nur dem Fluss folgen«, sagte Magrat. »Aber selbstverständlich ohne ihn zu befahren«, fügte sie hastig hinzu.

»Meine Tasche hast du nicht zufälligerweise gefunden, was?«, fragte Oma Wetterwachs. »Da hatte ich persönliche Sachen drin.«

»Ist vermutlich versunken wie ein Stein«, sagte Nanny Ogg.

Oma Wetterwachs erhob sich wie ein General, der soeben erfahren hat, dass seine Armee nur Zweite geworden ist.

»Auf geht's«, sagte sie. »Wohin auch immer.«

Nach den Bergen kam der Wald – finster und gespickt mit Nadelbäumen. Die Hexen überflogen ihn schweigend. Hier und da stand eine einsame Hütte, halb verborgen zwischen den Bäumen. Hin und wieder ragte ein steiler Felsenzacken aus dem sylvanischen Dunkel, in abendlich anmutende Nebel gehüllt, obwohl es noch Nachmittag war. Ein-, zweimal kamen sie an einer Burg vorbei, falls man sie so nennen konnte, denn sie sahen nicht aus wie erbaut, sondern wie aus der Erde hervorgequollen.

Es war eine Landschaft, um die sich ganz bestimmte Geschichten rankten, in denen Wölfe, Knoblauch und panisch kreischende Frauen eine Rolle spielten. Düstere, durstige Geschichten, mit dunklen Flügeln im fahlen Mondlicht…

»Die Flabbergast«, murmelte Nanny.

»Was ist das?«, fragte Magrat.

»Das ist Ausländisch für Fledermaus.«

»Ich mag Fledermäuse«, sagte Magrat. »Nur so, ganz allgemein.«

Als hätten sie sich abgesprochen, blieben die Hexen dicht beieinander.

»Ich krieg langsam Hunger«, sagte Oma Wetterwachs. »Aber kommt mir bloß nicht mit Kürbissen.«

»Wir haben auch noch das Zwergenbrot«, sagte Nanny Ogg.

»Zwergenbrot vergeht nicht«, antwortete Oma. »Wie Unkraut. Nix für ungut, aber ich hätte gern was Genießbareres.«

Wieder flogen sie an einer Burg vorbei, die sich an die Zinnen eines steilen Felsens klammerte.

»Was wir jetzt brauchen könnten, wäre ein nettes kleines Städtchen«, sagte Magrat.

»Aber das da tut es auch«, sagte Oma.

Was da unter ihnen lag, war weniger eine Stadt als ein Sammelsurium von Häusern, die sich vor der Wand aus Bäumen schutzsuchend aneinanderdrängten. Es sah so trostlos aus wie eine kalte Feuerstelle. Doch die Schatten der Berge streckten sich bereits über den Wald hinweg, und die Landschaft hatte etwas an sich, das den Hexen schweigend, aber entschieden von einem Nachtflug abriet.

»Da ist aber nicht viel los«, sagte Oma.

»Vielleicht gehen die Leute hier früh schlafen«, sagte Nanny Ogg.

»Die Sonne ist doch noch nicht mal untergegangen«, sagte Magrat. »Sollen wir vielleicht lieber rauf zur Burg fliegen?«

Sie musterten das alte Gemäuer.

»N-ein«, antwortete Oma bedächtig. Womit sie auch den beiden anderen aus dem Herzen sprach. »Wir wollen doch nicht zu hoch hinaus.«

Also landeten sie auf dem Marktplatz – jedenfalls fiel ihnen kein besseres Wort dafür ein. Irgendwo hinter den Häusern bellte ein Hund. Ein Fensterladen knallte zu.

»Sehr freundlich«, sagte Oma. Sie ging zu einem etwas größeren Gebäude mit einem Schild über der Tür, das so dick mit Dreck verkrustet war, dass man es nicht entziffern konnte. Sie klopfte ein paarmal an die Tür.

»Aufmachen!«, rief sie.

»Nein, nein, so doch nicht«, sagte Magrat. Sie schob sich an Oma vorbei und pochte leise. »Pardon! Bona-fide-Reisende!«

»Bonner Fiedel?«, fragte Nanny.

»Das muss man so sagen«, erklärte Magrat. »Jedes Gasthaus muss Bona-fide-Reisenden öffnen und sie mit Viktualien versorgen.«

»Tatsächlich? Das hört sich vielversprechend an.«

Die Tür blieb verschlossen.

»Lasst mich mal ran«, sagte Nanny. »Ich kann auch ein paar Brocken Ausländisch.«

Sie hämmerte an die Tür.

»Uwe, uwe, gunga din, chop-chop, aber dalli«, rief sie.

Oma Wetterwachs spitzte argwöhnisch die Ohren.

»Und das soll Ausländisch sein?«

»Mein Enkel Joschi ist Matrose«, sagte Nanny Ogg. »Du würdest dich wundern, was für Wörter der im Ausland so aufschnappt.«

»Das glaub ich dir gerne«, antwortete Oma. »Ich hoffe bloß, er erreicht damit mehr als du.«

Sie klopfte noch einmal. Und jetzt ging die Tür ganz langsam auf. Ein bleiches Gesicht schob sich heraus.

»Pardon…«, begann Magrat.

Oma drückte die Tür auf. Der Besitzer des Gesichts hielt dagegen. Seine Schuhe schleiften schabend über den Boden, als er mit sanfter Gewalt nach innen geschoben wurde.

»Ein Segen liege über diesem Haus«, sagte Oma geschäftsmäßig. Für eine Hexe war das immer ein guter erster Satz. Dadurch konzentrierten sich die Leute gleich auf das, was für Dinge *ansonsten* über diesem Haus liegen könnten, und erinnerten sich blitzschnell an die frischgebackenen Kuchen, das frische Brot oder die Bündel mit der noch brauchbaren Kleidung, die ihnen möglicherweise kurzzeitig entfallen waren.

Es schien ganz so, als läge bereits eins von diesen sonstigen Dingen über dem Haus.

Obwohl man es wohl als Gasthof bezeichnen musste, hatten die drei Hexen in ihrem Leben noch nie eine derart freudlose Schenke gesehen. Aber es herrschte Betrieb. Mindestens zwanzig bleiche Gestalten, die ringsum auf den Bänken saßen, starrten die Neuankömmlinge mit ernster Miene an.

Nanny Ogg schnupperte.

»Menschenskind«, sagte sie. »Wenn das kein Knoblauch ist.« Und tatsächlich, in langen Zöpfen hing er von jedem verfügbaren Deckenbalken. »Knoblauch kann man nie genug haben. Ich fühle mich schon wie zu Hause.«

Sie nickte dem käsebleichen Mann hinter dem Schanktisch zu.

»Bonn Schuhe, mein Allerwertester! Trois Bier por fawor aweck uns, alle hopp!«

»Alle hopp?«, sagte Oma. »Wieso sollen die denn hüpfen?«

»Das ist Ausländisch für ›marsch, marsch‹.«

»Ich wette, das stimmt nicht«, sagte Oma. »Das hast du dir bloß ausgedacht.«

Der Wirt, der von der recht einfachen Prämisse ausging, dass jeder, der durch seine Tür kam, etwas trinken wollte, zapfte drei Bier.

»Siehst du?«, sagte Nanny triumphierend.

»Wie die alle glotzen«, sagte Magrat, während Nanny in ihrem ureigenen Esperanto auf den Wirt einschwatzte. »Das gefällt mir gar nicht. Der Mann da drüben hat mich angegrinst!«

Oma Wetterwachs nahm auf einer Bank Platz. Dabei versuchte sie, möglichst wenig mit dem Holz in Berührung zu kommen. Man konnte ja nie wissen, ob Ausländischsein nicht vielleicht ansteckend war.

»Na also.« Nanny stellte ein schweres Tablett auf den Tisch. »Das war ein Kinderspiel. Ich hab einfach so lange auf den Putz gehauen, bis er es kapiert hat.«

»Das sieht grauenvoll aus«, sagte Oma.

»Knoblauchwurst mit Knoblauchbrot«, sagte Nanny. »Meine Leibspeise.«

»Gab es denn kein frisches Gemüse?«, fragte Magrat, die Ernährungsexpertin.

»Hab ich doch mitgebracht. Frischen Knoblauch.« Zufrieden säbelte Nanny eine dicke Scheibe von der Wurst herunter, die einem das Wasser in die Augen trieb. »Und ich bin mir ziemlich sicher, dass hinter dem Tresen noch ein Glas mit Essigzwiebeln stand.«

»Ach ja? Also dann brauchen wir heute Nacht mindestens zwei Zimmer«, sagte Oma streng.

»Drei«, korrigierte Magrat eilig.

Sie riskierte noch einen Blick durch den Schankraum. Die stummen Dorfbewohner starrten unverwandt zu ihnen herüber, mit Blicken, für die Magrat nur den Ausdruck »hoffnungsvolle Trauer« fand. Natürlich hatte sich jeder, der es länger mit Oma Wetterwachs und Nanny Ogg aushalten musste, schnell daran gewöhnt, dass er von anderen Leuten angestarrt wurde; bei derart raumgreifenden Persönlichkeiten war das kein Wunder. Auch bekamen die Menschen in dieser Gegend wahrscheinlich nicht allzu oft Fremde zu Gesicht; dafür waren die Wälder viel zu undurchdringlich. Und das Bild, das Nanny Ogg abgab, während sie mit herzhaftem Appetit der Wurst zu Leibe rückte, stellte – was den

Unterhaltungswert anging – sogar ihre Eingelegte-Zwiebel-Nummer weit in den Schatten.

Aber trotzdem ... wie diese Leute glotzen ...

Draußen, im finsteren Wald, heulte ein Wolf.

Ein synchroner Schauder befiel die Dorfbewohner. Es sah aus wie einstudiert. Der Wirt raunte ihnen etwas zu. Widerstrebend standen sie auf und trotteten hinaus. Dabei blieben alle möglichst dicht zusammen. Eine alte Frau legte Magrat noch kurz die Hand auf die Schulter, schüttelte traurig den Kopf und huschte eilig hinter den anderen her. Aber auch an so etwas war Magrat gewöhnt. Die Leute hatten oft Mitleid mit ihr, wenn sie mit Oma Wetterwachs unterwegs war.

Schließlich kam der Wirt mit einer brennenden Fackel in der Hand an ihren Tisch geschlurft und bedeutete ihnen, ihm zu folgen.

»Wie hast du ihm klargemacht, dass wir Betten brauchen?«, fragte Magrat.

»Ich hab gesagt: ›He Mister, wulle wulle kuscheh, Numero 3‹«, antwortete Nanny Ogg.

Oma Wetterwachs sprach sich den Satz im Stillen nach und nickte. »Euer Joschi kommt ja wirklich ganz schön in der Weltgeschichte rum.«

»Er meint, der Spruch wirkt immer«, sagte Nanny Ogg.

Nachdem sie eine lange, knarrende Wendeltreppe hinaufgestiegen waren, mussten sie sich doch mit zwei Zimmern begnügen – den beiden einzigen. Und eines davon war für Magrat. Dem Wirt schien es ein besonderes Anliegen zu sein. Er war sehr zuvorkommend.

Allerdings wäre es Magrat lieber gewesen, er hätte nicht darauf bestanden, die Fensterläden zu verriegeln. Sie schlief am liebsten bei offenem Fenster. So war es ihr viel zu dunkel und stickig.

Aber ich hab das Einzelzimmer verdient, dachte sie. Denn schließlich bin *ich* die gute Fee. Die beiden anderen begleiten mich bloß.

Nachdem sie noch einen schicksalsergebenen Blick in den winzigen gesprungenen Spiegel geworfen hatte, legte sie sich ins Bett und hörte zu, was sich hinter der papierdünnen Wand bei den zwei Althexen tat.

»Wieso drehst du den Spiegel zur Wand, Esme?«

»Ich kann das einfach nicht haben, so angestarrt zu werden.«

»Der starrt dich doch nur an, wenn du ihn anstarrst, Esme.«

Schweigen, dann: »He, wozu soll denn dieses runde Ding gut sein?«

»Ich vermute, das soll wohl ein Kopfkissen darstellen, Esme.«

»Ha! So was soll ein Kopfkissen sein? Und richtige Decken gibt es hier auch nicht. Was sagtest du noch mal, wie dieses Ding heißt?«

»Ich glaube, es nennt sich Plümo, Esme.«

»Wo ich herkomme, nennen wir so was Federbett. Ha!«

Eine kurze Pause. Dann:

»Hast du dir den Zahn geputzt?«

Noch eine Pause. Dann:

»Huh, du hast ja richtige Eisbeine, Esme!«

»Ach was. Meine Füße sind mollig warm.«

Noch eine Pause. Dann:

»Stiefel! Deine Stiefel! Du hast ja deine Stiefel an!«

»Aber natürlich. Was dachtest du denn, Gytha Ogg?«

»Und deine ganzen Sachen! Du hast dich ja überhaupt nicht ausgezogen!«

»In diesem Ausland kann man gar nicht vorsichtig genug sein. Wer weiß, was da alles draußen herumschleicht.«

Magrat kuschelte sich unter das – wie hieß es noch gleich? –, das Plümo und drehte sich auf die andere Seite. Oma Wetterwachs schien mit einer Stunde Schlaf die Nacht auszukommen, während Nanny Ogg sogar auf einem Zaunpfosten schnarchen konnte.

»Gytha? *Gytha!* GYTHA!«

»Hä?«

»Schläfst du schon?«

»Jetzt nicht mehr…«

»Ich hör was!«

»… ich auch …«

Magrat döste ein wenig.

»Gytha? GYTHA!«

»… was iss'n nun schon wieder? …«

»Da rappelt einer an unseren Fensterläden!«

»… ach was, dafür sind wir doch viel zu alt … und jetzt schlaf weiter …«

Es wurde von Minute zu Minute wärmer und stickiger im Zimmer. Magrat stand auf, entriegelte die Fensterläden und stieß sie mit dramatischer Geste weit auf.

Ein Grunzen war zu hören, gefolgt von einem dumpfen Aufprall.

Der Vollmond strömte herein. Nachdem Magrat ein paarmal tief durchgeatmet hatte, ging sie wieder ins Bett.

Es schien ihr, als wäre überhaupt keine Zeit vergangen, bis sie erneut von den Stimmen aus dem Schlaf gerissen wurde.

»Gytha Ogg, was *treibst* du da?«

»Ich gönne mir einen kleinen Imbiss.«

»Kannst du nicht schlafen?«

»Irgendwie geht es nicht, Esme«, sagte Nanny Ogg. »Keine Ahnung, warum.«

»Sag bloß, du isst Knoblauchwurst? Ich teile mein Bett mit einer Knoblauchwurstesserin!«

»He, das ist meine. Gib sie sofort wieder her!«

Schweres Stiefelgepolter, dann flog nebenan krachend der Fensterladen auf.

Magrat glaubte, ein leises »Uff« zu vernehmen, gefolgt von einem zweiten dumpfen Plumps.

»Ich dachte, du magst Knoblauch, Esme«, sagte Nanny Ogg vorwurfsvoll.

»Gegen eine Wurst am rechten Ort ist nichts einzuwenden, aber dieser Ort ist nicht das Bett. Und jetzt will ich nichts mehr von dir hören. Rutsch mal ein Stück rüber. Du ziehst mir das ganze Plümo weg.«

Nach einer Weile wurde die samtene Stille durch Omas tiefes, volltönendes Schnarchen unterbrochen. Kurz darauf setzte das vornehmere Schnorcheln von Nanny Ogg ein, die schon sehr viel öfter einen Bettgenossen gehabt hatte als Oma Wetterwachs und sich deshalb ein etwas rücksichtsvolleres Nasenorchester angeeignet hatte. Mit Omas Schnarchen hätte man einen ganzen Wald abholzen können.

Magrat klappte das runde harte Kissen über die Ohren und vergrub sich tief unter dem Plümo.

Auf dem gefrorenen Boden versuchte eine sehr große Fledermaus, sich wieder in die Luft zu schwingen. Sie war bereits zweimal betäubt worden, einmal von einem fahrlässig aufgestoßenen Fensterladen und einmal von einer ballistischen Knoblauchwurst, und sie fühlte sich gar nicht gut. Noch eine solche Schlappe, dann hieß es für sie: ab auf die Burg. Außerdem ging ja auch schon bald die Sonne auf.

Mit rot glühenden Augen blickte sie zu Magrats Zimmer hinauf. Sie spannte die Muskeln an –

Eine Pfote landete auf ihrer Schulter.

Die Fledermaus sah sich um.

Für Greebo war es bis jetzt keine besonders erfreuliche Nacht gewesen. Er hatte den ganzen Ort vergeblich nach ein paar Kätzinnen abgesucht. Die Abfallhaufen waren ebenfalls eine einzige Enttäuschung gewesen. Hier schmissen die Leute ihren Müll nicht weg. Hier aßen sie ihn.

Er war in den Wald getrottet und ein paar Wölfen begegnet, hatte sich vor sie gehockt und sie so lange angegrinst, bis es ihnen zu unbehaglich wurde und sie von dannen zogen.

Alles in allem eine ereignislose Nacht. Bis jetzt.

Die Fledermaus wand sich unter seiner Pfote. In Greebos kleinem Katzenhirn regte sich so etwas wie eine Ahnung, dass sie versuchte, eine andere Gestalt anzunehmen, aber da war diese Maus mit Flügeln dran bei ihm an den Falschen geraten.

Vor allem, nachdem er endlich jemanden gefunden hatte, mit dem er spielen konnte.

Gennua war eine Märchenstadt. Die Menschen lächelten und freuten sich den lieben langen Tag ihres Lebens. Insbesondere dann, wenn sie den nächsten lieben langen Tag noch erleben wollten.

Dafür sorgte Lilith schon. Wahrscheinlich hatten die Bewohner von Gennua sich früher auch eingebildet, glücklich zu sein, bevor sie den alten Baron durch den Prinzen ersetzt hatte, aber das war ein zufälliges, unordentliches Glück gewesen. Deshalb hatte sie auch so leichtes Spiel mit ihnen gehabt.

Was diese Menschen führten, konnte man nicht Leben nennen, so ganz ohne Struktur.

Eines Tages würden sie ihr dankbar sein.

Natürlich gab es immer welche, die Ärger machten. Manche wussten einfach nicht, was gut für sie war. Man gab sein Bestes für sie, man regierte sie, wie es sich gehörte, man sorgte dafür, dass ihr Leben lebenswert und zu jeder Stunde von Glück erfüllt war, und trotzdem begehrten sie – ohne den geringsten Grund – plötzlich gegen einen auf.

Wachen säumten den gut gefüllten Saal. Lilith hatte es gern, wenn das Volk bei der Audienz zusah. Ein kleines Exempel zur rechten Zeit konnte manch große Strafe überflüssig machen.

In Gennua wurden kaum noch Verbrechen begangen. Zumindest keine, die auch andernorts als solche eingestuft worden wären. Taten wie Diebstahl ließen sich leicht regeln und bedurften nur höchst selten eines Gerichtsverfahrens. Aber weitaus verwerflicher waren in Liliths Augen ohnehin die Verbrechen gegen die narrative Erwartungshaltung. Die Menschen schienen einfach nicht zu wissen, wie sie sich zu betragen hatten.

Lilith hielt dem Leben einen Spiegel vor und hackte ihm alles ab, was nicht ins Bild passte …

Der Prinz hing schlaff auf seinem Thron, ein Bein über der

Armlehne baumelnd. Mit dem aufrechten Sitzen hatte er sich immer noch nicht anfreunden können.

»Und was hat der hier verbrochen?«, fragte er und gähnte. Den Mund weit aufzureißen beherrschte er immerhin aus dem Effeff.

Ein kleiner alter Mann stand geduckt zwischen zwei Wachen.

Es findet sich immer jemand, der gern den Schergen spielt, sogar in Städten wie Gennua. Außerdem bekam man eine sehr adrette Uniform mit blauen Hosen, roter Jacke und einem hohen schwarzen Hut mit Kokarde.

»Ich… ich *kann* nicht pfeifen«, sagte der Greis mit zittriger Stimme. »Und ich… ich wusste nicht, dass es Pflicht ist…«

»Aber du bist ein Spielzeugmacher«, sagte der Prinz. »Spielzeugmacher pfeifen und singen den lieben langen Tag.« Er warf einen Blick auf Lilith. Die nickte.

»Ich k-kenne… k-keine Lieder«, antwortete der Spielzeugmacher. »Ich habe keine Lieder gelernt. Ich bin als Spielzeugmacher in die Lehre gegangen. Sieben Jahre an der Werkbank, vom Knaben zum Mann…«

»Hier steht«, der Prinz gab eine glaubwürdige Darstellung eines Herrschers, der eine vor ihm liegende Anklageschrift liest, »dass du den Kindern keine Märchen erzählst.«

»Das hat mir nie einer b-beigebracht… das Märchenerzählen«, sagte der Spielzeugmacher. »Bitte, ich mache nur Spielzeug. Das kann ich gut. Spielzeug. Ich mache gutes Spielzeug. Ich b-bin b-bloß ein Spielzeugmacher.«

»Du kannst kein guter Spielzeugmacher sein, wenn du den Kindern keine Märchen erzählst«, sagte Lilith und beugte sich vor.

Der Greis sah in das verschleierte Gesicht.

»Ich kenne keine«, antwortete er.

»Du *kennst* keine?«

»Ich könnte ihnen erzählen, wie m-man Spielzeug macht.«

Lilith lehnte sich zurück. Ihre Miene war nicht zu erkennen.

»Ich denke, es wäre eine gute Idee, wenn dich unsere Volkswachen wegbringen«, sagte sie, »an einen Ort, wo du auf jeden Fall das Singen lernen wirst. Und nach einer Weile vielleicht sogar das Pfeifen. Wäre das nicht schön?«

Die Verliese des alten Barons waren zum Fürchten gewesen. Lilith hatte sie tünchen und neu möblieren lassen. Mit vielen, vielen Spiegeln.

Als die Audienz vorbei war, stahl sich eine Person aus dem Saal und schlüpfte durch die Palastküche ins Freie. Die Wachen am Seitentor ließen sie passieren. Sie war ein sehr wichtiger Mensch in ihrem kleinen Wirkungskreis.

»Hallo, Frau Nett.«

Sie blieb stehen, griff in ihren Korb und holte ein paar Hähnchenkeulen heraus.

»Ich experimentiere gerade mit einer neuen Erdnusskruste herum«, sagte sie. »Bin schon gespannt, was ihr davon haltet, Jungs.«

Die Männer bedankten sich artig. Man freute sich immer, Frau Nett zu begegnen. Bei den vielen kulinarischen Verwendungszwecken, die ihr zu einem Huhn einfielen, konnte das Federvieh fast froh sein, dass man ihm den Hals umgedreht hatte.

»Und jetzt gehe ich ein paar Kräuter holen«, sagte sie.

Während sie wie ein dickes rundes Geschoss zielstrebig den Marktplatz am Fluss ansteuerte, machten sich die Wachen über die Keulen her.

Frau Nett wuselte geschäftig zwischen den Marktständen hindurch. Es war wichtig, ein möglichst geschäftiges Gewusel an den Tag zu legen, denn sogar in Gennua gab es Zuträger und Denunzianten. *Ganz besonders* in Gennua. Sie war Köchin, und Köchinnen hatten nun einmal geschäftig zu wuseln. Sie achtete auch darauf, immer schön dick und rund zu bleiben. Ein sonniges Gemüt hatte die Natur ihr zum Glück ohnehin mitgegeben. Dass ihre Arme ständig mit Mehl eingestäubt waren, verstand sich von selbst. Und sobald sie das Gefühl hatte, misstrauisch beäugt zu werden, gab sie schnell einen urigen Ausruf wie »Sapperlot!« von sich. Mit dieser Taktik schien sie bis jetzt ganz gut zu fahren.

Sie suchte nach dem Zeichen. Und da war es auch schon. Auf der obersten Dachspitze eines Standes, auf dem sich Käfige mit Hühnern, Püterchen, Schnattergänsen und anderem Geflügel stapelten, saß ein schwarzer Gockel. Die Voodoo-Hexe war da.

In derselben Sekunde, als sie den Hahn erblickte, drehte er den Kopf und sah sie an.

Etwas abseits von den anderen Marktbuden stand ein kleines Zelt, vor dem auf einem Holzkohlefeuer ein Kessel blubberte, daneben Schüsseln, eine Kelle und ein Teller mit Münzen. Ganz gleich, was die Menschen von Frau Gogols Kochkünsten hielten, sie bezahlten dafür, und der Teller reichte für die vielen Geldstücke kaum aus.

Die dickflüssige Suppe in dem Kessel war von einem unappetitlichen Braun. Frau Nett nahm sich eine Schüsselvoll und wartete. Auf Frau Gogols besondere Talente war Verlass.

Nach einer Weile drang eine Stimme aus dem Zelt: »Was gibt es Neues, Frau Nett?«

»Sie hat den Spielzeugmacher einsperren lassen«, sagte Frau Nett, als spräche sie mit sich selbst. »Und gestern hat es den Schankwirt Devereaux erwischt, weil er nicht wohlbeleibt ist und kein gutmütiges Mondgesicht hat. Er war der Vierte in diesem Monat.«

»Treten Sie ein, Frau Nett.«

Im Zelt war es dunkel und sehr warm. Frau Gogol hockte vor einem zweiten Feuer und rührte in einem zweiten Kessel. Sie deutete auf den Blasebalg.

»Fachen Sie die Glut noch ein wenig an, dann werden wir sehen.«

Frau Nett tat, wie ihr geheißen. Obwohl sie selbst keine Magie benutzte – nur das bisschen, das sie brauchte, damit ihr eine Mehlschwitze gelang oder der Brotteig aufging –, achtete sie jeden, der sie beherrschte. Und am meisten Respekt hatte sie vor Frau Gogol.

Die Holzkohle glühte weiß. Die dickflüssige Brühe im Kessel begann zu wallen. Frau Gogol spähte in den Dampf.

»Was machen Sie da, Frau Gogol?«, fragte die Köchin bang.

»Ich versuche zu erkennen, was geschehen wird«, sagte die Voodoo-Frau. Ihre Stimme hatte das typische grollende Raunen der hellseherisch Begabten angenommen.

Frau Nett spähte ebenfalls in die brodelnde Flüssigkeit.

»Jemand wird Krabben essen?«, schlug sie vor.

»Sehen Sie die Okraschote?«, fragte Frau Gogol. »Sehen Sie, wie dort die Krebsscheren hochsteigen?«

»Mit Krebsfleisch haben Sie wirklich noch nie geknausert.«

»Sehen Sie die dicken Blasen an den Okuh-Blättern? Sehen Sie, wie alles um die lila Zwiebel strudelt?«

»Ich sehe es! Ich sehe es!«, rief Frau Nett.

»Und wissen Sie auch, was es bedeutet?«

»Dass es köstlich schmecken wird!«

»Stimmt«, sagte Frau Gogol gnädig. »Aber es bedeutet auch, dass Menschen kommen werden.«

»Toll! Und wie viele?«

Frau Gogol tunkte einen Löffel in die siedende Masse und kostete.

»Drei.« Nachdenklich schmatzte sie mit den Lippen. »Drei Frauen.«

Sie tauchte den Löffel noch einmal ein.

»Kosten Sie mal«, sagte sie. »Und ein Kater ist auch dabei. Das erkennt man am Sassafras.« Sie schmatzte. »Grau. Einäugig.« Sie stocherte mit der Zunge in einem hohlen Zahn. »Linksseitig.«

Frau Nett klappte der Unterkiefer herunter.

»Die drei werden Sie finden, bevor sie mich finden«, sagte Frau Gogol. »Und Sie bringen sie dann zu mir.«

Frau Nett ließ den Blick von Frau Gogols grimmigem Lächeln zu der Suppe im Kessel wandern.

»Die haben sich extra auf den weiten Weg gemacht, um davon zu kosten?«, fragte sie.

»Richtig.« Frau Gogol lehnte sich zurück. »Haben Sie das Mädchen in dem weißen Haus besucht?«

Frau Nett nickte. »Die junge Ella? Ja. Wann immer ich kann.

Wenn die Schwestern im Palast sind. Die haben die Kleine mächtig eingeschüchtert, Frau Gogol.«

Sie blickte noch einmal in den Kessel und wieder hoch.

»Und Sie können wirklich sehen, dass …?«

»Sie haben doch sicher dringend was zu marinieren«, sagte Frau Gogol.

»Genau. Genau.« Frau Nett verstand den Wink mit dem Zaunpfahl und begann, sich rückwärts aus dem Zelt zu schieben. Aber dann blieb sie doch noch einmal stehen. Sie konnte sehr stur sein, wenn sie wollte. Und jetzt wollte sie.

»Dieses Weib, diese Lilith, behauptet, sie kann die ganze Welt in ihren Spiegeln sehen«, sagte sie mit einem leicht vorwurfsvollen Ton in der Stimme.

Frau Gogol schüttelte den Kopf.

»Das Einzige, was der Mensch in einem Spiegel findet, ist er selbst«, antwortete sie. »Aber in einem guten Gumbo findet man *alles*.«

Frau Nett nickte. An dieser Tatsache ließ sich nicht rütteln.

Als die Köchin hinausgegangen war, schüttelte Frau Gogol traurig den Kopf. Zwar musste eine Voodoo-Hexe zu allen möglichen Tricks greifen, um wissend zu erscheinen, aber sie kam sich doch ein wenig schäbig vor, dass sie einer ehrlichen Frau vorgegaukelt hatte, sie könne die Zukunft aus einem Kessel Gumbo herauslesen. Denn das Einzige, was man aus einem Kessel Gumbo vorhersagen konnte, war, dass die Zukunft mit Sicherheit eine ausgesprochen köstliche Mahlzeit bereithielt.

In Wahrheit hatte sie die Zukunft nämlich in einem Topf Jambalaya gesehen, den sie vorher gekocht hatte.

Magrat lag im Bett, den Zauberstab unter dem Kopfkissen, und pendelte sacht zwischen Schlafen und Wachen hin und her.

Sie war *definitiv* die beste Kandidatin für den Zauberstab. Daran gab es überhaupt keinen Zweifel. Manchmal – ein Gedanke, den sie, wenn sie mit Oma Wetterwachs unter einem Dach war, kaum zu denken wagte – fragte sie sich, ob die anderen beiden die Hexerei wirklich mit dem nötigen Herzblut betrieben. Die meiste Zeit schienen sie keinen Pfifferling darauf zu geben.

Ein gutes Beispiel dafür war die Sache mit der Medizin. Magrat wusste, dass sie sich mit Kräutern viel besser auskannte als Nanny Ogg und Oma Wetterwachs. Sie hatte von ihrer Vorgängerin Gütchen Wemper mehrere dicke Bücher über das Thema geerbt und sogar selbst schon die eine oder andere Beobachtung zu Papier gebracht. Ihre ausführlichen Erklärungen über die vielfältigen Verwendungsmöglichkeiten von Teufelsabbiss waren so interessant, dass es die Patienten kaum auf dem Stuhl hielt und sie sich schleunigst wieder verabschiedeten. Vermutlich, um anderen Menschen davon zu berichten. Magrat beherrschte das fraktionierende Destillieren, das Bidestillieren und andere Verfahren, die es erforderlich machten, dass sie die ganze Nacht vor einer Retorte hockte und zusah, wie sich darunter die Farbe der Flamme veränderte. *Sie* bildete sich ständig weiter.

Wohingegen Nanny meistens nur einen warmen Wickel verabreichte und dem Patienten ein großes Glas von seinem Lieblingsgebräu verordnete, ganz nach der Devise, wenn man schon krank sei, solle man wenigstens etwas davon haben. (Bei Magrats Behandlungen war Alkohol, da schädlich für die Leber, strikt verboten. Falls die Patienten nicht wussten, wie sehr er die Leber schädigen konnte, beschrieb sie es ihnen in allen Einzelheiten.)

Und Oma? Die speiste die Leute einfach mit einer Flasche bunt gefärbtem Wasser ab und redete ihnen ein, es gehe ihnen schon erstaunlich gut.

Das Schlimmste war, dass sie damit auch noch sehr oft Recht hatte.

Was sollte daran denn Hexerei sein?

Mit einem Zauberstab dagegen sah es anders aus. Damit konnte man den Menschen viel tatkräftiger helfen. Magie war dazu da, das Leben besser zu machen. In dem rosa Rüschenboudoir ihres Herzens war Magrat davon felsenfest überzeugt.

Sie versank wieder in Schlaf.

Und sie hatte einen seltsamen Traum. Später behielt sie ihn lieber für sich, weil... weil sie ihn lieber für sich behielt. So etwas erzählte man keinem.

Sie glaubte, sie wäre, geweckt von der Stille, mitten in der Nacht aufgestanden, um noch mal frische Luft zu schnappen. Und als sie am Spiegel vorbeikam, bemerkte sie, dass sich darin etwas bewegte.

Es war nicht ihr Gesicht. Das Gesicht sah Oma Wetterwachs sehr ähnlich. Es lächelte sie an – viel netter und freundlicher, als sie jemals von Oma angelächelt worden war – und verschwand dann unter der milchig silbrigen Oberfläche des Spiegels. Magrat legte sich schnell wieder ins Bett.

Sie erwachte von dem gnadenlosen Humba-humba einer Blaskapelle. Menschen jubelten und lachten.

Magrat zog sich eilig an, lief in den Korridor und klopfte bei den Althexen an die Zimmertür. Keine Reaktion. Sie drückte die Klinke.

Nachdem sie ein paarmal heftig daran gerüttelt hatte, fiel unter lautem Gepolter der Stuhl um, der zum Schutz gegen etwaige Verführer, Einbrecher und sonstige nächtliche Eindringlinge daruntergeklemmt worden war.

Oma Wetterwachs' Stiefel ragten an dem einen Ende des Bettes unter der Decke hervor. Und da Nanny Ogg des Nachts gern einen Drehwurm entwickelte, lagen ihre bloßen Füße direkt daneben. Ein vereintes leises Schnarchen ließ den Krug auf der Waschkommode erzittern. Dies war nicht mehr das vollnasige Sägen eines Menschen, der zwischendurch mal eben schnell ein Nickerchen hält, sondern das ausdauernde Grollen, das, wenn es sein muss, eine ganze Nacht lang durchgehalten werden kann.

Magrat klopfte an Omas Stiefelsohle.

»He, aufstehen! Da draußen ist irgendwas im Gange.«

Oma Wetterwachs, aus dem Schlaf erwachend, war ein zutiefst beeindruckender Anblick, der nicht vielen Menschen vergönnt war.

Beim Aufwachen durchlaufen die meisten Menschen eine hektische, panisch vorbewusste Selbstprüfung: Wer bin ich, wo bin ich, wer ist er/sie, großer Gott, wieso schmuse ich mit einem Polizeihelm, *was ist letzte Nacht passiert*?

Dazu kommt es deshalb, weil die meisten Menschen von Zweifeln zerfressen sind. Der Zweifel ist der Motor, der sie durchs Leben befördert. Er ist das Gummiband in dem kleinen Modellflugzeug ihrer Seele, das sie so lange immer weiter aufdrehen, bis es sich schließlich verknotet. Am frühen Morgen ist es am schlimmsten – in der Schrecksekunde, da man sich fragt, ob man überhaupt noch vorhanden ist oder nicht vielleicht über Nacht ausgetauscht wurde. Derart selbstquälerische Gedanken hatte Oma Wetterwachs noch nie gehabt. Sie schaltete blitzschnell vom Tiefschlaf auf volle Leistung aller sechs Zylinder um. Sie brauchte sich nicht zu finden, weil sie immer wusste, wer suchte.

Sie schnupperte. »Da brennt was.«

»Das ist ein Freudenfeuer«, sagte Magrat.

Oma schnupperte noch einmal.

»Und da drüber rösten sie Knoblauch?«, fragte sie.

»Tja. Keine Ahnung, wie sie darauf kommen. Sie reißen alle Fensterläden runter und verbrennen sie auf dem Marktplatz. Und dabei tanzen sie auch noch um das Feuer herum.«

Oma Wetterwachs verpasste Nanny Ogg einen Rippenstoß, der sich gewaschen hatte.

»Los, aufwachen!«

»Wassissn?«

»Ich hab die ganze Nacht kein Augen zugetan«, sagte Oma vorwurfsvoll. »So, wie die geschnarcht hat.«

Nanny Ogg lüpfte vorsichtig das Federbett.

»Es ist viel zu früh am Morgen, um so früh am Morgen zu sein«, seufzte sie.

»Los, komm«, sagte Oma. »Wir brauchen deine Fremdsprachenkenntnisse.«

Mit den Armen schlagend rannte der Wirt im Kreis herum. Er zeigte auf die Burg, die hoch oben auf ihrem Felsen aus dem Wald ragte. Er saugte heftig an seinem Handgelenk. Er ließ sich platt auf den Rücken fallen. Vor dem fröhlich lodernden Freudenfeuer aus Knoblauch, Holzpflöcken und schweren Fensterläden sah er Nanny Ogg erwartungsvoll an.

»Nein«, sagte die nach einer ganzen Weile. »Rien de kapito, Mongssiö.«

Der Mann stand auf und klopfte sich den Staub von der Lederhose.

»Ich glaube, er meint, dass jemand gestorben ist«, sagte Magrat. »Jemand aus der Burg.«

»Was hier allerdings keiner besonders tragisch zu finden scheint«, tadelte Oma Wetterwachs.

Im Sonnenschein des neuen Tages sah das Dorf viel heiterer aus. Glücklich nickten die Bewohner den Hexen zu.

»Wahrscheinlich, weil er ihr Lehnsherr war«, sagte Nanny Ogg. »Und ein richtiger Blutsauger noch dazu, wenn ich das richtig verstehe.«

»Dann ist mir alles klar.« Oma rieb sich die Hände und warf einen anerkennenden Blick auf den Frühstückstisch, der unter freiem Himmel vor dem Wirtshaus aufgebaut worden war. »Immerhin ist die Verpflegung besser geworden. Reich mir mal das Brot rüber, Magrat.«

»Alle lächeln und winken uns zu«, sagte Magrat. »Und was sie alles für uns aufgetischt haben!«

»Ich habe nichts anderes erwartet«, antwortete Oma mit vollem Mund. »Obwohl sie uns nur eine Nacht beherbergt haben, merken sie jetzt schon, dass es Glück bringt, Hexen freundlich zu behandeln. Hilft mir mal einer, das Honigglas aufzuschrauben?«

Greebo saß unter dem Tisch und putzte sich. Hin und wieder musste er rülpsen.

Vampire sind schon von den Toten, aus dem Grab und aus der Gruft auferstanden. Aber noch niemals aus einer Katze.

Lieber Jason, liebe alle aus Nummer 21, 34, 15, 87 und 61, aber nicht die aus Nummer 18, jedenfalls so lange nicht, bis sie endlich die Schüssel zurückbringt, die sie sich geborgt hat, da kann sie noch so laut das Gegenteil behaupten.

Also, bis jetzt ist unsre Reise ein Heidenspaß, aber ich will NIE wieder ein Wort von Kürbissen hören. Ach was, Schwamm drauf. Ich mal euch mal ein Bild, damit ihr sehn könnt, wo wir gestern übernachtet haben. Wo das X ist, ist unser Zimmer. Das Wetter–

»Was machst du da, Gytha? Wir wollen gleich aufbrechen.«

Mit vor Konzentration in Falten gelegter Stirn blickte Nanny Ogg hoch.

»Ich dachte, es wäre nett, unserem Jason ein paar Zeilen zu schreiben. Damit er sich keine Sorgen macht. Deshalb hab ich ihm auch die Ansicht von dem Dorf auf ein Stück Pappe gemalt, und der gute Mongssiö gibt die Karte dem nächsten Reisenden mit, der in unsere Heimat unterwegs ist. Man kann ja nie wissen, womöglich kommt sie tatsächlich an.«

– hat sich bis jetzt gehalten.

Nanny Ogg kaute auf ihrem Bleistift herum. Nicht zum ersten Mal in der Geschichte des Universums mangelte es jemandem, für den zwischenmenschliche Kommunikation sonst so selbstverständlich war wie Träumen, an jeglicher Inspiration, sobald er – beziehungsweise sie – vor einer leeren Urlaubskarte saß.

Das wars eigentlich schon. Melde mich bald wieder, MAMA. P. S. Der Kater sieht ein bisschen angeschlagen aus. Ich glaube, er hat Heimweh.

»Kommst du jetzt endlich, Gytha? Magrat schmeißt schon meinen Besen an.«

P. P. S. Oma lässt grüßen.

Mit einem zufriedenen Seufzer über ihre großartige Leistung lehnte Nanny Ogg sich zurück.*

Am Ende des Marktplatzes angekommen musste Magrat erst mal eine Verschnaufpause einlegen.

Sie hatte ziemlich viel Publikum angelockt. Alle wollten die Frau mit den Beinen sehen. Dass sie dabei ausgesprochen höflich waren, machte es irgendwie noch schlimmer.

»Er fliegt nur los, wenn man tüchtig Anlauf nimmt«, erklärte sie lahm. In einer Fremdsprache klang es vermutlich noch blödsinniger. »Ich glaube, man nennt das Warmstart.«

Sie atmete ein paarmal tief durch, konzentrierte sich und rannte erneut los.

Diesmal sprang der Besen an. Er ruckte und zuckte in ihren Händen. Die Borsten raschelten. Sie schaffte es gerade noch, in den Leerlauf zu schalten, bevor er sie mitschleifen konnte. Das war eine der Eigenarten von Oma Wetterwachs' Besen – eines sehr altmodischen Modells aus einer Zeit, als ein Besen noch für die Ewigkeit gebaut wurde und sich nicht schon nach zehn Jahren wegen Holzwurmbefalls in seine Bestandteile auflöste. Er kam zwar nur schwer in Gang, aber wenn er erst flog, dann flog er – und zwar richtig.

Magrat hatte einmal mit dem Gedanken gespielt, Oma Wetterwachs zu erklären, was für eine Symbolik hinter dem Hexen-

* Nanny Ogg schickte ihrer Familie tatsächlich eine ganze Reihe von Karten, die aber samt und sonders erst nach ihrer Rückkehr in der Heimat eintrafen. Das hat Tradition und geschieht überall im Universum.

besen steckte, sich aber letztlich doch dagegen entschieden. Der anschließende Streit wäre schlimmer gewesen als der um die Bedeutung des Maibaums.

Der Aufbruch der Hexen verzögerte sich, da die Dorfbewohner es sich nicht nehmen ließen, sie mit Reiseproviant zu überhäufen. Nanny Ogg hielt eine Rede, die, obwohl sie niemand verstand, trotzdem laut bejubelt wurde. Greebo, den ein Schluckauf plagte, schlüpfte auf seinen Stammplatz zwischen den Borsten von Nannys Besen.

Als sie sich schließlich über den Wald erhoben, erhob sich auch eine dünne Rauchfahne über der Burg. Kurz darauf waren Flammen zu sehen.

»Die Leute da unten führen Freudentänze auf«, sagte Magrat.

»Vermietung und Verpachtung ist halt ein gefährliches Gewerbe«, entgegnete Oma Wetterwachs. »Wahrscheinlich hat er bei Renovierungsarbeiten und Dachreparaturen geschlampt. So was kommt nie gut an. Solange ich in meinem Häuschen wohne, hat mein Vermieter daran noch keinen Handschlag getan«, fügte sie hinzu. »Es ist eine Schande. Schließlich bin ich eine alte Frau.«

»Ich dachte immer, dein Haus gehört dir«, sagte Magrat, als die Besen über dem Wald Fahrt aufnahmen.

»Sie hat bloß seit sechzig Jahren keine Miete gezahlt«, kommentierte Nanny Ogg.

»Ist das etwa meine Schuld?«, fragte Oma Wetterwachs. »Ist es nicht! Ich wäre liebend gern dazu bereit.« Ihre Lippen kräuselten sich zu einem selbstzufriedenen Lächeln. »Er bräuchte bloß zu fragen.«

Dies ist die Scheibenwelt von oben, lange, geschwungene Wolkenbänder drehen ihre Runden.

Drei Punkte traten aus der Wolkenschicht hervor.

»Jetzt verstehe ich, warum das Reisen so unbeliebt ist. Weil man sich so furchtbar langweilt. Meilenweit nichts als Wälder.«

»Ja, aber wenn man fliegt, ist man schneller am Ziel, Oma.«

»Wie lange fliegen wir eigentlich schon?«

»Seit du das letzte Mal gefragt hast? Ungefähr zehn Minuten, Esme.«

»Sag ich doch. *Laangweilig.*«

»Mich stört dabei am meisten der Stiel. Ich finde, es müsste einen speziellen Langstreckenbesen geben, auf dem man sich auch mal ausstrecken und ein Nickerchen machen kann.«

Alle drei ließen sich die Idee durch den Kopf gehen.

»Man müsste darauf auch essen können«, spann Nanny weiter. »Richtige Mahlzeiten. Mit Soße. Nicht bloß Butterbrote oder so.« Ein einmaliges Experiment im Höhenkochen hatte einst in aller Eile abgebrochen werden müssen, als der kleine Petroleumkocher beinahe Nannys Besen in Brand gesetzt hätte.

»Das ließe sich wahrscheinlich sogar machen, wenn der Besen groß genug wäre«, sagte Magrat. »Ungefähr so groß wie ein Baum. Dann könnte eine von uns lenken, während die andere kocht.«

»Das kannst du vergessen«, sagte Nanny Ogg. »Für so einen Riesenbesen würden die Zwerge ein Vermögen verlangen.«

Magrat erwärmte sich immer mehr für das Thema. »Ja, aber gegen Bezahlung könnte man Fluggäste mitnehmen. Es müsste doch genügend Leute geben, die keine Lust mehr auf Straßenräuber oder Seekrankheit haben.«

»Was meinst du, Esme?«, sagte Nanny Ogg. »Ich lenke, und Magrat kocht.«

»Und was mache ich?«, fragte Oma Wetterwachs misstrauisch.

»Hm… tja… irgendwer müsste die Leute natürlich an Bord begrüßen und ihnen das Essen servieren«, sagte Magrat. »Und ihnen zum Beispiel erklären, wie sie sich verhalten sollen, wenn die Magie ausfällt.«

»Wenn die Magie ausfällt, stürzt der Besen ab und alle werden zerschmettert«, raunzte Oma.

»Ja, aber einer muss den Leuten sagen, wie das geht«, sagte Nanny Ogg und zwinkerte Magrat zu. »Die kennen sich doch damit nicht aus, weil sie keine Flugerfahrung haben.

Und wir könnten uns einen Namen geben…« Sie hielt inne. Da

die Scheibenwelt unmittelbar am Rand der Unwirklichkeit beheimatet war, konnte es, sobald ein Verstand richtig ins Schwingen geriet, jederzeit vorkommen, dass Bruchstücke der Realität einsickerten. Genau das geschah jetzt.

»... Drei Himmelshexen beispielsweise«, fuhr sie fort. »Wie wäre das?«

»Oder Himmelsbesen«, schlug Magrat vor. »Aeroflott ... oder Pan irgendwas ...«

»Es gibt keinen Grund, die Religion ins Spiel zu bringen«, schnaubte Oma.

Nanny Ogg ließ den Blick listig von Oma zu Magrat wandern.

»Oder wie wär's denn mit Vir...«, begann sie.

Da wurden die Besen von einer Windböe erfasst und hochgeschleudert. Nach einer Schrecksekunde hatten die Hexen sie wieder unter Kontrolle.

»Das ist doch alles Unfug«, grummelte Oma.

»Aber dadurch vergeht die Zeit schneller«, antwortete Nanny Ogg.

Oma sah griesgrämig auf das unter ihnen liegende Grün.

»Außerdem würden wir nie jemanden dazu kriegen, dass er mitfliegt«, sagte sie. »Alles dummes Zeug.«

Lieber Jason en famile,

umseitig findet ihr hinten drauf anbei eine Zeichnung von so einem Ort, wo ein König gestorben ist und begraben wurde. Keine Ahnung, wieso. Das war in dem Dorf, wo wir letzte Nacht Rast gemacht haben. Am Essen konnte man sich noch den letzten Zahn dran ausbeißen, so ledrig war das Zeugs. Ihr erratet's nie, was es war. Es warn nähmlich Schnecken, und sogar ziemlich lecker, und Esme ist erst nach der dritten Portion auf den Trichter gekommen, und dann hatte sie Streit mit dem Koch, und Magrat hat die ganze Nacht gereihert, bloß vom Gedanken, und einen Durchmarsch hatte sie auch. Ich denk an euch, eure euch liebende

MAMA. PS Die Tuletten hier sind das LETZTE, die haben hier die Klos DRINNEN, und sowas nennt sich dann HÜGENE.

Einige Tage später.

In einem winzigen Ländchen saß Oma Wetterwachs in einem ruhigen kleinen Gasthof und betrachtete voller Argwohn das Essen. Der Wirt trat nervös von einem Bein aufs andere, im Gesicht die panische Miene eines Menschen, der weiß, dass etwas kein gutes Ende nehmen wird, auch wenn es noch gar nicht angefangen hat.

»Gute, schlichte Hausmannskost«, sagte Oma. »Mehr verlange ich doch gar nicht. Ihr kennt mich. Ich bin keine von der pingeligen Sorte. Das kann wirklich keiner von mir behaupten, dass ich pingelig bin. Ich möchte nur ein ganz einfaches Gericht. Nicht dieses ölige Zeug. Und wenn man sich dann beschwert, dass man was in seinem Salat gefunden hat, stellt sich plötzlich raus, dass man genau dieses Etwas bestellt hat. Wo kommen wir denn da hin?«

Nanny Ogg stopfte sich schweigend die Serviette in den Ausschnitt.

»So wie in dem Lokal gestern Abend«, fuhr Oma fort. »Man sollte doch meinen, dass man an belegten Broten nichts falsch machen kann, oder? Belegte Brote! Das einfachste Essen auf der ganzen Welt. Man sollte doch meinen, dass so was sogar diese Ausländer hinkriegen. Ha!«

»Die hießen aber auch nicht belegte Brote, Oma«, sagte Magrat, die den Blick nicht von der Bratpfanne des Wirts losreißen konnte. »Die hießen … ich glaube, die hießen Schmörgasbröt.«

»Die waren lecker«, sagte Nanny Ogg. »Ich habe eine große Vorliebe für eingelegte Heringe.«

»Die müssen uns wohl für Volltrottel gehalten haben, wenn sie dachten, wir merken nicht, dass sie die obere Scheibe weggelassen haben«, sagte Oma auftrumpfend. »Na, denen hab ich aber Bescheid gestoßen! Beim nächsten Mal werden sie es sich zweimal überlegen, ob sie die Leute um eine Scheibe Brot betrügen, die ihnen von Rechts wegen zusteht!«

»Ganz bestimmt«, sagte Magrat düster.

»Und ich halte auch überhaupt nichts davon, dem Essen komische Namen zu geben, so dass keiner mehr weiß, was er vorgesetzt kriegt.« Oma war entschlossen, die Schattenseiten der internationalen Küche bis in den letzten dunklen Winkel auszuleuchten. »Ich mag Sachen, die einem gleich sagen, was sie sind, wie zum Beispiel Himmel und Erde oder Kalte Schnauze oder ... oder ...«

»Liebesknochen«, ergänzte Nanny abwesend. Sie war in Gedanken schon bei den Pfannkuchen, deren Fertigstellung sie mit einiger Vorfreude entgegensah.

»Genau. Anständiges, ehrliches Essen. Denkt doch bloß mal an das Zeug, das wir heute Mittag hatten. Was nicht heißen soll, dass es nicht geschmeckt hätte«, sagte Oma gnädig. »Zumindest auf seine ausländische Art. Aber Quizz Degrönnuje? Was ist denn das für ein Name? Da weiß doch keiner, was er vor sich hat.«

»Froschschenkel«, übersetzte Nanny, ohne nachzudenken.

Oma Wetterwachs schnappte nach Luft, Magrat verfärbte sich grün. Nanny Ogg reagierte so schnell wie seit Ewigkeiten nicht mehr.

»Natürlich keine *echten* Froschschenkel«, sagte sie eilig. »So wie im Löwenzahnsalat ja auch keine echten Löwenzähne drin sind. Das ist einfach nur ein lustiger Name.«

»Was soll denn daran lustig sein?«, knurrte Oma. Sie drehte sich um und starrte finster auf die Pfannkuchen.

»Anständige Pfannkuchen können zum Glück nicht mal diese Ausländer ruinieren«, sagte sie. »Wie heißen die hier noch mal?«

»Krepp Süsett, glaub ich«, antwortete Nanny.

Oma verkniff sich jeden Kommentar. Aber als der Wirt letzte Hand an den Nachtisch legte und ihr den Teller mit einem hoffnungsfrohen Lächeln hinstellte, quoll ihr die grimmige Genugtuung aus allen Poren.

»Jetzt erwartet er auch noch, dass wir das essen«, sagte sie. »Erst steckt er sie in Brand, und dann sollen wir sie essen!«

Später hätte man die Route der Hexen auf ihrer Reise über den Kontinent möglicherweise anhand einer demographischen Studie nachverfolgen können. Aber erst sehr viel später soll es in den mit Zwiebelzöpfen dekorierten Küchen abgeschiedener, verschlafener Dörfer, die sich zwischen aufgeheizte Hügel schmiegten, wieder Köche gegeben haben, die nicht zusammenzuckten und sich hinter der Tür versteckten, sobald ein fremder Reisender ihr Reich betrat.

Lieber Jason,

hier ist es echt viel wärmer. Magrat sagt, das kommt davon, dass wir uns immer weiter von der Mitte entfernen. Und was noch komisch ist, die haben hier anderes Geld. Man muss sein Geld in anderes Geld umtauschen, ganz unterschiedliche Formen. Wenn du mich fragst, ist das überhaupt gar kein richtiges Geld. Das Umtauschen lassen wir meistens Esme machen; die schlägt nämlich immer einen erstklassigen Wechselkurs raus, kaum zu fassen. Magrat sagt, sie will ein Buch schreiben, das soll heißen »Reisen mit einem Dollar am Tag«, und zwar immer mit ein und demselben Dollar. Esme wird langsam richtig ausländisch. Gestern hat sie schon ihr Halstuch abgenommen, als Nächstes tanzt sie womöglich noch auf dem Tisch. Das hier ist ein Bild von irgend so einer berühmten Brücke. Alles Liebe, MAMA.

Die Sonne brannte auf die gepflasterte Straße herab und am stärksten auf den Vorplatz der kleinen Schenke.

»Kaum zu glauben«, sagte Magrat, »dass wir zu Hause Herbst haben.«

»Garkong? Mucho vino aweck unsereins. Grad ziehe.«

Der Wirt, ein gutmütiger Mann, der es wirklich nicht verdient hatte, als Garkong bezeichnet zu werden, verstand zwar kein Wort, lächelte Nanny aber trotzdem freundlich an. Er hätte jeden angelächelt, der ein derart unendliches Fassungsvermögen für Alkohol besaß.

»Ich halte nichts davon, die Tische auf die Straße zu stellen«, sagte Oma Wetterwachs, wenn auch nicht besonders streng. Es war angenehm warm. Dabei hatte sie gar nichts gegen den Herbst; aber in ihrem Alter war man doch froh, wenn er sich Hunderte von Meilen entfernt abspielte – und zwar ohne sie.

Unter dem Tisch lag Greebo dösend auf dem Rücken, die Pfoten in die Luft gestreckt. Hin und wieder zuckte er, wenn er im Schlaf mit Wölfen kämpfte.

»In Desideratas Aufzeichnungen steht«, sagte Magrat und schlug vorsichtig eine steife Seite um, »dass es hier im Spätsommer eine besondere Tradition gibt. Dann treiben sie eine ganze Herde Stiere durch die Straßen.«

»Das würde ich gern sehen«, sagte Oma Wetterwachs. »Wieso machen sie das?«

»Damit die jungen Männer beweisen können, wie mutig sie sind«, antwortete Magrat. »Anscheinend reißen sie ihnen die Rosetten ab.«

Die unterschiedlichsten Emotionen huschten über Nanny Oggs runzliges Gesicht wie schnell wechselnde Wetterfronten über vulkanisches Ödland.

»Klingt ganz schön merkwürdig«, sagte sie schließlich. »Und wozu soll das gut sein?«

»Darüber lässt sie sich nicht näher aus«, antwortete Magrat. Sie blätterte weiter. Ihre Lippen bewegten sich beim Lesen. »Was bedeutet Cojones?«

Die beiden anderen zuckten mit den Schultern.

»Trink lieber nicht so viel von dem Zeug«, sagte Oma, als der Kellner Nanny Ogg die nächste Flasche brachte. »Einem Schnaps, der grün ist, würde ich nicht über den Weg trauen.«

»Das ist kein richtiger Schnaps«, sagte Nanny. »Auf dem Etikett steht, dass das Gesöff aus Kräutern gemacht ist. Aus Kräutern kann man keinen anständigen Schnaps brennen. Probier mal ein Schlückchen.«

Oma schnupperte an der geöffneten Flasche. »Riecht nach Anis.«

»Auf der Flasche steht Absinth.«

»Ach, das ist bloß ein anderer Name für Bitteren Beifuß«, sagte Magrat, die sich mit Kräutern bestens auskannte. »Laut meinem Kräuterbuch hilft es bei Magenverstimmung und Völlegefühl.«

»Da hast du's«, sagte Nanny. »Kräuter. Also praktisch Medizin.« Sie schenkte den beiden anderen großzügig ein. »Los, Magrat. Davon kriegst du Haare auf der Brust.«

Oma Wetterwachs lockerte unauffällig ihre Schnürsenkel. Außerdem rang sie mit sich, ob sie nicht ihr Unterhemd ausziehen sollte. Drei waren wahrscheinlich doch eins zu viel.

»Wir müssen langsam weiter«, sagte sie.

»Ach, mir reicht es mit dem Besenreiten«, sagte Nanny. »Mehr als zwei Stunden auf dem Besen, und mein Popooh schläft ein.«

Sie blickte gespannt in die Runde. »Das ist Ausländisch für Allerwertester«, fügte sie hinzu. »Komisch, eigentlich. In manchen Ausländern heißt Popooh nämlich auch noch Fluss. Wörter sind schon was Sonderbares.«

»Ich lach mich scheckig«, grummelte Oma.

»Apropos Fluss«, sagte Magrat. »Der ist hier ganz schön breit. Und es gibt sehr große Schiffe. Ich war noch nie auf einem richtigen Schiff. Nur auf einem Boot, aber die gehen ja so leicht unter.«

»Hexen gehören auf einen Besen«, sagte Oma, aber es klang nicht allzu überzeugend. Sie konnte zwar nicht auf Nannys internationalen anatomischen Wortschatz zurückgreifen, aber auch bei ihr meldeten gewisse Körperteile, deren Namen sie nicht einmal wissen wollte, ihren Protest an.

»Ich hab die Schiffe auch gesehen«, sagte Nanny. »Wie große Flöße mit Häusern drauf. Du würdest kaum merken, dass du überhaupt auf dem Wasser bist, Esme. He, was macht der denn da?«

Der Wirt kam aus der Schenke gelaufen, um die netten kleinen Tischchen ins Haus zu holen. Er nickte Nanny zu und redete eindringlich auf sie ein.

»Ich glaube, er will, dass wir reinkommen«, sagte Magrat.

»Mir gefällt's hier draußen«, sagte Oma. »MIR GEFÄLLT'S HIER DRAUSSEN, VIELEN DANK.« Oma Wetterwachs' Strategie im Umgang mit Fremdsprachen bestand darin, alles sehr laut und sehr langsam zu wiederholen.

»He, wollen Sie wohl unseren Tisch stehen lassen!«, rief Nanny und gab dem Mann einen tüchtigen Klaps auf die Finger.

Aufgeregt schnatternd zeigte der Wirt die Straße hinauf.

Oma und Magrat sahen Nanny fragend an. Die zuckte nur mit den Schultern.

»WIR BLEIBEN HIER SITZEN, VIELEN DANK.« Oma tauschte einen Blick mit dem Wirt. Der gab sich geschlagen. Er schlug die Hände über dem Kopf zusammen und lief zurück in die Schenke.

»Die glauben, sie können alles mit uns machen, bloß weil wir Frauen sind«, sagte Magrat. Sie schluckte diskret einen Rülpser hinunter und griff nach der Flasche. Ihrem Magen ging es schon sehr viel besser.

»Stimmt genau«, sagte Nanny Ogg. »Wisst ihr was? Ich hab mich gestern Nacht extra in meinem Zimmer verbarrikadiert, und wozu? Kein einziger Mann hat auch nur *versucht*, bei mir einzubrechen.«

»Gytha Ogg, manchmal bist du wirklich nicht…« Oma Wetterwachs unterbrach sich.

»Da kommt ein ganzer Trupp Kühe die Straße runter«, sagte sie.

Nanny drehte sich mit ihrem Stuhl herum.

»Das muss dieses Stiertreiben sein, von dem Magrat eben erzählt hat«, sagte sie. »Dürfte interessant werden.«

Magrat blickte auf. In allen Häusern reckten sich Köpfe aus den Fenstern der oberen Etagen. Ein Gewühl aus Hörnern, Hufen und dampfenden Leibern donnerte mit rasender Geschwindigkeit die Straße herunter.

»Die Leute da oben lachen über uns«, sagte sie vorwurfsvoll.

Greebo, der noch immer unter dem Tisch lag, reckte sich. Mit seinem guten Auge fasste er die heranpreschenden Stiere ins Auge und setzte sich auf. Das sah ja sehr vielversprechend aus.

»Die lachen?«, knarzte Oma. Sie hob den Blick. Wahrhaftig, die Menschen an den Fenstern schienen sich über irgendetwas köstlich zu amüsieren.

Oma kniff die Augen zusammen.

»Wir tun einfach so, als ob nichts wäre«, verkündete sie.

»Aber das sind ziemlich große Stiere«, wandte Magrat nervös ein.

»Die brauchen uns nicht zu kümmern«, sagte Oma. »Was geht es uns an, wenn ein Haufen Ausländer wegen irgendwelcher Rindviecher aus dem Häuschen gerät? Reich mir doch mal den Kräuterwein rüber.«

Hier der Ablauf der Ereignisse, wie er sich später in der Erinnerung des Wirts Lagro te Kabona darstellen sollte:

Die Stiere waren schon im Anmarsch, aber die wahnsinnigen Weiber blieben einfach hocken und kippten den Absinth wie Wasser in sich hinein. Als er sie in die Schenke holen wollte, musste er sich von der klapperdürren Alten auch noch beschimpfen lassen. Also ließ er sie gewähren – aber er ließ auch die Tür offen. Bei den meisten Leuten fiel der Groschen dann doch recht schnell, wenn die Stiere erst von den jungen Burschen des Dorfes durch die Straßen gehetzt wurden. Wer dem größten und stärksten Bullen die rote Rosette zwischen den Hörnern herunterreißen konnte, durfte beim abendlichen Festschmaus den Ehrenplatz einnehmen. Außerdem kam er aber auch noch in den Genuss anderer Genüsse, die Gunst der holden Dorfweiblichkeit betreffend – mit einem Lächeln erinnerte Lagro sich vierzig Jahre zurück.

Und die wahnsinnigen Weiber? Blieben einfach hocken.

Dieser Anblick hatte den Leitstier ein wenig verunsichert. Normalerweise hätte er brüllend mit den Hufen gescharrt, um so einem menschlichen Hindernis Beine zu machen, aber mit einer derartigen Missachtung war er geistig völlig überfordert. Allerdings war das noch nicht einmal sein größtes Problem. Das waren nämlich die zwanzig anderen Stiere, die ihm buchstäblich im Nacken saßen.

Die wiederum auch nur so lange sein größtes Problem blieben, bis das fürchterliche alte Weib in Schwarz aufstand, sich irgendwas in den Bart murmelte und dann dem Stier mit der Faust zwischen die Hörner boxte. Worauf die grässliche Dralle, deren Magen so unverwüstlich und aufnahmefähig war wie ein galvanisierter Wassertank, vor Lachen hintenüber vom Stuhl kippte und die Junge – zumindest im Vergleich zu den beiden anderen – mit den Armen wedelte, als ob die Stiere harmlose Enten wären.

Dann war die Straße nur noch ein einziges Durcheinander aus wütenden, verwirrten Stieren und panischen, schreienden Burschen. Einer durchgegangenen Herde hinterherzujagen ist eine Sache, plötzlich feststellen zu müssen, dass sie kehrtgemacht hat und zurückgeprescht kommt, eine ganz andere.

Von der sicheren Warte seines Schlafzimmerfensters aus konnte der Schankwirt die schrecklichen Weiber hören. Die Dralle lachte und stieß eine Art Kampfschrei aus – »VersuchsmitdemSpruchdesReitersmannesEsme!«. Die »Junge« schob sich, als wäre sie vor der Gefahr des Auf-die-Hörner-genommen-Werdens gefeit, zwischen den Tieren hindurch bis zum Leitstier und nahm ihm die Rosette ab, mit der gleichen Selbstverständlichkeit, mit der ein altes Mütterchen einer Katze einen Dorn aus der Pfote zieht. Ratlos stand sie einfach nur da, als wüsste sie nicht, was sie in der Hand hielt oder was sie nun damit anfangen sollte …

Die plötzliche Stille ließ nicht einmal die Stiere unbeeindruckt. In ihren blutunterlaufenen kleinen Rinderhirnen ahnten sie, dass etwas Unerhörtes geschehen war. Verlegen traten sie von einem Hufpaar aufs andere.

Zum Glück waren die entsetzlichen Weiber noch am selben Nachmittag mit einem Flussschiff abgereist. Vorher musste eine von ihnen nur noch ihre Katze retten, die einen verdatterten Dreizentnerbullen in die Enge getrieben hatte und versuchte, ihn in die Luft zu werfen und mit ihm zu spielen.

An diesem Abend war Lagro te Kabona sehr, sehr nett zu seiner betagten Mutter.

Im Jahr darauf veranstaltete das Dorf ein Blumenfestival. Über das traditionelle Stiertreiben verlor niemand mehr ein Wort. Nie wieder.

Jedenfalls nicht vor den Männern.

Das große Schaufelrad platschte durch die braune Brühe. Angetrieben wurde es von mehreren Dutzend Trollen, die unter einem Sonnendach auf einem Endlosband vor sich hin stapften. An den fernen Flussufern sangen Vögel. Hibiskusdüfte wehten über das Wasser, konnten aber leider den Eigengeruch des Flusses nicht ganz überdecken.

»Diese Art des Reisens ist schon mehr nach meinem Geschmack«, seufzte Nanny Ogg.

Sie wandte sich im Liegestuhl Oma Wetterwachs zu, die mit gerunzelter Stirn ein Buch las.

Nannys Mund verzog sich zu einem bübischen Grinsen.

»Weißt du eigentlich, wie der Fluss heißt?«, fragte sie.

»Nein.«

»Er heißt Vieux-Strom.«

»Und?«

»Weißt du, was das bedeutet?«

»Nein.«

»Der alte (maskuline) Fluss«, sagte Nanny.

»Und?«

»Auf Ausländisch haben die Wörter nämlich ein Geschlecht«, stichelte Nanny.

Oma reagierte nicht.

»Wundert mich gar nicht«, murmelte sie. Nanny gab sich geschlagen.

»Ist das eins von Desideratas Büchern?«

»Ja.« Oma leckte ihren Daumen an und schlug die Seite um.

»Wo ist Magrat abgeblieben?«

»Macht ein Nickerchen in der Kabine«, antwortete Oma, ohne aufzublicken.

»Hat sie's wieder mit dem Magen?«

»Diesmal mit dem Kopf. Und jetzt sei still, Gytha. Ich lese.«

»Was denn?«, fragte Nanny unbeeindruckt.

Seufzend legte Oma Wetterwachs den Finger auf die Stelle, bis zu der sie gekommen war.

»Es ist ein Buch über die Stadt, in die wir wollen«, sagte sie. »Gennua. Desiderata schreibt, die Stadt wäre dekadent.«

Nanny Ogg lächelte weiter.

»Und?«, sagte sie. »Das ist doch ’ne gute Sache, oder? Ich war nämlich noch nie in einer Stadt.«

Oma Wetterwachs antwortete nicht. Sie grübelte schon eine ganze Weile über den Sinn des Wortes dekadent nach. Ihren ersten Gedanken, dass es vielleicht so etwas wie »zehnzähnig« bedeutete, hatte sie wieder verworfen, auch wenn man jemanden wie Nanny Ogg durchaus als unident hätte bezeichnen können. Aber ganz gleich, was das Wort bedeutete, Desiderata hatte es für nötig befunden, es aufzuschreiben. Normalerweise traute Oma Wetterwachs einem Buch als Informationsquelle nicht über den Weg, aber diesmal blieb ihr nichts anderes übrig.

Ihr war so, als hätte »dekadent« etwas damit zu tun, dass man den ganzen Tag die Vorhänge nicht aufzog.

»Außerdem schreibt sie, dass es eine Stadt der Kunst, des Geistes und der Kultur ist«, sagte sie.

»Dann müssten wir uns da ja wie zu Hause fühlen.«

»Berühmt für die Schönheit der Frauen, steht hier.«

»Dann fallen wir wenigstens nicht auf.«

Vorsichtig blätterte Oma weiter. Desiderata hatte die Vorgänge auf der Scheibenwelt immer ganz genau im Auge behalten. Da ihre Aufzeichnungen aber nur für sie selbst bestimmt waren, blieben sie manchmal etwas nebulös und glichen eher einer Gedächtnisstütze als einem zusammenhängenden Bericht.

Sie las: »Jetzt herrscht L. über die Stadt, als die Macht hinter dem Thron, und Baron S. soll getötet worden sein, im Fluss ertränkt. Er war ein böser Mensch, aber wohl nicht so böse wie L., denn sie sagt, sie will G. in ein Märchenreich verwandeln, in einen Hort des Glücks und ewigen Friedens. Spione lauern an jeder

Ecke, und keiner macht mehr den Mund auf, denn wer würde es wagen, sich dem Bösen zu widersetzen, wenn es im Namen von Glück und Frieden begangen wird? Alle Straßen sind gefegt, alle Äxte scharf. Aber wenigstens ist E. nicht in Gefahr – noch nicht. L. führt etwas gegen sie im Schilde. Und Frau G., die Amour des Barons, lebt versteckt im Sumpf und setzt sich mit Sumpfmagie zur Wehr. Spiegelmagie kann man aber nicht bekämpfen, denn sie ist reine Reflexion.«

Gute Feen traten immer zu zweit auf, das wusste Oma Wetterwachs. In diesem Fall wären es Desiderata und … und L. Aber wer war diese Frau im Sumpf?

»Gytha?«

»Wasissn?«, sagte Nanny Ogg, die kurz vorm Eindösen war.

»Desiderata schreibt hier, dass eine Frau von irgendwem der Amor war.«

»Ist bestimmt 'ne Metaffer.«

»Ach so«, sagte Oma düster. »Eine von denen.«

»Aber den Mardi Gras kann keiner verhindern«, las sie weiter. »Wer etwas ausrichten will, hat nur am Samedi Nuit Morte Aussicht auf Erfolg, der letzten Nacht des Karnevals, der Nacht, in der die Grenze zwischen den Lebenden und den Toten verwischt ist, wenn die Magie durch alle Straßen strömt. Falls L. verwundbar ist, dann in dieser Nacht, denn der Karneval verkörpert alles, was sie hasst …«

Oma Wetterwachs zog sich den Hut tiefer ins Gesicht, um nicht von der Sonne geblendet zu werden.

»Hier steht, dass sie da jedes Jahr einen großen Karneval veranstalten«, sagte sie. »Der heißt Mardi Gras.«

»Das bedeutet Fetter Mittag«, sagte Nanny Ogg, das internationale Sprachgenie. »Garkong! Etcetera gros Mint Tulip aweck petit Schüssel de Erdnüsse, pour fawor!«

Oma Wetterwachs klappte das Buch zu.

Natürlich hätte sie es niemals offen zugegeben – und schon gar nicht einer anderen Hexe gegenüber –, aber je mehr sich die Reise dem Ende näherte, desto größer wurde ihre Beklommenheit.

Sie wartete in Gennua. Nach all den Jahren! Hatte sie aus dem Spiegel heraus dreist angestarrt! Und gelacht!

Die Sonne brannte herab. Noch versuchte Oma ihr zu trotzen. Aber es war nur eine Frage der Zeit. Früher oder später würde sie das nächste Unterhemd ausziehen müssen.

Nanny Ogg malte noch eine Zeitlang Ansichtskarten für ihre Verwandtschaft, dann gähnte sie. Sie war eine Hexe, die gern Lärm und Leute um sich hatte. Sie langweilte sich. Es war ein großes Schiff, eher so etwas wie ein schwimmendes Wirtshaus. Hier musste sich doch irgendwo ein bisschen Abwechslung finden lassen.

Sie legte ihre Tasche auf den Liegestuhl und zog los, danach zu suchen.

Die Trolle stapften unverdrossen weiter.

Als Oma Wetterwachs aufwachte, stand die rote Sonne groß und tief am Himmel. Schuldbewusst spähte sie unter ihrer Hutkrempe hervor, um sich zu vergewissern, ob sie auch ja niemand beobachtet hatte. Tagsüber einzuschlafen, das passierte nur alten Frauen, und Oma Wetterwachs war nur dann eine alte Frau, wenn es ihr in den Kram passte.

Der einzige Zuschauer war Greebo, der zusammengerollt auf Nannys Liege lag. Das gute Auge, mit dem er sie fixierte, war nicht halb so furchterregend wie das milchig weiße Starren des blinden.

»Ich hab nur unseren Schlachtplan ausgetüftelt«, murmelte sie. Man konnte schließlich nie wissen …

Sie steckte das Buch ein und machte sich auf den Weg in die Kajüte, die sie sich mit den beiden anderen teilte. Der Schlafraum war nicht sehr groß, ganz im Gegensatz zu einigen der Prunkkabinen. Aber nach dem Kräuterwein hatte Oma sich einfach nicht aufraffen können, ihren besonderen Einfluss geltend zu machen, um eine zu organisieren.

In düsteres Schweigen gehüllt saßen Magrat und Nanny Ogg nebeneinander auf einer Koje.

»Ich krieg langsam Hunger«, sagte Oma. »Unterwegs roch es nach Eintopf. Wollen wir mal nachsehen? Was meint ihr?«

Die anderen beiden starrten stumm zu Boden.

»Wie wär's mit Kürbissen?«, fragte Magrat. »Und dann haben wir ja auch noch das Zwergenbrot.«

»Dann haben wir ja auch noch das Zwergenbrot«, wiederholte Nanny ausdruckslos. Mit zerknirschter Miene blickte sie auf. »Äh, Esme ... äh ... du weißt doch, das Geld ...«

»Das Geld, das wir dir anvertraut haben, damit du es in deiner Unterhose bunkerst?«, fragte Oma. Die Richtung, die das Gespräch nahm, verhieß nichts Gutes, wie die ersten kullernden Steinchen, die einen schweren Erdrutsch ankündigen.

»Genau das Geld meine ich ... äh ...«

»Das Geld in dem Lederbeutel, mit dem wir sehr sparsam umgehen wollten?«

»Also ... das Geld ...«

»Ach, *das* Geld«, sagte Oma.

»... ist weg ...«, sagte Nanny.

»*Gestohlen*?«

»*Verloren*«, sagte Magrat mit einem selbstgefälligen Unterton in der Stimme. »Beim *Glücksspiel*. Mit *Männern*.«

»Glücksspiel, Glücksspiel!«, rumpelte Nanny. »Was hat denn Glück damit zu tun? Die Männer waren miserable Kartenspieler. Ich habe jede Menge Partien gewonnen!«

»Aber das Geld hast du *verloren*«, sagte Oma.

Nanny Ogg schlug erneut die Augen nieder und grummelte etwas vor sich hin.

»Ja?«, sagte Oma.

»Ich habe fast alle Spiele gewonnen«, sagte Nanny. »Und dann dachte ich mir, Mensch, wär doch schön, wenn wir ein bisschen Kleingeld hätten, das wir in der Stadt auf den Kopf hauen können. Ich war immer sehr gut im Leg-Herrn-Zwiebel-rein ...«

»Also hast du größere Summen gesetzt.«

»Woher weißt du das?«

»Das hab ich im Urin«, sagte Oma matt. »Und dann hat sich

das Blatt gewendet, und plötzlich hatten die anderen Glück, stimmt's?«

»Es war regelrecht unheimlich«, antwortete Nanny.

»Hm.«

»Aber Glücksspiel war es trotzdem nicht«, sagte Nanny. »Am Anfang waren sie doch so furchtbar schlecht. Und gegen einen schlechten Gegner anzutreten ist kein Glücksspiel. Das ist gesunder Menschenverstand.«

»In dem Beutel waren fast vierzehn Dollar«, sagte Magrat. »Das ausländische Geld nicht mitgerechnet.«

»Hm.«

Oma Wetterwachs setzte sich zu den anderen auf die Koje und trommelte mit den Fingern aufs Holz. Sie hatte einen abwesenden Blick. Wo sie herkam, kannte man den Ausdruck »Zinker« nicht. Auf ihrer Seite der Spitzhornberge waren die Menschen freundlich und direkt, und wenn sie einem berufsmäßigen Falschspieler begegneten, nagelten sie ihm ruck, zuck die Hand an den Tisch, ohne ihn erst lange nach seiner Berufsbezeichnung zu fragen. Aber die menschliche Natur ist überall die Gleiche.

»Hab ich dir jetzt die Laune verhagelt, Esme?«, sagte Nanny bedrückt.

»Hm.«

»Und sobald wir wieder zu Hause sind, besorge ich mir einfach einen neuen Besen.«

»Hm ... *wie bitte*?«

»Als das Geld weg war, hat sie ihren Besen verspielt«, sagte Magrat auftrumpfend.

»Ist denn überhaupt nichts mehr übrig?«, fragte Oma.

Die Durchforstung verschiedenster Taschen und Schlüpferbeine förderte siebenundvierzig Pence zutage.

»Also dann.« Oma raffte die Münzen zusammen. »Das müsste reichen. Wenigstens für den Anfang. Wo finde ich diese Männer?«

»Was hast du vor?«, fragte Magrat.

»Ich gehe Karten spielen.«

»Das darfst du nicht!« Dieses Funkeln in Omas Augen kannte

Magrat nur allzu gut. »Du willst mit Hilfe der Magie gewinnen! Du darfst nicht zaubern, um zu gewinnen! Damit würdest du die Gesetze des Zufalls beeinflussen! Das gehört sich nicht!«

Das Schiff war praktisch eine schwimmende Stadt. In der lauen Nachtluft hielt es kaum jemanden in der Kabine. Oma schlängelte sich zwischen den Grüppchen von Zwergen, Trollen und Menschen hindurch, die auf dem Oberdeck bei der Fracht kampierten, und steuerte den Salon an, der fast genauso lang war wie das Schiff. Drinnen herrschte eine ausgelassene Stimmung.

Die Raddampfer waren auf hunderte von Meilen das schnellste und sicherste Transportmittel. Unter den Fahrgästen konnte man »sone und solche« finden, wie Oma sagen würde, und besonders vor dem Fetten Mittag, wenn die Fahrt stromabwärts ging, versammelte sich an Bord eine ganz besondere Sorte von Glücksrittern.

Ein unbeteiligter Zuschauer hätte glauben können, dass der Salon eine magische Tür besaß. Oma Wetterwachs stapfte mit demselben energischen Schritt auf sie zu, den sie immer am Leib hatte. Doch kaum war sie hindurchgegangen, verwandelte sie sich in ein gebeugtes altes Mütterchen, das nur noch mühsam schlurfen konnte – ein herzergreifender Anblick, zumindest für den, der noch so etwas wie ein Herz hatte.

Vor der Theke blieb sie stehen. Dahinter hing der größte Spiegel, den sie je zu Gesicht bekommen hatte. Sie musterte ihn scharf. Er machte einen durchaus harmlosen Eindruck. Aber wie auch immer, das Risiko musste sie eingehen.

Sie legte sich unauffällig einen Buckel zu und sprach den Mann hinter der Theke an.

»Exküse ma, junger Omm«, begann sie.*

Der Mann warf ihr einen gleichgültigen Blick zu und polierte weiter an einem Glas herum.

»Was soll's denn sein, Omi?«, sagte er.

* Nanny Ogg färbte leicht auf andere Leute ab.

Über die Maske des Altersschwachsinns, die sie aufgesetzt hatte, huschte ein kaum wahrnehmbares Zucken.

»Ach ... Sie können mich verstehen?«, fragte sie.

»Auf dem Fluss gibt es sone und solche.«

»Könnten Sie mir dann vielleicht ein Kartenspiel leihen?«, bat Oma mit zittriger Stimme.

»Für 'ne Partie Alte Jungfer, was?«

Wieder blitzte es eiskalt in Omas Augen auf. »Nein. Für Patiencen. Ich muss nämlich noch viel üben.«

Er kramte ein schmieriges Kartenspiel hervor und warf es ihr auf den Tresen.

Nachdem sie ihm überschwänglich gedankt hatte, setzte sie sich in einer schummerigen Ecke an ein kleines Tischchen, verteilte willkürlich ein paar Karten zwischen den Bierpfützen und starrte sie an.

Schon nach wenigen Minuten legte sich ihr sanft eine Hand auf die Schulter. Sie blickte hoch, in das freundliche, offene Gesicht eines Mannes, dem jeder Mensch sofort Geld geliehen hätte. Ein Goldzahn blinkte, als er sie ansprach.

»Entschuldigen Sie, Mütterchen«, sagte er. »Aber meinen Freunden und mir ...« – er deutete auf eine Gruppe von Männern am Nebentisch, die einen ebenso vertrauenerweckenden Eindruck machten wie er – »wäre sehr viel wohler, wenn Sie sich zu uns setzen würden. Es kann für eine Frau ungemein gefährlich sein, allein zu reisen.«

Oma Wetterwachs lächelte ihn liebenswürdig an und zeigte hilflos auf ihre Karten.

»Ich kann mich nie erinnern, ob die Einser mehr oder weniger zählen als die Bilder«, seufzte sie. »Ach Gottchen, ein Gedächtnis wie ein Sieb.«

Alles lachte. Oma humpelte hinüber und setzte sich auf den einzigen freien Platz, genau mit dem Rücken zum Spiegel.

Leise in sich hineinschmunzelnd tat sie sehr beflissen und beugte sich vor.

»Na, dann erklären Sie mal«, sagte sie. »Wie geht dieses Spiel?«

Alle Hexen haben einen untrüglichen Instinkt für Geschichten. Sie können Geschichten fühlen, so wie ein Badender in einem Teich die Forelle fühlt, mit der er nicht gerechnet hat.

Wer weiß, wie eine Geschichte funktioniert, hat die Schlacht schon fast gewonnen.

Wenn sich zum Beispiel eine zutiefst unschuldige Seele zu drei ausgebufften Falschspielern an den Tisch setzt und fragt: »Wie geht dieses Spiel?«, wird in Bälde jemand ausgenommen wie eine Weihnachtsgans.

Magrat und Nanny Ogg saßen noch immer auf der schmalen Koje. Gedankenverloren kraulte Nanny dem zufrieden schnurrenden Greebo den Bauch.

»Das nimmt ein ganz böses Ende, wenn sie Magie benutzt, um zu gewinnen«, sagte Magrat. »Und dass sie nicht verlieren kann, weißt du ja.«

Oma Wetterwachs war wirklich keine gute Verliererin. In ihren Augen war Verlieren etwas, das nur anderen Leuten passierte.

»Das liegt an ihrem Eggo«, antwortete Nanny Ogg. »Von den Dingern hat jeder eins, von diesen Eggos. Und Esmes ist ganz schön riesig geraten. Aber das gehört natürlich zum Hexenberuf dazu, dass man ein großes Eggo hat.«

»Sie benutzt garantiert Magie.«

»Damit fordert man das Schicksal heraus«, sagte Nanny Ogg. »Gegen Schummeln ist nichts einzuwenden. Das ist fast dasselbe wie fair spielen, denn Schummeln kann schließlich jeder. Aber mit Hilfe von Magie? Damit fordert man das Schicksal heraus.«

»Nein, nicht das Schicksal«, sagte Magrat ominös.

Nanny Ogg überlief ein Frösteln.

»Los«, sagte Magrat. »Wir müssen sie aufhalten.«

»Daran ist bloß ihr Eggo schuld. Schlimme Sache, so ein großes Eggo.«

»Ich habe«, sagte Oma, »drei Bildchen mit Königen und so was drauf und dann noch drei von den komischen Einserkarten.«

Die drei Männer strahlten und zwinkerten einander zu.

»Eine Dreifachzwiebel!«, rief der junge Mann, der Oma an den Tisch geholt hatte, ein gewisser Herr Ehrlich.

»Und das ist was Gutes, ja?«, sagte Oma.

»Das bedeutet, Sie haben schon wieder gewonnen, werte Dame!« Er schob ihr einen Haufen Kleingeld über den Tisch.

»Sapperlot! Dann habe ich ja jetzt schon … fast fünf Dollar gewonnen, oder?«

»Ich versteh das nicht«, sagte Herr Ehrlich. »Das muss wohl das berühmte Anfängerglück sein, hm?«

»Sie machen uns noch arm, wenn das so weitergeht«, sagte einer seiner Kumpane.

»Wir stehen bald im Hemd da«, sagte der dritte Mann. »Haha.«

»Am besten geben wir gleich auf«, sagte Herr Ehrlich. »Haha.«

»Haha.«

»Haha.«

»Aber ich möchte weiterspielen«, sagte Oma Wetterwachs mit einem angespannten Grinsen. »Wo ich doch jetzt langsam weiß, wie es geht.«

»Ja, und Sie würden wahren Sportsgeist beweisen, wenn Sie uns die Chance geben, ein bisschen Geld zurückzugewinnen«, sagte Herr Ehrlich. »Haha.«

»Haha.«

»Haha.«

»Haha. Sollen wir den Einsatz auf einen halben Dollar erhöhen? Haha?«

»Eine sportliche Dame wie Sie wagt sicher einen ganzen«, sagte der Dritte.

»Haha!«

Oma blickte einen Augenblick zögernd auf ihren Münzenberg. Doch schon meinten die Männer zu sehen, wie ihr ein Licht aufging: Was hatte sie denn groß zu verlieren, bei ihrer Glückssträhne?

»Ja!«, sagte sie. »Einen Dollar Einsatz!« Sie errötete. »Ach, ist das *aufregend*, nicht wahr?«

»Ja«, sagte Herr Ehrlich. Er griff nach den Karten.

Ein hässliches Klirren und Scheppern. Die drei Männer starrten zur Theke, hinter der ein Regen aus Spiegelscherben niederging.

»Was war das denn?«

Oma lächelte Herrn Ehrlich honigsüß an. Sie hatte sich nicht einmal umgedreht.

»Ihm muss wohl das Glas, das er poliert hat, aus der Hand gerutscht und in den Spiegel geflogen sein«, sagte sie. »Hoffentlich wird der Schaden dem armen Jungen nicht von seinem Lohn abgezogen.«

Die Männer wechselten einen Blick.

»Weiter«, sagte Oma. »Ich hab meinen Dollar schon hingelegt.«

Herr Ehrlich warf noch einen letzten nervösen Blick auf den leeren Spiegelrahmen und zuckte mit den Schultern.

Durch diese Bewegung schien sich bei ihm irgendetwas zu lockern. Es entstand ein gedämpftes Geräusch wie von einer Mausefalle, die ihrem Opfer die Sterbesakramente spendet. Herr Ehrlich erbleichte und fasste sich an den Ärmel. Ein kleiner Apparat fiel heraus, der aus unzähligen Federn und verbogenem Metall bestand und in dem sich ein zerknittertes Pokal-Ass verfangen hatte.

»Hoppala«, sagte Oma.

Magrat spähte durchs Fenster in den Salon.

»Was macht sie?«, wisperte Nanny Ogg.

»Sie grinst schon wieder«, sagte Magrat.

Nanny Ogg schüttelte den Kopf. »Eggo.«

Oma Wetterwachs spielte auf eine Art und Weise, die Profispieler im gesamten Multiversum in blindwütige Raserei verfallen lässt.

Sie hielt sich die Karten in den hohlen Händen direkt vors Gesicht, so eng zusammengeschoben, dass kaum ein Eckchen von ihnen zu sehen war. Sie stierte ihr Blatt an, als wartete sie nur darauf, dass es sich erdreistete, sie zu ärgern. Dabei ließ sie es höchstens aus den Augen, um das Mischen und Geben zu verfolgen.

Und sie ließ sich unendlich viel Zeit. Und sie ging niemals auch nur das allerkleinste Risiko ein.

Nach fünfundzwanzig Minuten hatte Oma Wetterwachs einen Dollar verloren. Herr Ehrlich schwitzte. Oma hatte ihn bereits dreimal darauf hingewiesen, dass er aus Versehen von unten gegeben hatte. Außerdem hatte sie sich ein neues Spiel geben lassen, weil die alten Karten »auf der Rückseite so hässliche Markierungen haben«.

Aber das Schlimmste waren ihre Augen. Zweimal war Herr Ehrlich mit einer durchaus nicht zu verachtenden Dreierzwiebel ausgestiegen, obwohl sie nur einen lausigen Doppelkrapfen auf der Hand hatte. Und beim dritten Mal, als er glaubte, ihre Taktik durchschaut zu haben, und sehen wollte, war er mit seiner passablen Flöte im Schlund einer Fünferzwiebel baden gegangen, worauf die alte Schachtel mit viel Geduld ewig lange hingearbeitet haben musste. Und dann – seine Fingerknöchel traten weiß hervor – hatte der schreckliche alte Drachen doch tatsächlich gesagt: »Hab ich etwa gewonnen? Mit den mickrigen Karten? Donnerwetter – bin ich aber ein Glückspilz!«

Schließlich fing sie auch noch an zu summen, während sie in ihr Blatt starrte. Normalerweise hätten die drei Männer ein solches Verhalten begrüßt. Das Zähneklopfen, das Augenbrauenhochziehen, das Ohrenrubbeln – für den, der diese Zeichen zu lesen wusste, waren sie genauso viel wert wie ein Sparstrumpf unter der Matratze. Aber ein Klumpen Kohle war leichter zu durchschauen als dieses widerwärtige welke Weib. Und ihr Summen setzte sich fest wie ein … Ohrenkneifer. Ob man wollte oder nicht, man musste der Melodie folgen, auch wenn einem davon die Zähne kribbelten. Und ehe man sich's versah, hatte sie erneut mit einer popeligen kurzen Flöte die eigene nicht weniger popelige Zweierzwiebel überboten und säuselte: »Sagen Sie bloß, ich hab schon wieder gewonnen?«

Herr Ehrlich versuchte verzweifelt, sich daran zu erinnern, wie man ohne einen Ärmelapparat, einen günstig platzierten Spiegel und gezinkte Karten spielte, noch dazu mit diesem Summen im Ohr, das einem durch Mark und Bein ging, wie ein Fingernagel, der über eine Schultafel kreischt.

Dabei konnte die alte Schreckschraube überhaupt nicht spielen. Das war das Größte an der Sache.

Nach einer Stunde hatte sie vier Dollar gewonnen, und als sie sich freute: »Hach, ich bin ja ein richtiges Sonntagskind!«, biss Herr Ehrlich sich die Zunge blutig.

Endlich bekam er eine Großzwiebel. Über eine Großzwiebel ging nichts drüber. Ein solches Blatt bekam man vielleicht ein-, zweimal im Leben.

Und sie? Was machte sie? Sie passte! Die Gewitterziege ließ ihren Dollar Dollar sein und passte!

Magrat spähte erneut durchs Fenster.

»Wie sieht's aus?«, fragte Nanny.

»Die scheinen alle sehr wütend zu sein.«

Nanny nahm ihren Hut ab. Sie holte ihre Pfeife heraus, zündete sie an und warf das Streichholz über Bord. »Aha. Dann summt sie bestimmt, verlass dich drauf. Sie kann nämlich sehr nervtötend summen, die gute Esme.« Nanny machte ein zufriedenes Gesicht. »Hat sie schon angefangen, in den Ohren zu prokeln?«

»Ich glaube nicht.«

»Im Ohrenprokeln macht ihr keiner etwas vor.«

Jetzt prokelte die alte Schabracke auch noch in den Ohren!

Sie machte es sehr damenhaft unauffällig und merkte selbst wahrscheinlich gar nichts von dem Gestochere. Aber sie steckte sich dauernd den kleinen Finger ins Ohr und wackelte darin herum. Es quietschte leise, als streiche man ein Billardqueue mit Kreide ein.

Eine Übersprungshandlung, gar keine Frage. Früher oder später machten sie eben alle schlapp …

Sie passte schon wieder! Und das, nachdem er geschlagene fünf Minuten gebraucht hatte, um eine Zwiebel zusammenzukriegen!

»Ich kann mich noch gut erinnern«, sagte Nanny Ogg, »wie sie bei uns zu Besuch war, als wir die Krönung von König Verenz gefeiert und mit den Kindern um einen halben Penny Jag-den-Nachbarn-in-die-hohle-Gasse gespielt haben. Da hat sie doch glatt behauptet, Jasons Jüngster hätte geschummelt. Hinterher hat sie eine ganze Woche geschmollt.«

»Und? Hatte er geschummelt?«

»Das will ich doch schwer hoffen«, antwortete Nanny stolz. »Aber das ist genau Esmes Problem. Sie kann nicht verlieren. Weil sie zu wenig Übung darin hat.«

»Lobsang Schnapper sagt, dass man manchmal verlieren muss, um zu gewinnen«, bemerkte Magrat.

»Was ist denn das für ein Blödsinn? Das kommt doch sicher aus dem Yen-Buddhismus, oder?«

»Nein. Die Yen-Buddhisten sind die, die sagen, dass man viel Geld haben muss, um zu gewinnen«, sagte Magrat.* »Im Weg des Skorpions gewinnt man, indem man jeden Kampf verliert – mit Ausnahme des letzten. Man setzt die Stärke des Gegners gegen ihn ein.«

»Wie das denn? Indem man ihn dazu bringt, sich selber zu verhauen?«, sagte Nanny. »Klingt schwachsinnig.«

Magrat machte ein finsteres Gesicht.

»Was weißt du denn schon davon?«, schoss sie mit einer Schärfe zurück, die ihr sonst gar nicht ähnlich sah.

»Wie bitte?«

* Die Yen-Buddhisten sind die reichste Religionsgemeinschaft im Universum. Sie vertreten die Ansicht, dass die Anhäufung von Geld ein großes Übel ist, eine Last für die Seele. Ungeachtet des Risikos, dessen sie sich selbst dadurch aussetzen, sehen sie es als ihre leidige Pflicht an, so viel Geld wie nur irgend möglich anzuhäufen, um unschuldige Menschen vor dieser Gefahr zu bewahren.

»Ich hab allmählich die Nase voll!«, sagte Magrat. »*Ich* gebe mir wenigstens Mühe, mich weiterzubilden! Ich laufe nicht nur miesepetrig durch die Gegend und schikaniere die Leute!«

Nanny nahm die Pfeife aus dem Mund.

»Ich bin doch gar nicht miesepetrig«, antwortete sie sanft.

»Wer redet denn von dir?«

»Also, Esme war schon immer so«, sagte Nanny. »Die Miesepetrigkeit ist ihr angeboren.«

»Und sie setzt auch fast nie echte Magie ein. Was nützt es, eine Hexe zu sein, wenn man nicht zaubert? Warum zaubert sie nicht, um den Menschen zu helfen?«

Die Althexe blickte sie durch den Pfeifenqualm hindurch nachdenklich an.

»Wahrscheinlich, weil sie genau weiß, wie gut sie es könnte«, sagte Nanny. »Ich kenne Esme schon eine Ewigkeit. Sie und ihre ganze Familie. Alle Wetterwachse können gut zaubern, sogar die Männer. Sie haben durch die Bank eine magische Ader. Es ist fast wie ein Fluch. Aber egal… Esme ist jedenfalls davon überzeugt, dass man den Menschen mit Magie nicht helfen kann. Nicht *richtig* helfen. Womit sie im Übrigen auch völlig richtigliegt.«

»Wozu ist die Magie denn dann gut?«

Nanny stocherte mit einem Streichholz in der Pfeife herum.

»Erinnerst du dich an die kleine Pestepidemie, die ihr bei euch im Dorf mal hattet? Und daran, wie Esme dir zu Hilfe gekommen ist?«, fragte sie. »Täusche ich mich, oder hat sie damals nicht rund um die Uhr mit angepackt? Das hat es bei ihr auch noch nie gegeben, dass sie irgendwen nicht behandelt, bloß weil er vielleicht, nun ja, ziemlich stark eitert. Und als der große Troll vom Bruchberg runterkam, weil er für seine kranke, hochschwangere Frau Hilfe holen wollte, und die Leute ihn mit Steinen beworfen haben, war Esme diejenige, die mit ihm gegangen ist und das Kind auf die Welt geholt hat. Ha… und als der alte Hühnerdraht Hüpfkins kurze Zeit später einen Stein nach *Esme* geworfen hat, wurden wie durch ein Wunder über Nacht alle seine Scheunen plattgetrampelt. Sie sagt immer, man kann den Menschen nicht mit Magie helfen, aber man kann ihnen mit Schwielen helfen. Und damit meint sie, indem man die Ärmel hochkrempelt.«

»Ich bestreite ja auch gar nicht, dass sie im Grunde ein netter Mensch ist«, begann Magrat.

»Ha! Der *nette* Mensch von uns beiden bin ich. Man müsste schon sehr lange suchen, bevor man jemanden findet, der im Grunde garstiger ist als Esme«, sagte Nanny Ogg. »Und das sage ich als ihre Freundin. Sie weiß ganz genau, was sie ist. Sie wurde zum Gutsein geboren, und das gefällt ihr nicht.«

Nanny klopfte die Pfeife auf der Reling aus und wandte sich wieder zum Salon um.

»Eines musst du verstehen, mein Kind«, sagte sie. »Esme hat nicht nur ein großes Eggo, sondern auch eine Psycholologie. Womit *ich* zum Glück nicht geschlagen bin.«

Oma hatte zwölf Dollar gewonnen. Im Salon herrschte andächtige Stille, niemand rührte sich. Von fern drang das Platschen der Schaufelräder und der Ruf des Lotsen herein.

Oma gewann weitere fünf Dollar mit einer Dreierzwiebel.

»Wie meinst du das mit der Psycholologie?«, fragte Magrat. »Du hast doch wohl nicht etwa Bücher gelesen?«

Nanny ging nicht darauf ein.

»Pass gut auf«, sagte sie. »Gleich wird's spannend. Sobald Esme ›tsch, tsch, tsch‹ macht. Das kommt nach dem Ohrenprokeln. Dann führt sie normalerweise was im Schilde.«

Herr Ehrlich klopfte mit den Fingern auf den Tisch, erschrak über sich selbst, und um seine Verwirrung zu überspielen, ließ er sich drei neue Karten geben. Zum Glück schien die alte Fregatte von seiner Konfusion nichts mitzubekommen.

Er starrte auf sein neues Blatt.

Er setzte zwei Dollar und kaufte noch eine Karte.

Er starrte erneut.

Wie groß war wohl die Chance, dass man zweimal an einem Tag eine Großzwiebel auf die Hand bekam?

Jetzt kam alles darauf an, nicht in Panik zu geraten.

»Ich denke«, hörte er sich sagen, »ich riskiere noch zwei Dollar.«

Er warf seinen Kumpanen einen Blick zu. Gehorsam stiegen sie aus.

»Ach, ich weiß nicht.« Es sah so aus, als redete Oma mit ihren Karten. Sie stocherte in ihrem Ohr herum. »Tsch, tsch, tsch. Wie nennt man das noch mal, wenn man mehr Geld in den Topf tun will?«

»Erhöhen«, antwortete Herr Ehrlich mit gepresster Stimme.

»Tja, dann wollen wir mal ein bisschen äh-höhen. Fünf Dollar, würde ich sagen.«

Herr Ehrlich rieb die Knie aneinander.

»Ich gehe mit und erhöhe um zehn«, knurrte er.

»Ich bin dabei«, sagte Oma.

»Ich erhöhe um zwanzig.«

»Ich …« Oma war plötzlich sehr kleinlaut geworden. Sie ließ den Kopf hängen. »Ich … hätte da noch einen Besen.«

Irgendwo in Herrn Ehrlichs Hinterstübchen bimmelte eine winzig kleine Alarmglocke, aber jetzt kannte er kein Halten mehr. Hals über Kopf preschte er auf die Ziellinie zu.

»Einverstanden!«

Er legte sein Blatt auf den Tisch.

Mit einem kollektiven Seufzer stießen die Zuschauer den angehaltenen Atem aus.

Herr Ehrlich langte über den Tisch und wollte den Topf schon an sich raffen.

Oma packte ihn am Handgelenk.

»Ich hab doch meine Karten noch gar nicht gezeigt«, sagte sie.

»Das können Sie sich sparen«, blaffte Herr Ehrlich. »Da kommen Sie nicht drüber, Madame. Keine Chance.«

»Und wenn ich einen Hereinleger hätte? Darum heißt das Spiel doch Leg-Herrn-Zwiebel-rein, oder?«

Er zögerte.

»Aber … aber … dann müssten Sie ja neun aufeinanderfolgende Karten derselben Farbe haben«, blubberte er.

Oma lehnte sich zurück.

»Auf jeden Fall hab ich ziemlich viele von diesen schwarzen Spitzigen. Das ist doch gut, oder?«

Sie breitete das Blatt auf dem Tisch aus. Die Kiebitze schnappten wie ein Mann nach Luft.

Herr Ehrlich blickte verzweifelt in die Runde.

»Bravo, meine Dame, gut gemacht«, sagte ein älterer Herr. Die Menge applaudierte höflich – eine sehr große Menge unwillkommener Zuschauer.

»Äh … ja«, sagte Herr Ehrlich. »Doch. Gut gemacht. Sie haben wirklich eine sehr rasche Auffassungsgabe.«

»Rascher als Ihre. Sie schulden mir fünfundfünfzig Dollar und einen Besen«, sagte Oma.

Magrat und Nanny Ogg erwarteten sie, als sie aus dem Salon gerauscht kam.

»Da hast du deinen Besen«, raunzte sie. »Hoffentlich habt ihr schon gepackt. Wir machen nämlich sofort den Abflug.«

»Wieso?«, fragte Magrat.

»Weil gleich ein paar Männer nach uns suchen kommen, sobald sich die Wogen ein bisschen geglättet haben.«

Sie hasteten hinter ihr her in die winzige Kajüte.

»Du hast keine Magie benutzt?«, fragte Magrat.

»Nein.«

»Und nicht geschummelt?«, ergänzte Nanny Ogg.

»Nein. Das war reine Kopfologie«, antwortete Oma.

»Woher kannst du so gut Karten spielen?«, fragte Nanny.

Oma blieb so abrupt stehen, dass die beiden anderen gegen sie prallten.

»Weißt du noch, letzten Winter? Als Muhme Dismass so krank war und ich fast einen Monat lang jede Nacht an ihrem Bett gewacht habe?«

»Ja?«

»Man lernt sehr schnell, wenn man jede Nacht Leg-Herrn-Zwiebel-rein gegen jemanden spielt, der im zweiten Gesicht eine Netzhautablösung hat«, sagte Oma.

Lieber Jason, liebe alle,

was es im Ausland mehr gibt als zu Hause, sind Gerüche. Ich kann sie von Tag zu Tag besser auseinanderhalten. Esme meckert die ganze Zeit mit jedem rum. Ich glaub, sie glaubt, dass die Leute nur ausländisch sind, um sie zu ärgern. Kann mich nicht erinnern, wann ich sie das letzte Mal so aufgekratzt erlebt hab. Aber die haben es auch nötig, dass ihnen mal einer tüchtig den Kopf wäscht. Wo wir heute Mittag eingekehrt sind, gab es Tartarbeefsteak. Du kannst dir nicht vorstellen, was ich mir für Pampichkeiten anhören musste, bloß, weil ich es gut durchgebraten haben wollte. Liebe Grüße, MAMA

Der Mond war hier näher als zu Hause.

Die Umlaufbahn des Mondes um die Scheibenwelt brachte es mit sich, dass er über den Gipfeln der Spitzhornberge recht hoch am Himmel stand. In der Nähe des Randes war er größer. Und er schien in einem leuchtenderen Orange.

»Wie ein Kürbis«, sagte Nanny Ogg.

»Ich dachte, wir wollten Kürbisse nicht mehr erwähnen«, sagte Magrat.

»Ja, aber wo wir doch kein Abendessen hatten …«

Und noch etwas war anders. Die Hexen kannten warme Nächte sonst höchstens im Hochsommer. Es kam ihnen nicht ganz geheuer vor, unter einem prallen, orange leuchtenden Mond über dunkle Wälder zu fliegen, die vom Gezirpe und Gesurre der Insekten nur so brummten.

»Jetzt müssten wir aber langsam weit genug vom Fluss weg sein«, sagte Magrat. »Können wir nicht landen, Oma? Bis hierher ist uns doch bestimmt keiner gefolgt.«

Oma Wetterwachs sah nach unten. Schimmernd wand sich in der Tiefe ein anderer breiter Strom durch die Landschaft, in so großen Schleifen, dass er zwanzig Meilen brauchte, um fünf zurückzulegen. Zwischen den Kehren breitete sich ein Fleckenteppich aus Hügeln und Wäldern aus. Ein Lichtschein am fernen Nachthimmel mochte bereits Gennua sein.

»Die ganze Nacht auf einem Besen zu reiten ist das Hinterletzte«, sagte Nanny.

»Also gut.«

»Da drüben liegt ein Städtchen«, sagte Magrat. »Mit einer Burg.«

»O nein, nicht schon wieder …«

»Aber es ist eine hübsche kleine Burg«, sagte Magrat. »Können wir da nicht übernachten? Ich hab die Nase voll von Wirtshäusern.«

Oma spähte hinunter. Sie konnte im Dunkeln ausgezeichnet sehen.

»Bist du dir sicher, dass das eine Burg ist?«, fragte sie.

»Ich kann die Türme ganz genau erkennen«, sagte Magrat. »Natürlich ist es eine Burg.«

»Hm. Ich sehe mehr als nur Türme. Das sollten wir ein bisschen genauer unter die Lupe nehmen, Gytha.«

In der schlafenden Burg herrschte immerwährende Stille. Nur im Spätsommer nicht, wenn die reifen Brombeeren von den Ranken fielen und sanft auf dem Boden zerplatzten. Manchmal versuchten auch Vögel, in dem Dornengestrüpp zu nisten, das den Thronsaal vom Boden bis zur Decke zugewuchert hatte, aber bevor sie sehr weit damit kamen, fielen auch sie in einen tiefen Schlummer.

Nur wer ein überaus scharfes Gehör besaß, hätte hören können, wie die Triebe wuchsen und sich die Knospen öffneten.

Dieser Zustand währte nun schon seit zehn Jahren. Es war kein Laut zu –

»Los, aufmachen!«

»Bona-fide-Reisende bitten um Viktualien.«

- kein Laut zu –

»Los, mach mir mal die Räuberleiter, Magrat. Gut so. Und jetzt...«

Glas klirrte.

»Du hast die Scheibe eingeschlagen!«

– *kein Laut* zu hören –

»Den Schaden wirst du wohl ersetzen müssen.«

Langsam schwang das Schlosstor auf. Dahinter stand Nanny Ogg, die sich Dornen und Kletten aus den Haaren zupfte.

»Diese Burg ist der reinste Saustall«, sagte sie. »Überall schlafen Leute. Die sind von Spinnweben schon ganz zugesponnen. Du hattest Recht, Esme. Hier hat jemand gezaubert.«

Die Hexen bahnten sich einen Weg durch das Dickicht. Teppiche waren mit Laub und Staub bedeckt. Junge Ahornbäume mühten sich nach Kräften, den Burghof unter ihre Kontrolle zu bringen. Alle Wände waren mit Ranken behängt.

Oma Wetterwachs zog einen schlummernden Soldaten auf die Beine. Staubwolken stiegen von ihm auf.

»Aufwachen!«, befahl sie.

»Fzhtft«, machte der Soldat und sackte wieder zu Boden.

»So ist es in der ganzen Burg«, sagte Magrat, während sie sich durch ein Farndickicht kämpfte, das aus dem Küchenkeller heraufwucherte. »Die Köche schnarchen, und in den Töpfen ist nur Schimmel! In der Speisekammer schlafen sogar die Mäuse!«

»Hm«, machte Oma. »Da steckt garantiert ein Spinnrad dahinter. Merkt euch meine Worte.«

»Die Schwarze Aliss?«, fragte Nanny Ogg.

»Sieht mir ganz so aus.« Leise fügte Oma hinzu: »Oder eine andere von ihrer Sorte.«

»Das war jedenfalls mal eine Hexe, die wusste, wie Märchen funktionieren«, sagte Nanny. »Sie hat es geschafft, in drei Geschichten gleichzeitig mitzuspielen.«

Sogar Magrat hatte schon von der Schwarzen Aliss gehört. Man sagte ihr nach, die größte Hexe aller Zeiten gewesen zu sein – nicht wirklich böse, aber so mächtig, dass man den Unterschied kaum bemerkte. Wenn es darum ging, ganze Schlösser in einen hundertjährigen Tiefschlaf zu versetzen oder eine Prinzessin haufenweise Stroh zu Glod* spinnen zu lassen, machte ihr keiner etwas vor.

»Ich kannte sie sogar persönlich«, sagte Nanny, während sie durch ein blühendes Meer von Greisenhöschen die Freitreppe hinaufstiegen. »Die alte Deliria Schnappdich hat mich mal zu ihr mitgenommen, als ich noch ein kleines Mädchen war. Natürlich war sie da schon ziemlich … wunderlich. Ich sage nur: Lebkuchenhaus.« Sie klang so traurig, als erzählte sie von einer betagten Verwandten, die angefangen hatte, ihre Unterwäsche über der Kleidung zu tragen.

»Das war dann also, bevor die beiden Kinder sie in ihren eigenen Backofen gesperrt haben?«, fragte Magrat und befreite ihren Ärmel von einer Dornenranke.

»Ja. Schlimme Geschichte, das. Dabei hat sie nie jemanden gefressen«, antwortete Nanny. »Beziehungsweise fast nie. Nicht oft. Sicher, es gab Gerüchte, aber …«

»So kann es gehen«, sagte Oma. »Wer sich zu ausgiebig mit Märchen beschäftigt, verliert früher oder später die Orientierung. Dann weiß man nicht mehr, was wirklich und was unwirklich ist. Und zum Schluss kriegen sie einen. Sie machen einen verrückt im Kopf. Ich mag keine Märchen. Sie sind nicht real. Ich mag keine Sachen, die nicht real sind.«

Sie drückte eine Tür auf.

»Ah. Ein Kämmerlein«, sagte sie spitz. »Könnte aber auch eine Gartenlaube sein.«

---

* Die Schwarze Aliss hatte ebenfalls Probleme mit der Rechtschreibung. Man musste ihr sehr viel Geld geben, damit sie sich trollte, ohne eine Szene zu machen.

»Unglaublich, wie schnell das Zeug wächst!«, bemerkte Magrat.

»Das macht der Zeitzauber«, sagte Oma. »Ah. Da ist sie ja. Dachte ich's mir doch, dass wir sie hier irgendwo finden.«

Von Rosen umrankt ruhte eine Mädchengestalt auf dem Bett.

»Und da haben wir ja auch das Spinnrad.« Nanny zeigte auf einen Efeuberg, unter dem es gerade noch zu erkennen war.

»Nicht anfassen!«, rief Oma.

»Keine Sorge. Ich hebe es unten am Fußtritt hoch und schmeiße es durchs Fenster.«

»Woher wisst ihr das alles?«, fragte Magrat.

»Es ist ein Volksmärchen«, antwortete Nanny. »Diese Geschichte ist schon häufig passiert.«

Oma Wetterwachs und Magrat betrachteten die von Staub und Pollen silbrig schimmernde, etwa dreizehnjährige Schlummernde.

»Ist sie nicht wunderhübsch?«, sagte Magrat.

Nachdem das Spinnrad mit einem lauten Krachen auf dem Pflaster im Burghof aufgeschlagen war, trat Nanny Ogg zu den beiden anderen ans Bett und klopfte sich die Hände ab.

»Das hab ich schon dutzendfach erlebt«, sagte sie.

»Hast du nicht«, entgegnete Oma.

»Na gut, aber einmal auf jeden Fall«, gab Nanny unbeeindruckt zu. »Und ich habe dutzendmal davon gehört. Die Geschichte kennt jeder. Ein uralter Kleinstadtmythos eben. Jeder kennt jemanden, der einen Freund hat, der einen Cousin hat, der einen Nachbarn hat, in dessen Dorf …«

»Und warum? Weil es tatsächlich passiert«, sagte Oma.

Sie fasste nach der Hand des Mädchens.

»Sie schläft, weil sie–«, sagte Nanny.

Oma drehte sich um.

»Ich weiß, ich weiß. Ich weiß das alles, klar? Genauso gut wie du. Meinst du etwa, ich weiß das nicht?« Sie beugte sich über die schlaffe Hand. »Typisch Fee. Ob gute oder böse«, fügte sie halblaut hinzu. »Immer wollen sie Eindruck schinden. Immer müssen sie sich einmischen, immer alles bestimmen! Ha! Hat vielleicht jemand zufällig eine Prise Gift parat? Dann schicken wir doch einfach alle für hundert Jahre in den Tiefschlaf! Ist doch ein Klacks für uns Feen. So viel Unheil, nur weil sie sich einmal hat stechen lassen. Als ob davon die Welt untergeht.« Sie hielt inne. »Gytha?« Nanny Ogg stand direkt hinter ihr. Nie im Leben hätte Oma sehen können, was für ein Gesicht sie machte.

»Ja, Esme?« Nanny Ogg klang wie die personifizierte Unschuld.

»Ich kann fühlen, dass du grinst. Spar dir deine Billigpsychologie für die, die sie nötig haben.«

Oma schloss die Augen und murmelte ein paar Worte.

»Soll ich meinen Zauberstab benutzen?«, fragte Magrat zögernd.

»Untersteh dich!« Oma murmelte weiter.

Nanny nickte. »Sie kriegt schon wieder ein bisschen Farbe.«

Minuten später schlug das Mädchen die Augen auf und blickte verschlafen Oma Wetterwachs an.

»Raus aus den Federn«, sagte Oma mit ungewöhnlich fröhlicher Stimme. »Oder willst du das ganze Jahrzehnt verschlafen?«

Das Mädchen versuchte, sich erst auf Nanny und danach auf Magrat zu konzentrieren, doch dann fixierte die Kleine wieder Oma Wetterwachs.

»Du?«, sagte sie.

Oma zog die Augenbrauen hoch und wechselte einen Blick mit ihren Kolleginnen.

»Ich?«

»Du bist – noch hier?«

»Noch?«, sagte Oma. »Ich war in meinem ganzen Leben noch nicht hier, mein Kind.«

»Aber ...« Sie schien verwirrt. Auf Magrat machte sie sogar einen ängstlichen Eindruck.

»Frühmorgens geht es mir genauso.« Nanny Ogg tätschelte die andere Hand des Mädchens. »Bis zur ersten Tasse Tee ist nichts mit mir anzufangen. Bestimmt wachen die anderen auch bald auf. Natürlich wird es dann noch ein Weilchen dauern, bis sie die Rattennester aus den Wasserkesseln entfernt haben – Esme?«

Oma starrte wie gebannt auf ein verstaubtes Etwas an der Wand.

»Sag ich's doch: Manche müssen sich immer einmischen«, raunte sie.

»Was hast du, Esme?«

Oma Wetterwachs stapfte mit langen Schritten quer durch die Kammer und wischte den Staub von einem riesigen, reich geschnitzten Spiegel.

»Ha!«, rief sie und fuhr wieder herum. »Wir brechen auf.«

»Aber ich dachte, wir wollten uns hier ausruhen. Und die Nacht ist schon fast vorbei«, sagte Magrat.

»Wir wollen niemandes Gastfreundschaft überstrapazieren.« Oma war schon halb durch die Tür.

»Wir haben doch überhaupt noch keine genossen«, entgegnete Magrat. Sie warf einen Blick auf den Spiegel. Er war oval und hatte einen vergoldeten Rahmen. Ein ganz normaler Spiegel. Es sah Oma Wetterwachs gar nicht ähnlich, sich vor ihrem eigenen Spiegelbild zu fürchten.

»Sie hat mal wieder eine von ihren Launen«, sagte Nanny Ogg. »Dann komm. Hat ja doch keinen Sinn hierzubleiben.« Sie tätschelte der verwunderten Prinzessin den Kopf. »Tschüsschen, kleines Fräulein. Ein paar Wochen mit Besen und Axt, und das alte Gemäuer ist wieder wie neu.«

»Ich hatte den Eindruck, dass sie Oma erkannt hat«, sagte Magrat, während sie hinter der hüftsteifen Esme Wetterwachs die Treppe hinunterliefen.

»Ja, aber das kann überhaupt nicht sein. Esme ist zeit ihres Lebens nie in diesem Teil der Welt gewesen.«

»Ich verstehe trotzdem nicht, wieso wir es plötzlich so eilig haben«, beharrte Magrat. »Die Leute werden uns doch sicher wahnsinnig dankbar sein, dass wir den Bann gebrochen haben.«

Nach und nach erwachten auch die übrigen Burgbewohner. Wachen starrten verdattert auf ihre mit Spinnweben bedeckten Uniformen und die überall aus dem Boden geschossenen Büsche. Als die Hexen durch den bewaldeten Burghof hetzten, kam ein alter Mann im verblichenen Gewand aus einer Tür gewankt. Er musste sich erst einmal an eine Mauer lehnen, bis er wieder wusste, wer und wo er war. Doch dann erblickte er die immer schneller werdende Gestalt von Oma Wetterwachs.

»Du?«, brüllte er. »Wachen!«

Nanny Ogg zögerte keine Sekunde. Sie packte Magrats Ellenbogen und rannte, was das Zeug hielt. Am Burgtor hatten sie Oma Wetterwachs eingeholt. Ein Wachmann, der nicht so ein Morgenmuffel war wie seine Kollegen, torkelte auf sie zu und wollte ihnen mit seinem Spieß den Weg versperren. Aber Oma brauchte nur kurz dagegenzudrücken, und schon drehte er sich sanft einmal um die eigene Achse.

Endlich waren sie draußen. Sie spurteten zu den Besen, die ganz in der Nähe an einem Baum lehnten, und ohne langsamer zu werden, packte Oma ihren und schwang sich hinauf. Er startete fast beim allerersten Versuch.

Ein Pfeil pfiff an ihrem Hut vorbei und bohrte sich in einen Ast.

»Und das nennen die hier *Dankbarkeit*?«, rief Magrat, während die Besen hochstiegen und über die Bäume hinweg davonrauschten.

»Nach dem Aufstehen sind viele Leute ungenießbar«, sagte Nanny.

»Die sahen alle so aus, als glaubten sie, dich zu kennen, Oma«, sagte Magrat.

Omas Besen bockte im Wind.

»Die irren sich!«, schrie sie. »Die haben mich noch nie im Leben gesehen, verstanden?«

In betretenes Schweigen gehüllt flogen sie weiter.

Nach einer Weile steuerte Magrat mit schlafwandlerischer Sicherheit das nächste Fettnäpfchen an, wofür sie in Nannys Augen ein beinahe kindliches Talent besaß. Sie sagte: »Ich frage mich, ob wir das Richtige getan haben. Das war doch zweifellos eine Aufgabe für einen schönen Prinzen.«

»Ha!«, sagte Oma, die vorausflog. »Und wozu hätte das gut

sein sollen? Oder glaubst du etwa, an der Art und Weise, wie sich einer durch ein paar Dornenranken schnippelt, kannst du erkennen, ob er auch das Zeug zu einem guten Ehemann hat? So denkt nur eine gute Fee. Den Menschen immer schön ein glückliches Ende aufs Auge drücken, egal, ob sie eins haben wollen oder nicht, ja?«

»An einem glücklichen Ende ist überhaupt nichts auszusetzen«, erwiderte Magrat hitzig.

»Aber nur, wenn die Geschichte von alleine gut ausgeht.« Oma starrte verbissen in den Himmel. »Man darf es nicht erzwingen. Das wäre dasselbe, als würde man eine glückliche Ehe erzwingen wollen, indem man den Brautleuten gleich nach dem Jawort den Kopf abschneidet. Verstehst du? Man kann sich das Glück nicht nach eigenem Gutdünken zurechtschmieden.«

Nachdenklich blickte sie auf die noch in weiter Ferne vor ihnen liegende Stadt.

»Das Einzige, was man herbeiführen kann«, sagte sie, »ist ein Ende.«

Sie frühstückten auf einer Waldlichtung. Es gab gegrillten Kürbis. Das Zwergenbrot wurde herausgeholt und inspiziert. Es war wirklich ein Wunder, dieses Zwergenbrot. Wer ein paar Scheiben davon als Proviant dabeihatte, wusste nicht mehr, was Hunger war. Ein kurzer Blick genügte, und sofort fielen einem Dutzende von Dingen ein, die man lieber essen würde. Wie zum Beispiel die eigenen Stiefel. Berge. Rohe Schafe. Den eigenen Fuß.

Anschließend versuchten sie, etwas Schlaf zu bekommen. Zumindest galt das für Nanny und Magrat. Sie *versuchten* es, aber vergeblich. Sie lagen wach und lauschten, wie Oma Wetterwachs halblaut vor sich hin zeterte. So außer sich hatten sie sie noch nie erlebt.

Als sie wieder aufbrechen wollten, schlug Nanny vor, zur Abwechslung ein Stück zu Fuß zu gehen. Was für ein schöner Tag, sagte sie. Was für ein interessanter Wald, mit so vielen neuen

Kräutern, auf die man mal einen Blick werfen könne. Ein Spaziergang im Sonnenschein werde ihnen allen guttun, sagte sie. Bewegung hebe die Stimmung.

Es war tatsächlich ein schöner Wald. Schon nach einer halben Stunde musste sogar Oma Wetterwachs zähneknirschend zugeben, dass er nicht völlig ausländisch und vergammelt aussah. Magrat pflückte Blumen am Wegesrand. Nanny sang ein paar Strophen von »Des Zauberers Stab liegt gut in der Hand«, ohne dass sie öfter als ein-, zweimal vom eher automatisch geäußerten Protest der beiden anderen unterbrochen wurde.

Trotzdem lag noch immer ein ungute Stimmung in der Luft. Nanny Ogg und Magrat hatten das beunruhigende Gefühl, dass zwischen ihnen und Oma Wetterwachs eine Mauer stand. Als ob sie ihnen absichtlich etwas Wichtiges verschwieg. Normalerweise hatten Hexen nämlich kaum Geheimnisse voreinander, und sei es auch nur, weil sie so ein neugieriges Völkchen waren, dass sie nicht die geringste Chance hatten, irgendetwas für sich zu behalten.

Als sie um einige stattliche Eichen bogen, kam ihnen mitten auf dem Weg das Mädchen mit dem roten Käppchen entgegengehüpft.

Die Kleine trällerte ein Liedchen vor sich hin, das um einiges harmloser war als alles, was Nanny Ogg im Repertoire hatte, und bemerkte die Hexen erst im letzten Moment. Sie blieb stehen und lächelte die drei mit großen unschuldigen Augen an.

»Guten Tag, ihr alten Frauen«, grüßte sie.

»Ähem«, machte Magrat.

Oma Wetterwachs beugte sich zu der Kleinen hinunter.

»Was machst du denn so ganz allein im Wald, junge Dame?«

»Ich bring meiner Großmutter was Leckeres zu essen.«

Als Oma sich wieder aufrichtete, hatte sie einen abwesenden Ausdruck in den Augen.

»Esme.« Nanny Ogg sah ihre Freundin vielsagend an.

»Ich weiß. Ich weiß«, sagte Oma.

Magrat ging in die Hocke und verzog das Gesicht zu dieser idiotischen Grimasse, mit der Erwachsene so gern beweisen möchten, wie gut sie mit Kindern umgehen können – eine Hoffnung, mit der sie jedes Mal Schiffbruch erleiden. »Äh … kleines Fräulein. Hat deine Mutter dir gesagt, dass du dich vor den bösen Wölfen hüten sollst, die sich hier herumtreiben könnten?«

»Ja, hat sie.«

»Und deine Großmutter …«, sagte Nanny Ogg. »Die liegt vermutlich krank im Bett, ja?«

»Darum bring ich ihr ja den Korb mit den leckeren Sachen–«, begann das Kind.

»Dachte ich's mir doch.«

»Kennst du meine Großmutter?«, fragte das Kind.

»J-ja«, sagte Oma Wetterwachs. »Irgendwie schon.«

»Als ich noch ein kleines Mädchen war, hat es drüben in Skund mal so einen Vorfall gegeben«, sagte Nanny Ogg leise. »Die Großmutter wurde nie gefun-«

Oma Wetterwachs verpasste ihr einen kräftigen Rippenstoß. »Wo wohnt denn deine Großmutter?«

Das Mädchen deutete auf einen Pfad, der vom Hauptweg abzweigte.

»Du bist doch keine böse Hexe, oder?«, fragte sie.

Nanny Ogg hüstelte.

»Ich? Nein. Wir … wir sind …«, stammelte Oma.

»Wir sind Feen«, sagte Magrat.

Oma Wetterwachs klappte der Unterkiefer herunter. Eine solche Erklärung wäre ihr niemals in den Sinn gekommen.

»Weil meine Mama mich nämlich auch vor der bösen Hexe gewarnt hat.« Das Mädchen musterte Magrat kritisch. »Und was für Feen seid ihr?«

»Wir sind, äh, wir sind Blumenfeen«, antwortete Magrat. »Siehst du, ich habe einen Zauberstab …«

»Was für welche?«

»Wie bitte?«

»Was für Blumen?«

»Äh«, machte Magrat. »Hm. Also, ich bin die Tulpenfee, und

das da …« Sie vermied es, Oma direkt anzusehen. »… das ist die … die Gänseblümchenfee, und das ist …«

»Die Igelfee«, sagte Nanny Ogg.

Dieser Neuzugang zum übernatürlichen Pantheon musste erstmal einer gründlichen Prüfung unterzogen werden.

»Du kannst keine Igelfee sein«, sagte das Mädchen nach längerem Grübeln. »Ein Igel ist keine Blume.«

»Woher weißt du das?«

»Weil er Stacheln hat.«

»Die Stechpalme hat auch welche. Und die Distel.«

»Oh.«

»Und ich habe einen Zauberstab.« Magrat riskierte einen Blick auf die Gänseblümchenfee.

»Wir müssen weiter«, sagte Oma Wetterwachs. »Bleib du schön hier bei der … Tulpenfee, und wir gehen schon mal vor und sehen nach, wie es um deine Großmutter steht. Einverstanden?«

»Wetten, das ist gar kein echter Zauberstab?«, sagte das Mädchen, ohne Oma weiter zu beachten. Mit dem Instinkt eines Kindes, der unfehlbar das schwächste Glied in der Kette aufspürt, nahm sie Magrat ins Visier. »Wetten, damit kann man überhaupt nichts verwandeln?«

»Also …«, begann Magrat.

»Wetten?«, sagte das Mädchen. »Wetten, du kannst den Baumstamm da vorne nicht in einen … in einen … in einen Kürbis verwandeln? Haha, wetten, das kannst du nicht. Ich wette mit dir um eine Trillion Dollar, dass du den Baumstamm nicht in einen Kürbis verwandeln kannst.«

»Na, ihr zwei kommt ja wunderbar zurecht«, sagte die Igelfee. »Wir sind bald wieder zurück.«

Zwei Besen folgten dem kleinen Pfad durch den Wald.

»Könnte auch nur ein Zufall sein«, sagte Nanny Ogg.

»Ist es aber nicht«, entgegnete Oma. »Das Kind hat sogar ein rotes Käppchen auf.«

»Mit fünfzehn hatte ich auch so ein rotes Käppchen.«

»Ja, aber deine Großmutter wohnte nebenan. Du brauchtest dich nicht vor bösen Tieren zu fürchten, wenn du sie besucht hast«, sagte Oma.

»Nur vor Sumpfkins, dem Untermieter.«

»Ja, aber das war wirklich bloß Zufall.«

Eine blaue Rauchfahne wehte durch den Wald. Ganz in der Nähe stürzte krachend ein Baum um.

»Holzfäller!«, sagte Nanny. »Wenn es hier Holzfäller gibt, ist alles in Butter. Einer von ihnen kommt in letzter Sekunde zu Hilfe …«

»Das macht man den Kindern weis«, entgegnete Oma, während der rasende Besenflug weiterging. »Und der Großmutter nützt es sowieso nicht. Sie ist dann schon längst gefressen worden!«

»Ich konnte dieses Märchen noch nie leiden«, sagte Nanny. »Für die hilflosen alten Frauen interessiert sich mal wieder kein Schwein.«

Der Weg mündete auf einer Lichtung mit einem halb verwilderten Küchengarten, in dem ein paar armselige Stängel Gemüse um das bisschen Sonne kämpften, das zwischen den dicht stehenden Bäumen hereinsickerte. Mitten im Garten stand ein strohgedecktes Häuschen. Etwas anderes konnte es gar nicht sein, denn dass jemand einen Heuhaufen dermaßen schlecht aufgeschichtet hatte, durfte man wohl ausschließen.

Sie sprangen ab. Während die Besen weiterschossen, bis sie von den Büschen aufgehalten wurden, hämmerten die Hexen bereits an die Tür.

»Hoffentlich kommen wir nicht zu spät«, sagte Nanny. »Vielleicht war der Wolf schon –«

Nach einer Weile hörten sie im Inneren des Häuschens ein tattriges Schlurfen. Langsam ging die Tür einen Spaltbreit auf, und ein Auge spähte misstrauisch aus dem Dämmer.

»Ja?«, sagte ein zittriges Stimmchen.

»Sind Sie die Großmutter?«, fragte Oma Wetterwachs ohne viel Federlesens.

»Seid ihr die Steuereintreiber, Kindchen?«

»Nein, gute Frau, wir sind–«

»- Feen«, warf die Igelfee rasch ein.

»Ich lasse niemanden rein, den ich nicht kenne.« Die Stimme nahm einen leicht nörgeligen Ton an. »Vor allem keine Leute, die nie das Geschirr abwaschen, nachdem man ihnen ein Schüsselchen mit fast frischer Milch rausgestellt hat.«

»Wir würden gern kurz mit Ihnen sprechen«, sagte die Gänseblümchenfee.

»Ach ja? Können Sie sich ausweisen, Kindchen?«

»Das muss die richtige Großmutter sein«, raunte die Igelfee. »Die Familienähnlichkeit ist verblüffend. Sie hat die gleichen großen Ohren.«

»Sie braucht keine großen Ohren zu haben«, raunzte die Gänseblümchenfee. »Der mit den großen Ohren, das ist der Wolf. Darum geht es doch gerade. Kannst du denn nicht *einmal* aufpassen?«

Die Großmutter beobachtete die beiden gebannt. Nachdem sie ihr Leben lang an Feen geglaubt hatte, war es doch ein Erlebnis der etwas anderen Art, leibhaftig welche zu Gesicht zu bekommen. Oma Wetterwachs bemerkte ihre verwunderte Miene.

»Sagen wir es mal so, gut Frau.« Sie schlug einen despotisch vernünftigen Ton an. »Wie würde es Ihnen gefallen, bei lebendigem Leib von einem Wolf gefressen zu werden?«

»Ich denke, das würde mir nicht sehr gefallen, Kindchen«, antwortete die hinter der Tür verborgene Großmutter.

»Dann bleibt Ihnen nur eine Alternative: wir!«

»Du liebes Lottchen. Und das wissen Sie genau?«

»Großes Feenehrenwort«, sagte die Igelfee.

»Ach was. Na dann. Also gut. Ihr dürft reinkommen. Aber keine faulen Feentricks. Und vergesst hinterher ja nicht den Abwasch. Ihr habt nicht zufälligerweise einen Topf voll Gold dabei, oder?«

»Ich glaub, sie meint Elfen.«

»Nein, das sind doch die, die in Brunnen hausen. Sie meint Kobolde.«

»Blödsinn. Das sind die, die unter Brücken lauern.«

»Das sind Trolle. Das weiß doch jeder, dass das Trolle sind.«

»Wir sind es jedenfalls nicht.«

»Ach«, sagte die Großmutter. »Das hätte ich mir denken können.«

Magrat bildete sich gern ein, gut mit Kindern umgehen zu können, befürchtete aber insgeheim, dass das Gegenteil der Fall war. Sie konnte sie nicht besonders gut leiden, und auch das machte ihr Sorgen. Nanny Ogg schien mühelos mit Kindern zurechtzukommen, indem sie abwechselnd – aber völlig willkürlich – entweder Bonbons oder Ohrfeigen an sie austeilte, während Oma Wetterwachs die lieben Kleinen meistens ignorierte, was genauso gut zu funktionieren schien. Magrat dagegen sorgte sich regelrecht um sie. Das Leben war einfach nicht fair.

»Ich wette eine Million Trillionen Zillionen Dollar, dass du den Busch da drüben nicht in einen Kürbis verwandeln kannst«, sagte das Kind.

Magrat probierte es mit Vernunft. »Die anderen habe ich doch auch schon alle in Kürbisse verwandelt.«

Das Mädchen ließ sich nicht aus der Ruhe bringen. »Irgendwann geht's bestimmt schief.«

Magrat warf einen ratlosen Blick auf den Zauberstab. Sie hatte wirklich alles versucht: wünschen, beschwören, schwenken und fuchteln. Und einmal, als sie die beiden anderen Hexen außer Hörweite glaubte, hatte sie sich sogar dazu hinreißen lassen, mit dem Stab auf irgendwelche Sachen einzudreschen und zu brüllen: Egal was, nur keine Kürbisse!

»Du weißt ja überhaupt nicht, wie das richtig geht«, sagte das Kind.

»Eine Frage …« Magrat verlor allmählich die Geduld. »Hast du nicht erzählt, deine Mutter weiß, dass sich hier im Wald ein großer böser Wolf rumtreibt?«

»Doch.«

»Und trotzdem hat sie dich ganz alleine mit den leckeren Sachen zu deiner Großmutter geschickt?«

»Doch, ja. Wieso?«

»Nur so. War bloß ein Gedanke. Und du schuldest mir eine Million Trillionen Zillionen Squillionen Dollar.«

Mit Großmüttern ist es ein bisschen wie mit den Freimaurern, allerdings besser, weil man nicht erst auf einem Bein balancieren und irgendwelche Eide ablegen muss, bevor man dazugehören darf. Sobald Nanny Ogg in dem Häuschen war und der Wasserkessel auf dem Feuer summte, fühlte sie sich wie zu Hause. Greebo streckte sich vor der kümmerlichen Glut aus und döste ein, während die Hexen der alten Frau zu erklären versuchten, was sie zu ihr geführt hatte.

»Wie will denn ein Wolf hier reinkommen?«, fragte die Großmutter. »Die können doch gar keine Türen aufmachen.«

Oma Wetterwachs schob den zerlumpten Vorhang beiseite und spähte auf die Lichtung hinaus.

»Das wissen wir«, sagte sie.

Nanny Ogg deutete mit dem Kopf auf das kleine Bett in der Kaminnische.

»Schlafen Sie immer da?«, fragte sie.

»Nur, wenn ich krank bin, Kindchen. Sonst schlafe ich in der Dachkammer.«

»Dann würde ich mich an Ihrer Stelle gleich mal nach oben trollen. Nehmen Sie meinen Kater mit? Wir wollen nicht, dass er uns in die Quere kommt.«

»Fangt ihr jetzt an, für ein Untertellerchen Milch das ganze Haus zu putzen und meine Wäsche zu waschen?«, fragte die Großmutter hoffnungsvoll.

»Möglich ist alles.«

»Komisch. Ich hatte mir euch immer viel kleiner vorgestellt–«

»Wir sind eben oft an der frischen Luft«, sagte Nanny. »Also dann, ab nach oben.«

Die beiden Hexen blieben allein zurück. Oma Wetterwachs blickte sich um. Die Binsen am Boden hätten längst auf einen Komposthaufen gehört. Die Spinnweben an der Decke waren mit Ruß verklebt.

In dieser düsteren Höhle hätte man für einen gründlichen Hausputz eine Schaufel benötigt – oder noch besser: ein Streichholz.

»Komisch, eigentlich«, sagte Nanny, nachdem die alte Frau die wackelige Treppe hinaufgestiegen war. »Sie ist jünger als ich. Andererseits treibe ich natürlich auch Sport.«

»Du hast doch in deinem ganzen Leben noch keinen Sport getrieben.« Oma Wetterwachs stand wieder am Fenster und behielt unverwandt die Büsche im Auge. »Du hast noch nie was getan, wozu du keine Lust hattest.«

»Genau das meine ich ja.« Nanny strahlte. »Hör mal, Esme. Ich denke immer noch, das könnte alles purer Zufall sein.«

»Das ist kein Zufall! Ich kann es spüren. In dieser Gegend hat irgendjemand dafür gesorgt, dass Märchen wahr werden. Das weiß ich.«

»Und du weißt auch, wer das war, oder?«, fragte Nanny listig.

Wie gehetzt ließ Oma den Blick über die schmutzstarrenden Wände wandern.

»Die Großmutter kann sich anscheinend keinen Spiegel leisten«, sagte Nanny. »Ich bin doch nicht blind, Esme. Und ich weiß, dass Spiegel und Feen zusammengehören. Also: Was ist hier los?«

»Das sag ich nicht! Wenn ich mich täusche, stehe ich nur wie ein Volltrottel da. Ich habe nicht vor … Da kommt jemand!«

Nanny Ogg drückte sich die Nase an der verdreckten Scheibe platt.

»Ich seh nichts.«

»Die Büsche haben sich bewegt. Schnell, ins Bett mit dir!«

»Ich? Ich dachte, du würdest dich ins Bett legen!«

»Wie kommst du denn darauf?«

»Gute Frage. Das weiß ich eigentlich selber nicht.« Ergeben

nahm sie die Nachthaube vom Bettpfosten, stülpte sie sich über den Kopf und schlüpfte unter die Flickendecke.

»He, die Matratze ist mit Stroh gestopft!«

»Du brauchst ja nicht lange darauf zu liegen.«

»Wie das pikst! Außerdem glaub ich, da sind Viecher drin!«

Etwas polterte gegen die Hauswand. Die Hexen verstummten.

Unter der Hintertür drang ein Schnaufen herein.

»Weißt du was?«, flüsterte Nanny Ogg. »Die Spülküche ist der reinste Saustall. Feuerholz gibt's auch nicht. Und kaum was zu essen. Und der Krug Milch, der da steht, kriegt schon langsam Beine–«

Oma huschte kurz zum Kamin hinüber, dann nahm sie schnell ihren Posten am Fenster wieder ein.

Kurz darauf machte sich jemand am Riegel zu schaffen, so unbeholfen, als hätte er keine Erfahrung mit Türen – oder mit Fingern.

Knarrend schwang die Tür auf.

Ein unerträglicher Geruch nach Moschus und nassem Fell quoll herein.

Unsichere Schritte tapsten durch den Raum, direkt auf die Gestalt unter der Bettdecke zu.

Nanny lüpfte den Rüschenrand der Haube so weit, dass sie darunter hervorlugen konnte.

»Tag«, sagte sie, gefolgt von: »Ach, du dickes Ei. Wer hätte gedacht, dass du *so* große Zähne hast?«

Oma Wetterwachs schlug die Tür zu und setzte sich in Bewegung. Der Wolf fuhr herum, eine Pfote abwehrend erhoben.

»Naaai!«

Oma zögerte kurz, doch dann verpasste sie ihm mit einer gusseisernen Bratpfanne einen kräftigen Schlag auf den Kopf.

Der Wolf sackte zusammen.

Nanny Ogg schwang die Beine aus dem Bett.

»Als diese Sache drüben in Skund passiert ist, haben alle behauptet, es wäre ein Werwolf gewesen. Ich dachte damals schon, nein, Werwölfe machen so was nicht«, sagte sie. »Aber ein echter Wolf? Unglaublich. Mir wäre fast das Herz stehen geblieben.«

»Echte Wölfe gehen nicht aufrecht, und sie öffnen auch keine Türen«, entgegnete Oma Wetterwachs. »Komm, fass mal mit an. Wir schaffen ihn raus.«

»Ich hab mich direkt wieder in meine Kindheit zurückversetzt gefühlt, als diese große, haarige, sabbernde Bestie auf mich zukam«, sagte Nanny, während sie das betäubte Wesen bei den Hinterläufen packte. »Hast du den alten Sumpfkins eigentlich auch gekannt?«

Es war tatsächlich ein ganz normaler Wolf, nur magerer als die meisten anderen. Unter seinem verfilzten Fell zeichneten sich deutlich die Rippen ab. Oma holte einen Eimer Wasser aus dem trüben Brunnen neben dem Plumpsklo und kippte es ihm über den Kopf.

Dann setzte sie sich auf einen Baumstumpf und beobachtete ihn genau. Hoch oben in den Zweigen zwitscherten ein paar Vögel.

»Er hat geredet«, murmelte sie. »Er hat versucht, nein zu sagen.«

»Den Eindruck hatte ich auch«, sagte Nanny. »Aber ich dachte, ich spinne mir nur was zurecht.«

»Fang bloß nicht an zu spinnen«, sagte Oma. »Es steht auch so schon schlecht genug.«

Der Wolf stöhnte. Oma gab Nanny Ogg die Bratpfanne.

Nach einer Weile sagte sie: »Ich denke, ich muss einen Blick in seinen Verstand werfen.«

Nanny Ogg schüttelte den Kopf. »Wenn ich du wäre, würde ich das lieber sein lassen.«

»Aber du bist nicht ich, sondern *ich* bin ich. Und ich muss wissen, woran ich bin. Halte du dich mal schön mit der Pfanne bereit.«

Nanny zuckte mit den Schultern.

Oma konzentrierte sich.

Es ist sehr schwierig, den Verstand eines Menschen zu lesen. Die meisten Menschen denken an so viele Sachen gleichzeitig, dass es fast unmöglich ist, aus dem Knäuel einen einzelnen Faden herauszulösen.

Tiere denken anders. Geradliniger. Am einfachsten gestrickt sind die Fleischfresser, besonders vor dem Fressen. In der Welt des Verstandes gibt es keine Farben, aber wenn es sie gäbe, wären die Gedanken eines hungrigen Raubtiers dunkellila – und pfeilspitz. Die Gedanken von Pflanzenfressern lassen sich auch leicht lesen – silberne, gespannte Federn, allzeit zum Sprung bereit.

Aber dies war kein normaler Verstand. Es war eine Mischung aus zweien.

Wenn Oma abends still dasaß und vor sich hin sinnierte, schnappte sie gelegentlich die Gedanken von Jägern auf. Selten, ganz selten nur, hatten sie eine entfernte Ähnlichkeit mit dem, was sie jetzt auffing. Selten, ganz selten nur, wenn der Jäger kurz davor war, das Wild zu erlegen, vereinten sich die einzelnen Fäden zu einem einzigen Strang. Aber bei diesem Wesen war es anders. Es war ein zersplittertes, verkrüppeltes Streben nach Wissen, losgelöst von der schlanken Pfeilspitze des Raubtierwillens. Es war ein Raubtierverstand, der zu *denken* versuchte.

Kein Wunder, dass er vollkommen durcheinander war.

Oma machte die Augen wieder auf.

Nanny Ogg hatte sich vor ihr aufgebaut, die hoch erhobene Bratpfanne in der zitternden Hand.

»Also«, sagte sie. »Wer da?«

»Ich könnte ein Glas Wasser vertragen«, sagte Oma. In dem Chaos, das in ihrem Kopf herrschte, brach sich der Selbsterhaltungsgedanke Bahn. »Aber bloß nicht aus diesem Brunnen.«

Nanny entspannte sich. Wenn eine Hexe im Kopf eines anderen herumstöberte, wusste man nie, wer oder was wieder zurückkommen würde. Aber Oma Wetterwachs war die Beste. Sie hätte niemals begreifen können, wonach Magrat, die sich dauernd selber finden wollte, eigentlich suchte. Wenn es Oma nicht gelang, in ihren eigenen Kopf zurückzufinden, dann gab es auch kein Zurück.

»Ich könnte dir die Milch aus der Küche anbieten«, sagte Nanny.

»Was hatte die noch mal für eine Farbe?«

»Nun ja … dunkelweiß.«

»Na schön.«

Sobald Nanny Ogg ihr den Rücken zukehrte, gestattete Oma sich ein leises Schaudern.

Sie betrachtete den Wolf und fragte sich, was sie für ihn tun könnte. Ein normaler Wolf würde nie in ein Haus gehen, auch wenn er die Tür öffnen könnte. Wölfe hielten sich sowieso am liebsten von den Menschen fern, es sei denn, am Ende eines besonders strengen Winters war nicht mehr genug zu fressen für alle da. Und selbst dann geschah es nicht, weil sie groß und böse und heimtückisch gewesen wären, sondern weil sie nun einmal Wölfe waren.

Dieser Wolf versuchte, ein Mensch zu sein.

Wahrscheinlich gab es keine Heilung für ihn.

»Hier, deine Milch«, sagte Nanny Ogg.

Oma nahm das Glas entgegen, ohne sie anzusehen.

»Jemand hat diesem Wolf eingeflüstert, er wäre ein Mensch«, sagte sie. »Und dann hat dieser Jemand ihn einfach seinem Schicksal überlassen und sich keinen Deut mehr um ihn geschert. Das war schon vor einigen Jahren.«

»Woher weißt du das?«

»Ich habe … seine Erinnerungen«, sagte Oma. Und seine Instinkte auch, dachte sie. Vermutlich würde es ein paar Tage dauern, bis sie nicht mehr den Drang verspürte, Pferdeschlitten über den Schnee zu jagen.

»Aha.«

»Er steckt zwischen den Arten fest. In seinem Kopf.«

»Können wir ihm helfen?«, fragte Nanny.

Oma schüttelte den Kopf.

»Dafür ist es zu spät. Er kommt aus dieser Klemme nicht mehr heraus. Und er ist am Verhungern. Er kann weder das eine noch das andere sein. Er kann sich nicht wie ein Wolf verhalten, und er schafft es nicht, ein Mensch zu sein. Das darf so nicht weitergehen.«

Zum ersten Mal sah sie Nanny wieder in die Augen. Die prallte vor ihrem Blick einen Schritt zurück.

»Du kannst dir nicht vorstellen, was für ein Gefühl das ist«, sagte Oma. »Jahrelang umherzuirren. Nicht fähig, wie ein Mensch zu handeln, nicht mehr in der Lage zu sein, als Wolf zu leben. Das kannst du dir nicht vorstellen.«

»Vielleicht doch«, sagte Nanny. »Es steht dir ins Gesicht geschrieben. Vielleicht kann ich es mir doch vorstellen. Aber wer würde einem anderen Geschöpf so etwas antun?«

»Ich wüsste schon, wer.«

Sie hörten jemanden kommen und drehten sich um.

Es war Magrat mit dem Kind, begleitet von einem Holzfäller.

»Ha«, sagte Oma. »Ja. Was sonst? Es muss ja immer« – wütend stieß sie die Worte hervor – »ein glückliches Ende geben.«

Eine Pfote tastete nach ihrem Fußknöchel.

Oma Wetterwachs sah dem Wolf ins Gesicht.

»Biddde«, knurrte er. »Einnnn Ennnde? Jetzzzzzt?«

Sie kniete sich hin und nahm seine Pfote.

»Ja?«, fragte sie.

»Jaaaaa!«

Sie richtete sich wieder auf und winkte das Trio mit gebieterischer Geste heran.

»Herr Holzfäller?«, sagte sie. »Eine Aufgabe für Sie…«

Es sollte dem Holzfäller auf ewig unbegreiflich bleiben, warum der Wolf so bereitwillig den Kopf auf den Baumstumpf legte.

Oder warum die alte Frau, in der die Wut kochte wie Graupen in einem blubbernden Eintopf, hinterher darauf bestand, dass er anständig begraben wurde, statt abgehäutet und ins Gebüsch geworfen zu werden. Davon hatte sie sich nicht abbringen lassen.

Und das war das Ende vom großen bösen Wolf.

Eine Stunde war vergangen. Inzwischen hatten sich noch etliche Holzfäller mehr bei dem Häuschen eingefunden, wo sich anscheinend spannende Dinge taten. Die Holzfällerei ist nämlich nicht gerade ein Beruf, der viel Abwechslung bietet.

Magrat schrubbte den Fußboden, magisch lediglich unterstützt von einem Eimer Seifenlauge und einer Scheuerbürste. Nanny Ogg, deren ohnehin nur gelegentlich aufflammendes Interesse für Hausarbeit genau an dem Tag erloschen war, als ihre älteste Tochter zum ersten Mal einen Staubwedel halten konnte, reinigte die Wände. Die alte Großmutter, von den Ereignissen ziemlich überfordert, trippelte nervös mit einem Untertellerchen Milch zwischen ihnen hin und her. Spinnen, die seit Generationen unter der Decke heimisch gewesen waren, wurden mit sanfter Gewalt zur Tür hinausbefördert.

Oma Wetterwachs unternahm derweil mit dem Oberholzfäller einen Rundgang über die Lichtung. Er war ein Kerl wie ein Schrank, der sich viel auf sein Aussehen einbildete – und vor allem auf seine nietenbesetzten Pulswärmer.

»Der war schon seit Jahren hier in der Gegend«, sagte er. »Hat immer am Dorfrand rumgelungert.«

»Und Sie haben nie versucht, mit ihm zu sprechen?«, sagte Oma.

»Mit ihm zu sprechen? Mit einem *Wolf*? Mit Wölfen redet man nicht. Tiere können nicht sprechen.«

»Hm. Verstehe. Und was ist mit der alten Frau? Ihr seid doch ziemlich viele, ihr Holzfäller. Hat vielleicht hin und wieder mal einer von euch bei ihr nach dem Rechten gesehen?«

»Hä? Nie im Leben!«

»Aber warum denn nicht?«

»Na, weil sie doch eine Hexe sein soll«, raunte er ihr verschwörerisch zu.

»Ach was«, sagte Oma. »Und woher wissen Sie das?«

»Na, die Anzeichen sprechen doch alle dafür.«

»Und was für Anzeichen sollen das sein?«

Den Holzfäller überkam ein leicht mulmiges Gefühl.

»Na ja ... dass sie ... dass sie ganz allein im Wald lebt, zum Beispiel?«

»Und ...?«

»Und ... und ... dass sie eine Hakennase hat und immer vor sich hin murmelt ...«

»Und ...?«

»Und Zähne hat sie auch keine.«

»Ist ja ein Ding«, sagte Oma. »Na, mit so einer würden Sie natürlich nichts zu tun haben wollen.«

»Richtig«, bestätigte der Holzfäller erleichtert.

»Der ist es doch glatt zuzutrauen, dass sie einen mit einem einzigen Blick in irgendwas Widernatürliches verwandelt, ja?« Oma steckte sich einen Finger ins Ohr und stocherte versonnen darin herum.

»Diese Sorte ist dazu im Stande. Ganz bestimmt.«

»Jede Wette, jede Wette«, sagte Oma. »Da kann ich ja richtig froh sein, solche großen, kräftigen Burschen wie euch um mich zu haben. Tsch, tsch. Hm. Dürfte ich mir vielleicht mal Ihre Axt ansehen, junger Mann?«

Als er sie ihr reichte, ging Oma dramatisch in die Knie. An der Klinge glänzte noch das Wolfsblut.

»Ach, Gottchen, ist die schwer«, stöhnte Oma. »Aber Sie können bestimmt hervorragend damit umgehen, was?«

»Hab beim Wetthacken zweimal hintereinander den silbernen Gürtel gewonnen«, sagte der Holzfäller stolz.

»Zweimal hintereinander? Zweimal? Du liebes Lottchen. Alle Achtung. Respekt, Respekt. Ich dagegen, ich kriege das Ding kaum hoch.« Oma fasste die Axt mit einer Hand und ließ sie unbeholfen durch die Luft schwingen. Der Holzfäller brachte sich mit einem Satz nach hinten in Sicherheit, als die Klinge haarscharf an seinem Gesicht vorbeisauste und sich einen Viertelzoll tief in einen Baum grub.

»Entschuldigung«, sagte Oma Wetterwachs. »Was bin ich aber auch für ein dummes altes Weib! Mit Technik hatte ich doch noch nie viel am Hut.«

Er grinste sie an und versuchte krampfhaft, die Axt aus dem Stamm zu ziehen.

Plötzlich kreidebleich, sank er auf die Knie.

Oma beugte sich dicht an sein Ohr.

»Sie hätten sich um die Großmutter kümmern können«, sagte sie leise. »Und mit dem Wolf reden. Aber Sie haben es lieber bleiben lassen, ja?«

Als er zu einer Antwort ansetzte, bekam er buchstäblich die Zähne nicht auseinander.

»Ich sehe Ihnen an, wie leid Ihnen das tut«, sagte sie. »Und dass Sie Ihren Fehler eingesehen haben. Ich möchte wetten, Sie können es gar nicht erwarten, aufzuspringen und das Häuschen instand zu setzen, den Garten auf Vordermann zu bringen und dafür zu sorgen, dass die Großmutter jeden Tag frische Milch und immer genügend Feuerholz bekommt, nicht wahr? Ehrlich gesagt würde es mich überhaupt nicht wundern, wenn Sie großzügig genug wären, ihr gleich ein ganz neues Häuschen zu bauen, mit einem anständigen Brunnen und allem Drum und Dran. Schön nah beim Dorf, damit sie nicht mehr so allein leben muss. Ich kann nämlich manchmal in die Zukunft sehen, und deshalb weiß ich, dass es genau so und nicht anders geschehen wird.«

Kalter Schweiß lief ihm übers Gesicht. Seine Lunge schien ihm ebenfalls den Dienst verweigern zu wollen.

»Ich weiß auch, dass Sie Ihr Wort halten werden, und weil ich darüber sehr, sehr froh bin, will ich dafür sorgen, dass Ihnen das Glück immer besonders gewogen sein wird«, fuhr Oma mit gleichbleibend monotoner Freundlichkeit fort. »Die Holzfällerei ist kein ungefährlicher Beruf, das weiß ich. Dabei kann man sich leicht verletzen. Man kann unter einem Baum begraben werden oder sich selbst den Schädel spalten, wenn einem plötzlich die Axtklinge vom Stiel springt.« Den Holzfäller überlief ein Frösteln. »Also werde ich einen kleinen Zauber sprechen, damit Ihnen das alles erspart bleibt. Aus lauter Dankbarkeit. Weil Sie der alten Frau helfen werden. Ja? Ein Kopfnicken genügt.«

Es gelang ihm, den Kopf minimal zu senken. Oma lächelte.

»Gut so!« Sie richtete sich auf und klopfte einen Krümel Laubmulch von ihrem Kleid. »Sehen Sie, wie schön das Leben sein kann, wenn einer dem anderen hilft?«

Gegen Mittag brachen die Hexen auf. Im Garten der Großmutter wimmelte es nur so von Männern; die Lichtung war erfüllt vom Tock-tock der Hämmer und dem Ritsch-ratsch der Sägen. Ein Unheil wie Oma Wetterwachs verbreitet sich eben schnell. Drei Holzfäller gruben das Gemüsebeet um, zwei stritten sich darüber, wer den Schornstein fegen durfte, und vier steckten kopfüber in dem neuen Brunnen, mit dessen Bau es rasend schnell voranging.

Die Großmutter wuselte ratlos hin und her, weil sie nicht wusste, wo sie noch mehr Untertellerchen für die Milch hernehmen sollte. Hatte sich ein Gedanke erst einmal bei ihr festgesetzt, war er höchstens mit Gewalt wieder auszutreiben.

Die Hexen ließen das geschäftige Treiben hinter sich und verschwanden unauffällig von der Bildfläche.

»Na also«, sagte Magrat, »da sieht man mal wieder, dass man den Menschen nur mit gutem Beispiel vorangehen muss, damit sie tatkräftig helfen, wenn Not am Manne ist. Es ist überhaupt nicht nötig, sie dazu zu zwingen.«

Nanny Ogg warf Oma einen Blick zu.

»Worüber hast du vorhin eigentlich mit dem Oberholzfäller geredet?«, fragte sie.

»Sägemehl«, antwortete Oma.

»Ach ja?«

»Einer von den Männern hat mir erzählt, dass im Wald seit einiger Zeit noch andere merkwürdige Dinge vor sich gehen«, sagte Magrat. »Zum Beispiel hat hier ganz in der Nähe eine Bärenfamilie gewohnt.«

»Das ist doch nicht ungewöhnlich«, meinte Nanny. »Bären sind sehr gesellige Tiere. Sie leben gern in Gruppen.«

»Schon. Aber in einem *Haus*?«

»Das ist nun allerdings ungewöhnlich.«

»Eben«, sagte Magrat.

»Man würde es sich bestimmt zweimal überlegen, ob man mal kurz nebenan klopft, um sich eine Tasse Zucker zu borgen«, sinnierte Nanny laut. »Was mögen wohl ihre Nachbarn dazu gesagt haben?«

»Oink.«

»Wie bitte?«

»Die Nachbarn haben oink gesagt, weil sie nichts anderes von sich geben konnten. Es waren Schweine.«

»Solche Nachbarn hatten wir auch mal, als ich noch–«, begann Nanny.

»Und damit meine ich *Schweine*. Schon mal gehört? Vier Beine? Ringelschwanz? Woraus man Speck macht? Schweine.«

»Wer kommt denn auf die Idee, in seinem Haus Schweine wohnen zu lassen?«, fragte Oma.

»Keiner, hat der Holzfäller gesagt. Die Schweine haben sich das Haus selber gebaut. Sie waren zu dritt. Drei kleine Schweine.«

»Was ist aus ihnen geworden?«, fragte Nanny.

»Der Wolf hat sie gefressen. Anscheinend waren sie die einzigen Tiere, die dumm genug waren, ihn so nah an sich herankommen zu lassen. Bis auf die Wasserwaage ist nichts von ihnen übrig geblieben.«

»Schlimm.«

»Allerdings sollen die drei beim Häuserbau nicht allzu geschickt gewesen sein.«

»Wundert mich gar nicht«, sagte Nanny. »Wie soll das auch gehen, mit Schweineklauen?«

»Der Holzfäller meinte nur, das Dach sei undicht. Direkt über seinem Bett regnet es wohl rein.«

Schweigend gingen die Hexen weiter.

»Ich habe mal eine alte Geschichte gehört«, sagte Nanny mit einem verstohlenen Seitenblick auf Oma Wetterwachs. »Darin ging es um eine Zauberin, die auf einer Insel lebte und schiffbrüchige Seeleute in Schweine verwandelt hat.«

»Das ist gemein«, sagte Magrat wie aufs Stichwort.

»Ich finde ja, es kommt mehr darauf an, was man innen drin ist«, fuhr Nanny fort. »Schaut euch doch nur mal Greebo an.« Der Kater, der wie ein stinkender Pelzkragen auf ihren Schultern lag, schnurrte. »Er ist praktisch ein Mensch.«

»Was du immer für dummes Zeug redest«, sagte Oma Wetterwachs.

»Aber nur, weil mir keiner verrät, was hier wirklich gespielt wird«, gab Nanny Ogg schmunzelnd zurück.

»Ich hab dir doch gesagt, dass ich mir nicht sicher bin«, sagte Oma.

»Du hast dem Wolf in den Kopf geguckt.«

»Ja. Das stimmt.«

»Na also ...«

Oma seufzte. »Wir sind nicht die ersten Hexen in dieser Gegend. Es war schon jemand vor uns da. Auf der Durchreise. Jemand, der die Macht der Märchen kennt, der Märchen benutzt. Und die Märchen ... sind irgendwie hier hängengeblieben. Das machen sie eben, wenn man ihnen Nahrung gibt ...«

»Aber wieso sollte jemand so etwas tun?«, fiel Nanny ihr ins Wort.

»Zur Übung«, sagte Oma.

»Zur Übung? Wofür?«, fragte Magrat.

»Ich nehme an, das werden wir bald erfahren«, lautete Omas gnomische Antwort.

»Du solltest mich wirklich einweihen«, sagte Magrat. »Immerhin bin *ich* hier offiziell die gute Fee. Ich muss Bescheid wissen, was vor sich geht. Du musst es mir erklären.«

Nanny Ogg erschauerte. Als Oberhaupt der Ogg-Sippe kannte sie sich auf diesem emotionalen Terrain viel zu gut aus. Eine solche Bemerkung in einem solchen Augenblick war wie das Abrutschen einer kleinen Menge Schnee vom obersten Ast eines großen Baumes hoch oben in den Bergen zur Zeit der Schneeschmelze. Sie war das eine Ende eines Vorgangs, an dessen anderem Ende ganz ohne jeden Zweifel die Verschüttung von einem Dutzend Dörfern durch eine Lawine stehen würde. Ganze Zweige des

Oggschen Stammbaums redeten nicht mehr miteinander, nur weil irgendein Familienmitglied mal am falschen Ort und im falschen Ton »herzlichen Dank« gesagt hatte. Aber diese Sache jetzt war noch viel, viel übler.

»Also, was meint ihr«, mischte sie sich hastig ein, »wollen wir nicht–?«

»Ich muss niemandem irgendwas erklären«, antwortete Oma Wetterwachs.

»Wir sind schließlich *drei* Hexen«, sagte Magrat. »Falls man uns überhaupt so nennen kann.«

»Und was, bitteschön, meinst du damit?«, fragte Oma.

O nein, ein eingeschobenes Bitteschön, dachte Nanny. Das war genauso schlimm, als hätte man jemandem mit einem Handschuh ins Gesicht geschlagen und ihm diesen dann vor die Füße geworfen. Nach einem eingeschobenen Bitteschön gab es kein Zurück mehr. Trotzdem musste sie versuchen, die Wogen zu glätten.

»Wie wäre es mit einem netten–?«

Doch schon preschte Magrat mit dem Mut der Verzweiflung dessen, der sämtliche Brücken hinter sich abgebrochen hat, noch weiter vor. »Für *mich* sieht es so aus–«

»Ja?«, sagte Oma.

»Für mich sieht es so aus«, setzte Magrat noch einmal an, »als wäre die einzige Art von Magie, die wir überhaupt betreiben – nun ja, Kopfologie. Was ja normalerweise kein Mensch als Magie bezeichnen würde. Leute mit Blicken durchbohren und sie aufs Kreuz legen. Ihre Gutgläubigkeit ausnutzen. Das habe ich mir ein bisschen anders vorgestellt, als ich beschlossen habe, Hexe zu werden–«

»Und wie kommst du darauf«, sagte Oma Wetterwachs bedächtig, »dass du inzwischen eine geworden bist?«

»Hach, wie der Wind auffrischt«, plapperte Nanny drauflos. »Sollen wir nicht–«

»*Was* hast du da gerade gesagt?«, fragte Magrat aufbrausend.

Nanny Ogg hielt sich die Augen zu. Jemand anderen aufzufordern, einen Satz zu wiederholen, den man nicht nur klar und deutlich verstanden hatte, sondern über den man auch noch in Rage geraten war, entsprach im Lexikon des Streitens der zweithöchsten Alarmstufe.

»Hab ich etwa genuschelt?«, fragte Oma zurück. »Sollte mich doch sehr wundern, wenn ich genuschelt hätte. Für *mich* hörte sich das kein bisschen genuschelt an.«

»Wollen wir nicht versuchen, aus dem Wind zu–«

»Nun. Ich denke, die Selbstgefälligkeit, Launenhaftigkeit und Rücksichtslosigkeit, die man offenbar braucht, um eine Hexe zu sein, kann ich allemal aufbringen«, antwortete Magrat. »Oder hab ich noch was vergessen?«

»Rücksichtslos? *Ich*?«

»Du magst hilfsbedürftige Menschen doch nur, weil sie schwach sind und du dich *stark* fühlen kannst, wenn du ihnen hilfst! Was würde denn ein bisschen Magie schon schaden?«

»Als wäre es mit einem *bisschen* jemals getan, du dummes Gör!«

Mit hochrotem Kopf wich Magrat zurück. Sie riss ein schmales Büchlein aus ihrer Tasche und präsentierte es wie eine Waffe.

»Mag sein, dass ich dumm bin«, keuchte sie. »Aber ich versuche wenigstens, mich weiterzubilden! Hast du überhaupt eine Ahnung, was man mit Magie alles bewirken kann? Und zwar ohne dass man den Leuten etwas vormacht oder sie schikaniert? In diesem Buch sind Leute, die können… können… über glühende Kohlen laufen und die Hand ins Feuer halten, ohne sich zu verbrennen.«

»Ein billiger Trick!«

»Sie können es wirklich!«

»Unsinn! Das kann keiner!«

»Es beweist, dass sie Dinge kontrollieren können! Magie muss doch mehr sein, als nur mit seinem Wissen die Leute zu manipulieren!«

»Ach ja? So was wie Feenstaub vielleicht oder dass sich jedes Mal ein Wunsch erfüllt, wenn man eine Sternschnuppe sieht? Um die Menschen glücklicher zu machen?«

»Darum muss es doch *auch* gehen! Was für einen Sinn hätte das alles denn sonst? Wie auch immer ... Als ich euch in Desideratas Häuschen getroffen habe, hast du doch gerade nach dem Zauberstab gesucht, oder etwa nicht?«

»Ich wollte nur, dass er nicht in die falschen Hände gelangt!«

»Und das wären dann wohl alle außer deinen, ja?«

Sie durchbohrten sich mit Blicken.

»Hast du denn gar kein Fünkchen Romantik in der Seele?«, fragte Magrat weinerlich.

»Nein«, sagte Oma. »Kein einziges. Den Sternschnuppen ist es wurscht, was man sich wünscht, mit Magie wird überhaupt nichts besser, und es gibt auch keinen Menschen, der sich nicht verbrennt, sobald er die Hand ins Feuer hält. Wenn du eines Tages eine halbwegs gute Hexe sein willst, Magrat Knoblauch, musst du vorher drei Sachen lernen: was wirklich ist, was nicht wirklich ist und worin der Unterschied besteht–«

»Und dass du dir von deinem Verehrer den Namen und die Adresse geben lässt«, ergänzte Nanny. »Damit bin ich immer gut gefahren. Kleiner Scherz am Rande«, beeilte sie sich hinzuzufügen, als die beiden sie finster anstarrten.

Der Wind wurde zusehends stärker. Gras und Blätter wirbelten durch die Luft.

»Auf jeden Fall gehen wir in die richtige Richtung.« Nanny haschte nach jedem Strohhalm, der dazu angetan war, die beiden Kontrahentinnen auf andere Gedanken zu bringen. »Seht ihr? Da auf dem Schild steht Gennua.«

Tatsächlich. Die Spitze des alten, wurmzerfressenen Wegweisers am Waldesrand hatte die Form eines ausgestreckten Zeigefingers.

»Ab hier haben wir sogar eine richtige Straße«, brabbelte Nanny weiter. Der Streit war fürs Erste beigelegt, und sei es auch nur, weil die Kampfhennen nicht mehr miteinander redeten. Womit jedoch nicht gemeint ist, dass sie einfach die verbale Kommunikation eingestellt hatten – was sich ja lediglich in Sprachlosigkeit äußert. Nein, es ging weit darüber hinaus, so weit sogar, dass sich der Zustand mit »dumpf brütendes, feindseliges Anschweigen« nur unzureichend beschreiben lässt.

»Und noch dazu aus gelben Ziegelsteinen«, staunte Nanny. »Wie kommt man denn auf die Idee, eine Straße mit gelben Ziegelsteinen zu pflastern?«

Magrat und Oma Wetterwachs standen mit verschränkten Armen da und blickten starr aneinander vorbei.

»Sicher, weil's ein bisschen Farbe in die Landschaft bringt«, sagte Nanny. Am Horizont zeichnete sich Gennua ab, schimmernd im leuchtenden Grün. Davor fiel die Straße in ein breites Tal mit einem Fluss ab, der sich zwischen verstreuten Dörfern hindurch in Richtung Stadt wand.

Der Wind peitschte ihnen die Röcke um die Beine.

»Wie sollen wir denn bei so einer Brise fliegen?«, fragte Nanny, die es immer noch nicht aufgegeben hatte, Konversation für drei zu betreiben.

»Wir gehen wohl besser weiter zu Fuß, hm?«, schlug sie vor. Doch weil auch in der unschuldigsten Seele wie der von Nanny Ogg ein kleines Fünkchen Bosheit glimmt, fügte sie hinzu: »Und dabei schmettern wir fröhlich ein Wanderlied, was meint ihr?«

»Was andere zu tun gedenken, interessiert mich nicht«, sagte Oma. »Das hat nichts mit mir zu tun. Aber ich könnte mir vorstellen, dass gewisse Personen mit Zauberstäben und hochfliegenden Ideen ihren Senf dazugeben müssen.«

»Ha!«, sagte Magrat.

Im Gänsemarsch machten sie sich wieder auf den Weg. Nanny Ogg, die in der Mitte ging, fungierte dabei als eine Art mobiler Pufferstaat.

»Gewisse Personen«, sagte Magrat mit sturem Blick auf die gelbe Ziegelsteinstraße, »bräuchten einfach nur ein bisschen mehr Herz.«

»Gewisse Personen«, sagte Oma Wetterwachs mit sturem Blick in die Sturmwolken, »bräuchten einfach nur viel mehr Verstand.«

Sie musste ihren Hut festhalten, damit er nicht davongeweht wurde.

Was ich bräuchte, dachte Nanny Ogg sehnsüchtig, ist ein Schnaps.

Drei Minuten später fiel ihr ein Farmhaus auf den Kopf.

Der Abstand zwischen den Hexen hatte sich mittlerweile deutlich vergrößert. Oma Wetterwachs schritt forsch vorneweg, Magrat zockelte schmollend hintendrein, Nanny trottete, wie gehabt, in der Mitte.

Und dabei habe sie doch noch nicht mal gesungen, empörte sie sich später. Es ging alles blitzschnell: Wo eben noch eine kleine, mollige Hexe gewesen war, krachten im nächsten Augenblick die Überreste eines hölzernen Farmhauses in sich zusammen.

Als Oma Wetterwachs herumfuhr, blickte sie auf eine morsche, ungestrichene Haustür. Magrat wäre um ein Haar durch eine Hintertür aus dem gleichen sonnengebleichten Holz marschiert.

Kein Laut war zu hören, nur das Ächzen und Knarren der Bretter.

»Gytha?«, sagte Oma.

»Nanny?«, sagte Magrat.

Jede öffnete ihre Tür.

Es war ein sehr schlichtes Haus: zwei Zimmer im Erdgeschoss, dazwischen ein durchlaufender Flur. In der Mitte des Korridors, umgeben von zersplitterten und termitenzerfressenen Bodendielen, stand unter dem spitzen Hut, der ihr bei dem Aufprall bis übers Kinn gerammt worden war, Nanny Ogg. Von Greebo fehlte jede Spur.

»Waswarn das?«, fragte sie. »Waswarn das?«

»Dir ist ein Farmhaus auf den Kopf gefallen«, antwortete Magrat.

»Ach so. 'n Farmhaus.«

Oma packte sie bei den Schultern.

»Gytha? Wie viele Finger halte ich hoch?«, fragte sie eindringlich.

»Wasn für Finger? Is' doch alles finster.«

Magrat und Oma packten die Spitze von Nannys Hut und zogen beziehungsweise schraubten ihn ihr vom Kopf. Sie blinzelte sie an.

»Das macht die Verstärkung aus Weidenholz«, sagte sie, als der Hut wie ein Klappschirm wieder zu seiner alten Form zurückfand. Sie schwankte leicht. »Der hält einen Schlag mit dem Hammer aus, so ein Hut mit Weidenholzverstärkung. Wegen der vielen Streben. Die verteilen die Kraft. Herr Vernissage bekommt einen Brief von mir.«

Magrat blickte sich verwundert in dem kleinen Haus um.

»Es ist einfach vom Himmel gefallen!«, staunte sie.

»Vielleicht hat es irgendwo einen Wirbelsturm gegeben«, sagte Nanny Ogg. »Der hat das Haus mitgenommen und über mir wieder fallen gelassen. Bei starkem Wind passieren die merkwürdigsten Sachen. Erinnert ihr euch noch an den Orkan letztes Jahr? Eine von meinen Hennen hat viermal dasselbe Ei gelegt.«

»Sie weiß nicht, was sie redet«, sagte Magrat.

»Doch, so rede ich immer«, antwortete Nanny.

Oma Wetterwachs warf einen forschenden Blick in eines der Zimmer. »Ob es hier wohl was zu essen und zu trinken gibt?«

»Ich glaube, ein Schlückchen Brandy könnte ich mit Mühe und Not wohl schaffen«, sagte Nanny rasch.

Magrat sah die Treppe hinauf. »Huhu«, rief sie, in dem gehemmten Tonfall eines Besuchers, der zwar gehört werden möchte, aber nicht so unhöflich sein will, die Stimme zu erheben. »Ist da jemand?«

Nanny schaute unter die Treppe. Greebo kauerte als Fellknäuel in der hintersten Ecke. Sie zog ihn kurzerhand am Nacken heraus und tätschelte ihn abwesend. Trotz Herrn Vernissages Meisterwerk der Hutmacherkunst, trotz des wurmstichig weichen Bodens und trotz des legendären harten Ogg-Schädels war sie ein paar Strich durch den Wind, und ihr sonst so sonniges Gemüt litt unter einem von Heimweh angehauchten Stimmungstief. Zu Hause hauten einem die Leute keine Farmhäuser auf den Kopf.

»Weißt du was, Greebo?«, sagte sie. »Ich glaube, wir sind nicht mehr in Lancre.«

»Ich hab ein Glas Marmelade gefunden«, rief Oma Wetterwachs aus der Küche.

Es brauchte nicht viel, um Nanny Ogg aufzuheitern. »Gut«, rief sie zurück. »Die passt hervorragend zum Zwergenbrot.«

Magrat drehte sich um.

»Ich finde, wir sollten uns nicht an den Vorräten anderer Menschen vergreifen«, sagte sie. »Dieses Haus muss doch irgendwem gehören.«

»Ach. Hat da etwa jemand was gesagt, Gytha?«, fragte Oma Wetterwachs scharf.

Nanny verdrehte die Augen.

»Ich wollte lediglich anmerken, Nanny«, sagte Magrat, »dass die Sachen nicht unser Eigentum sind.«

»Sie sagt, das Zeug gehört uns nicht, Esme.«

»Du kannst einer gewissen Person ausrichten, dass es dasselbe ist wie die Bergung von Fracht aus einem Schiffswrack«, erwiderte Oma.

»Sie sagt, gefunden ist gefunden, Magrat«, fasste Nanny zusammen.

Vor dem Fenster bewegte sich etwas. Neugierig spähte Magrat durch die schmutzige Scheibe.

»Das ist komisch. Da tanzt eine ganze Horde Zwerge ums Haus herum«, sagte sie.

»Ach ja?«, meinte Nanny bloß, während sie sich an einem Schrank zu schaffen machte.

Oma erstarrte. »Singen … Frag die gewisse Person, ob sie singen«, sagte sie.

»Singen sie, Magrat?«

»Hört sich so an. Klingt wie ›dingdong, dingdong‹.«

»Eindeutig ein Zwergenlied«, kommentierte Nanny. »Sie sind das einzige Volk, das ein Heiho den ganzen Tag durchhalten kann.«

»Sie sehen fast so aus, als ob sie sich über irgendwas freuen.« Magrat klang skeptisch.

»Wahrscheinlich ist es ihr Farmhaus, und sie sind froh, dass sie es wiederhaben.«

Es hämmerte an der Hintertür. Magrat machte auf. Ein Trupp bunt gekleideter und verlegen dreinblickender Zwerge wich hastig ein paar Schritte zurück und musterte sie gespannt.

»Äh«, sagte einer, der offenbar ihr Anführer war, »ist ... ist die alte Hexe tot?«

»Welche alte Hexe?«, fragte Magrat zurück.

Der Zwerg starrte sie eine ganze Weile mit offenem Mund an. Dann drehte er sich um, tuschelte mit seinen Kollegen und drehte sich wieder zurück.

»Wie viele hätten Sie denn anzubieten?«

»Zwei. Ihr habt die Qual der Wahl«, sagte Magrat. Sie war nicht in der Stimmung, mehr als nur das Allernötigste zu diesem Gespräch beizutragen. Aus einer für sie ganz untypisch boshaften Anwandlung heraus fügte sie hinzu: »Ihr könnt sie haben. Und zwar umsonst.«

»Ach.« Der Zwerg dachte über ihr Angebot nach. »Und auf welcher alten Hexe ist das Haus gelandet?«

»Nanny? Und nein, sie ist nicht tot. Nur ein bisschen benommen. Trotzdem, danke der Nachfrage«, antwortete Magrat. »Sehr freundlich.«

Nun schienen die Zwerge vollends verwirrt. Sie drängten sich zu einem Knäuel zusammen, aus dem gedämpftes Gezänk zu vernehmen war.

Schließlich wandte sich der Anführer wieder zu Magrat um. Er nahm seinen Helm ab und drehte ihn nervös in den Händen.

»Äh«, sagte er, »können wir ihre Stiefel haben?«

»Wie bitte?«

»Die Stiefel von der alten Hexe«, wiederholte der Zwerg errötend. »Können wir sie bitte haben?«

»Was wollt ihr denn mit ihren Stiefeln?«

Der Zwerg warf ihr einen ratlosen Blick zu und knäuelte sich wieder mit seinen Kollegen zusammen. Dann drehte er sich abermals zu ihr um.

»Wir haben ... einfach nur ... dieses Gefühl ... dass wir ihre Stiefel haben müssen«, erklärte er.

Er blinzelte.

»Ich kann sie gern mal fragen«, sagte Magrat. »Aber ich glaube kaum, dass sie ja sagen wird.«

Als sie die Tür schließen wollte, fing der Zwerg wieder an, verlegen seinen Helm zu drehen.

»Sie sind doch rubinrot, oder?«, fragte er.

»Also, rot sind sie auf jeden Fall«, sagte Magrat. »Reicht euch das?«

»Sie müssen rot sein.« Sämtliche Zwerge nickten. »Wenn sie nicht rot sind, nützen sie nichts.«

Magrat starrte ihn verständnislos an und schlug die Tür zu.

»Nanny«, sagte sie stockend, als sie in die Küche kam. »Da draußen stehen Zwerge, die deine Stiefel wollen.«

Nanny, die einen trockenen Brotlaib gefunden hatte, blickte kauend auf. Wirklich erstaunlich, was man alles runterwürgen konnte, wenn die einzige essbare Alternative Zwergenbrot war.

»Was wollen sie denn damit?«, fragte sie.

»Das weiß ich auch nicht. Sie haben bloß gesagt, sie hätten das *Gefühl*, dass sie deine Stiefel haben wollen.«

»Das kommt mir höchst verdächtig vor«, sagte Oma.

»Der alte Willi Wohlig aus Weidenquelle hatte einen richtigen Stiefeltick.« Nanny legte das Brotmesser weg. »Er stand vor allem auf schwarze Knöpfstiefel. Er hat sie gesammelt. Wenn eine Frau in einem neuen Paar Stiefel an ihm vorbeigekommen ist, musste er sich erst mal 'ne Runde hinlegen.«

»Ich denke, so extravagant sind Zwerge nicht«, sagte Oma.

»Vielleicht wollen sie daraus trinken«, überlegte Nanny.

»Wie bitte? Trinken?«, rief Magrat.

»Das macht man so im Ausland«, erklärte Nanny. »Da trinkt man Schaumwein aus Damenstiefeln.«

Alle drei senkten den Blick.

Nicht einmal Nanny besaß genügend Phantasie, um sich vorstellen zu können, wieso und wozu irgendwer aus ihren Stiefeln hätte trinken wollen.

»Donnerwetter. *So* extravagant war noch nicht mal der alte Willi Wohlig«, meinte sie versonnen.

»Irgendwie schienen sich die Zwerge selbst keinen rechten Reim darauf machen zu können«, sagte Magrat.

»Das glaub ich gern. Es passiert ja auch nicht alle Tage, dass einen plötzlich der Drang überfällt, einer anständigen Hexe die Stiefel auszuziehen. Das hört sich für mich doch wieder nach einem wild gewordenen Märchen an«, sagte Oma. »Ich finde, wir sollten mit diesen Zwergen mal ein Wörtchen reden.«

Sie ging in den Korridor und riss die Tür auf.

»Ja?«, knurrte sie.

Die Zwerge wichen zurück. Getuschel, Rippenstöße und halblautes Gemurmel wie »Nein, du bist dran« oder »Ich hab schon letztes Mal gefragt«. Schließlich wurde ein Zwerg nach vorne geschubst. Vielleicht sogar der ursprüngliche Wortführer. Bei Zwergen ist das schwer zu sagen.

»Äh«, sagte er. »Äh. Stiefel?«

»Wozu?«, sagte Oma.

Der Zwerg kratzte sich am Kopf. »Tja, wenn ich das wüsste. Das haben wir uns gerade selber schon gefragt. Als wir vor einer halben Stunde nach Schichtende aus der Zeche kamen, haben wir gesehen, wie das Farmhaus auf der … auf der Hexe gelandet ist … und … tja.«

»Und da überkam es euch plötzlich, dass ihr herrennen musstet, um ihr die Stiefel zu stehlen?«

Ein erleichtertes Grinsen verbreitete sich auf dem Zwergengesicht. »Ja, genau!«, rief er. »Und dass wir das Ding-dong-Lied singen. Allerdings hätte sie eigentlich zerquetscht sein müssen. Nichts für ungut«, fügte er hastig hinzu.

»Das macht die Verstärkung aus Weidenholz«, tönte es hinter Oma. »Die kann man nicht mit Glod aufwiegen.«

Oma starrte eine Weile nachdenklich vor sich hin, dann schmunzelte sie.

»Wollt ihr nicht kurz reinkommen?«, fragte sie. »Ich würde euch gern ein paar Fragen stellen.«

Die Zwerge wirkten sehr unschlüssig.

»Äh«, machte ihr Sprecher.

»Traut ihr euch nicht in ein Haus, in dem Hexen sind?«, fragte Oma Wetterwachs.

Der Wortführer nickte und wurde rot. Hinter Omas Rücken wechselten Magrat und Nanny einen Blick. Irgendetwas war hier faul. Die Zwerge in den Bergen hatten keine Angst vor Hexen. Im Gegenteil, man musste als Hexe eher befürchten, dass sie einem den Fußboden aufbuddelten.

»Kann es sein, dass ihr schon vor einer ganzen Weile aus den Bergen weggezogen seid?«, fragte Oma.

»Hier unten gibt es ein sehr vielversprechendes Kohleflöz«, murmelte der Zwerg und hantierte mit seinem Helm.

»Dann habt ihr bestimmt schon ewig kein ordentliches Zwergenbrot mehr gegessen, was?«

Der Sprecher bekam feuchte Augen.

»Aus dem feinsten steingemahlenen Schotter gebacken?«, fuhr Oma fort. »Als wäre Muttern darauf herumgesprungen?«

Aus dem Zwergentrupp stieg ein kollektiver Seufzer auf.

»Das kriegt man hier unten nicht.« Der Wortführer ließ den Kopf hängen. »Liegt wohl am Wasser. Es dauert keine paar Jahre, und schon zerbröselt es.«

»Die tun hier *Mehl* rein«, sagte eine griesgrämige Stimme.

»Wenn das nur alles wäre. Der Bäcker in Gennua knetet sogar *Rosinen* unter«, meldete sich ein anderer Zwerg zu Wort.

»Ach herrje.« Oma rieb sich die Hände. »Aber vielleicht kann ich euch da weiterhelfen. Unter Umständen würde ich mich nämlich von ein paar Scheiben Zwergenbrot trennen.«

»I wo. Das ist bestimmt kein echtes Zwergenbrot«, sagte der Sprecher geknickt. »Echtes Zwergenbrot muss in Flüssen schwimmen und wieder austrocknen. Man muss es plattsitzen, liegen lassen, jeden Tag anschauen und wieder wegpacken. So was gibt es hier unten einfach nicht.«

»Vielleicht ist heute euer Glückstag«, sagte Oma Wetterwachs.

»Ich will ganz ehrlich sein«, bemerkte Nanny Ogg. »Ich glaube, der Kater hat draufgepinkelt.«

Der Anführer riss den Kopf hoch. Seine Augen leuchteten.

»Heiliges Kanonenrohr!«

Lieber Jason et alle,

was fürn Leben, bei uns ist mächtig was los, sprechende Wölfe und schlafende Burgfräuleins, ich hab jede Menge zu erzählen, wenn wir wieder da sind, macht euch drauf gefasst. Aber ich will nie mehr ein Wort über Farmhäuser hören, wobei mir einfällt, schick doch bitte jemand nach Schnitte, zu Herrn Vernissage, mit den besten Grüßen von Frau Ogg und einem dicken Lob für seine tollen Hüte. Er kann Werbung damit machen: »Von Nanny Ogg getestet und für gut befunden, wehrt 100 Prozent aller bekannten Farmhäuser ab.« Und noch was: Wenn man nähmlich den Leuten sagt, wie toll ihre Waren sind, kriegt man manchmal was umsonst. Also ist wohlmöglich ein neuer Hut für mich drin. Ich verlass mich da ganz auf dich.

Als Lilith die Turmkammer verließ, zog sie schattenhafte Spiegelbilder hinter sich her, die nach und nach verblassten.

Es gehörte sich so, dass eine Hexe zerquetscht wurde, wenn ein Farmhaus auf ihr landete. Das wusste Lilith genau. Zu Mus zerquetscht, bis auf die Stiefel, die darunter hervorschauten.

Manchmal war es regelrecht zum Verzweifeln. Die Menschen schienen einfach unfähig zu sein, ihre Rollen richtig zu spielen.

Lilith fragte sich, ob es wohl so etwas gab wie das Gegenteil von einer guten Fee. Schließlich hatten die meisten Dinge ihr Gegenstück. Falls ja, wäre das Pendant jedoch keine *böse* Fee, denn das wäre nur eine gute Fee, die man aus einem anderen Blickwinkel betrachtet.

Das Gegenteil einer guten Fee wäre jemand, der Märchen zerstört – in Liliths Augen der böseste Mensch auf der ganzen Welt.

Tja, aber das Märchen, das sich hier in Gennua zutrug, konnte niemand aufhalten. Es lief wie am Schnürchen, und zwar ganz von selbst. Wer sich ihm in den Weg zu stellen versuchte, würde von ihm aufgesogen und zum Teil der Handlung gemacht werden. Lilith durfte die Hände in den Schoß legen und alles Weitere getrost dem Märchen überlassen, denn sie wusste ja, dass sie nicht verlieren konnte. Schließlich war sie die *gute* Fee.

Sie begab sich hinunter in ihr Gemach, wo die beiden Schwestern schon auf sie warteten. Im Warten waren sie gut. Sie konnten stundenlang dasitzen, ohne zu blinzeln.

Der Prinz hielt es keine Sekunde im selben Zimmer mit ihnen aus.

Als Lilith hereinkam, wandten sie ihr die Köpfe zu.

Stimmen hatte sie ihnen keine gegeben. Das war nicht nötig. Es genügte, dass sie schön und folgsam waren.

»Ihr müsst jetzt in das Haus gehen«, sagte Lilith. »Hört gut zu, es ist wichtig. Morgen wird Ella Besuch bekommen. Ihr müsst die Leute zu ihr lassen, verstanden?«

Die Schwestern beobachteten ihre Lippen. Sie beobachteten alles, was sich bewegte.

»Wir brauchen sie für das Märchen. Es kann nur dann richtig ausgehen, wenn sie versuchen, das zu verhindern. Und danach … gebe ich euch vielleicht eine Stimme. Das hättet ihr doch gern, nicht wahr?«

Sie sahen erst einander, dann wieder Lilith an. Und zuletzt den Käfig, der am anderen Ende des Raums stand.

Lilith ging lächelnd hinüber, griff hinein und nahm zwei weiße Mäuse heraus.

»Die jüngste der Hexen dürfte ganz nach eurem Geschmack sein«, sagte sie. »Mal sehen, was ich mit ihr anfangen werde. Und jetzt … Mund auf …«

Die Besen glitten durch den lauen Nachmittag.

Ausnahmsweise lagen sich die Hexen nicht in den Haaren.

Die Zwerge hatten heimatliche Gefühle bei ihnen geweckt. Es wäre aber wohl auch jedem das Herz aufgegangen, der mit ansehen durfte, wie sie stumm vor dem Zwergenbrot saßen, als wollten sie es mit Blicken verschlingen – was bei Zwergenbrot ohnehin die beste Verzehrmethode war. Der unerklärliche Drang, sich auf die Jagd nach rubinroten Stiefeln zu machen, schien sich bei seinem steinern soliden Anblick allmählich zu verflüchtigen. Wie Oma so treffend sagte, musste man schon sehr lange suchen, bis man etwas fand, das realer war als Zwergenbrot.

Zuletzt hatte sie den Oberzwerg beiseitegenommen und unter vier Augen mit ihm geredet.

Was dabei herausgekommen war, behielt sie für sich, und die beiden anderen hatten nicht den Mut, sie danach zu fragen.

Während sie ihnen ein gutes Stück vorausflog, stieß sie immer wieder so etwas wie »Gute Feen!« oder »Zur Übung!« hervor.

Sogar die vergleichsweise unerfahrene Magrat konnte Gennua inzwischen fühlen, wie ein Barometer den Luftdruck. In Gennua erwachten Märchen zum Leben. In Gennua ließ jemand Träume wahr werden.

Aber wer will sich schon an manche Träume erinnern?

Gennua schmiegte sich in das Delta des Vieux-Stroms, dem es seinen ganzen Reichtum verdankte. Und die Stadt *war* reich. Dank ihrer Lage hatte sie einst den Warenverkehr auf dem Fluss besteuert, und zwar mit Mitteln, die man nur deshalb nicht als Piraterie bezeichnen konnte, weil sie von amtlicher Seite sanktioniert wurden und somit unter die Begriffe vernünftige Wirtschaftspolitik und gesundes Geschäftsgebaren fielen. Die Sümpfe und Seen im Hinterland lieferten die krabbelnden, schwimmenden und fliegenden Zutaten für eine Küche, die Weltruhm genossen hätte, wenn die Menschen viel in der Welt herumgekommen wären, was aber, wie bereits angedeutet, nicht der Fall war.

Gennua war reich und träge, und es hatte keine Feinde. Lange Jahre betrieben seine Bürger die spezielle Art von Kommunalpolitik, die in manchen Stadtstaaten Sitte ist. So hatten sie sich beispielsweise die mitgliederstärkste Zweigniederlassung der Assassinengilde außerhalb von Ankh-Morpork geleistet, die derart gut ausgelastet war, dass man manchmal monatelang auf einen Termin warten musste.*

Doch inzwischen gab es längst keine Assassinen mehr in Gennua. Selbst Schakale schlucken nicht alles.

Und dann lag die Stadt auch schon vor ihnen.

Was von fern wie ein vielzackiger weißer Kristall aussah, der aus dem Grün und Braun des Sumpfs emporwuchs, verwandelte sich aus der Nähe betrachtet in einen äußeren Ring aus kleinen Häusern und einen inneren Ring aus imposanten weißen Gebäuden, in deren Mitte sich ein hohes, schönes Schloss erhob. Mit seinen vielen Erkern und Zinnen erinnerte es an ein Spielzeugschloss oder an das Meisterwerk eines Konditors. Jeder der schlanken Türme sah aus, als ob darin eine gefangene Prinzessin schmachtete.

Magrat überlief ein Frösteln. Aber dann dachte sie an den Zauberstab. Eine gute Fee drückt sich nicht vor der Verantwortung.

»Erinnert mich an eine andere Geschichten über die Schwarze Aliss«, sagte Oma Wetterwachs. »Wie sie das Mädchen mit den langen Zöpfen in genau so einen Turm gesperrt hat. Rumpelstitzel oder so.«

»Konnte sie nicht entkommen?«, fragte Magrat.

»Doch, aber es war eine haarige Angelegenheit«, sagte Nanny.

»Pah! Altmodische Landmythen«, sagte Oma.

Bald hatten sie die Stadtmauer vor sich. »Am Tor stehen Wachen«, sagte Magrat. »Fliegen wir drüber weg?«

Oma starrte den höchsten Turm aus zusammengekniffenen Augen an. »Nein«, antwortete sie. »Wir landen und gehen zu Fuß in die Stadt. Wir wollen ja keinen erschrecken.«

---

* Wohingegen die Geschäfte in Ankh-Morpork gelegentlich so schlecht liefen, dass die geschäftstüchtigeren Gildebrüder mit Werbezetteln in Schaufenstern um Kundschaft buhlten – »Zwei Erdolchungen – eine Vergiftung gratis dazu«.

»Hinter den Bäumen da vorn liegt eine schöne grüne Wiese«, sagte Magrat.

Oma ging ein paar Schritte auf und ab. Ihre Stiefel gaben ein vorwurfsvoll matschiges Quietschen und Gurgeln von sich.

»Wie oft soll ich mich denn noch entschuldigen?«, sagte Magrat. »Es sah doch wirklich wie eine Wiese aus. So schön flach.«

»Das hat Wasser nun mal so an sich«, bemerkte Nanny, die auf einem umgestürzten Baum hockte und ihr Kleid auswrang.

»Aber ihr habt doch auch nicht gemerkt, dass es Wasser war. Es macht so einen… wiesenartigen Eindruck mit der Entengrütze und dem ganzen anderen Grünzeug, das darauf rumschwimmt.«

»Scheint mir, als könnten sich Land und Wasser in dieser Gegend nicht darauf einigen, wo das eine aufhört und das andere anfängt.« Nanny ließ den Blick über die Sumpflandschaft schweifen.

Die fransigen ausländischen Bäume schienen bereits im Wachsen zu vermodern, die wenigen freien Wasserflächen waren tintenschwarz. Hier und da stiegen Blasen an die Oberfläche, wie die Geister von Böhnchen am Badetag. Und irgendwo in der Ferne lag der Fluss – falls sich das überhaupt mit Bestimmtheit sagen ließ in diesem Land mit dem breiigen Wasser und dem federnden Grund.

Sie blinzelte. »Das ist seltsam.«

»Was ist seltsam?«, fragte Oma.

»Ich dachte, ich hätte etwas… laufen sehen«, murmelte Nanny. »Da drüben. Zwischen den Bäumen.«

»Dann war's bestimmt eine Ente. In dieser Umgebung.«

»Es war größer als eine Ente«, sagte Nanny. »Und das Komischste ist, es sah aus wie ein kleines Haus.«

»Aber sicher doch. Rennt mit qualmendem Schornstein durch die Gegend«, erwiderte Oma bissig.

Nannys Miene hellte sich auf. »Dann hast du es auch gesehen?«

Oma verdrehte die Augen.

»Los«, kommandierte sie. »Wir gehen auf der Straße weiter.«

»Äh«, sagte Magrat. »Und wie?«

Sie musterten den sogenannten festen Boden zwischen ihrem halbwegs trockenen Plätzchen und der Straße. Er sah gelblich aus und war mit Zweigen und einigen verdächtig grünen Grasbüscheln bedeckt. Nanny riss einen Ast von dem umgestürzten Baum, auf dem sie saß, und schleuderte ihn von sich. Dumpf schlug er auf und versank mit einem Schmatzen, wie man es sonst nur kennt, wenn jemand die letzten Reste seines Milkshakes durch den Strohhalm schlürft.

»Wir könnten natürlich zur Straße fliegen«, sagte Nanny.

»Ihr zwei schon«, antwortete Oma. »Ich kann hier nirgendwo Anlauf nehmen, um meinen Besen zu starten.«

Zuletzt nahm Magrat sie auf ihrem Besen mit, während Nanny mit Omas Besen im Schlepptau die Nachhut bildete.

»Ich will bloß hoffen, dass uns keiner gesehen hat«, ächzte Oma, als sie das halbwegs rettende Ufer erreicht hatten.

Je näher sie der Stadt kamen, desto mehr Straßen mündeten auf den Damm durch den Sumpf. Der Verkehr wurde schließlich so dicht, dass er sich vor dem Stadttor staute.

Wenn man direkt davorstand, wirkte Gennua noch eindrucksvoller als aus der Luft. Vor dem Dunst, der aus den Sümpfen stieg, hob es sich so strahlend ab wie ein blankpolierter Edelstein. Auf der Stadtmauer wehten bunte Fähnchen.

»Sieht ja richtig nett aus«, meinte Nanny.

»Und so sauber«, meinte Magrat.

»Nur von außen«, sagte Oma, die als Einzige von ihnen schon einmal in einer Stadt gewesen war. »Wartet ab, bis wir drinnen sind: Bettler, Krach und Rinnsteine, in denen die unsäglichsten Sachen schwimmen. Ihr werdet's noch sehen.«

»Die lassen aber längst nicht jeden rein«, bemerkte Nanny.

»Auf dem Schiff haben sie erzählt, dass zum Fetten Mittag sehr viele Besucher nach Gennua strömen«, erklärte Oma. »Da sind bestimmt auch zwielichtige Gestalten dabei.«

Ein halbes Dutzend Wachen blickte ihnen entgegen.

»Adrette Uniformen«, sagte Oma. »Das sieht man gern. Nicht so abgerissen wie bei uns zu Hause.«

Das gesamte Königreich Lancre verfügte lediglich über sechs Kettenrüstungen, in Einheitsgröße gestrickt. Da die Wachen aber leider nicht einheitlich gebaut waren, mussten sie die Rüstungen je nach Bedarf mit Bindfaden und Draht enger machen. Doch nachdem sich für den Posten der Palastwache in Lancre meist ohnehin nur Leute fanden, die sonst nichts Besseres zu tun hatten, störte es nicht weiter, dass sie sich die Zeit mit Bastelarbeiten vertrieben.

Die Gennuesischen Wachen, die wie Schränke gebaut waren, gaben in ihren farbenprächtigen rot-blauen Uniformen ein beeindruckendes Bild ab. Das musste sogar Oma Wetterwachs ihnen lassen. Andere echte Stadtwachen kannte sie sonst nur aus Ankh-Morpork. Und bei deren Anblick kam einem nachdenklichen Menschen zwangsläufig die Frage in den Sinn, wie es wohl um mögliche Feinde bestellt sein mochte, wenn schon die Wachen derart verboten aussahen. Als Augenweiden konnte man sie mit Sicherheit nicht bezeichnen.

Als sie durch den Torbogen schreiten wollte, versperrten ihr zu ihrer Verwunderung zwei Wachen mit Spießen den Weg.

»Wir wollen Sie nicht angreifen«, sagte sie.

Ein Korporal salutierte ihr.

»Nein, gute Frau«, sagte er. »Aber wir haben den Befehl, keine Grenzfälle einzulassen.«

»Grenzfälle?«, sagte Nanny. »Damit meinen Sie doch nicht etwa uns?«

Der Korporal schluckte krampfhaft. Oma Wetterwachs' Blick hielt nicht jeder aus.

»Nun ja«, stammelte er. »Sie sind ein bisschen … angeschmuddelt.«

Augenblicklich herrschte ein ohrenbetäubendes Schweigen. Oma holte tief Luft.

»Wir hatten im Sumpf einen kleinen Unfall«, mischte Magrat sich eilig ein.

Der Korporal machte ein zerknirschtes Gesicht. »Es wird sich bestimmt alles finden. Der Hauptmann müsste jede Minute hier sein. Aber wenn wir die falschen Leute reinlassen, bekommen wir großen Ärger. Sie würden sich wundern, mit was für Typen wir es manchmal zu tun bekommen.«

»Götter bewahret, dass ihr womöglich die falschen Leute reinlasst«, sagte Nanny Ogg. »Wo kämt ihr denn da hin? Und wo kämen *wir* hin, umringt von lauter falschen Leuten? Ich würde sagen, so eine Stadt könnte uns gestohlen bleiben. Findest du nicht auch, Esme?«

Magrat verpasste ihr einen Tritt gegen den Fußknöchel.

»Dann ist es ja ein Glück, dass wir die *richtigen* Leute sind«, schob Nanny nach.

»Gibt es ein Problem, Korporal?«

Aus einer Tür im Torbogen kam der Hauptmann der Wache gemächlich herübergeschlendert.

»Diese … Damen begehren Einlass«, antwortete der Korporal.

»Und?«

»Sie sind ein bisschen … nun ja, nicht hundertprozentig sauber.« Unter Omas Blick schien der Korporal sichtlich zu welken. »Und eine von ihnen hat zerstrubbelte Haare.«

»Also wirklich!«, knurrte Magrat.

»… und eine andere sieht mir ganz so aus, als ob sie lose Reden führt.«

»Wie bitte?« Nannys Grinsen verflüchtigte sich. »Ich gerb dir gleich das Fell, du kleiner Mistfink!«

»Aber, Korporal, sie haben doch Besen«, sagte der Hauptmann. »Reinigungskräfte sind nun mal nicht immer wie aus dem Ei gepellt.«

»Reinigungskräfte?«, sagte Oma.

»Den Damen liegt bestimmt genauso viel daran, sich zu säubern, wie Ihnen«, sagte der Hauptmann.

»Entschuldigung?« Oma verpasste dem Wort den gleichen Befehlston wie »Attacke!« oder »Fass!«. »Entschuldigung, aber erinnert Sie mein spitzer Hut nicht zufälligerweise an irgendwas?«

Die Soldaten betrachteten ihn höflich.

»Könnten Sie mir ein bisschen auf die Sprünge helfen?«, fragte der Hauptmann schließlich.

»Er verrät Ihnen, dass–«

»Dann sehen wir mal lieber zu, dass wir weiterkommen«, fiel Nanny Ogg ihr ins Wort. »Wir haben noch so viel zu putzen.« Sie schwenkte ihren Besen. »Los, Mädels.«

Magrat und Nanny packten Oma energisch bei den Ellenbogen und bugsierten sie in Windeseile durch das Tor. Oma Wetterwachs zählte nämlich immer erst bis zehn, bevor sie die Beherrschung verlor. Warum, wusste niemand. Damit erreichte man doch nur, dass der Druck im Kessel weiter anstieg und die anschließende Explosion umso heftiger ausfiel.

Erst als sie außer Sichtweite waren, blieben die Hexen wieder stehen.

»Na, na, Esme«, sagte Nanny besänftigend. »Du darfst das nicht persönlich nehmen. Wir sind ja wirklich nicht die Allersaubersten. Und die Männer halten sich nur an ihre Befehle, okay? Geht's wieder?«

»Die haben uns behandelt wie jeden Hinz und Kunz.« Oma stand noch unter Schock.

»Andere Länder, andere Sitten, Oma«, sagte Magrat. »Außerdem dachte ich, dass die Männer auf dem Schiff auch nicht wussten, was der spitze Hut zu bedeuten hat.«

»Da kam mir das ja auch sehr gelegen«, antwortete Oma. »Das hier ist anders.«

»Denk dir nichts weiter dabei, Oma«, sagte Magrat. »Das waren bloß dumme Soldaten. Die erkennen doch noch nicht mal eine richtige Frisur, wenn sie eine vor sich haben.«

Nanny blickte sich um. Schweigsame Menschen strömten an ihnen vorbei.

»Aber eine nette, saubere Stadt ist es trotzdem«, sagte sie.

Die beiden anderen mussten ihr Recht geben. Selbst die Pflastersteine sahen aus wie gewienert.

»Hier könnte man direkt von der Straße essen«, sagte Nanny, während sie weitergingen.

»Das wäre bei dir ja nichts Neues«, entgegnete Oma.

»Alles würde ich aber auch nicht essen. Obwohl ... hier sind ja sogar die Rinnsteine geschrubbt. Kein einziger Ronald* weit und breit, schau doch.«

»Gytha!«

»Aber du hast doch selber gesagt, dass in Ankh-Morpork–«

»Wir sind hier aber nicht in Ankh-Morpork!«

»Es ist so blitzsauber«, sagte Magrat. »Man wünscht sich regelrecht, man hätte sich vorher die Sandalen abgeputzt.

»Ja.« Nanny Ogg blinzelte die Straße hinauf. »Man wünscht sich regelrecht, man wäre ein besserer Mensch.«

»Wieso flüstert ihr?«, fragte Oma.

Sie folgte ihren Blicken. An der nächsten Ecke stand ein Wachmann. Als er sah, dass sie ihn bemerkt hatten, tippte er sich mit einem kurzen Lächeln grüßend an den Helm.

»Sogar die Wachen sind höflich«, sagte Magrat.

»Und viele«, ergänzte Oma.

»Stimmt. Eigentlich kaum zu glauben, dass man in einer Stadt, die so sauber und friedlich ist, so viele Wachen nötig hat.«

»Vielleicht brauchen sie das ganze Personal, um die Nettigkeit noch bis in den hintersten Winkel zu verteilen«, warf Nanny Ogg ein.

Die Hexen wanderten durch die dicht bevölkerten Straßen.

»Aber wirklich schöne Häuser haben sie hier, das muss man ihnen lassen«, sagte Magrat. »So schmuck und altertümlich.«

Oma Wetterwachs, deren Häuschen so altertümlich war, dass es um ein Haar als metamorphes Gestein hätte durchgehen können, verbiss sich jeden Kommentar.

Nanny Oggs Füße wollten nicht mehr. »Wir sollten uns langsam nach einer Übernachtungsmöglichkeit umsehen«, sagte sie. »Das Mädchen können wir morgen früh immer noch suchen. Einmal richtig schön ausschlafen, dann geht's uns gleich viel besser.«

---

* Ronald dem Dritten von Lancre eilt der Ruf hinterher, ein ziemlicher Stinkstiefel von einem Monarchen gewesen zu sein. Der Nachwelt ist sein Name daher hauptsächlich in Verbindung mit Gehsteigminen in Erinnerung geblieben.

»Und ein Bad nehmen«, seufzte Magrat. »Mit wohltuenden Kräutern.«

»Gute Idee. Ein Bad könnte ich auch mal wieder vertragen«, sagte Nanny.

»Sag bloß, es ist schon wieder Herbst«, stichelte Oma.

»Und wann hast *du* das letzte Mal gebadet, Esme?«

»Wie meinst du das? Das letzte Mal?«

»Dachte ich's mir doch. Also spar dir deine bissigen Bemerkungen über meine Körperpflege.«

»Baden ist unhygienisch«, erwiderte Oma. »Du weißt, dass ich nichts vom Baden halte. In seiner eigenen Brühe zu sitzen, ekelhaft.«

»Und wie hältst du dich sauber?«, fragte Magrat.

»Ich wasche mich«, sagte Oma. »Von oben bis unten – und auch dazwischen. Je nachdem, wo ich gerade drankomme.«

Was das genauere Oben und Unten und auch Dazwischen von Oma Wetterwachs angeht, darüber schweigt des Sängers Höflichkeit. Aber eines steht fest: Da kam man auf jeden Fall leichter ran als an eine Unterkunft in Gennua zur Zeit des Fetten Mittags.

Alle Wirts- und Gasthäuser waren voll. Nachdem sie die Hauptstraßen abgeklappert hatten, probierten sie ihr Glück noch in den abgelegeneren Gassen, doch auch dort blieb die Herbergssuche der drei Hexen erfolglos.

Irgendwann platzte Oma Wetterwachs der Kragen.

Kampflustig reckte sie das Kinn vor. »Im nächsten Gasthaus, das wir sehen, quartieren wir uns ein«, sagte sie. »Wie wär's mit dem da drüben?«

Mit zusammengekniffenen Augen las Nanny vor, was auf dem Schild stand.

»Hotel … Keinz … immerfrei«, murmelte sie, dann hellte sich ihre Miene auf. »Hotel Keinz Immerfrei«, wiederholte sie. »Das hört sich doch nicht schlecht an.«

»Immerfrei ist immer fein«, sagte Oma.

Sie stieß die Tür auf. Ein fülliger, rotbackiger Mann blickte vom Empfangstresen auf. Er arbeitete noch nicht lange hier und war sehr nervös; seinen Vorgänger hatte man wegen mangelnder Körperfülle und Rotbackigkeit aus dem Verkehr gezogen.

Oma kam sofort zur Sache.

»Sehen Sie diesen Hut?«, fragte sie. »Sehen Sie diesen Besen?«

Der Mann sah zwischen ihr und dem Besen hin und her.

»Ja?«, sagte er. »Und was hat das zu bedeuten?«

»Das bedeutet, dass wir drei Zimmer brauchen.« Oma warf den beiden anderen einen selbstgefälligen Blick zu.

»Und Würste«, fügte Nanny hinzu.

»Und ein vegetarisches Gericht«, ergänzte Magrat.

Der Mann musterte das Trio von der ersten bis zur letzten Hexe. Dann ging er zur Tür.

»Sehen Sie diese Tür? Sehen Sie dieses Schild?«, fragte er.

»Schilder interessieren uns nicht«, antwortete Oma.

»Na schön«, sagte der Mann. »Ich gebe mich geschlagen. Was bedeutet es also, dass sie einen spitzen Hut und einen Besen haben?«

»Es bedeutet, dass ich eine Hexe bin«, antwortete Oma.

Der Mann legte den Kopf auf die Seite.

»Ach ja?«, sagte er. »Ist das ein anderes Wort für dummes altes Weib?«

Lieber Jason, lieber Rest, schrieb Nanny Ogg. *Soll ich euch was sagen? Die haben hier noch nie was von Hexen gehört. In diesem Ausland sind die Leute wirklich von gestern. Ein Mann ist Esme frech gekommen, und da hätte sie fast die Beherrschung verloren, wenn ich und Magrat sie nicht gepackt und weggeschleppt hätten, weil, wenn man jemand glauben macht, dass man ihn in irgendwas verwandelt hat, gibts immer Ärger, so wie letztes Mal, als du hinterher einen Teich für Herrn Wilkins buddeln musstest, damit er darin wohnen konnte …*

Immerhin gelang es ihnen, in einer Schenke einen Tisch für sich allein zu ergattern. Das Lokal war gerammelt voll mit Angehörigen sämtlicher Spezies. Der Geräuschpegel stand auf Gebrüll, dicke Rauchschwaden hingen unter der Decke.

»Jetzt hör endlich auf mit dem Gekrakel, Gytha Ogg. Das geht mir auf die Nerven«, raunzte Oma Wetterwachs.

»Aber es muss hier Hexen geben«, sagte Magrat. »Hexen gibt es doch überall. Also auch im Ausland.«

»Wie Kakerlaken«, sagte Nanny Ogg fröhlich.

»Du hättest mich nicht davon abhalten dürfen, ihn glauben zu machen, dass er ein Frosch ist«, grummelte Oma.

»So was gehört sich nicht, Esme. Die Leute glauben zu machen, dass sie etwas sind, was sie nicht sind, nur weil sie frech zu dir waren und nicht wissen, wer du bist«, antwortete Nanny. »Sonst gäbe es kaum noch ein Durchkommen vor lauter rumhüpfenden Menschen.«

Oma Wetterwachs hatte zwar schon oft damit gedroht, jemanden in einen Frosch zu verwandeln, es jedoch nie wahrgemacht. Sie begnügte sich mit einer weniger grausamen, dafür aber billigeren und sehr viel befriedigenderen Strafe. Sie ließ ihnen die menschliche Gestalt und brachte sie einfach nur dazu, sich für einen Frosch zu halten. Was den zusätzlichen Vorteil hatte, dass ihre Mitmenschen etwas zu lachen bekamen.

»Mir hat Herr Wilkins immer leidgetan«, sagte Magrat, die trübsinnig auf den Tisch starrte. »Was war das für ein trauriger Anblick, wenn er versucht hat, mit der Zunge Fliegen zu fangen.«

»Tja, hätte er eben besser aufgepasst, was er sagt«, gab Oma zurück.

Nanny setzte eine Unschuldsmiene auf. »Was? Dass du eine herrschsüchtige alte Besserwisserin bist?«

»Ich habe nichts gegen Kritik«, sagte Oma. »Du kennst mich. Kritik konnte ich schon immer vertragen. Das kann mir wirklich keiner nachsagen, dass ich keine Kritik vertragen kann–«

»Aber nicht zweimal hintereinander«, sagte Nanny. »Und nicht, ohne dass du in die Luft gehst.«

»Das Einzige, was ich nicht vertragen kann, ist Ungerechtigkeit«, sagte Oma. »Und hör auf zu grinsen! Ich verstehe auch gar nicht, warum ihr euch so aufregt. Nach ein paar Tagen war er doch wieder ganz der Alte.«

»Frau Wilkins sagt, dass er immer noch sehr oft schwimmen geht«, antwortete Nanny. »Ein ganz neues Hobby, das er sich zugelegt hat.«

»Vielleicht gibt es in der Stadt eine andere Sorte Hexe«, warf Magrat niedergeschlagen ein. »Die andere Kleider tragen.«

»Es gibt nur eine Sorte Hexe«, sagte Oma. »Und das sind wir.«

Sie überlegte. Wenn es in Gennua jemanden gab, der Hexen gar nicht erst in die Stadt ließ, konnten die Menschen natürlich auch nichts von ihnen wissen. Einer beziehungsweise *eine*, die nicht wollte, dass man ihr ins Handwerk pfuschte. Und dann dachte Oma: Aber uns *hat* sie reingelassen …

»Na, wenigstens holen wir uns hier keine nassen Füße«, sagte Nanny. Ein Gast, der hinter ihr stand, warf laut lachend den Kopf in den Nacken. Dabei schwappte ihm das Bier aus dem Krug und ergoss sich über ihren Rücken.

Sie stieß einen halblauten Fluch aus.

Als der Mann zum Trinken ansetzen wollte, starrte er mit schreckensweit aufgerissenen Augen in den Bierkrug. Er ließ ihn fallen, griff an seine Kehle und stürzte, sich einen Weg durch die Menge bahnend, zur Tür hinaus.

»Was hast du mit seinem Bier gemacht?«, fragte Magrat, die alles mit angesehen hatte.

»Das verrat ich dir nicht. Dafür bist du noch zu jung«, antwortete Nanny.

Wenn eine Hexe zu Hause in Lancre einen Tisch für sich allein haben wollte, bekam sie ihn auch. Wie von selbst. Der Anblick des spitzen Hutes genügte. Man hielt sich höflich von ihr fern und spendierte ihr ab und zu ein Bierchen. Zu Hause wurde sogar Magrat respektiert, auch wenn es nicht so weit ging, dass irgendwer sie besonders fürchtete. Aber wer *eine* Hexe kränkte, kränkte *alle* Hexen, und niemand war darauf erpicht, Besuch von Oma

Wetterwachs zu bekommen und sich von ihr über diese Tatsache aufklären zu lassen. Hier dagegen wurden sie *angerempelt*, als wären sie Hinz oder Kunz. Nur Nanny Oggs Hand auf Oma Wetterwachs' Arm bewahrte ein Dutzend fideler Zecher vor dem Abgleiten ins Amphibientum, und selbst Nannys üblicherweise so elastisches Gemüt stieß an seine Grenzen. Sie sah sich zwar ohnehin als einen ganz normalen Menschen, aber normal war eben noch lange nicht dasselbe wie Hinz oder Kunz. Es war wie bei diesem Prinzen Wie-hieß-er-noch-gleich aus dem Märchen, der sich gern als einfacher Bürger verkleidet unter das gemeine Volk mischte. Nanny hatte den kleinen Perversling schon immer im Verdacht gehabt, im Vorhinein dafür zu sorgen, dass auch jeder wusste, wer er war, damit sich keiner seiner Untertanen irgendwelche Frechheiten herausnahm. Es war genauso wie dreckig werden. Dreckig zu werden, wenn man sich auf ein schönes heißes Bad im Zuber freuen konnte, machte Spaß. Dreckig zu werden, wenn man nur noch mehr Dreck in Aussicht hatte, war alles andere als spaßig. Nanny Ogg traf eine Entscheidung.

»Lasst uns was trinken, Mädels«, sagte Nanny aufgekratzt. »Das hebt die Stimmung.«

»Ohne mich«, entgegnete Oma. »Nicht, nachdem ich auf deinen Kräutertrunk reingefallen bin. Da war mit Sicherheit Alkohol drin. Mir wurde nämlich schon nach dem sechsten Glas ein bisschen schwummerig. Bleib mir bloß mit deinem ausländischen Fusel vom Leib.«

»Aber irgendetwas musst du doch trinken«, sagte Magrat beschwichtigend. »Ich hab jedenfalls Durst.« Sie blickte sich suchend in der überfüllten Schenke um. »Vielleicht gibt es hier ja auch Fruchtsaft.«

»Garantiert.« Nanny Ogg stand auf, musterte den Tresen und zog unauffällig eine Hutnadel aus ihrem Hut. »Bin gleich wieder da.«

Die beiden anderen bliesen derweil Trübsal. Oma starrte stur auf den Tisch.

»Nimm es dir nicht so zu Herzen, dass die Leute keinen Respekt vor dir haben.« Magrat goss linderndes Öl auf das in Esme Wetterwachs lodernde Feuer. »Mir hat fast noch nie irgendwer seinen Respekt erwiesen. Es gibt Schlimmeres.«

»Wer den Respekt verliert, hat alles verloren«, sagte Oma abwesend.

»Ach, ich weiß nicht. Ich bin bisher auch ohne ganz gut gefahren.«

»Und warum? Weil du ein nasses Handtuch bist, Magrat Knoblauch. Darum«, sagte Oma.

Ein kurzes, heißes Schweigen trat ein, erfüllt vom hallenden Echo der Worte, die nie hätten gesagt werden dürfen, und unterbrochen nur von einigen überraschten Schmerzenslauten aus Richtung des Tresens.

Das war schon immer ihre Meinung von mir, dachte Magrat, vor Verlegenheit glühend. Aber dass sie es jemals laut ausspricht... Und auf eine Entschuldigung kann ich lange warten, dafür ist sie nicht der Typ. Sie geht einfach davon aus, dass man so etwas wieder vergisst. Dabei wollte ich doch nur versuchen, unsere Freundschaft zu kitten. Aber anscheinend weiß sie überhaupt nicht, was Freundschaft ist.

»So, da wären wir wieder«, sagte Nanny Ogg, die mit einem Tablett in der Hand aus dem Gewühl auftauchte. »Fruchtpunsch.«

Sie nahm Platz und blickte von einer Hexe zur anderen.

»Aus Bananen«, sagte sie, um vielleicht wenigstens bei einer von beiden ein Fünkchen Interesse zu entfachen. »Ich weiß noch, wie unser Schorsch mal eine Banane mit nach Hause gebracht hat. Was haben wir darüber gelacht! Ich hab den Wirt gefragt: ›Was trinkt man denn bei euch mit Früchten drin?‹ Und da hat er mir das hier gegeben. Aus Bananen. Ein Bananenpunsch. Der schmeckt euch bestimmt. Den trinken hier alle. Punsch mit Bananen.«

»Der Geschmack ist auf jeden Fall sehr... kräftig«, sagte Magrat, die vorsichtig an ihrem Glas nippte. »Ist da auch Zucker drin?«

»Bestimmt.« Nachdem Nanny sich noch einen Augenblick

Omas Leichenbittermiene angetan hatte, zückte sie ihren Stift und leckte ihn an wie ein Profi.

Aber ein Gutes hat dieses Ausland doch; die Getränke sind hier sehr billig. Da gibt es ein Gesöff, das heißt Banananananendaikri, was im Grunde nichts anderes ist als Rum mit Banananane drin. Ich spüre schon, wie gut es mir tut. Ist ein sehr feuchtes Klima hier. Hoffentlich finden wir heute Nacht ein Plätzchen zum Schlafen, aber ich glaub schon. Weil Esme nämlich immer auf die Füße fällt, wenn nicht auf ihre eigenen, dann auf die von wem anders. Ich hab euch ein Bild von diesem Banananananendaikri gemalt. Wie ihr seht, ist kein Tröpfchen mehr drin. Alles, alles, alles Liebe MAMA*

Sie übernachteten in einem Stall, der, wie Nanny Ogg fröhlich bemerkte, wahrscheinlich wärmer und hygienischer war als sämtliche Gasthöfe. Für so einen gemütlichen, trockenen Schlafplatz hätten vermutlich Millionen Ausländer ihren rechten Arm hingegeben.

Ihre aufmunternden Worte verpufften wie eine Flatulenz im Wind.

Es gehört nicht viel dazu, dass Hexen sich verkrachen.

Magrat konnte nicht einschlafen. Sie hatte ihren Kleidersack zum Kopfkissen umfunktioniert und lauschte dem warmen, sanften Regen, der aufs Dach fiel.

Es ging schon los, bevor wir überhaupt aufgebrochen sind, dachte sie. Wieso hab ich die beiden bloß mitgenommen? Ich bin durchaus in der Lage, auch mal allein was auf die Beine zu stellen, aber sie behandeln mich wie ein … wie ein … nasses Handtuch. Muss ich mir das gefallen lassen, dass Oma ständig schmollt und mich anpfeift? Worauf bildet die sich eigentlich so viel ein? Sie macht fast nie was Magisches, da kann Nanny sagen, was sie will.

---

* *Nanny Ogg wusste, wie man »Banane« schreibt, aber nicht, wie man damit wieder aufhört.*

Sie macht nichts außer rumbrüllen und Leute einschüchtern. Und Nanny? Die meint es gut, aber sie hat kein Verantwortungsgefühl. Ich dachte, ich sterbe, als sie in der Schenke doch tatsächlich das Igellied angestimmt hat. Man kann nur hoffen, dass die Leute den Text nicht verstanden haben.

Ich bin die gute Fee. Wir sind hier nicht zu Hause. Im Ausland muss man auch mal andere Methoden ausprobieren können.

Als der Morgen graute, stand sie auf. Die beiden anderen schliefen noch, obwohl »schlafen« für das, was Oma Wetterwachs geräuschmäßig betrieb, um einiges zu kurz griff.

Magrat zog ihr bestes Kleid an, das grünseidene. Nach der langen Reise bestand es leider nur noch aus Knittern und Falten. Dann wickelte sie ihren Esoterikschmuck aus einem Päckchen Seidenpapier und legte ihn an. Sie kaufte oft und gern Esoterikschmuck, um nicht immer nur Magrat, sondern auch mal jemand anderer zu sein. Inzwischen besaß sie drei Kästchen voll und war immer noch genau die Gleiche.

Sie zupfte sich, so gut es ging, das Stroh aus dem Haar und holte ihren Zauberstab hervor.

Schade, dass sie keinen Spiegel hatte, um sich zu begutachten.

»Ich habe den Zauberstab«, sagte sie leise. »Ich wüsste wirklich nicht, wozu ich Hilfe bräuchte. Desiderata hatte ausdrücklich betont, dass ich sie keinesfalls um Hilfe bitten sollte.«

Ihr kam der Gedanke, dass Desiderata in dieser Hinsicht ein wenig unbedacht gewesen war. Denn eines stand nun einmal fest: Wer die Hilfe von Oma Wetterwachs und Nanny Ogg ausschlug, dem würden sie sofort beispringen, und sei es nur aus Gehässigkeit. Seltsam, dass eine Frau, die so klug war wie Desiderata, diese Kleinigkeit außer Acht gelassen hatte. Wahrscheinlich lag das ebenfalls an dieser Psycholologie – was auch immer das genau sein mochte.

Vorsichtig drückte sie die Tür auf, um die anderen nicht zu wecken, und huschte in die feuchte Morgenluft hinaus. Den Zauberstab gezückt war sie bereit und willens, der Welt jeden Wunsch zu erfüllen.

Vorausgesetzt, sie wünschte sich auch Kürbisse.

Als die Tür mit einem leisen Knarren zufiel, öffnete Nanny ein Auge.

Sie setzte sich auf, gähnte ausgiebig und kratzte sich. Sie kramte die Pfeife aus ihrem Hut. Dann gab sie Oma Wetterwachs einen Rippenstoß.

»Ich schlafe nicht«, sagte Oma.

»Magrat ist weg.«

»Ha!«

»Ich besorge uns was zu essen«, knurrte Nanny. Wenn Esme eine derartige Stinklaune hatte, konnte man sich ein Gespräch mit ihr gleich sparen.

Als sie die Stalltür öffnete, ließ Greebo sich mit einem geschmeidigen Satz von einem Deckenbalken auf ihre Schulter fallen.

Nanny Ogg, die überlebensgroße Optimistin, trat hinaus in die Welt, aufnahmebereit für alles, was die Zukunft ihr zu bieten hatte.

Am liebsten etwas, das Rum und Bananen enthielt.

Es war nicht schwierig, das Haus zu finden. Desiderata hatte den Weg ganz genau beschrieben.

Magrat sah bewundernd an den hohen weißen Mauern und den verschnörkelten Eisenbalkonen empor. Sie versuchte, ihr Kleid ein bisschen glatter zu streichen, klaubte sich noch ein paar letzte Halme aus den Haaren, marschierte die Auffahrt hinauf und klopfte an die Tür.

Der Klopfer brach ab.

Magrat vergewisserte sich mit ängstlichem Blick, ob auch niemand diesen Akt der Sachbeschädigung beobachtet hatte, und klemmte das Ding notdürftig wieder fest. Doch schon im nächsten Moment krachte es auf die marmorne Türschwelle und schlug ein Stück heraus.

Schließlich klopfte sie vorsichtig mit dem Finger. Sofort löste sich der Lack vom Holz und rieselte zu Boden. Ansonsten passierte nichts.

Magrat überlegte, wie sie weiter vorgehen sollte. Sie war sich ziemlich sicher, dass man als gute Fee normalerweise kein Kärtchen unter der Tür durchschob – »Habe Sie leider nicht angetroffen. Bitte wenden Sie sich wegen eines neuen Gesprächstermins an die Zentrale.« Dass ein Haus wie dieses völlig unbeaufsichtigt leerstand, war ebenfalls mehr als unwahrscheinlich; es müsste eigentlich von Dienstboten nur so wimmeln.

Sie ging über den knirschenden Kies um das Haus herum. Vielleicht an der Hintertür … in der Regel fühlten sich Hexen an einer Hintertür ohnehin wohler …

Bei Nanny Ogg galt diese Regel immer. Deshalb steuerte sie jetzt auch direkt den Hintereingang des Schlosses an. Hineinzukommen war weiter kein Problem. Es war anders als die Schlösser, die sie von zu Hause kannte; denn die hatte man so gebaut, dass das Innere und das Äußere schön voneinander getrennt blieben. Dieses hier dagegen war nur ein Märchenschloss mit Zuckerbäckerzinnen und schlanken, hohen Türmchen. Und wer achtete schon auf eine kleine alte Frau? Kleine alte Frauen galten *per definitionem* als harmlos – wenngleich sich quer über den Kontinent eine lange Reihe von Dörfern erstreckte, in denen derzeit an einer Neudefinition gearbeitet wurde.

Nach Nanny Oggs Erfahrung waren Schlösser wie Schwäne. Während sie so aussahen, als glitten sie majestätisch über den Fluss der Zeit hinweg, spielte sich unter ihnen einiges an Turbulenzen ab. In dem Labyrinth aus Speisekammern, Küchen, Waschkellern, Ställen und Braustuben – schönes Wort, Braustuben – fiel ein weiteres altes Muttchen, das sich an irgendwelchen zufällig herumliegenden Essensresten gütlich tat, kaum auf.

Außerdem waren diese Räumlichkeiten ein Nährboden für Klatsch und Tratsch – Nannys Oggs liebste Freizeitbeschäftigung.

Oma Wetterwachs wanderte niedergeschlagen durch die blitzblanken Straßen. Sie war aber nicht etwa auf der Suche nach den beiden anderen. Ganz gewiss nicht. Natürlich war es möglich, dass sie ihnen rein zufällig über den Weg lief und ihnen einen vielsagenden Blick zuwerfen konnte, aber dass sie aktiv nach ihnen Ausschau hielt? Im Leben nicht.

Am Ende der Straße hatte sich ein Menschenauflauf gebildet. Von der keinesfalls abwegigen Annahme ausgehend, dass Nanny Ogg durchaus in dessen Mitte anzutreffen sein könnte, gesellte Oma Wetterwachs sich unauffällig dazu.

Aber keine Spur von Nanny. Stattdessen ein Podium. Und ein kleiner Mann in Ketten. Und Wachen in farbenprächtigen Uniformen. Einer hielt eine Axt in der Hand.

Man musste kein großer Scheibenweltreisender sein, um zu erkennen, dass der Sinn und Zweck dieser Szene nicht darin bestand, dem in Ketten geschlagenen Mann eine mit einem Abschiedsgeschenk der Belegschaft verbundene Verdiensturkunde zu überreichen.

Oma stupste ihren Nachbarn an.

»Was ist da los?«

Der Mann warf ihr einen Blick von der Seite zu.

»Die Wachen haben ihn beim Stehlen erwischt.«

»Aha. Na, der schaut ja auch schuldbewusst genug aus der Wäsche«, sagte Oma. Leute in Ketten schauten meistens schuldbewusst. »Und was haben sie jetzt mit ihm vor?«

»Ihm eine Lektion erteilen.«

»Inwiefern?«

»Sehen Sie die Axt?«

Oma hatte sie keine Sekunde aus den Augen gelassen. Aber jetzt konzentrierte sie sich auf die Menge und klaubte Gedankenfetzen zusammen.

Die Gedanken einer Ameise sind leicht zu lesen. Sie bestehen aus einem einzigen, immer gleichen Strom: schleppen, schleppen, beißen, in ein Butterbrot krabbeln, schleppen, fressen. Bei Hunden ist es schon komplizierter – ein Hund kann mehrere Gedanken gleichzeitig haben. Dagegen ist der Verstand eines Menschen eine große dunkle, von Blitzen durchzuckte Wolke von Gedanken, denen im Gehirn nur eine begrenzte Verarbeitungszeit zur Verfügung steht. Inmitten dieser Dunstglocke aus Vorurteilen, Erinnerungen, Sorgen, Hoffnungen und Ängsten gerade das herauszufinden, was der Mensch *denkt*, dass er denkt, ist fast unmöglich.

Aber wenn genügend Leute mehr oder weniger das Gleiche denken, kann man ihre Gedanken hören. Und was hier von allen Seiten auf Oma Wetterwachs einströmte, war Angst.

»Das dürfte eine Lektion werden, die er nicht so bald vergisst«, murmelte sie.

»Doch, ich glaube schon«, antwortete ihr Nebenmann und begann, von ihr abzurücken, so wie man sich während eines Gewitters von einem Blitzableiter entfernt.

Genau in diesem Augenblick fing Oma aus dem Gedankenorchester zwei Misstöne auf. Die Gehirne, denen sie entsprangen, waren nicht menschlich.

Sie waren so schlicht, sauber und zweckgerichtet wie eine gezückte Klinge. Mit solchen Gehirnen hatte Oma schon früher unangenehme Bekanntschaft gemacht.

Als sie den Blick über die Menge schweifen ließ, fand Oma ihre Besitzer. Sie sahen mit starrem Blick unverwandt zum Podium hinauf.

Es waren zwei Frauen beziehungsweise zwei Wesen in Frauengestalt – größer als Oma und gertenschlank, die Gesichter hinter dem Schleier ihrer breiten Hüte verborgen. Ihre Kleider schillerten in der Sonne – vielleicht blau, vielleicht gelb, vielleicht grün. Vielleicht gemustert. Es war nicht zu erkennen. Die Farben veränderten sich bei der leisesten Bewegung.

Oma versuchte vergeblich, ihre Züge auszumachen.

Es gab also doch Hexen in Gennua. Oder zumindest eine.

Ein dumpfes Geräusch ließ sie wieder zum Podium herumfahren.

Jetzt war ihr klar, warum die Menschen in Gennua so still und brav waren.

Davon, dass man im Ausland mancherorts einem Dieb die Hand abhackte, damit er nie wieder stehlen konnte, hatte Oma Wetterwachs schon gehört. Eine Vorstellung, die ihr ganz und gar nicht behagte.

In Gennua verfuhr man anders. Hier schlugen sie einem Dieb den Kopf ab, damit er nie wieder auch nur ans Stehlen denken konnte.

Oma wusste ganz genau, *wo* die Hexen in Gennua waren.

Sie waren an der Macht.

Die Hintertür war nur angelehnt.

Wieder nahm Magrat allen Mut zusammen.

Höflich und zaghaft klopfte sie an.

»Äh …«, sagte sie.

Und bekam umgehend eine Schüssel Schmutzwasser ins Gesicht geschwappt. Durch das Rauschen der Seifenlauge in ihren Ohren hörte sie eine Stimme: »Oh, das tut mir aber leid. Ich konnte ja nicht wissen, dass da jemand ist.«

Magrat rieb sich das Wasser aus den Augen und konzentrierte sich auf die verschwommen vor ihr stehende Gestalt. Dabei stieg so etwas wie narrative Gewissheit in ihr auf.

»Heißt du Ella?«, fragte sie.

»Ja, das ist richtig. Und wer sind Sie?«

Magrat betrachtete ihr Mündel von oben bis unten. Ella war die hinreißendste junge Frau, die sie je gesehen hatte, die Haut haselnussbraun, das Haar weißblond – eine recht ungewöhnliche Kombination, aber nicht für das einstmals so lebenslustige Gennua.

Was sagte man nur in einem solchen Augenblick?

Magrat pflückte sich eine Kartoffelschale von der Nase.

»Ich bin deine gute Fee«, sagte sie. »Kommt mir selbst komisch vor, es laut auszusprechen, aber …«

Ella sah sie prüfend an.

»Sie?«

»Hm. Ja. Ich habe den Zauberstab und alles, was dazugehört.« Magrat schwenkte den Stab. Schaden konnte es nicht. Aber nützen tat es auch nichts.

Ella legte den Kopf auf die Seite.

»Müsste eine Fee nicht in einem Glitzergestöber und mit Glöckchengeklingel erscheinen?«, fragte sie misstrauisch.

»Man kriegt bloß den Zauberstab ausgehändigt«, antwortete Magrat nervös. »Ein Regelwerk ist nicht dabei.«

Ella fasste sie erneut forschend ins Auge. Dann sagte sie: »Na, dann sollte ich Sie wohl reinlassen. Sie kommen genau richtig. Ich wollte mir sowieso gerade einen Tee kochen.«

Die schillernden Frauen stiegen in eine offene Kutsche. So schön sie waren, hatten sie doch – wie Oma sofort auffiel – einen etwas unrunden Gang.

Kein Wunder. Sie waren nicht an Beine gewöhnt.

Außerdem bemerkte sie, dass alle anderen Leute an der Kutsche vorbeisahen. Nicht, weil sie für sie unsichtbar gewesen wäre. Sondern weil sie den Blick darüber hinweghuschen ließen, als könnten sie sich allein schon dadurch Ärger einhandeln, dass sie das Fuhrwerk wahrnahmen.

Und auch die Kutschpferde fielen ihr auf. Deren Sinne waren schärfer als die der Menschen. Sie wussten, was da hinter ihnen saß. Und es war ihnen ganz und gar nicht geheuer.

Als sie sich mit angelegten Ohren und panisch geweiteten Augen in Bewegung setzten, ging Oma Wetterwachs ihnen durch die halbe Stadt nach, bis die Kutsche schließlich in die Auffahrt eines großen, halb verfallenen Hauses in der Nähe des Schlosses einbog.

Oma lugte um die Ecke und prägte sich das Gebäude in allen Einzelheiten ein. Der Putz platzte vom Mauerwerk, und sogar der Türklopfer war abgefallen.

Oma Wetterwachs glaubte nicht an übernatürliche Schwingungen. Und genauso wenig an spirituelle Auren. Sie war von jeher der Überzeugung gewesen, dass es im Hexenberuf mehr auf das ankam, was man *nicht* glaubte. Aber dass sich in diesem Haus etwas sehr Unangenehmes aufhielt, glaubte sie sofort. Nichts *Böses*. Die beiden frauenähnlichen Gestalten waren nicht böse, genauso wenig wie ein Dolch oder ein tiefer Abgrund böse sind. Böse zu sein bedeutet, sich frei entscheiden zu können. Aber die Hand, die den Dolch führt oder einen anderen Menschen in den Abgrund stürzt, kann böse sein. Und so etwas Ähnliches hatte sie hier vor sich.

Wie gern hätte sie *nicht* gewusst, wer dahintersteckte.

Menschen wie Nanny Ogg findet man überall. Man könnte meinen, es gäbe einen speziellen morphischen Generator zur Erzeugung alter Frauen, die für jeden Spaß zu haben sind und sich gelegentlich ganz gern ein Gläschen oder gleich ein ordentliches Glas Schnaps genehmigen. Sie sind allgegenwärtig und treten normalerweise in Paaren auf.*

Diese kleinen alten Frauen ziehen einander fast magisch an. Möglicherweise geben sie mit Hilfe unhörbarer Signale zu verstehen, dass hier jemand ist, der durchaus willens wäre, in ein begeistertes »Oh, wie süß« auszubrechen, wenn er sich die Bilder von anderer Leute Enkelkindern ansehen muss.

Nanny Ogg hatte eine Freundin gefunden. Sie hieß Frau Nett, war Köchin und der erste schwarze Mensch, mit dem Nanny je gesprochen hatte.** Außerdem gehörte sie zu jener höheren Kaste von Köchinnen, die fast die ganze Zeit in einem Sessel Hof halten, so dass man den Eindruck bekommen könnte, als schenkten sie dem geschäftigen Treiben in der Küche kaum Beachtung.

Nur hin und wieder erteilte Frau Nett eine Anweisung. Und das war völlig ausreichend, weil sie im Laufe der Jahre dafür ge-

---

* Zum Beispiel in jeder Warteschlange, und immer direkt vor einem.

** Rassendiskriminierung war auf der Scheibenwelt kein Problem. Schließlich gab es dort Trolle und Zwerge und so weiter – weshalb die Artendiskriminierung wesentlich spannender war. Schwarz und Weiß lebten in schönster Eintracht zusammen und machten gemeinsame Sache gegen Grün.

sorgt hatte, dass ihre Untergebenen alle Arbeiten in ihrem Sinne erledigten – oder gar nicht mehr. Ein-, zweimal erhob sie sich majestätisch, um eine Speise zu kosten und wenn nötig mit einer Prise Salz nachzuwürzen.

Leute wie sie haben immer Zeit für einen kleinen Plausch mit Hausierern, Kräuterweiblein oder kleinen alten Frauen mit einer Katze. Greebo thronte auf Nannys Schulter, als hätte er dort soeben einen Papagei gefressen.

»Sie sind doch bestimmt wegen dem Fetten Dienstag in der Stadt, nicht wahr?«, fragte Frau Nett.

»Ich helfe einer Freundin bei einer geschäftlichen Angelegenheit«, antwortete Nanny. »Mensch, sind diese Plätzchen lecker.«

»Bloß, weil es mir ganz so aussieht« – Frau Nett schob ihr den Teller näher hin –, »als ob Sie im magischen Gewerbe tätig wären.«

»Dann sehen Sie sehr viel mehr als die meisten anderen Leute in dieser Gegend. Wissen Sie, wie diese Plätzchen noch besser schmecken würden? Wenn man sie in irgendetwas eintunken könnte.«

»In ein Etwas mit Banane drin?«

»Genau was mir vorschwebte«, sagte Nanny glücklich. Eine herrische Geste von Frau Nett genügte, und eine Küchenmagd machte sich eilig ans Werk.

Nanny ließ auf ihrem Stuhl die kurzen Beine baumeln und blickte sich interessiert in der Küche um. Ein gutes Dutzend Köche und Köchinnen arbeiteten mit der Präzision eines Artilleriebataillons, das den Feind mit einem Trommelfeuer belegt. Gewaltige Torten wurden aufgeschichtet. Ganze Tiere drehten sich am Spieß, angetrieben von Hunden in Tretmühlen. Ein glatzköpfiger Riese mit einer Narbe quer durchs Gesicht fädelte geduldig kleine Würstchen auf Zahnstocher.

Nanny hatte noch kein Frühstück gehabt. Greebo schon, aber das half ihm auch nicht. Beide litten exquisite kulinarische Folterqualen.

Wie hypnotisiert drehten Kater und Frauchen sich um, als zwei Mägde ein Tablett mit Kanapees an ihnen vorbeitrugen, unter dessen Gewicht sie fast zusammenbrachen.

»Man merkt gleich, Frau Ogg, dass Ihnen so leicht nichts entgeht«, sagte Frau Nett.

»Nur ein Scheibchen«, antwortete Nanny, ohne nachzudenken.

»Ich stelle außerdem fest«, sagte Frau Nett nach einer Weile, »dass die Katze, die Sie auf der Schulter haben, keine gewöhnliche ist.«

»Wo Sie Recht haben ...«

»... habe ich Recht. Ich weiß.«

Nanny bekam ein randvolles Glas mit gelbem Schaum vorgesetzt. Versonnen betrachtete sie es. Bei diesem Anblick fiel es ihr schwer, bei der Sache zu bleiben.

Sie nahm sich zusammen. »Eine Frage«, sagte sie. »An wen müsste ich mich wenden, wenn ich herausfinden wollte, wie man in dieser Stadt Magie ...?«

»Möchten Sie was essen?«, fragte Frau Nett.

»Wie bitte? Und ob!«

Frau Nett verdrehte die Augen. »Aber doch nicht diesen Fraß hier. Den würde ich mir selber nicht zumuten.«

Nanny sah sie entgeistert an. »Aber das sind doch Ihre eigenen Gerichte, oder nicht?«, fragte sie.

»Das Zeug koche ich nur, weil ich muss. Der alte Baron wusste noch, was gutes Essen war. Aber heutzutage? Nichts als Schweinebraten, Rinderbraten und Lammbraten, Sachen für Leute, die nicht wissen, was schmeckt. Das einzige Tier auf vier Beinen, bei dem sich das Kochen lohnt, ist ein Alligator. Ich rede hier nämlich von *richtigem* Essen.«

Frau Nett ließ den Blick durch die Küche schweifen.

»Sara!«, rief sie.

Eine Hilfsköchin drehte sich um.

»Ja, Madame?«

»Ich gehe mir mal kurz mit dieser Dame die Beine vertreten. Du passt auf, dass nichts passiert, ja?«

»Ja, Madame.«

Frau Nett stand auf und nickte Nanny Ogg vielsagend zu.

»Die Wände haben Ohren«, raunte sie.

»Ach? Tatsächlich?«

»Wir machen einen kleinen Spaziergang.«

Nanny Ogg kam es zunehmend so vor, als bestünde Gennua aus zwei Städten in einer. Da war einmal die weiße Stadt mit ihren neuen Gebäuden und den blau eingedeckten Palästen, und dann – um sie herum und sogar unter ihr – war da die Altstadt. Auch wenn der Neuen die Nähe der Alten nicht sonderlich gefiel, kam sie doch nicht ganz ohne sie aus. Irgendwer musste schließlich das Essen machen.

Nanny Ogg kochte gern, vorausgesetzt, sie hatte jemanden dabei, der das Gemüse kleinschnippelte und hinterher den Abwasch erledigte. Und sie war einigermaßen stolz auf das, was sie alles mit einem Stück Fleisch anstellen konnte: Darauf wäre das Rind im Leben nicht gekommen. Aber als »Kochen« konnte man das wohl kaum bezeichnen, wie ihr inzwischen aufging. Jedenfalls nicht im Vergleich mit dem, was man in Gennua als solches bezeichnete. Ihre Kochkünste dienten lediglich dazu, so angenehm wie möglich am Leben zu bleiben. Überall außerhalb von Gennua verstand man unter Kochen nicht mehr, als dass man Teile von Säugetieren, Vögeln, Fischen und Gemüse so lange erhitzte, bis sie braun wurden.

Dabei mussten die Gennuesischen Köche ganz ohne genießbare Zutaten auskommen – zumindest war in Nanny Oggs Augen nichts im Angebot, was sich für den menschlichen Verzehr geeignet hätte. Ihrer Meinung nach musste etwas Essbares auf vier Beinen gegangen sein. Im Notfall reichten auch zwei, aber nur, wenn Flügel dran waren. Oder es hatte wenigstens Flossen. Doch dass man etwas essen sollte, das mehr als vier Beine besaß, war eine ganz andere Sorte Mäuse … äh, Getier.

In Gennua hatten die Leute nicht viel, was sie kochen konnten. Und deshalb kochten sie *alles*. Nanny, die noch nie etwas von Garnelen, Langusten oder Hummern gehört hatte, kam es so vor, als ob die Gennueser einfach alles in den Topf warfen, was sich aus dem Fluss in ihren Grundnetzen verfing.

Kurz gesagt, ein guter Koch in Gennua brauchte kaum mehr als eine Handvoll Schlamm, ein paar tote Blätter und ein, zwei Prisen irgendeines unaussprechlichen Krauts, um ein Gericht zu zaubern, das einem Gourmet die Tränen der Dankbarkeit in die Augen trieb und ihn schwören ließ, ein besserer Mensch zu werden, wenn er nur, bitte, bitte, noch einen Tellervoll haben könne.

Neugierig folgte Nanny Frau Nett über den Markt. Sie sah sich die Käfige mit den Schlangen an und die Gestelle mit den mysteriösen, rankigen Kräutern und stocherte in den Kästen mit den Muscheln herum. Sie plauderte mit den Nanny-Ogg-förmigen Frauen hinter den kleinen Ständen, bei denen man für ein paar Münzen einen exotischen Eintopf oder ein Krustentierbrötchen bekommen konnte. Sie probierte alles. Sie war rundum begeistert. Gennua, Stadt der Köche, hatte den Appetit gefunden, den es verdiente.

Als sie ihren Fischteller aufgegessen hatte, nickte sie dem kleinen alten Fischweib am Verkaufsstand dankbar zu und lächelte.

»Also, das ist ja wirklich alles ...«, begann sie und drehte sich zu ihrer Begleiterin um.

Doch Frau Nett war wie vom Erdboden verschluckt.

Manche Leute hätten sich sofort ins Getümmel gestürzt und versucht, sie zu finden, aber Nanny Ogg blieb stehen, wo sie war, und überlegte.

Ich habe sie nach Magie gefragt, und sie hat mich hierhergebracht und ist dann verschwunden. Wahrscheinlich wegen der Wände mit den Ohren. Also muss ich den Rest vielleicht alleine erledigen.

Sie blickte sich um. Etwas abseits der Stände, direkt am Fluss, sprang ihr ein sehr behelfsmäßiges Zelt ins Auge. Ein Schild hatte es nicht, aber ein Feuer vor dem Eingang mit einem Kessel darüber. Daneben waren grob getöpferte Schüsseln aufgestapelt. Hin und wieder löste sich jemand aus der Menge, füllte eine Kelle Was-auch-immer in eine Schale und warf eine Handvoll Münzen auf einen Teller.

Nanny wanderte hinüber und sah in den Kessel, in dem es wallte und brodelte. Die vorherrschende Farbe war Braun. Blasen blubberten, blähten sich auf und zerplatzen mit einem naturnahen klebrigen Blopp. In diesem Kessel konnte alles Mögliche vorgehen. Bis hin zur spontanen Entstehung von Leben.

Eine Speise, die Nanny Ogg nicht mindestens einmal – unter Umständen und wenn es sich lohnte aber auch gern tausendmal – probieren würde, war noch nicht erfunden worden.

Sie hakte die Kelle los, nahm eine Schüssel und bediente sich.

Nur wenig später schob sie die Zeltklappe beiseite und spähte in das dämmerige Innere.

Eine Gestalt im Schneidersitz rauchte Pfeife.

»Darf ich eintreten?«, fragte Nanny.

Die Gestalt nickte.

Nanny setzte sich. Nach einer angemessenen Anstandspause holte sie ihre eigene Pfeife hervor.

»Ich vermute mal, Frau Nett ist eine Freundin von Ihnen?«

»Sie kennt mich.«

»Ah.«

Von draußen drang gelegentliches Schüsselklappern herein.

Blauer Rauch kräuselte sich aus Nanny Oggs Pfeife. »Ich kann mir nicht vorstellen, dass viele Kunden weggehen, ohne zu bezahlen.«

»Nein.«

Nach einer weiteren Pause sagte Nanny Ogg: »Wahrscheinlich kommt es oft vor, dass sie mit Gold und Edelsteinen, Weihrauch und Myrrhe bezahlen wollen.«

»Nein.«

»Unglaublich.«

Schweigend lauschte Nanny Ogg eine Zeitlang den gedämpften Marktgeräuschen und sammelte ihre magischen Kräfte.

»Wie heißt die Suppe?«

»Gumbo.«

»Lecker.«

»Ich weiß.«

»Ich denke mir, wer so kochen kann, der kann alles« – Nanny Ogg konzentrierte sich –, »Frau … Gogol.«

Sie wartete.

»Fast alles, Frau Ogg.«

Jede der beiden Frauen musterte den schattenhaften Umriss der Frau, die ihr gegenübersaß – wie zwei Verschwörer, die sich mit Zeichen und Antwortzeichen zu erkennen gegeben haben und nun erst einmal abwarten, wie es weitergeht.

»Wo ich herkommen, nennen wir das Hexerei«, sagte Nanny halblaut.

»Wo ich herkomme, nennen wir es Voodoo«, sagte Frau Gogol.

Nannys runzelige Stirn runzelte sich noch mehr.

»Ist Voodoo nicht das, wo man mit Puppen und toten Leuten spielt?«, fragte sie.

»Ist Hexerei nicht das, wo man splitternackt rumläuft und die Leute mit Stecknadeln sticht?«, fragte Frau Gogol unbeeindruckt zurück.

»Ah«, sagte Nanny. »Verstehe, was Sie meinen.«

Unbehaglich rutschte sie auf dem Boden herum. Sie war im Grunde eine durch und durch ehrliche Haut.

»Schön, ich gebe es zu«, sagte sie. »Die eine oder andere Stecknadel kann schon mal vorkommen.«

Frau Gogol nickte ernst. »Gut. Der eine oder andere Zombie kann ebenfalls mal vorkommen.«

»Aber nur, wenn's gar nicht anders geht.«

»Klar. Nur, wenn's gar nicht anders geht.«

»Wenn … Sie wissen schon … wenn es die Leute an Respekt fehlen lassen.«

»Wenn das Haus mal wieder gestrichen werden müsste.«

Nanny grinste und bleckte ihren Zahn. Frau Gogol grinste ebenfalls, aber mit circa dreißigmal so viel Zähnen.

»Mein vollständiger Name lautet Gytha Ogg. Die Leute nennen mich Nanny.«

»Mein vollständiger Name lautet Erzulie Gogol«, sagte Frau Gogol. »Die Leute nennen mich Frau Gogol.«

»Wir sind hier ja nun mal im Ausland«, sagte Nanny, »und da hab ich mir gedacht, hier gibt's vielleicht eine andere Art von Magie. Wäre doch nur logisch. Die Bäume sind anders, die Leute sind anders, der Schnaps ist anders und hat Bananen drin, also müsste die Magie doch auch eine andere sein. Und dann dachte ich mir … Gytha, altes Haus, man lernt nie aus.«

»Ganz recht.«

»Irgendetwas stimmt nicht mit dieser Stadt. Das hab ich schon im ersten Moment gefühlt.«

Frau Gogol nickte.

Eine Zeitlang war nur das Paffen der Pfeifen zu hören.

Von draußen drang ein Scheppern herein, gefolgt von einer nachdenklichen Pause.

Dann eine Stimme: »Gytha Ogg? Ich weiß, dass du da drin bist.«

Die Silhouette von Frau Gogol nahm die Pfeife aus dem Mund.

»Nicht schlecht«, sagte sie anerkennend. »Die Person hat einen guten Geschmackssinn.«

Die Zeltklappe ging auf. »Hallo, Esme«, sagte Nanny Ogg.

»Ein Segen liege über diesem … Zelt.« Oma Wetterwachs spähte mit zusammengekniffenen Augen herein.

»Das ist Frau Gogol«, sagte Nanny. »Sie ist eine Voodoo-Frau. Das sind die Hexen in dieser Gegend.«

»Sie sind nicht die einzigen Hexen in dieser Gegend«, sagte Oma.

»Frau Gogol war ziemlich beeindruckt, wie du mich gefunden hast.«

»Das war nicht schwer. Greebo sitzt vorm Zelt und putzt sich. Nachdem ich ihn gesehen hatte, blieb nur diese eine Schlussfolgerung.«

Das Bild, das Nanny sich in dem düsteren Zelt von Frau Gogol gemacht hatte, war das einer alten Frau. Umso erstaunter war sie, als die Voodoo-Hexe ins Freie trat: eine schöne Erscheinung in den besten Jahren, größer als Oma. Sie trug schwere goldene Ohrringe, eine weiße Bluse und einen weiten roten Rock mit Volants. Nanny konnte Omas Skepsis spüren. Was man sich über Frauen in roten Röcken erzählte, war noch schlimmer als alles, was man Frauen in roten Schuhen nachsagte – was auch immer das sein mochte.

Frau Gogol blieb stehen und hob den Arm. Sogleich setzte heftiges Flügelschlagen ein.

Greebo, der Nanny zur Begrüßung schmeichelnd um die Beine gestrichen war, riss den Kopf hoch und fauchte. Der größte und schwärzeste Hahn, den Nanny je gesehen hatte, ließ sich auf Frau Gogols Schulter nieder und warf ihr einen Blick zu, der intelligenter war als bei jedem anderen Federvieh.

»Himmel auch«, sagte sie. »Was für ein Prachtkerl von einem Gockel. Und dieser Schwanz! Einzigartig. Glauben Sie mir, mit Schwänzen kenne ich mich aus.«

Frau Gogol hob tadelnd eine Augenbraue.

»Sie hatte einfach keine gute Kinderstube«, sagte Oma.

»Weil ich ja neben einem Hühnerhof groß geworden bin, *wie ich noch hinzufügen wollte*«, warf Nanny ein.

»Das ist Legba, ein dunkler und gefährlicher Geist«, verkündete Frau Gogol. Sie beugte sich zu den beiden Hexen und raunte aus dem Mundwinkel: »Unter uns Pastorentöchtern: Er ist bloß ein großer schwarzer Hahn. Aber Sie kennen das ja.«

»Werbung muss sein«, pflichtete Nanny ihr bei. »Das ist Greebo. Unter uns Pastorentöchtern: Er ist eine Ausgeburt der Hölle.«

»Nun ja, er ist ein Kater«, sagte Frau Gogol konziliant. »Was will man da anderes erwarten?«

Lieber Jason, liebe alle,

ist schon ein Ding, was alles passiert, wenn man es zuletzt erwartet. Wir haben zum Beispiel Frau Gogol kennengelernt, die tags-

über als Köchin arbeitet, aber in echt eine Voodoo-Hexe ist. Ihr dürft nicht alles glauben, was man sich über schwarze Magie erzählt. Das ist nähmlich alles bloß Tarnung und so. Frau Gogol ist genau wie wir, nur anders. Das mit den Zombies stimmt allerdings, aber es ist nicht so, wie ihr meint...

Gennua war eine seltsame Stadt, fand Nanny. Man ließ die Hauptstraßen hinter sich, ging durch eine Gasse, kam durch ein kleines Tor, und schon standen plötzlich überall Bäume, an denen Moos und Flechten hingen, und der Boden wabbelte unter den Füßen und wurde immer morastiger. Rechts und links des Weges lagen dunkle Tümpel mit Seerosen, zwischen denen hier und da Baumstämme dümpelten, wie die Hexen sie noch nie gesehen hatten.

»Sind das aber große Molche«, sagte sie.

»Das sind Alligatoren.«

»Um der Götter willen. Die scheinen ja gut im Futter zu stehen.«

»Ja!«

Frau Gogol wohnte in einer einfachen Hütte aus Treibholz, die mit Moos gedeckt war und auf vier stabilen Pfählen in den Sumpf hineinragte. Obwohl sie dem Stadtzentrum noch so nah waren, dass Nanny das Geschrei auf den Straßen und das Klipp-klapp der Hufe hören konnte, war die Hütte im Sumpf in tiefe Stille gehüllt.

»Werden Sie hier oft belästigt?«, sagte Nanny.

»Nicht von Leuten, die ich nicht sehen will.« Die Seerosenteppiche bewegten sich. Ein v-förmiges Wellengekräusel zog über den Teich.

»Selbst ist die Frau«, lobte Oma. »Darauf kommt es an.«

Nanny sah den Reptilien in die Augen. Die versuchten, ihrem Blick standzuhalten, mussten aber früher oder später mit tränenden Augen aufgeben.

»Von denen könnte ich zu Hause auch ein paar gebrauchen«, sagte sie nachdenklich, als sie wieder davonglitten. »Ich frag einfach unseren Jason, ob er uns noch einen Teich baut. Was haben Sie noch mal gesagt, fressen die?«

»Alles, worauf sie Lust haben.«

»Ich kenne einen Witz über Alligatoren.« Oma klang, als hätte sie eine tiefe, feierliche Wahrheit zu verkünden.

»Im Leben nicht!«, rief Nanny. »Du hast doch noch nie einen Witz erzählt!«

»Bloß weil ich keinen erzähle, heißt das noch lange nicht, dass ich keinen kenne«, gab Oma zurück. »Kommt ein Mann …«

»Was für ein Mann?«, fragte Nanny.

»Kommt ein Mann in eine Schenke. Ja. Doch, in eine Schenke. Und er sieht ein Schild. Darauf steht: ›Belegte Brote – alle Sorten‹. Also sagt er: ›Ein Alligatorschnittchen – aber dalli!‹«

Die beiden anderen sahen sie erwartungsvoll an.

Nanny Ogg wandte sich Frau Gogol zu.

»Dann leben Sie hier also ganz allein?«, fragte sie munter. »Keine Menschenseele weit und breit?«

»Wie man's nimmt«, antwortete Frau Gogol.

»Der Witz ist nämlich der, dass Alligatoren …«, begann Oma mit lauter Stimme, doch dann brach sie ab.

Die Hüttentür war aufgegangen.

Es war eine große Küche*, in der früher einmal ein halbes Dutzend Köchinnen gewirkt hatte. Doch heutzutage glich der Raum eher einer Höhle; die hinteren Winkel lagen in tiefen Schatten, die an Haken aufgehängten Töpfe und Kasserolen waren matt vom Staub. Auf den großen Tischen, die allesamt an eine Wand geschoben worden waren, stapelte sich antikes Geschirr fast bis zur Decke. Die Herde, die aussahen, als könnte man mit ihnen eine ganze Armee verpflegen und im Backrohr eine Kuh am Stück zubereiten, waren kalt.

Auf einem bunten Läufer vor dem Kamin stand ein Tischchen,

* Wie Desiderata gesagt hat: Gute Feen haben oft in Küchen zu tun.

darauf ein Marmeladenglas mit hastig hineingestopften Blumen – eine kleine, leicht kitschige Insel, die aus dem öden, trüben Grau herausleuchtete.

Nachdem Ella in aller Eile ein paar Sachen weggeräumt hatte, hielt sie mit einem defensiv scheuen Lächeln inne.

»Wie ich mich wieder anstelle …«, sagte sie. »Aber als gute Fee begegnen Sie bei der Arbeit ja wahrscheinlich ständig solchen Nervenbündeln.«

»Äh. Ja. Doch. Dauernd«, antwortete Magrat.

»Ich hatte Sie mir bloß ein bisschen … älter vorgestellt. Sie waren doch bei meiner Taufe dabei, nicht wahr?«

»Ach«, sagte Magrat. »Ja? Nun, weißt du, die Sache ist die …«

»Aber Sie können ja bestimmt jede Gestalt annehmen, die Ihnen gefällt«, sprang Ella ihr bei.

»Ach. Ja. Äh.«

Ella machte ein verwundertes Gesicht, als könne sie nicht recht verstehen, warum Magrat sich ausgerechnet für eine Gestalt wie die von Magrat entschieden hatte.

»So«, sagte sie. »Und wie geht's jetzt weiter?«

Magrat spielte auf Zeit. »Hattest du nicht etwas von Tee gesagt?«

»Aber gern.« Ella wandte sich zum Kamin um, in dem ein verrußter Wasserkessel über einem Optimistenfeuer* hing, wie Oma Wetterwachs so etwas zu nennen pflegte.

»Wie heißen Sie?«, fragte Ella über ihre Schulter hinweg.

»Magrat«, antwortete Magrat und nahm Platz.

»Das ist ein … netter Name«, sagte Ella höflich. »Meinen kennen Sie natürlich schon. Aber weil ich die ganze Zeit über der heißen Glut stehe und koche, hat Frau Nett mir den Spitznamen Glutella gegeben. Doof, was?«

Glutella, dachte Magrat. Ich bin die gute Fee eines Mädchens, das klingt, als könnte man es aufs Brot streichen.

»Es gibt bessere«, gab sie zu.

* Zwei Scheite und ein Funke Hoffnung.

»Ich konnte es ihr einfach nicht ausreden. Sie findet, es klingt lustig. Ich finde, es klingt, als könnte man es aufs Brot streichen.«

»Nein, so weit würde ich nicht gehen«, sagte Magrat. »Äh. Und wer ist Frau Nett?«

»Die Köchin im Schloss. Sie kommt immer zu Besuch, um mich aufzuheitern, wenn die zwei aus dem Haus sind …«

Sie fuhr herum, den schwarzen Kessel wie eine Waffe in der Hand.

»Und ich gehe *nicht* auf den Ball!«, rief sie. »Ich werde den Prinzen *nicht* heiraten! Verstanden?«

Hart wie Stahl schossen die Worte aus ihr hervor.

Magrat zuckte zusammen. »Schon gut! Schon gut!«

»Er ist schleimig. Wenn ich ihn nur ansehe, kriege ich schon eine Gänsehaut«, sagte Ella. »Außerdem soll er komische Augen haben. Und es wissen doch alle, was er bei Nacht so treibt!«

Alle außer mir, dachte Magrat. Mir erzählt ja nie einer was.

»Das müsste sich regeln lassen«, sagte sie. »Schwierig ist es eher andersrum: dafür zu sorgen, dass ein Mädchen den Prinzen auch bekommt.«

»Bei mir nicht«, entgegnete Ella. »Es ist schon alles arrangiert. Meine andere Fee sagt, ich muss. Sie sagt, das ist mein Schicksal.«

»Deine *andere* Fee?«

»Jeder Mensch hat zwei«, sagte Ella. »Eine gute und eine böse Fee. Das müssten Sie doch wissen. Welche von beiden sind Sie?«

Magrats Verstand arbeitete auf Hochtouren.

»Na, die gute«, antwortete sie. »Definitiv.«

»Komisch«, sagte Ella. »Das hat die andere auch behauptet.«

Oma Wetterwachs saß da wie immer, wenn sie mit ihrer Umwelt so wenig wie möglich in Berührung kommen wollte: Knie aneinandergepresst, Ellenbogen angezogen.

»Meine Herren, schmeckt das gut«, seufzte Nanny Ogg, während sie ihren Teller abwischte – mit Brot, wie Oma inständig hoffte. »Das musst du unbedingt probieren, Esme.«

»Noch eine Kelle, Frau Ogg?«, fragte Frau Gogol.

»Eh ich mich schlagen lasse, Frau Gogol.« Nanny stieß Oma in die Rippen. »Es ist wirklich lecker, Esme. Genau wie Eintopf.«

Frau Gogol legte den Kopf auf die Seite.

»Ich vermute, Frau Wetterwachs graut es weniger vor dem Essen«, sagte sie, »als vor der Bedienung.«

Ein Schatten fiel über Nanny Ogg. Eine graue Hand griff nach ihrem Teller.

Oma Wetterwachs räusperte sich.

»Ich habe nichts gegen Tote«, sagte sie. »Einige meiner besten Freunde sind tot. Aber ich finde, es gehört sich nicht, dass Tote herumlaufen.«

Nanny Ogg blickte zu der Gestalt auf, die erneut die Kelle in den Kessel mit der mysteriösen Brühe tauchte und ihr zum zweiten Mal einen Nachschlag gab.

»Und was sagen Sie dazu, Herr Zombie?«

»Das Leben ist schön, Frau Ogg.«

»Na also. Siehst du, Esme? Ihn stört es nicht. Immer noch besser, als den ganzen Tag in einem stickigen Sarg eingesperrt zu sein, würde ich meinen.«

Oma betrachtete den Zombie. Er war ein hochgewachsener, gut aussehender Mann – *gewesen*. Eigentlich war er das immer noch, auch wenn er inzwischen so aussah, als wäre er durch ein Zimmer voller Spinnweben gelaufen.

»Wie heißen Sie, toter Mann?«, fragte sie.

»Man nennt mich Samstag.«

»Ach, so wie Freitag, was?«, sagte Nanny.

»Nein. So wie Samstag, Frau Ogg. Einfach nur Samstag.«

Oma Wetterwachs sah ihm in die Augen. Sie waren wacher als die der meisten Menschen, die streng genommen noch am Leben waren.

Obwohl sie sich mit diesem Zweig der Magie nie näher beschäftigt hatte, vermutete sie stark, dass man mit einem Toten ganz spezielle Dinge anstellen musste, um ihn in einen Zombie zu verwandeln, und dass es dafür nicht ausreichte, ihn mit irgendwelchen

Fischeingeweiden und fremdländischen Wurzeln zu traktieren. Der Tote musste selber wieder zurückkommen wollen, getrieben von einem fürchterlichen Traum, Wunsch oder Ziel. Nur dann war es möglich, dass er das Grab überwand …

Samstags Augen flammten.

Oma rang sich zu einer Entscheidung durch. Sie streckte ihm die Hand hin.

»Ich freue mich sehr, Ihre Bekanntschaft zu machen, Herr Samstag«, sagte sie. »Und ich bin mir sicher, Ihr Eintopf wird mir munden.«

»Der Eintopf heißt Gumbo«, erläuterte Nanny. »Und da sind Ladyfinger drin.«

»Ich weiß sehr wohl, dass Ladyfinger Gemüsepflanzen sind, herzlichen Dank«, gab Oma zurück. »Ich bin nämlich nicht von gestern.«

»Ist ja gut«, sagte Nanny. »Aber pass auf, dass du auch ein paar Schlangenköpfe abbekommst. Die sind das Beste daran.«

»Was für eine Pflanze ist ein Schlangenkopf?«

»Jetzt hau schon rein und lass es dir schmecken.«

Sie saßen auf der welligen Veranda hinter Frau Gogols Hütte und blickten auf den Sumpf hinaus. Von allen Ästen hingen lange Moosbärte herab. Im dichten Grün summte und brummte es. Und die v-förmigen Formen glitten lautlos durchs Wasser.

»Hier ist es sicher sehr schön, wenn die Sonne scheint«, sagte Nanny.

Samstag schlurfte in die Hütte und kam mit einer provisorischen Angelrute wieder heraus. Nachdem er sie mit einem Köder versehen hatte, warf er sie über das Geländer aus. Dann schaltete er sich einfach ab; niemand besitzt mehr Geduld als ein Zombie.

Frau Gogol lehnte sich im Schaukelstuhl zurück und zündete ihre Pfeife an.

»Gennua war früher eine richtig schöne Stadt«, sagte sie.

»Was ist passiert?«, fragte Nanny.

Greebo hatte jede Menge Ärger mit Legba, dem Hahn.

Es fing schon damit an, dass sich der Vogel nicht terrorisieren ließ. Greebo konnte so ziemlich alles terrorisieren, was auf der Scheibenwelt wandelte, auch Lebewesen, die zumindest dem Namen nach größer und stärker waren als er. Aber irgendwie schien bei diesem Hahn keine seiner bewährten Taktiken anzuschlagen, weder das Gähnen noch das Starren und schon gar nicht das träge Grinsen. Legba sah ihn bloß über den Schnabel hinweg an und gab vor, gleichgültig in der Erde zu scharren. Dabei achtete er darauf, dass seine zwei Zoll langen Sporen besonders vorteilhaft zur Geltung kamen.

Als letztes Mittel blieb Greebo nur noch das Draufstürzen. Damit hatte er bei fast allen Gegnern Erfolg. Es gab kaum ein Tier, das gegenüber einem wütenden Knäuel surrender Krallen die Ruhe behielt. Allerdings befürchtete der Kater, in diesem Fall womöglich als eine Art Pelzgyros zu enden.

Trotzdem, die Sache musste ein für alle Mal entschieden werden. Sonst würden Generationen von Katzen über ihn lachen.

Während Kater und Gockel einander lauernd umkreisten und dabei immer tiefer in den Sumpf gerieten, tat jeder so, als ob er den anderen überhaupt nicht beachtete.

In den Bäumen schnatterte es. Kleine, bunt schillernde Vögel schossen durch die Luft. Greebo starrte drohend zu ihnen hinauf. Um die würde er sich später kümmern.

Und dann war der Gockel plötzlich verschwunden.

Greebo legte die Ohren an.

Noch immer sangen die Vögel, noch immer sirrten die Insekten, aber weiter entfernt, nicht hier, wo er war. Hier herrschte Stille – eine heiße, dunkle, drückende Stille. Auch die Bäume schienen ihm mit einem Mal viel dichter zusammengerückt zu sein.

Der Kater blickte sich um.

Er stand auf einer Lichtung. In den Zweigen der Büsche und Bäume, von denen sie gesäumt wurde, hingen Gegenstände: Bänder, weiße Knochen, Blechnäpfe. Ganz normale Sachen – überall sonst, aber doch nicht hier.

Und in der Mitte der Lichtung ragte eine Vogelscheuche auf. Ein senkrechter Pfahl mit einem Querbalken, dem jemand einen alten schwarzen Gehrock angezogen hatte. Über der Jacke, auf der Spitze des Pfostens, saß ein Zylinder. Und auf dem Hut, Greebo nachdenklich beäugend, thronte Legba.

Eine Brise ließ die Jacke in der schwülen Luft leise flattern.

Unwillkürlich erinnerte sich Greebo an den Tag, an dem er im Dorf einmal eine Ratte in die Windmühle gejagt hatte und plötzlich feststellen musste, dass das, was er nur für ein Zimmer mit merkwürdigen Möbeln gehalten hatte, in Wahrheit eine riesengroße Maschine war, die ihn beim kleinsten Fehltritt zu Mus zerquetschen würde.

Die Luft vibrierte vor Hitze. Ihm sträubte sich das Fell.

Greebo machte kehrt und stolzierte von dannen, bis er sich außer Sichtweite glaubte. Dann schlug er ein solches Tempo an, dass seine Pfoten kaum mitkamen.

Auch wenn er unterwegs ein paar Alligatoren angrinste, war er doch nicht mit ganzer Seele dabei.

Einmal wehte der Gehrock auf der Lichtung noch, dann hing er wieder reglos da. Was irgendwie noch schlimmer war.

Legba entging nichts. Die Luft wurde drückender, wie vor einem Gewitter.

»Ja, das war mal eine richtig schöne Stadt. Eine glückliche Stadt. Keiner hat versucht, die Leute glücklich zu machen. Das kam ganz von selbst«, sagte Frau Gogol. »Damals, als der alte Baron noch am Leben war. Aber er wurde ermordet.«

»Von wem?«, fragte Nanny Ogg.

»Jeder weiß, dass es der Prinz war«, antwortete Frau Gogol. »Er hat ihn hinterrücks gemeuchelt.«

»Geht das denn auch vorderrücks?«, fragte Nanny.

»Gemeuchelt wird immer nur von hinten, geheuchelt auch von vorne«, sagte Oma.

»Der Baron wurde vergiftet«, erklärte Frau Gogol geduldig.

»Das war eine furchtbare Nacht. Und bereits am nächsten Morgen hatte sich der Prinz im Palast einquartiert. Es gab natürlich auch ein Testament.«

»Kann ich mir denken«, sagte Oma. »Ich wette, darin stand, dass dieser Prinz alles erbt. Ich wette, die Tinte war noch gar nicht ganz trocken.«

»Woher wissen Sie das?«, fragte Frau Gogol.

»War doch nicht anders zu erwarten«, sagte Oma von oben herab.

»Der Baron hatte eine kleine Tochter«, fuhr Frau Gogol fort.

»Dann gehe ich mal davon aus, dass sie noch lebt«, sagte Oma.

»Sie wissen wirklich viel, werte Dame«, sagte Frau Gogol. »Wie sind Sie darauf gekommen?«

»Nun ja ...« Gerade wollte Oma sagen, weil ich weiß, wie Märchen funktionieren. Aber Nanny Ogg fiel ihr ins Wort: »Wenn dieser Baron so toll war, wie Sie sagen, muss er in der Stadt doch viele Freunde gehabt haben, oder?«

»Das ist wahr. Das Volk liebte ihn.«

»Na, wenn ich so ein dahergelaufener Prinz wäre, der sich auf nicht mehr berufen kann als auf ein verkleckstes Testament, würde ich meine Herrschaftsansprüche auf eine etwas gesetzlichere Grundlage stellen wollen«, sagte Nanny. »Indem ich zum Beispiel die wahre Thronfolgerin heirate. Schon könnte ich allen eine lange Nase drehen. Ich wette, das Mädchen weiß nicht, wer sie in Wirklichkeit ist, oder?«

»Sie hat keine Ahnung«, antwortete Frau Gogol. »Der Prinz hat ebenfalls Freunde. Man könnte sie auch Wärter nennen. Leute, mit denen nicht gut Kirschen essen ist. Die haben sie aufgezogen und lassen sie kaum vor die Tür.«

Die Hexen schwiegen eine Weile.

Oma dachte: Nein. Da stimmt etwas nicht. So würde es in einem Märchenbuch stehen. Aber dahinter steckt noch eine andere Geschichte.

»Entschuldigen Sie, Frau Gogol, was haben Sie eigentlich mit der ganzen Angelegenheit zu tun? Nichts für ungut, aber ich würde meinen, wenn man hier draußen im Sumpf wohnt, kann es einem ziemlich egal sein, wer die Stadt regiert.«

Zum ersten Mal wirkte Frau Gogol ein wenig verunsichert. »Der Baron war … ein sehr guter Bekannter von mir«, antwortete sie.

»Aha«, sagte Oma vielsagend.

»Dabei hatte er gar nichts für Zombies übrig. Er war der Meinung, man solle den Toten ihre Ruhe lassen. Aber er hat nie darauf beharrt. Der neue Herrscher dagegen …«

»Hält nichts von Hexenkünsten?«, sagte Nanny.

»Im Gegenteil, ganz im Gegenteil«, widersprach Oma. »Da bin ich mir völlig sicher. Könnte schon sein, dass ihm *Ihre* Art von Magie überhaupt nicht gefällt, aber ich gehe davon aus, dass er reichlich von anderer Magie umgeben ist.«

»Wie meinen Sie das, Frau Wetterwachs?«, fragte Frau Gogol.

»Na ja«, mischte Nanny sich ein. »Man sieht doch, dass Sie eine Frau sind, die sich zu wehren weiß. Sie würden das alles nicht tatenlos mit ansehen, wenn Sie nicht müssten. Sie haben sicher Ihre Mittel und Wege, um so ein Problem zu lösen. Sollte Ihnen jemand in die Quere kommen, würden diesem Jemand womöglich ganz plötzlich und unerwartet die Beine abfallen, oder er hätte auf einmal Schlangen in den Stiefeln …«

»Oder Alligatoren unterm Bett«, schlug Oma vor.

»Ja. Der Prinz steht unter einem besonderen Schutz«, sagte Frau Gogol.

»Ah.«

»Mächtige Magie.«

»Mächtiger als Ihre?«, fragte Oma.

Eine lange, unbehagliche Pause.

»Ja.«

»Ah.«

»Noch«, fügte Frau Gogol hinzu.

Die Frauen schwiegen. Keine Hexe gab gern zu, über weniger als die annähernd absolute Macht zu verfügen. Ein solches Eingeständnis aus dem Munde einer Kollegin zu hören war für sie fast genauso schlimm.

»Natürlich müssen Sie auf den richtigen Augenblick warten«, sagte Oma.

»Und sich Ihre Kräfte einteilen«, sagte Nanny.

»Es ist ein sehr starker Schutz«, sagte Frau Gogol.

Oma lehnte sich auf ihrem Stuhl zurück. Sie sah aus, als hätte sie sich ein Bild von der Lage gemacht und wollte nun herausfinden, wie viel ihr Gegenüber darüber wusste.

»Was genau ist das für ein Schutz?«, fragte sie.

Umständlich kramte Frau Gogol zwischen den Polstern ihres Schaukelstuhls einen Lederbeutel und eine Pfeife hervor. Sie zündete die Pfeife an und paffte eine bläuliche Wolke in die Morgenluft.

»Sehen Sie in letzter Zeit oft in den Spiegel, Frau Wetterwachs?«, fragte sie zurück.

Omas Stuhl kippte so abrupt nach hinten, dass sie um ein Haar von der Veranda in das tintenschwarze Wasser gefallen wäre. Ihr Hut segelte über die Seerosen hinaus.

Sanft landete er auf dem Wasser. Er blieb einen Augenblick liegen …

… und wurde gefressen. Ein sehr großer Alligator klappte das Maul auf und zu und sah Oma selbstzufrieden an.

Sie war froh, dass sie jemanden gefunden hatte, bei dem sie etwas Dampf ablassen konnte.

»Mein *Hut*! Er hat meinen Hut verschluckt! Einer von Ihren Alligatoren hat meinen Hut gefressen! Das ist *mein* Hut! Er soll ihn sofort wieder hergeben!«

Sie riss eine Ranke vom nächsten Baum und drosch damit auf das Wasser ein.

Nanny Ogg rückte ein Stück von ihr ab.

»Lass das lieber sein, Esme! Hör auf damit«, rief sie mit zittriger Stimme. Der Alligator paddelte rückwärts.

»Ich werd doch wohl noch eine freche Echse hauen dürfen, wenn ich das will!«

»Kannst du ja auch, kannst du ja auch«, sagte Nanny beschwichtigend. »Aber doch nicht … mit einer … Schlange …«

Oma hielt sich die Ranke vors Gesicht, um sie genauer zu inspizieren. Eine mittelgroße Dreibandcoit starrte sie erschrocken an, spielte mit dem Gedanken, ihr in die Nase zu beißen, entschied sich dagegen und kniff blitzschnell das Maul zusammen, damit Oma die Botschaft auch ja verstand. Die öffnete ihre Hand. Die Schlange fiel auf die welligen Verandabohlen und suchte schlängelnd ihr Heil in der Flucht.

Frau Gogol, die währenddessen reglos in ihrem Schaukelstuhl gesessen hatte, wandte sich halb zu Samstag um, der noch immer geduldig die Angelschnur beobachtete.

»Samstag, hol den Hut der Dame«, befahl sie.

»Ja, Herrin.«

Das ging sogar Oma ein bisschen zu weit. »Das dürfen Sie nicht von ihm verlangen!«

»Aber er ist doch tot.«

»Tot zu sein ist schlimm genug. Da will man nicht auch noch zerfetzt werden«, entgegnete Oma. »Gehen Sie nicht ins Wasser, Herr Samstag!«

»Aber es ist Ihr *Hut*!«, sagte Frau Gogol.

»Sicher … aber mehr auch nicht … nur ein Hut. Für einen Hut würde ich keinen unter die Alligatoren schicken.«

Nanny Ogg machte ein entsetztes Gesicht.

Niemand wusste besser als Oma Wetterwachs, wie wichtig Hüte waren. Sie waren nicht bloß irgendein Kleidungsstück. Der Hut definierte den Kopf. Er definierte, wer man *war*. Wer hätte je von einem Zauberer ohne spitzen Hut gehört? (Zumindest von keinem, über den es sich lohnte auch nur ein Wort zu verlieren.) Eine Hexe ohne Hut war genauso undenkbar. Sogar Magrat besaß einen, obwohl sie ihn, weil sie ein nasses Handtuch war, nur selten aufsetzte. Aber darauf kam es auch nicht an. Nicht das Tragen des Hutes war wichtig, sondern dass man einen besaß. Jedes Gewerbe, jedes Handwerk zeichnete sich durch eine eigene Kopfbedeckung aus. Sogar Könige. Was blieb denn noch übrig, wenn man einem König die Krone abnahm? Ein Typ mit einem schwachen Kinn, der gut Winkewinke machen konnte. Hüte besaßen Macht. Hüte waren wichtig. Aber nicht wichtiger als Menschen.

Frau Gogol paffte an ihrer Pfeife.

»Samstag, hol meinen guten Hut, den für feiertags.«

»Ja, Frau Gogol.«

Samstag brachte eine große, ramponierte Schachtel aus der Hütte, die fest mit Zwirn verschnürt war.

»Das kann ich nicht annehmen«, sagte Oma. »Doch nicht Ihren besten Hut!«

»Ich bestehe darauf«, erwiderte Frau Gogol. »Ich habe noch einen anderen. O ja. Und ob ich noch einen Hut habe!«

Nachdenklich stellte Oma die Schachtel ab.

»Es kommt mir ganz so vor, Frau Gogol«, sagte sie, »als wären Sie mehr, als Sie scheinen.«

»Aber nicht doch, Frau Wetterwachs. Ich bin genau die, die Sie vor sich sehen. Ich bin genau wie Sie.«

»Haben Sie uns hergeführt?«

»Nein. Sie sind von allein gekommen. Aus freien Stücken. Um jemandem zu helfen, nicht wahr? Es war Ihre eigene Entscheidung, nicht wahr? Niemand hat Sie dazu gezwungen, nicht wahr? Nur Sie selber.«

»Da hat Sie Recht«, sagte Nanny. »Wir hätten es gemerkt, wenn uns jemand hergezaubert hätte.«

»Stimmt«, sagte Oma. »Uns hat niemand gezwungen, nur wir selber. Was für ein Spiel spielen Sie, Frau Gogol?«

»Ich spiele nicht, Frau Wetterwachs. Ich will zurückhaben, was mir gehört. Ich will Gerechtigkeit. Und ich will, dass man ihr das Handwerk legt.«

»Ihr? Wem, ihr?«, fragte Nanny Ogg.

Omas Gesicht war zur Maske erstarrt.

»Dieser Person, die hinter allem steckt«, sagte Frau Gogol. »Der Prinz hat weniger Verstand als eine Garnele, Frau Ogg. Ich meine *sie*. Die Frau mit der Spiegelmagie. Die alles kontrollieren will. Die am Ruder sitzt. Die das Schicksal herausfordert. Die Frau, über die Frau Wetterwachs Bescheid weiß.«

Nanny Ogg kam nicht mehr mit.

»Wovon redet sie, Esme?«

Oma grummelte sich etwas in den Bart.

»Wie bitte? Ich hab dich nicht verstanden.«

Zornrot blickte Oma Wetterwachs hoch.

»Sie meint meine *Schwester*, Gytha! Kapiert? Verstanden? Hörst du? Meine Schwester! Soll ich es noch mal wiederholen? Willst du wissen, von wem sie redet? Soll ich es dir aufschreiben? Von meiner Schwester! Das ist die Frau, die sie meint! Meine Schwester!«

»Sie sind Schwestern?«, sagte Magrat.

Ihr Tee war kalt geworden.

»Ich weiß es nicht«, antwortete Ella. »Sie sehen … gleich aus. Sie bleiben die meiste Zeit unter sich. Aber ich spüre, dass sie mich beobachten. Das können sie ganz hervorragend.«

»Und sie zwingen dich, die ganze Hausarbeit zu erledigen?«

»Ach, ich muss ja nur für mich und die anderen Dienstboten kochen. Und dazu noch putzen und Wäsche waschen, aber das macht mir nichts aus.«

»Kochen die beiden sich denn selber was?«

»Ich glaube nicht. Sie schleichen nachts durchs Haus, wenn ich im Bett bin. Fee Lilith sagt, ich muss nett zu ihnen sein und Mitleid mit ihnen haben, weil sie nicht sprechen können, und ich soll dafür sorgen, dass wir in der Speisekammer immer reichlich Käse vorrätig haben.«

»Heißt das, sie essen nur Käse?«, fragte Magrat.

»Ich glaube nicht.«

»Na, dann haben die Ratten und Mäuse auch was davon. Und es gibt doch sicher so einige in diesem alten Gemäuer.«

»Das ist ja gerade das Komische«, sagte Ella. »Ich habe im ganzen Haus noch nie eine Maus gesehen.«

Magrat überlief es eiskalt. Sie fühlte sich beobachtet. »Warum läufst du nicht weg? Das würde ich an deiner Stelle machen.«

»Wo soll ich denn hin? Außerdem würden sie mich finden. Oder mir den Kutscher und die Pferdeknechte auf den Hals hetzen!«

»Wie furchtbar!«

»Bestimmt glauben sie, dass es mir früher oder später egal ist, wen ich heirate, Hauptsache, ich muss keine Wäsche mehr waschen«, sagte Ella. »Die Kleider des Prinzen werden vermutlich gar nicht gewaschen, sondern gleich verbrannt, nachdem er sie getragen hat«, fügte sie bitter hinzu.

»Was dir fehlt, ist ein Beruf«, sagte Magrat, um sie aufzumuntern. »Steh deine Frau! Emanzipier dich!«

»Ich weiß nicht, ob ich das möchte.« Ella wählte ihre Worte mit Bedacht. Schließlich wollte sie nicht den Fehler begehen, eine gute Fee zu verärgern.

»Doch, das möchtest du«, sagte Magrat.

»Ja?«

»Ja.«

»Ach.«

»Du musst keinen Mann heiraten, den du nicht willst.«

Ella lehnte sich zurück.

»Wie gut bist du?«, fragte sie.

»Äh … na ja … ich denke mal …«

»Gestern wurde das Hochzeitskleid geliefert«, sagte Ella. »Es hängt oben im Salon auf einem großen Ständer, damit es nicht knittert. Damit es *perfekt* bleibt. Sie haben die Kutsche auf Hochglanz poliert und sogar zusätzliche Lakaien eingestellt.«

»Ja, aber vielleicht …«

»Ich glaube, ich muss eben doch einen Mann heiraten, den ich nicht will«, sagte Ella.

Oma Wetterwachs stampfte auf der aus Treibholz gezimmerten Veranda auf und ab. Die ganze Hütte bebte, so schwer war ihr Schritt. Die Erschütterung setzte sich über die Pfähle bis ins Wasser fort, wo sich Ringe bildeten.

»Natürlich erinnerst du dich nicht mehr an sie!«, rief Oma ungehalten. »Unsere Mutter hat sie vor die Tür gesetzt, als sie dreizehn war! Du und ich, wir waren damals kleine Kinder! Aber ich weiß noch ganz genau, wie sie gestritten haben, wenn ich abends im Bett lag! Sie war eine liederliche Person!«

»So hast du *mich* früher immer genannt«, sagte Nanny.

Für einen Augenblick aus dem Konzept gebracht hielt Oma inne. Doch dann wedelte sie gereizt mit der Hand.

»Das warst du ja auch. Aber du hast dabei nie Magie eingesetzt, oder?«

»Das hatte ich nicht nötig«, antwortete Nanny zufrieden. »Meistens reichte schon ein schulterfreies Kleid.«

»Erst schulterfrei, dann ganzkörperfrei, wenn ich mich recht entsinne«, sagte Oma. »Aber Lily hat Magie benutzt. Und nicht nur die ganz normale, nein. Oh, sie war so *eigensinnig*!«

Nanny Ogg lag eine Bemerkung auf der Zunge: Sag bloß, nicht so fügsam und zurückhaltend wie du, Esme? Aber sie verkniff sich jeden Kommentar. In einer Feuerwerksfabrik spielte man nicht mit Streichhölzern.

»Ständig kamen Väter von jungen Männern zu uns ins Haus, um sich über sie zu beschweren«, fuhr Oma finster fort.

»Bei mir wurden nie irgendwelche Beschwerden laut«, warf Nanny fröhlich ein.

»Und immer hat sie sich im Spiegel bewundert«, sagte Oma. »Hochmütig wie eine Katze war sie. Hat lieber in den Spiegel als aus dem Fenster gesehen.«

»Wie heißt sie?«

»Lily.«

»Schöner Name.«

»Heutzutage nennt sie sich anders«, sagte Frau Gogol.

»Das glaub ich gern!«

»Und sie… regiert jetzt die Stadt?«, fragte Nanny.

»Sie hat schon immer gern Leute rumkommandiert!«

»Wie kommt sie denn auf die Idee, eine Stadt regieren zu wollen?«, wollte Nanny wissen.

»Sie hat Pläne«, antwortete Frau Gogol.

»Und *eitel*! Wie ein Pfau!«, schimpfte Oma vor sich hin.

»Wusstest du, dass sie hier ist?«, fragte Nanny.

»Ich hatte so eine Ahnung! Spiegel!«

»An Spiegelmagie ist überhaupt nichts auszusetzen!«, widersprach Nanny. »Mit einem Spiegel habe ich schon die tollsten Sachen gemacht. Man kann jede Menge Spaß damit haben.«

»Sie begnügt sich nicht mit einem«, sagte Frau Gogol.

»Aha.«

»Sie benutzt zwei.«

»Aha. Na, das ist natürlich was Anderes.«

Oma starrte ins Wasser. Ihr eigenes Gesicht starrte ihr aus dem Dunkel entgegen.

Zumindest hoffte sie, dass es ihr gehörte.

»Während der ganzen Reise habe ich gefühlt, dass sie uns beobachtet«, sagte sie. »Da ist sie am glücklichsten: in einem Spiegel. Wenn sie in einem Spiegel sitzt und Menschen in Märchen verwandeln kann.«

Mit einem Stock stocherte sie in dem Spiegelbild herum. »Sie hat mich in Desideratas Haus gesehen, kurz bevor Magrat reinkam. Es ist nicht schön, im eigenen Spiegelbild jemand anderem zu begegnen …«

Sie hielt inne. »Wo ist Magrat überhaupt?«

»Betätigt sich als gute Fee, schätze ich mal«, antwortete Nanny. »Sie hat gesagt, sie braucht keine Hilfe.«

Magrat ärgerte sich. Außerdem hatte sie Angst, worüber sie sich noch mehr ärgerte. Es war kein Vergnügen für andere, wenn Magrat sich ärgerte. Man hatte das Gefühl, von einem feuchten Papiertaschentuch angegriffen zu werden.

»Mein Wort«, sagte sie. »Du brauchst nicht auf den Ball zu gehen, wenn du nicht möchtest.«

»Sie können sie nicht aufhalten«, antwortete Ella geknickt. »Ich weiß doch, wie's in dieser Stadt läuft.«

»Aber ich sage dir, du musst nicht gehen!«

Magrat machte ein nachdenkliches Gesicht.

»Gibt es zufälligerweise jemanden, den du lieber heiraten würdest?«, fragte sie.

»Nein. Ich kenne nicht viele Leute. Weil ich ja kaum aus dem Haus komme.«

»Gut. Das erleichtert die Sache. Ich schlage vor, wir bringen dich von hier weg – irgendwo anders hin.«

»Es gibt kein Irgendwo-anders. Verstehen Sie denn nicht? Es gibt nur den Sumpf. Ich habe es ein-, zweimal versucht, aber die Pferdeknechte haben mich immer wieder eingefangen. Sie waren nicht unfreundlich. Die Knechte, meine ich. Sie hatten bloß Angst. Alle haben Angst. Ich glaube, sogar die Schwestern haben Angst.«

Magrat blickte forschend in die Schatten. »Wovor?«

»Man erzählt sich, dass Leute spurlos verschwinden. Wenn sie den Prinzen verärgert haben. Dann stößt ihnen etwas zu. In Gennua sind alle Menschen sehr höflich«, sagte Ella bitter. »Keiner stiehlt, keiner wird laut, und alle bleiben nachts brav zu Hause, außer am Fetten Dienstag.« Sie seufzte. »Wie gern würde ich da mal hin. Auf den Karneval. Aber sie lassen mich nicht raus. Wenn ich höre, wie der Festumzug durch die Stadt zieht, denke ich: *So* müsste Gennua sein. Nicht bloß Tänze für wenige in den Palästen, sondern Tänze für alle auf den Straßen.«

Magrat durchfuhr ein Schauer. Sie kam sich sehr fremd und verloren vor.

»Ich glaube fast, bei dieser Sache könnte ich ein bisschen Hilfe gebrauchen«, sagte sie.

»Sie haben doch einen Zauberstab.«

»Manchmal reicht ein Zauberstab allein nicht aus.« Magrat stand auf. »Eines steht jedenfalls fest«, sagte sie. »Ich mag dieses Haus nicht. Und ich mag diese Stadt nicht. Glutella?«

»Ja?«

»Du gehst *nicht* auf diesen Ball! Dafür werde ich sorgen ...«

Sie drehte sich um.

»Ich hab's ja gesagt«, murmelte Ella und senkte den Kopf. »Man hört sie noch nicht einmal kommen.«

Eine der Schwestern stand oben an der Treppe, die in die Küche herunterführte. Sie hielt den Blick unverwandt auf Magrat geheftet.

Es heißt ja, jeder Mensch habe gewisse Eigenschaften eines Tieres. Möglicherweise war Magrat auf mentaler Ebene mit einem kleinen Pelztier verbunden. Es überkam sie das Grauen kleiner Nager im starren Angesicht des Todes. Zu der Drohung, die in diesen Augen lag, mischten sich weitere Botschaften: Flucht ist zwecklos; Widerstand ist töricht; das Ende ist nah.

Und sie konnte nichts tun. Die Beine gehorchten ihr nicht. Es war, als bohrten sich ihr die Befehle direkt ins Rückenmark. Diese absolute Hilflosigkeit hatte fast etwas Friedvolles …

»Ein Segen liege über diesem Haus.«

Die Schwester fuhr um einiges schneller herum, als sich ein Mensch normalerweise bewegen kann.

Oma Wetterwachs drückte die Tür auf. »O jemine«, donnerte sie. »Und du liebes Lottchen!«

»Genau«, sagte Nanny Ogg, die sich hinter ihr hereinschob. »Vergiss das liebe Lottchen nicht.«

»Wir sind nur zwei alte Bettelweiber«, sagte Oma, während sie entschlossenen Schrittes die Küche durchmaß.

»Die bettelnd von Haus zu Haus ziehen«, ergänzte Nanny Ogg. »Die nur der Zufall hierhergeführt hat – und keinesfalls irgendeine Absicht.«

Die beiden Hexen packten Magrat unter den Ellenbogen und lüpften sie von den Beinen.

Oma wandte sich um. »Und was ist mit dir, Fräuleinchen?«

Ella schüttelte den Kopf, ohne hochzusehen.

»Nein«, antwortete sie. »Ich darf nicht mitkommen.«

Oma kniff die Augen zusammen. »Ist vielleicht besser so. Wie sagt man – wovon ich meine Wenigkeit allerdings ausschließen möchte – so schön? Jeder muss seinen eigenen Weg finden? Auf geht's, Gytha!«

»Wir sind dann mal weg«, sagte Nanny Ogg munter.

Sie drehten sich um.

Die zweite Schwester stand in der Tür.

»Götter aber auch!«, rief Nanny Ogg. »Wo kommt die denn auf einmal her?«

»Wir wollten gerade gehen«, sagte Oma Wetterwachs mit lauter Stimme. »Wenn Sie nichts dagegen haben …«

Die beiden Frauen maßen sich mit Blicken.

Die Luft knisterte.

Dann sagte Oma Wetterwachs mit zusammengebissenen Zähnen: »Wenn ich lauf sage, Gytha …«

»Schon kapiert.«

Oma griff hinter sich, ertastete die Teekanne und wog sie unauffällig in der Hand.

»Fertig, Gytha?«

»Startklar, Esme.«

»Lauf!«

Oma schleuderte die Teekanne hoch in die Luft. Die Köpfe der Schwestern folgten ihrem Flug.

Nanny Ogg half der stolpernden Magrat nach draußen. Oma knallte die Tür just in der Sekunde zu, als die ihnen am nächsten stehende Schwester mit weit aufgerissenem Mund blitzschnell hinter ihnen herstürzte. Sie kam zu spät.

»Wir lassen das Mädchen zurück?«, rief Nanny, während sie die Auffahrt hinunterrannten.

»Die sind dafür da, um auf sie aufzupassen«, japste Oma. »Die tun ihr nichts!«

»Ich hab noch nie einen Menschen mit solchen Zähnen gesehen.«

»Weil sie keine Menschen sind! Es sind Schlangen!«

Als sie die Straße erreichten und halbwegs sicher waren, mussten sie sich erst einmal an eine Mauer lehnen, um ein bisschen zu verschnaufen.

»Schlangen?«, keuchte Nanny. Magrat machte die Augen wieder auf.

»Das ist Lilys Werk«, sagte Oma. »So was konnte sie schon immer gut.«

»Echte Schlangen?«

»Ja«, sagte Oma düster. »So ist das eben: Wer keine Freunde hat, der macht sich welche.«

»Mein lieber Schwan! Also, *ich* hätte das nicht drauf.«

»Früher konnte sie es auch nicht. Da hielt die Verwandlung höchstens ein paar Sekunden. Hier sieht man mal wieder, was dabei rauskommt, wenn man Spiegelmagie benutzt.«

»I-i-ich«, stammelte Magrat.

»Ist ja alles gut«, sagte Nanny. Dann sah sie Esme Wetterwachs an. »Wir sollten das Mädchen trotzdem nicht zurücklassen. Ausgerechnet in einem Haus, wo Schlangen rumlaufen, die denken, dass sie Menschen sind.«

»Es ist sogar noch schlimmer. Sie laufen rum und denken, sie sind Schlangen«, sagte Oma.

»Wie auch immer. So etwas hast du dir jedenfalls nie geleistet. Du bringst die Menschen höchstens durcheinander, bis sie nicht mehr genau wissen, was sie sind.«

»Und warum? Weil ich die Gute bin«, sagte Oma bitter.

Magrat schüttelte sich.

»Also, was ist jetzt? Holen wir sie da raus?«, fragte Nanny.

»Noch nicht. Wir müssen den richtigen Augenblick abwarten«, sagte Oma. »Kannst du mich hören, Magrat Knoblauch?«

»Ja, Oma.«

»Wir müssen uns mal zusammensetzen und uns ein bisschen unterhalten. Und zwar über Märchen.«

»Wieso Märchen?«, fragte Magrat.

»Weil Lily sie benutzt«, antwortete Oma. »Verstehst du? Man spürt es überall in diesem Land. Die Märchen sammeln sich hier, weil sie hier ans Licht kommen können. Lily gibt ihnen Futter. Dafür, dass deine Ella diesen Prinzen heiraten soll, hat sie nicht nur politische Motive oder so. Das ist bloß … eine Begründung. Aber kein *Grund*. Sie will, dass das Mädchen den Prinzen heiratet, weil es das Märchen so verlangt.«

»Und was fällt für sie dabei ab?«, fragte Nanny.

»Welche Figuren stehen denn im Mittelpunkt all dieser Märchen? Die gute Fee oder die böse Hexe! Und genau da will Lily stehen… im Zentrum.« Sie hielt inne, suchte nach einem passenden Vergleich. »Erinnerst du dich an den Zirkus, der letztes Jahr nach Lancre kam?«

»Klar«, antwortete Nanny. »Die Mädels in ihren Glitzerstrumpfhosen und die Kerle, die sich weiße Tünche über die Hosen gekippt haben. Bloß Elefanten gab's keine. Dabei haben sie so getan, als hätten sie welche. Auf den Plakaten waren Elefanten drauf. Da bezahlt man echtes Geld, und wofür? Dass nicht ein einziger Ele-«

»Ist ja *gut*. Aber worauf ich hinauswill«, sagte Oma, als sie weiterhasteten, »ist der Mann in der Mitte. Der mit dem Schnurrbart und dem großen Hut.«

»Der? Aber der hat doch kaum was gemacht«, sagte Nanny. »Der stand bloß da und hat manchmal mit der Peitsche geknallt, während um ihn herum die Artisten ihre Nummern gezeigt haben.«

»Und genau deshalb war er der wichtigste Mensch im ganzen Zelt«, sagte Oma. »Weil alles um ihn kreiste.«

»Womit füttert Lily die Märchen?«, fragte Magrat.

»Mit Menschen.« Oma runzelte die Stirn.

»Märchen. Pah!«, sagte sie. »Na, wir werden ja sehen…«

Ein grünes Zwielicht hing über Gennua, Nebelschwaden stiegen wabernd aus dem Sumpf.

In den Straßen brannten Fackeln. In Dutzenden von Hinterhöfen zogen schattenhafte Gestalten die Abdeckungen von den Festwagen. Pailletten flirrten im Dunkeln, Glöckchen klingelten.

Das ganze Jahr über waren die Menschen in Gennua ruhig und still. Aber die Geschichte hat schon immer dafür gesorgt, dass eine Nacht im Kalender den Unterdrückten gehört, um wenigstens für kurze Zeit das Gleichgewicht in der Welt wiederherzustellen. Ob es nun Narrenfest heißt oder Fest des Bohnenkönigs. Oder Samedi Nuit Mort – die Nacht, in der sich auch Knechte und Geknechtete einmal so richtig verlustieren können.

Die meisten von ihnen jedenfalls …

Kutscher und Lakaien saßen im Schuppen hinter den Ställen beim Abendbrot. Wenn sie einander nicht gerade ihr Leid klagten, dass sie in der Toten Nacht arbeiten mussten, vertrieben sie sich die Zeit mit dem altehrwürdigen Ritual »Was hat mir meine Frau heute wieder eingepackt?«, begleitet von neidischen Seitenblicken auf den Proviant der Kollegen, die offenbar mit fürsorglicheren Ehehälften gesegnet waren.

Der oberste Lakai hob vorsichtig seine Brotscheibe an.

»Ich hab Hühnergurgel mit Gurke«, sagte er. »Hat einer von euch Käse?«

Der zweite Kutscher sah in seine Dose. »Schon wieder Kochschinken«, jammerte er. »Immer gibt sie mir Kochschinken mit. Sie weiß doch, dass ich den nicht ausstehen kann. Sie schneidet noch nicht mal das Fett ab.«

»Ein dicker, weißer Fettrand?«, fragte der oberste Kutscher.

»Ja. Ekelhaft. Soll das etwa das richtige Essen für einen Festtag sein?«

»Ich tausche gegen Salat und Tomate.«

»Super. Und was hast du, Jimmy?«

Der unterste Lakai wickelte vorsichtig sein perfektes Proviantpaket aus. Es enthielt vier belegte Brote mit abgeschnittener Rinde. Und ein Zweiglein Petersilie. Und sogar eine Serviette.

»Räucherlachs und Frischkäse«, antwortete er.

»Und ein Stück vom Hochzeitskuchen«, sagte der erste Kutscher. »Habt ihr etwa immer noch was davon übrig?«

»Ist ein Ding, was? Und ich hab trotzdem jeden Tag Lust drauf«, sagte der Unterlakai.

Das prompt einsetzende dröhnende Gelächter ließ die Wände des Schuppens erbeben. Es ist eine allgemein gültige Tatsache, dass selbst die unschuldigste Bemerkung eines Jungvermählten im Kreise seiner älteren und zynischeren Kollegen umgehend zu einem derben Heiterkeitsausbruch führt. So ist es überall im Multiversum, auch wenn die Betreffenden neun Beine haben und in einem Ammoniakmeer auf einem riesigen Eisplaneten leben. Da kann man nichts machen.

»Genieß es, solange du kannst«, sagte der zweite Kutscher düster, als wieder Ruhe eingekehrt war. »Mit Küssen und Kuchen und der fürsorglichen Geste, dass sie dir die Rinde abschneidet, fängt es an, aber bevor du dich's versiehst, gibt's nur noch Standpauken, die kalte Schulter und mit dem Wäscheprügel eins über die Rübe.«

»Wenn du mich fragst«, sagte der erste Kutscher, »kommt alles darauf an, wie du ...«

Es klopfte an der Tür.

Der Unterlakai, der Jüngste in der Runde, stand auf und öffnete sie.

»Es ist ein altes Weib«, sagte er. »Was wollen Sie, altes Weib?«

»Wie wär's mit einem Schlückchen?«, fragte Nanny Ogg. Sie schwenkte einen Krug, aus dem unverkennbar alkoholische Dünste stiegen, und trötete in einen Luftrüssel.

»Wie bitte?«, sagte der Lakai.

»Es ist eine Schande, dass ihr Burschen arbeiten müsst! Heute ist Feiertag. Juchhu!«

»Was gibt's?«, fragte der oberste Kutscher, dann trat er in die Alkoholwolke. »Götter! Was ist denn das für ein Gesöff?«

»Es riecht nach Rum, Herr Travis.«

Der oberste Kutscher zögerte. Aus den Straßen hallten Musik und Gelächter herüber, als sich der erste Festzug in Bewegung setzte. Feuerwerksraketen zuckten über den Himmel. An einem Abend wie diesem sollte niemand auf ein Schnäpschen verzichten müssen.

»Was für eine nette alte Dame«, sagte er.

Nanny Ogg schwenkte abermals den Krug. »Stößchen!«, rief sie. »Prostata!«

Die sogenannte *klassische* Hexe gibt es in zwei Ausführungen – das heißt die komplizierte und die simple Version oder anders ausgedrückt, Hexen mit viel Klimbim und Hexen ohne. Magrat gehörte von Haus aus zur ersten Sorte. Man nehme zum Beispiel magische Messer. Magrat besaß eine komplette Sammlung davon, allesamt mit farblich abgestimmten Griffen und über und über mit komplizierten Runen beschriftet.

Obwohl Magrat unter Oma Wetterwachs' Fuchtel stand, dauerte es viele Jahre, bis sie eingesehen hatte, dass ein stinknormales Brotmesser dem kunstvollsten magischen Messer überlegen war. Es konnte alles, was auch ein magisches Messer konnte – und darüber hinaus sogar noch Brot scheiden.

In jeder anständigen Küche findet sich ein uraltes Messer mit abgewetztem Griff und einer bananenkrummen Klinge, das unerklärlicherweise so gut schneidet, dass ein nächtliches Herumtasten in der Besteckschublade genauso gefährlich ist wie das Tauchen nach Äpfeln in einem Piranhabecken.

Magrat hatte ihr Brotmesser im Gürtel stecken. Augenblicklich befand sie sich mit baumelnden Beinen in luftiger Höhe über dem Erdboden, die eine Hand am Besen, die andere an einem Regenrohr. Ihre Hoffnung, ein Einbruch wäre mit Hilfe eines Besens leichter zu bewerkstelligen, hatte sich leider nicht erfüllt.

Endlich schaffte sie es, beide Beine um das Regenrohr zu schlingen und sich an einem Wasserspeier festzuklammern. Sie stocherte mit dem Messer zwischen den Fensterflügeln nach dem Riegel und hob ihn an. Nachdem sie unter Ächzen und Stöhnen hineingeklettert war, musste sie sich erst einmal an die Wand lehnen, um wieder zu Atem zu kommen. Blaue Lichter flackerten vor ihren Lidern, wie die Raketen, die draußen am Nachthimmel explodierten.

Oma hatte immer wieder nachgefragt, ob sie die Sache auch wirklich durchziehen wolle. Aber Magrats Entschluss stand fest – was sie selbst vielleicht am meisten überraschte. Sie wollte es tun, obwohl wahrscheinlich die Schlangenfrauen bereits durchs Haus schlichen. Hexe zu sein bedeutete eben auch, sich überwinden zu können.

Sie machte die Augen wieder auf.

Und sah das Kleid, das mitten im Zimmer über einer Schneiderpuppe hing.

Eine Klatschianische Kerze zerbarst über Gennua. Grüne und rote Sterne erhellten das samtene Dunkel und ließen die Edelsteine und Seidenstoffe vor Magrats Augen aufschimmern.

Sie hatte noch nie etwas Schöneres gesehen.

Mit trockener Kehle schlich sie näher heran.

Warmer Dunst wälzte sich durch den Sumpf.

Frau Gogol rührte im Kessel.

»Was haben die drei jetzt vor?«, fragte Samstag.

»Die Geschichte anhalten«, antwortete sie. »Oder … vielleicht auch nicht.«

Sie stand auf.

»Wie auch immer, unsere Zeit ist gekommen. Gehen wir zur Lichtung.«

Sie sah in Samstags Gesicht.

»Fürchtest du dich?«

»Ich … ich weiß, was danach geschehen wird«, sagte der Zombie. »Auch wenn wir gewinnen.«

»Das wissen wir beide. Aber uns waren immerhin zwölf Jahre beschieden.«

»Zwölf Jahre. Ja.«

»Und Ella wird die Stadt regieren.«

»Ja.«

Im Schuppen ging es hoch her. Hexe und Kutscher waren inzwischen, wie Nanny sich ausdrückte, die dicksten *mon cheris*.

Der Unterlakai griente die Wand an und kippte vornüber.

»Sssso issi, die Jugnd von heude«, sagte der erste Kutscher, während er seine Perücke aus dem Krug fischte. »Kannik … kanniks … vertragn.«

»Kommen Sie, Herr Travis. Noch ein Schlückchen zum Nachspülen?« Nanny Ogg schenkte ihm nach. »Der Kater muss sich doch auch lohnen.«

»Ich glaub, wir müsssn lanngsammma die Kudsche feddisch machn.«

»Ach was, für ein Gläschen ist immer noch Zeit.«

»Seeehr grosssschügisch«, sagte der Kutscher. »Seeehr grosssschügisch. Ich schschau Ihnninnie Augn, Frau Goo…«

Magrat hatte schon von Kleidern wie diesem geträumt. Auf dem Grund ihrer Seele, in der Stille der Nacht hatte sie mit Prinzen getanzt. Nicht mit schüchternen, fleißigen Prinzen wie dem guten Verenz von zu Hause, sondern mit echten Prinzen, die kristallblaue Augen und strahlend weiße Zähne hatten. In Kleidern wie diesem. Die ihr wie angegossen passten!

Sie starrte auf die Rüschenärmel, das bestickte Mieder, die hauchzarte weiße Spitze. Das war schon etwas anderes als ihre… ihre… »Magratten«, wie Nanny Ogg sie nannte. Dabei waren es Hosen, äußerst praktische Hosen.

Nur, was hieß schon praktisch?

Sie konnte die Augen nicht davon losreißen. Doch obwohl ihr Tränen übers Gesicht liefen, die im Schein des Feuerwerks in allen Farben schillerten, riss sie das Messer aus ihrem Gürtel und zerschnitt das Kleid in tausend klitzekleine Stücke.

Der Kopf des ersten Kutschers landete sanft auf seinem Hühnergurgelbrot.

Etwas wackelig auf den Beinen stand Nanny Ogg auf. Als herzensgute Seele, die sie war, legte sie dem schlummernden Junglakaien noch schnell seine Perücke unter den Kopf und schlüpfte in die Nacht hinaus.

An der Wand bewegte sich etwas.

»Magrat?«, raunte Nanny.

»Nanny?«

»Alles klar mit dem Kleid?«

»Alles klar mit den Lakaien?«

»So weit, so gut«, sagte Oma Wetterwachs und trat aus dem Schatten. »Dann bleibt also nur noch die Kutsche.«

Auf Zehenspitzen schlich sie zur Remise hinüber und öffnete das Tor, das laut scharrend über die Pflastersteine schleifte.

»Pssst!«, zischte Nanny.

Auf einem Sims fanden sie eine Kerze und eine Handvoll Streichhölzer. Magrat machte mit zittrigen Fingern Licht.

Die Kutschte erstrahlte wie eine Spiegelkugel.

Sie war prächtiger als prachtvoll, wie einer Orgie aus Laubsägearbeiten und Goldlack entsprungen.

Oma Wetterwachs schritt einmal um sie herum.

»Ein bisschen protzig«, meinte sie.

»Fast zu schade, dieses Prachtstück zu Kleinholz zu verarbeiten«, sagte Nanny betrübt. Sie krempelte die Ärmel auf, überlegte kurz und stopfte sich kurzerhand den Rocksaum in den Schlüpfer.

»Hier liegt doch sicher irgendwo ein Hammer rum«, sagte sie und warf einen suchenden Blick auf die Werkbänke, die die Wände säumten.

»Nicht! Das macht zu viel Krach!«, zischte Magrat. »Warte mal eben…«

Sie zog den verhassten Zauberstab aus dem Gürtel und zielte mit einem entschlossenen Wedeln auf die Kutsche.

Es rauschte, Luft strömte herein.

»Ich glaub, mein Schwein pfeift«, sagte Nanny Ogg. »Darauf wär ich im Leben nicht gekommen.«

Auf dem Boden lag ein großer dicker Kürbis.

»Ein Kinderspiel.« Magrat gönnte sich einen Anflug von Stolz.

»Ha! Diese Kutsche rollt nie wieder«, sagte Nanny.

»He… kannst du das auch mit den Pferden machen?«, fragte Oma.

Magrat schüttelte den Kopf. »Das wäre Tierquälerei.«

»Du hast ja Recht. Du hast ja Recht«, sagte Oma. »Wir wollen die stumme Kreatur nicht leiden lassen.«

Die beiden Hengste beobachteten mit Pferdeneugier, wie Oma ihre Boxen öffnete.

»Ab mit euch«, sagte sie. »Lauft und sucht euch eine schöne grüne Weide.«

Sie warf einen Blick auf Magrat. »Ein Pferd ohne Kutsche ist wie ein Fisch ohne Fahrrad. Du hast sie emanzi-tiert.«

Die Hengste rührten sich nicht vom Fleck.

Seufzend kletterte Oma auf die hölzerne Trennwand, griff sich rechts und links ein Ohr und zog die Pferdeköpfe auf Mundhöhe herunter.

Sie flüsterte etwas.

Die Hengste sahen einander an.

Sie sahen auf Oma hinunter.

Die nickte schmunzelnd.

Dann ...

Pferde können nicht aus dem Stand losgaloppieren, aber diesen beiden wäre es beinahe gelungen.

»Um Himmels willen, was hast du ihnen denn da zugeflüstert?«, wollte Magrat wissen.

»Den mystischen Spruch des Reitersmannes«, antwortete Oma. »Überliefert an Gythas Jason, der ihn wiederum mir überliefert hat. Funktioniert immer.«

»Er hat ihn dir verraten?«, fragte Nanny.

»Ja.«

»Was, den ganzen Spruch?«

»Jawohl«, sagte Oma selbstgefällig.

Als Magrat den Zauberstab wieder in den Gürtel steckte, fiel ein heller Stofffetzen zu Boden. Eilig bückte sie sich danach. Doch zu spät, weiße Edelsteine und Seide glitzerten im Kerzenlicht. Oma Wetterwachs, der so leicht nichts entging, seufzte.

»Magrat Knoblauch ...«, begann sie.

»Ja«, sagte Magrat kleinlaut. »Ja. Schon gut. Ich bin ein nasses Handtuch.«

Nanny tätschelte ihr die Schulter.

»Mach dir nichts draus«, sagte sie. »Hauptsache, wir haben hier ganze Arbeit geleistet. Die Aussichten, dass deine Ella heute Nacht auf den Ball muss, sind genauso groß wie meine Aussichten ... Königin zu werden.«

»Kein Kleid, keine Lakaien, keine Pferde und keine Kutsche«, sagte Oma. »*Der* haben wir's aber gezeigt. Meiner feinen Schwester mit ihren Märchen. Ha!«

»Und was machen wir jetzt?«, fragte Magrat, als sie sich leise davonstahlen.

»Heute ist Fetter Mittag!«, rief Nanny. »Das ist die Wucht in Tüten!« Greebo kam aus dem Dunkel und strich ihr um die Beine.

»Ich dachte, Lily wollte ihn ausmerzen«, sagte Magrat.

»Da könnte sie genauso gut versuchen, den Schnupfen auszumerzen«, antwortete Nanny. »Los kommt, lassen wir es krachen!«

»Ich halte nichts davon, auf der Straße zu tanzen«, sagte Oma. »Wie viel von dem Rum hast du selber getrunken?«

»Nun stell dich nicht so an, Esme«, sagte Nanny. »Wer sich in Gennua nicht amüsieren kann, muss schon halb tot sein.« Dann fiel ihr Samstag ein. »In Gennua kannst du dich wahrscheinlich sogar amüsieren, wenn du *ganz* tot bist.«

»Sollen wir nicht lieber hierbleiben?«, wandte Magrat ein. »Nur um aufzupassen, ob auch alles glattgeht?«

Oma Wetterwachs antwortete nicht gleich.

»Was meinst du, Esme?«, spottete Nanny Ogg. »Ob sie die Kleine wohl in einem Kürbis zum Ball fahren? Mit Mäusen als Zugpferden? Hä-hä!«

Oma zögerte immer noch; die Schlangenfrauen gingen ihr nicht aus dem Sinn. Aber schließlich hatten sie einen langen Tag hinter sich, und die Vorstellung von einer Kürbiskutsche war einfach zu absurd. Albern eigentlich, sich Sorgen zu machen ...

»Also gut«, sagte sie. »Aber krachen lassen werde ich nichts, verstanden?«

»Da wird allerhand an Spaß und Vergnügen geboten«, sagte Nanny.

»Und es gibt sicher auch dieses Bananengetränk«, sagte Magrat.

»Die Chancen stehen bei einer Million zu eins«, sagte Nanny aufgekratzt.

Lilith de Tempscire lächelte sich in dem Doppelspiegel an.

»O weh«, sagte sie. »Keine Kutsche, kein Kleid, keine Pferde. Was macht man da bloß als gute Fee? O jemine. Und vielleicht auch noch du liebes Lottchen.«

Sie öffnete einen schmalen ledernen Kasten, ähnlich dem Köfferchen, in dem ein Flötist seine allerbeste Pikkolo transportiert.

Es lag ein Zauberstab darin, das genaue Gegenstück von Magrats. Sie nahm ihn heraus und drehte an den goldenen und silbernen Ringen.

Beim Einrasten entstand ein garstiges Klicken wie beim Durchladen einer Pumpgun.

»Ich Ärmste, mir ist nichts geblieben außer einem Kürbis.«

Der Unterschied zwischen einem denkenden und einem nichtdenkenden Geschöpf war der, dass man die Gestalt Ersterer verwandeln konnte. Es war zwar schwierig, aber nicht unmöglich. Man brauchte lediglich einen mentalen Kanal anders einzustellen. Wohingegen ein nicht-denkendes Geschöpf wie ein Kürbis – und es gab kaum ein Geschöpf, das *weniger* dachte als ein Kürbis – gegen alle Verwandlungsversuche immun war.

Es sei denn, seine Moleküle erinnerten sich noch daran, dass sie einmal etwas anderes gewesen waren als ein Kürbis …

Sie lachte, und eine Milliarde gespiegelter Liliths lachte mit, rund um das gekrümmte Spiegeluniversum herum.

Im Zentrum von Gennua wurde der Fette Mittag gar nicht mehr gefeiert. Aber in den Bretterhütten hinter den hohen weißen Palästen zeigte er sich im fackelhellen Dunkel von seiner prallsten, lebensfrohsten Seite. Mit einem Feuerwerk. Mit Tänzern und Feuerschluckern, Federn und Pailletten. Die Hexen, die bei dem

Wort Volksbelustigung an einen Moriskentanz dachten, standen mit offenem Mund auf dem Gehsteig und bestaunten das vorbeiziehende Spektakel.

»Da sind tanzende Skelette!«, rief Nanny, als zwei Dutzend Gerippe die Straße heruntergewirbelt kamen.

»Die sind nicht echt«, sagte Magrat. »Das sind bloß Männer in schwarzen Strumpfhosen mit aufgemalten Knochen.«

Jemand stieß Oma Wetterwachs in die Rippen. Sie blickte in das große, grinsende Gesicht eines Schwarzen. Er reichte ihr einen Steinkrug.

»Runter damit, Süße.«

Oma nahm den Krug, zögerte eine Sekunde und gönnte sich einen Schluck. Sie gab Magrat einen Knuff.

»Prust!! Feurio!«, sagte sie.

»Wie bitte?« Magrat musste schreien, um sich über den Lärm einer Marschkapelle hinweg bemerkbar zu machen.

»Der Mann möchte, dass wir den Krug weitergeben.«

Magrat warf einen Blick auf die Öffnung und rieb sie unauffällig an ihrer Kleidung sauber, auch wenn vermutlich jeder Krankheitskeim längst weggeätzt war. Sie wagte ein Schlückchen, dann puffte sie Nanny Ogg in die Seite.

»Das rappelt im Karton!«, sagte sie und wischte sich die Augen trocken.

Nanny setzte den Krug an und legte den Kopf in den Nacken. Nach einer Weile puffte Magrat sie noch einmal.

»Sollten wir ihn nicht weitergeben?«, sagte sie.

Nanny wischte sich über den Mund und drückte den um einiges leichter gewordenen Krug einer hochgewachsenen Gestalt in die Hand, die neben ihr stand.

»Bitte sehr, der Herr.«

DANKE.

»Schönes Kostüm, was Sie da haben. Die Knochen sind wirklich toll aufgemalt.«

Nanny wandte sich zurück zur Straße, wo gerade ein Trupp jonglierender Feuerschlucker vorbeimarschierte. Eine Sekunde später machte es bei ihr klick, doch als sie aufsah, war der Fremde bereits weitergegangen.

Sie zuckte mit den Schultern.

»Und was machen wir als Nächstes?«, fragte sie.

Oma Wetterwachs starrte unverwandt auf eine Gruppe Normalnull-Limbotänzer. Viele Tänze des Umzugs hatten eines gemeinsam: Sie brachten explizit zum Ausdruck, was Dinge wie Maibäume lediglich implizierten. Und dann putzten sie es auch noch mit Pailletten heraus.

»Von nun an wirst du dich auf dem Plumpsklo wohl nie mehr sicher fühlen, was?«, fragte Nanny Ogg. Greebo, der zu ihren Füßen hockte, beobachtete wie erstarrt eine Handvoll Tänzerinnen, die nichts am Leib trugen außer Federn, und überlegte, was er mit ihnen anstellen sollte.

»Nein. Ich habe an etwas anderes gedacht. Ich hab daran gedacht... wie Märchen funktionieren. Und jetzt... würde ich gern einen Happen essen«, sagte Oma matt. Doch dann hatte sie sich auch schon wieder gefangen. »Und damit meine ich richtiges Essen, nicht irgend so einen Fraß, den man vom Grund eines Tümpels gekratzt hat. Und kommt mir ja nicht wieder mit dieser *Cousine*!«

»Du musst auch mal ein Abenteuer wagen, Oma«, sagte Magrat.

»Ich hab nichts gegen Abenteuer, in Maßen«, gab Oma zurück. »Aber nicht beim Essen.«

»Da hinten ist ein Stand mit Alligatorschnittchen.« Nanny kehrte der Parade den Rücken zu. »Ist das zu fassen? Alligator auf Brot!«

»Dabei fällt mir ein Witz ein«, sagte Oma Wetterwachs abwesend. Irgendetwas nagte an ihr.

Nanny Ogg verfiel ins Hüsteln, doch es nützte nichts.

»Kommt ein Mann in eine Schenke«, fuhr Oma Wetterwachs fort, um die in ihr aufkeimende Beunruhigung in Schach zu halten. »Und er sieht ein Schild. Darauf steht: ›Belegte Brote – alle Sorten‹. Also sagt er: ›Ein Alligatorschnittchen – aber flott!‹«

»Ich finde, aus Gründen des Alligatorenschutzes sollte man auf

Alligatorschnittchen verzichten«, warf Magrat in die bleischwere Stille.

»Eins steht jedenfalls fest: Lachen ist gesund«, sagte Nanny.

Lilith lächelte Ella an, die hilflos zwischen den beiden Schlangenfrauen stand.

»Soso, das Kleid in Fetzen«, sagte sie. »Obwohl das Zimmer abgeschlossen war. Ts, ts. Wie kann denn das passiert sein?«

Ella starrte auf ihre Füße.

Amüsiert wandte sich Lilith den Schwestern zu. »Tja«, sagte sie, »dann müssen wir uns eben irgendwie anders behelfen. Hm. Holt mir… holt mir zwei Ratten und zwei Mäuse. Ihr findet bestimmt welche, das weiß ich. Und bringt auch den großen Kürbis her.«

Sie lachte. Nicht irre und schrill wie eine böse Fee, die besiegt worden ist, sondern wie jemand, der gerade einen Witz verstanden hat.

Nachdenklich musterte sie den Zauberstab.

»Aber vorher«, sagte sie, wobei sie wieder die kreidebleiche Ella ins Visier nahm, »schafft ihr mir die ungezogenen Männer herbei, die sich so betrunken haben. Das war eine Respektlosigkeit, die ich mir nicht bieten lassen werde. Denn wer keinen Respekt hat, hat gar nichts.«

Bis auf das Klicken des Zauberstabs war es in der Küche totenstill.

Nanny Ogg stocherte in ihrem hohen Glas herum.

»Keine Ahnung, wieso sie da Regenschirme reintun«, sagte sie, während sie eine Cocktailkirsche von dem Stäbchen lutschte. »Damit die Flüssigkeit nicht nass wird, oder was?«

Sie grinste Magrat und Oma an, die das ausgelassene Treiben mit finsterer Miene verfolgten.

»Nun lacht doch mal!«, sagte sie. »Solche Trauerklöße wie euch hab ich ja mein Lebtag noch nicht gesehen.«

»Was du da trinkst, ist unverdünnter Rum«, bemerkte Magrat spitz.

»Gut, dass du es sagst.« Nanny hob das Glas. »Prösterchen!«

»Das ging alles viel zu leicht«, sagte Oma Wetterwachs.

»Und warum? Weil *wir* den Laden geschmissen haben«, antwortete Nanny. »Wir sind eben die Besten. Drei Frauen räumen auf. Da kannst du lange suchen, bis du jemanden findest, der auf den letzten Drücker so eine reife Leistung hätte hinlegen können. Vor allem die Nummer mit der Kutsche.«

»Aber so ergibt es kein gutes Märchen«, wandte Oma ein.

»Ach, jetzt rutsch mir doch mit deinen Märchen den Buckel runter. Die kann man auch umschreiben.«

»Aber nur an den richtigen Stellen. Und wer weiß? Vielleicht haben sie es ja noch irgendwie geschafft, ihr ein neues Kleid, Pferde und eine Kutsche zu besorgen, samt Lakaien und Kutschern.«

»Woher denn? Wann denn?«, fragte Nanny. »Heute ist Feiertag. Außerdem hätten sie gar nicht genug Zeit dafür gehabt. Der Ball fängt jede Minute an.«

Oma Wetterwachs klopfte mit den Fingern auf die Tischkante.

Nanny seufzte. »Was hast du denn jetzt schon wieder?«

»Aber so funktioniert ein Märchen nun mal nicht«, grummelte Oma.

»Hör zu, Esme. Die einzige Art von Magie, mit der Lily in diesem Fall noch etwas ausrichten könnte, ist Zauberstabmagie. Und den Zauberstab hat Magrat.« Nanny nickte Magrat zu. »Stimmt doch, oder?«

»Hm«, machte Magrat.

»Du hast ihn doch nicht etwa verloren?«

»Nein, aber …«

»Na also.«

»Bloß … äh … Ella hat gesagt, sie hätte *zwei* gute Feen.«

Oma Wetterwachs ließ die Hand auf den Tisch krachen. Nannys Glas sprang hoch und kippte um.

»Das ist es!«, brüllte Oma.

»Es war noch fast ganz voll. Das war ein fast volles Glas!«, sagte Nanny vorwurfsvoll.

»Los, kommt!«

»Fast ein volles Glas …«

»Gytha!«

»Hab ich etwa gesagt, dass ich nicht mitkomme? Ich wollte nur kurz anmerken, dass –«

»*Sofort*!«

»Könnte ich mir nicht vorher noch schnell ein neues –«

»*Gytha*!«

Als die Hexen zu dem weißen Haus zurückgehastet kamen, rollte ihnen aus der Auffahrt klappernd eine Kutsche entgegen.

»Das kann nicht sein!«, keuchte Magrat. »Wir haben sie doch verwandelt!«

»Wir hätten den Kürbis kurz und klein hacken sollen«, sagte Nanny. »Dann hätte man höchstens noch ein Süppchen daraus kochen können.«

»Die haben uns ausgetrickst«, sagte Oma, die stocksteif stehen geblieben war.

»Könnt ihr nicht die Gedanken der Pferde lesen?«, fragte Magrat.

Die beiden Althexen konzentrierten sich.

»Das sind keine Pferde«, sagte Nanny. »Das sind …«

»Ratten, die in Pferde verwandelt wurden«, ergänzte Oma, die sich noch besser darauf verstand, Leuten in den Kopf zu gucken, als sie auf die Palme zu bringen. »Denen ist genauso zumute wie dem armen alten Wolf. In ihren Köpfen sieht es aus wie bei einem Feuerwerk.« Sie krümmte sich unter einem leisen Echo der tierischen Seelenqualen.

»Wetten?«, sagte Oma, als die Kutsche um die Ecke schlingerte. »Wetten, ich könnte dafür sorgen, dass die Räder abfallen?«

»So was macht man nicht«, sagte Magrat. »Außerdem sitzt Ella da drin!«

»Vielleicht gibt es noch einen anderen Weg«, sagte Nanny. »Ich wüsste da jemanden, der ihnen direkt in die Seele kriechen könnte.«

»Und wer soll das sein?«, fragte Magrat.

»Gut, dass wir unsere Besen haben«, sagte Nanny. »Dürfte doch wohl kein Problem sein, die Kiste zu überholen, oder?«

Mit einigen Minuten Vorsprung landeten die Hexen in einer kleinen Gasse.

»Ich halte nichts davon«, sagte Oma. »Das sind Lilys Methoden. Ich kann das wirklich nicht gutheißen. Denk an den Wolf!«

Nanny wuchtete den Kater aus seinem Schlafnest in den Borsten.

»Aber Greebo ist doch sowieso schon ein halber Mensch«, sagte sie.

»Ha!«

»Und die Wirkung hält ja auch nicht lange vor, noch nicht mal, wenn wir es zu dritt machen«, sagte Nanny. »Außerdem bin ich sehr gespannt, ob's funktioniert.«

»Ja, aber es ist *falsch*«, entgegnete Oma.

»Hierzulande scheint das gang und gäbe zu sein«, sagte Nanny.

»Wenn *wir* es machen, kann es gar nicht falsch sein«, warf Magrat lammfromm ein. »Wir sind schließlich die Guten.«

»Na, so was«, sagte Oma. »Für eine Sekunde war mir das doch glatt entfallen.«

Nanny trat einen Schritt zurück. Greebo, dem plötzlich dämmerte, dass irgendetwas von ihm erwartet wurde, setzte sich auf.

»Und du musst zugeben, Oma, dass uns nichts Besseres einfällt«, sagte Magrat.

Oma zögerte. So zuwider ihr der Plan auch war, entbehrte er nicht einer gewissen Faszination. Außerdem war sie Greebo seit Jahren in innigem Hass verbunden. Ein halber Mensch, was? Also gut, soll er es ruhig mal probieren, und dann werden wir ja sehen, wie ihm das schmeckt. Sie schämte sich dieses Gedankens, aber nur ein kleines bisschen.

»Na schön, von mir aus.«

Sie konzentrierten sich.

Wie Lily nur zu gut wusste, gibt es kaum eine schwierigere magische Disziplin, als die Gestalt eines Gegenstands zu verändern. Am lebenden Objekt ist die Übung schon einfacher. Schließlich weiß ein Lebewesen bereits, was für eine Gestalt es besitzt. Man muss nur noch seinen Verstand umpolen.

Greebo gähnte und streckte sich. Zu seiner Verwunderung streckte er sich immer weiter.

Durch die Pfade seines Katzenhirns schwappte eine Woge der Erkenntnis. Jählings erfüllte ihn der Glaube, ein Mensch zu sein. Doch es war nicht nur ein Gefühl. Es war tiefste Überzeugung. Mit ungeheurer Wucht brandete diese unerschütterliche Gewissheit in sein morphisches Feld, setzte sämtliche Bedenken außer Kraft und überschrieb die Blaupause seines Ichs.

Neue Befehle traten an die Stelle der alten.

Wenn er ein Mensch war, brauchte er kein Fell. Und er müsste größer sein ...

Die Hexen beobachteten ihn gebannt.

»Ich hätte nie gedacht, dass wir das hinkriegen«, sagte Oma.

... keine spitzen Ohren, und die Schnurrhaare waren zu lang ...

... er brauchte mehr Muskeln, die Knochen hatten die falsche Form, die Beine waren zu kurz ...

Dann war es vollbracht.

Leicht schwankend richtete Greebo sich auf.

Nanny machte große Augen.

Ihr Blick wanderte tiefer.

»Holla!«, japste sie.

»Wir sollten schleunigst ein paar Anziehsachen für ihn herbeidenken!«, sagte Oma.

Das war im Handumdrehen vollbracht. Als Greebo zu ihrer Zufriedenheit bekleidet war, nickte Oma und trat einen Schritt zurück.

»Magrat, du kannst die Augen wieder aufmachen«, sagte sie.
»Ich hatte sie ja gar nicht zu.«
»Wäre aber besser gewesen.«
Greebo drehte sich langsam um, den Hauch eines lasziven Lächelns im narbigen Gesicht. Als Mensch hatte er eine markant gebrochene Nase und trug eine schwarze Klappe über dem blinden Auge. Aber das gesunde Auge funkelte wie die Sünden der Engel, und sein Lächeln brachte Heilige zu Fall. Weibliche zumindest.
Lag es an den Pheromonen? Lag es am Spiel seiner Muskeln unter dem stramm sitzenden schwarzen Lederwams? Greebo verströmte eine schmutzig diabolische Sexualität im Megawattbereich. Sein bloßer Anblick genügte, um im purpurnen Dunkel der Nacht schwarze Schwingen zum Schlagen zu bringen.
»Äh, Greebo?«, sagte Nanny.
Er öffnete den Mund. Seine Eckzähne blitzten.
»Wrauuul«, sagte er.
»Kannst du mich verstehen?«
»Jaaaa, Nannyyy.«
Nanny Ogg musste sich an die Wand lehnen, um nicht in die Knie zu gehen.
Näher kommendes Hufgeklapper kündigte die Kutsche an.
»Los, halt den Wagen an!«
Mit einem letzten Grinsen sprang Greebo aus der Gasse auf die Straße.
Nanny fächelte sich mit ihrem Hut Luft zu.
»Wahnsinn«, sagte sie. »Ich darf gar nicht daran denken, wie ich ihm immer den Bauch gekrault habe… Kein Wunder, dass die Katzendamen jede Nacht so rumschreien.«
»Gytha!«
»Du hast doch selber einen knallroten Kopf bekommen, Esme.«
»Ich bin bloß außer Atem«, sagte Oma.
»Komisch. Wo du doch gar nicht gerannt bist.«

Die Kutsche kam die Straße heruntergerattert.

Kutscher und Lakaien wussten nicht mehr so genau, was sie eigentlich waren. In ihren Köpfen oszillierte es wie wild. In der einen Sekunde waren sie Männer, die an Käse und Speck dachten, in der nächsten wieder Mäuse, die sich fragten, warum sie Hosen trugen.

Und was die Pferde anging… Pferde sind sowieso nicht ganz normal. Dass diese Pferde gleichzeitig Ratten waren, verschärfte das Problem noch.

Sie waren also geistig allesamt nicht gerade in einer sonderlich stabilen Verfassung, als Greebo aus dem Schatten trat und sie angrinste.

Er sagte: »Wrauuul.«

Die Pferde wollten stehen bleiben. Leider ist das praktisch unmöglich, wenn einem eine rasende Kutsche im Genick sitzt. Die Kutscher erstarrten vor Schreck.

»Wrauuul?«

Die Kutsche schleuderte mit der Breitseite gegen eine Wand, die Kutscher flogen im hohen Bogen vom Bock. Greebo packte einen von ihnen am Kragen und schüttelte ihn auf und ab, während die panischen Pferde verzweifelt versuchten, sich von der Deichsel zu befreien.

»Weglaufen, Spielzeugmaus?«, schlug Greebo vor.

Hinter angstgeweiteten Augen kämpften Mann und Maus um die Oberhand. Die Mühe hätten sie sich sparen können. Sie hatten beide keine Chance. Während das Bewusstsein zwischen den unterschiedlichen Seinszuständen hin und her flackerte, sah es entweder eine einäugig grinsende Katze oder einen sechs Fuß großen, muskelbepackten, einäugig grinsenden Schläger vor sich.

Der Mäusekutscher fiel in Ohnmacht. Greebo tippte ihn ein paarmal an, um sein Spielzeug wieder in Bewegung zu setzen…

»Aufwachen, Mausi…«

…dann verlor er das Interesse.

Der Wagenschlag knarrte, klemmte kurz und ging auf.

»Was ist passiert?«, fragte Ella.

»Wrau*uuul*!«

Nanny Oggs Stiefel traf Greebo am Hinterkopf.

»Untersteh dich, mein Junge«, sagte sie.

»Will aber«, schmollte Greebo.

»Das ist ja gerade das Problem mit dir. Du willst immer.« Nanny lächelte Ella an. »Steig aus, Kindchen.«

Greebo zuckte mit den Schultern und stahl sich davon, den bewusstlosen Kutscher hinter sich herschleifend.

»Was ist hier los?«, fragte Ella. »Ach. Magrat. Warst du das?«

Magrat erlaubte sich einen scheuen Anflug von Stolz.

»Ich hab dir ja gesagt, dass du nicht auf den Ball gehen musst.«

Ella sah die ramponierte Kutsche an und dann wieder die Hexen.

»Du hast doch hoffentlich keine Schlangenfrauen da drin?«, sagte Oma. Magrat packte den Zauberstab fester.

»Die sind schon vorausgefahren.« Ellas Gesicht verdüsterte sich. »Lilith hat die echten Kutscher in Käfer verwandelt«, flüsterte sie. »Dabei waren sie gar nicht so schlimm! Vorher mussten die Schwestern Mäuse besorgen, die Lilith in Menschen verwandelt hat, und dann hat sie gesagt, dass das Gleichgewicht wieder hergestellt werden muss. Die Schwestern haben die Kutscher hereingeschleppt, und Lilith hat sie in Käfer verwandelt, und dann … ist sie einfach auf sie draufgetreten …«

Sie konnte nicht weitersprechen.

Mit lautem Krachen barst eine Feuerwerksrakete am Himmel, doch unten auf der Straße herrschte entsetztes Schweigen.

»Hexen töten keine Menschen«, sagte Magrat schließlich.

»Tja nun, andere Länder, andere Sitten«, murmelte Nanny und wandte den Blick ab.

»Ich denke«, sagte Oma Wetterwachs, »du solltest schleunigst von hier verschwinden, junge Dame.«

»Es hat nur noch … knacks gemacht.«

»Wir haben doch unsere Besen. Warum fliehen wir nicht alle zusammen?«, schlug Magrat vor.

»Sie würde euch aufspüren«, sagte Ella düster. »Ich kenne sie.

Sie würde euch von etwas jagen lassen, das aus einem Spiegel kommt.«

»Dann kämpfen wir eben dagegen«, sagte Magrat.

»Nein«, sagte Oma. »Was auch immer geschieht, wird hier geschehen. Wir bringen die junge Dame in Sicherheit, und dann… sehen wir weiter.«

»Aber wenn ich weglaufe, weiß sie Bescheid«, wandte Ella ein. »Sie erwartet mich jede Sekunde auf dem Ball! Sie wird nach mir suchen!«

»Das Kind hat Recht, Esme«, sagte Nanny Ogg. »Du willst selbst bestimmen, wo du ihr entgegentrittst. Stell dir mal vor, sie pirscht sich in einer Nacht wie dieser an uns ran. Da ist es mir lieber, wenn wir sie kommen sehen.«

Aus dem nächtlichen Dunkel schwebte ein kleines schwarzes Etwas herunter und landete flatternd auf dem Pflaster. Mit blitzenden Augen starrte es die Hexen abwartend an, viel zu intelligent für einen gewöhnlichen Vogel.

»Das ist doch Frau Gogols Hahn, oder?«, fragte Nanny.

»Für mich steht noch lange nicht fest, ob er tatsächlich ein Hahn ist«, sagte Oma. »Aber ich wüsste zu gern, auf welcher Seite sie steht.«

»Ob sie zu den Guten oder zu den Bösen zählt, meinst du?«, fragte Magrat.

»Auf jeden Fall ist sie eine gute Köchin«, sagte Nanny. »Wo man so gut kocht, da lass dich ruhig nieder, schlechte Köche haben keine Lieder.«

»Sprecht ihr von der Frau aus dem Sumpf?«, wollte Ella wissen. »Ich hab schon viel von ihr gehört.«

»Wenn sie nur nicht so darauf erpicht wäre, Tote in Zombies zu verwandeln«, sagte Oma. »Das ist nicht richtig.«

»Na ja, wir haben gerade auch einen Kater in einen Menschen verwandelt beziehungsweise in einen Mann«, sagte Nanny. »Das wäre dann genau genommen auch nicht ganz richtig. Oder sogar das Gegenteil von richtig.«

»Ja, aber wir haben es aus den richtigen Gründen getan.«

»Wir wissen doch gar nicht, was für Gründe Frau Gogol…«

Aus der Gasse drang ein Knurren. Kaum war Nanny hinübergeeilt, um nach dem Rechten zu sehen, hörten die anderen sie schimpfen.

»Nein! Lass ihn los. Aber sofort!«

»Meins! Meins!«

Legba stolzierte ein kleines Stück die Straße hinunter, machte kehrt und glotzte sie erwartungsvoll an.

Oma kratzte sich das Kinn. Nachdenklich trat sie ein paar Schritte zurück und musterte Magrat und Ella von Kopf bis Fuß.

»Hm«, brummte sie. »Lily erwartet dich also?«

»Sie kann aus Spiegelbildern schauen«, sagte Ella nervös.

»Hm«, brummte Oma noch einmal. Sie steckte sich den Finger ins Ohr und drehte ihn ein paarmal hin und her. »Magrat, ich frage dich in deiner Eigenschaft als gute Fee. Was ist das Wichtigste, worauf wir jetzt vor allem achten müssen?«

Magrat hatte noch nie im Leben Karten gespielt.

»Dass Ella nichts passiert«, antwortete sie, wie aus der Pistole geschossen. Sie konnte es kaum fassen, dass Oma sie anscheinend doch noch als Trägerin des Zauberstabs anerkennen wollte. »Das ist meine vordringlichste Aufgabe.«

»Ja?« Oma Wetterwachs runzelte die Stirn. »Ihr zwei habt nämlich fast die gleiche Größe…«

Magrats verwirrter Gesichtsausdruck hielt sich genau eine halbe Sekunde, bevor er von akutem Entsetzen abgelöst wurde.

Sie schrak zurück.

»Irgendeiner muss sich opfern«, sagte Oma.

»O nein! Nein! Damit kommen wir nie im Leben durch! Niemals! Nein!«

Oma Wetterwachs machte kurzen Prozess. »Magrat Knoblauch«, sagte sie, »du gehst auf den Ball!«

Die Kutsche schoss auf zwei Rädern um die Kurve. Greebo stand mit einem irren Grinsen im Gesicht schwankend auf dem

Kutschbock und ließ die Peitsche knallen. Das hier machte sogar noch mehr Spaß als sein kleiner Plüschball mit dem Glöckchen drin.

Magrat, zwischen den beiden Althexen eingequetscht, hielt sich den Kopf.

»Womöglich verirrt Ella sich im Sumpf!«

»Der Hahn zeigt ihr doch den Weg. In Frau Gogols Sumpf ist sie viel sicherer als auf dem Ball, das weiß ich«, sagte Nanny.

»Na, toll. Danke sehr!«

»Bitte sehr!«, sagte Oma.

»Aber das merkt doch jeder, dass ich nicht sie bin!«

»Nicht, wenn du die Maske trägst«, sagte Oma.

»Aber ich habe die falsche Haarfarbe!«

»Lass mich nur machen«, sagte Nanny.

»Ich habe die falsche Figur!«

»Wir könnten ...« Oma zögerte. »Kannst du dich nicht ein bisschen ...aufplustern?«

»Nein!«

»Hast du ein Taschentuch übrig, Gytha?«

»Ich könnte ein Stück von meinem Unterrock abreißen, Esme.«

»Autsch!«

»So!«

»Und diese gläsernen Schuhe passen auch nicht!«

»Bei mir sitzen sie wie angegossen«, sagte Nanny. »Ich hab sie vorhin kurz anprobiert.«

»Ja, aber ich habe doch viel kleinere Füße als du!«

»Es wird schon gehen«, sagte Oma. »Du ziehst einfach ein paar von meinen dicken Socken übereinander an.«

Obwohl sie ihr damit die letzte Ausrede aus der Hand geschlagen hatten, wehrte Magrat sich mit dem Mut der Verzweiflung.

»Aber ich weiß doch gar nicht, wie man sich auf einem Ball benimmt!«

Oma Wetterwachs musste zugeben, dass dieses Gebiet für sie ebenfalls Neuland war. Sie hob die Augenbrauen und sah Nanny auffordernd an.

»Du bist doch als junges Ding immer tanzen gegangen«, sagte sie.

»Na ja«, sagte Nanny Ogg, plötzlich zur Benimmlehrerin befördert, »du gibst den Männern einen kleinen Klaps mit dem Fächer – hast du deinen Fächer? – und sagst so was wie ›Mein Bester!‹. Kichern kann auch nicht schaden. Und mit den Wimpern klimpern. Und eine Schnute ziehen.«

»Eine Schnute ziehen?«

Nanny Ogg machte es ihr vor.

»Igitt!«

»Keine Bange«, sagte Oma. »Wir sind ja schließlich auch noch da.«

»Soll das etwa ein Trost sein?«

Hinter Magrats Rücken drückte Nanny Ogg Omas Schulter und bildete mit den Lippen die Worte: Das wird nie was. Sie ist ein Nervenbündel. Hat kein Selbstvertrauen.

Oma nickte.

»Dann ist es vielleicht besser, wenn ich die Rolle übernehme«, sagte Nanny laut. »Ich kenne mich auf Bällen aus. Jede Wette, wenn ich die Haare offen trage, die Maske aufsetze, in den schicken Schuhen rumlaufe und wir das Hochzeitskleid ein paar Handbreit kürzer machen, merkt keiner was. Was meint ihr?«

Magrat war von dieser Vorstellung dermaßen fasziniert, dass sie, ohne nachzudenken, gehorchte, als Oma Wetterwachs sagte: »Sieh mir in die Augen, Magrat Knoblauch.«

Pferde und Menschen stoben auseinander, als die Kürbiskutsche in rasantem Tempo vorfuhr und in einem Schauer aus hochgewirbeltem Kies direkt vor der Schlosstreppe anhielt.

»Das hat Spaß gemacht«, sagte Greebo. Und verlor das Interesse.

Zwei Livrierte, die herbeistürzten, um den Wagenschlag zu öffnen, wären von der Wucht der Überheblichkeit, die ihnen entgegenprallte, fast hintenübergekippt.

»Beeilung, Gesinde!«

Magrat entstieg der Kutsche. Sie stieß den Haushofmeister beiseite, raffte ihre Röcke und eilte den roten Teppich hinauf. Am oberen Ende angekommen erdreistete sich doch tatsächlich ein Lakai, sie nach ihrer Einladung zu fragen.

»Impertinenter Knecht!«

Der Lakai, der an ihrem unsäglichen Betragen sogleich die gesellschaftlich Höhergestellte erkannte, gab rasch den Weg frei.

Unten bei der Kutsche fragte Nanny Ogg: »Hast du da nicht ein kleines bisschen übertrieben?«

»Es musste sein«, antwortete Oma. »Du kennst sie doch.«

»Und wie kommen wir rein? Wir haben keine Einladung. Und passend angezogen sind wir auch nicht.«

»Hol die Besen«, sagte Oma. »Wir steigen der feinen Lily aufs Dach.«

Sie landeten auf den Zinnen eines Turms, der die gesamte Schlossanlage überblickte. Klänge höfischer Musik stiegen zu ihnen herauf. Hin und wieder barst eine bunte Rakete über dem Fluss.

Oma öffnete eine vielversprechend aussehende Tür, und sie stiegen eine Wendeltreppe hinunter, die in einem Korridor endete.

»Schicker Teppich auf dem Boden«, sagte Nanny. »Aber wieso hängt er auch an den Wänden?«

»Das sind Tapisserien«, antwortete Oma.

»Toll«, sagte Nanny. »Man lernt eben immer noch dazu. Also, ich jedenfalls.«

Die Hand an einem Türknauf blieb Oma stehen.

»Worauf willst du hinaus?«, fragte sie.

»Tja, zum Beispiel, dass du eine Schwester hast.«

»Bei uns zu Hause wurde nie über sie geredet.«

»Zu schade, wenn Familien so auseinanderbrechen«, sagte Nanny.

»Ha! Du hast doch selbst gesagt, dass deine Schwester Beryl

eine undankbare Person ist, die den Hals nicht vollkriegt, und das Gewissen einer Auster hat.«

»Schon. Aber deshalb ist und bleibt sie trotzdem meine Schwester.«

Oma öffnete die Tür.

»Da brat mir einer 'nen Storch«, sagte sie.

»Was ist? Was ist denn los? Nun red schon.« Nanny lugte um sie herum ins Zimmer. »Ich werd verrückt!«

Magrat blieb in dem großen, rotsamtenen Vorzimmer stehen. Seltsame Gedanken schossen ihr wie Feuerwerksraketen durch den Kopf. So hatte sie sich nicht mehr gefühlt, seit sie den Kräuterwein getrunken hatte. Wie ein psychedelischer Chrysanthemenstrauß – mit einer armseligen kleinen Kartoffel mittendrin. Das war das zarte Stimmchen der Vernunft, das versuchte, sich Gehör zu verschaffen und sie daran zu erinnern, dass sie nicht einmal tanzen konnte. Höchstens Ringelreihen.

Andererseits konnte es so schwer nun auch wieder nicht sein, wenn sogar gewöhnliche Menschen dazu in der Lage waren.

Die winzige innere Magrat, die aufpassen musste, dass sie auf der Woge arroganten Selbstbewusstseins nicht das Gleichgewicht verlor, fragte sich, ob Oma Wetterwachs sich wohl immer so unbesiegbar vorkam wie sie jetzt.

Sie hob den Rocksaum an und sah auf ihre Schuhe hinunter.

Die konnten unmöglich aus echtem Glas sein, sonst würde sie bestimmt längst zum Verbandsplatz hinken. Durchsichtig waren sie auch nicht. Der menschliche Fuß ist ein nützlicher Körperteil, aber kein besonders attraktiver Anblick – außer für Leute mit extrem speziellen Vorlieben.

Die Schuhe waren Spiegel. Das Licht brach sich in Dutzenden Facetten.

Zwei Spiegel an den Füßen. Hm. Magrat erinnerte sich … aber woran eigentlich genau? Dass eine Hexe niemals zwischen zwei Spiegel geraten sollte? Oder dass man einem Mann mit orangefarbenen Augenbrauen nicht trauen darf? Man hatte es ihr beigebracht, als sie noch ein Mensch wie jeder andere gewesen war. Wie lautete die Regel noch gleich? Eine Hexe sollte nie zwischen zwei Spiegel geraten, weil … weil … weil sie hinterher möglicherweise nicht mehr dieselbe war. Oder so ähnlich. Sie würde gedehnt und gestreckt, die ganze Seele dünn auseinandergezogen, und in den fernsten Abbildern käme ein dunkler Teil ihrer selbst zum Vorschein, der sie suchte, wenn sie sich nicht sehr vorsah. Oder so ähnlich.

Magrat machte den Gedanken mundtot. Er war ohne Belang.

Sie gesellte sich zu einer kleinen Gruppe von Gästen, die auf Einlass warteten.

»Lord Henry Bonjourdrop und Lady Bonjourdrop!«

Der Ball fand nicht in einem Saal statt, sondern im Schlosshof, durch den eine laue Abendbrise wehte. Eine Treppe führte hinunter. Am anderen Ende führte eine sehr viel breitere Treppe, die von flackernden Fackeln gesäumt war, hinauf in den Palast. Darüber hing – riesig und nicht zu übersehen – eine Uhr.

»Der Ehrenwerte Douglas Unablässig!«

Es war Viertel vor acht. In Magrat stieg vage eine Erinnerung an eine alte Frau auf, die ihr irgendetwas über die Zeit ins Ohr geschrien hatte, aber … auch das war ohne Belang …

»Lady Volentia D'Arrangement!«

Sie erreichte die Treppe. Der Bedienstete, der die Neuankömmlinge ausrief, musterte sie von oben bis unten und brüllte dann, als hätte er den ganzen Nachmittag auf diesen Einsatz gewartet:

»Äh … geheimnisvolle wunderschöne Fremde!«

Vom Fuß der Treppe aus verbreitete sich die Stille wie verschüttete Farbe. Fünfhundert Köpfe wandten sich Magrat zu.

Allein bei dem Gedanken, von so vielen Leuten angestarrt zu werden, wäre Magrat noch vor einem Tag wie Butter in einem Hochofen zerflossen. Jetzt aber genoss sie die Blicke regelrecht. Sie lächelte und reckte arrogant das Kinn in die Höhe.

Mit einem Knall wie von einem Pistolenschuss sprang ihr Fächer auf.

Die geheimnisvolle wunderschöne Fremde, Tochter von Dümmchen Knoblauch, Enkelin von Araminta Knoblauch, der das überhitzte Selbstbewusstsein aus allen Poren quoll ...

... schritt die Treppe hinunter.

Steifbeinig machte ein anderer Gast Anstalten, ihr zu folgen.

Der Bedienstete zögerte. Irgendetwas an dieser Gestalt war ihm nicht ganz geheuer. Sie ließ sich mit den Augen kaum fassen. Der Mann hätte nicht einmal mit Gewissheit sagen können, ob überhaupt jemand vor ihm stand.

Doch dann meldete sich sein gesunder Menschenverstand zurück, der kurzzeitig das Weite gesucht hatte. Es war Samedi Nuit Mort – da zogen die Menschen eben merkwürdige Kostüme an. Das war schließlich der Sinn der Sache. Man brauchte sich also nicht zu beunruhigen, wenn einem derartige Erscheinungen über den Weg liefen.

»Entschuldigen Sie bitte, äh, mein Herr«, sagte er. »Wen darf ich ausrufen?«

ICH BIN INKOGNITO HIER.

Obwohl der Bedienstete genau wusste, dass kein Wort gesagt worden war, wusste er ebenso genau, dass er den Satz trotzdem gehört hatte.

»Äh ... gut ...«, murmelte er. »Dann treten Sie ein ... äh.« Seine Miene hellte sich auf. »Verdammt gutes Kostüm, gnädiger Herr.«

Er sah der dunklen Gestalt nach, als sie die Treppe hinunterging, und lehnte sich haltsuchend an eine Säule.

Puh. Er zog ein Taschentuch heraus, nahm die gepuderte Perücke ab und trocknete sich die Stirn. Er hatte das Gefühl, gerade noch mal von der Schippe gesprungen zu sein. Fragte sich bloß, *wem*?

Er blickte verstohlen nach allen Seiten und verdrückte sich ins Vorzimmer, wo er hinter einem Samtvorhang verschwand, um sich in aller Ruhe eine Selbstgedrehte zu genehmigen.

Die er beim Anblick des nächsten Gastes, der auf leisen Sohlen den roten Teppich heraufkam, um ein Haar verschluckt hätte. Gekleidet war er wie ein Pirat, der soeben ein mit edler Lederbekleidung für den Herrn von Welt beladenes Schiff geplündert hatte. Er trug eine Augenklappe. Das andere Auge funkelte wie ein tückischer Smaragd. Und dass sich ein Mensch von seiner Körpergröße derart lautlos bewegen konnte, hätte verboten gehört.

Der Bedienstete klemmte sich den Zigarettenstummel hinters Ohr.

»Entschuldigen Sie, mein Herr«, sagte er, als er ihn eingeholt hatte und ihm höflich, aber bestimmt die Hand auf den Arm legte. »Ich bräuchte Ihre Einla... Ihre ... Einla...«

Der Fremde senkte den Blick auf die lästige Hand. Der Bedienstete ließ sofort los.

»Wrauuul?«

»Ihre ... Einladung ...«

Der Mann öffnete den Mund und fauchte.

»Selbstverständlich.« Der Bedienstete wich zurück. Dabei legte er die Behändigkeit dessen an den Tag, der viel zu schlecht entlohnt wird, um sich mit einem spitzzähnigen Irren in schwarzer Lederkluft anzulegen. »Ich nehme an, Sie sind ein Freund des Prinzen?«

»Wrauuul.«

»Kein Problem ... kein Problem ... aber der Herr haben seine Maske vergessen ...«

»Wrauuul?«

Der Diener deutete hektisch auf das Maskensortiment, das sich auf einem Tischchen stapelte.

»Der Prinz wünscht, dass jeder Gast eine Maske trägt«, sagte der Bedienstete. »Äh. Vielleicht finden der Herr ja etwas, das ihm zusagt?«

Manche kapieren es einfach nie, dachte er. Dabei steht's doch dick und fett und goldgeprägt in der Einladung: Maskenball. Aber jedes Mal tauchen wieder ein paar Deppen auf, die mit dieser Anweisung überfordert sind. Genau wie dieser Gast hier. Hätte mal lieber lesen lernen sollen, statt Städte zu plündern.

Der schmierige Fremde starrte auf die Masken. Dass die besten Stücke längst vergeben waren, schien ihn nicht weiter zu stören.

Er zeigte auf das Tischchen.

»Die da«, sagte er.

»Äh… eine ausgezeichnete Wahl, gnädiger Herr. Darf ich Ihnen beim Anlegen behilflich sein…?«

»Wrauul!«

Der Butler fuhr erschrocken zurück.

Der Fremde funkelte ihn an, setzte die Maske auf und lugte durch ein Augenloch in den Spiegel.

Verdammt seltsam, dachte der Bedienstete. Das ist doch keine Maske für einen Mann. Die entscheiden sich normalerweise für Totenschädel, Vögel, Stiere und so weiter. Aber nicht für eine Katze.

Das war allerdings noch lange nicht das Merkwürdigste an der Sache. Solange die Maske auf dem Tisch gelegen hatte, stellte sie lediglich eine hübsche rote Miezekatze dar. Kaum hatte der Gast sie aufgesetzt, zeigte sie… zwar immer noch ein Katzengesicht, aber nun mit wesentlich katzenartigeren und regelrecht raubtierhaften Zügen.

»Rrrote Farrrbe, gute Farrbe«, sagte der Fremde.

»Die Maske steht Ihnen ausgezeichnet, gnädiger Herr«, säuselte der Diener.

Wie vernarrt in sein eigenes Spiegelbild bewunderte der Katzenköpfige sich von allen Seiten.

Mit einem zufriedenen Maunzen schlenderte Greebo die Treppe hinunter. Erst fressen, dann raufen und danach… nun, man würde sehen, was sich sonst noch ergab.

Wenn Wölfe, Schweine und Bären sich für Menschen halten, ist es eine Tragödie. Für eine Katze ist es ein Erlebnis.

Außerdem machte die neue Gestalt viel mehr Spaß. Schon seit über zehn Minuten hatte niemand mehr einen alten Stiefel nach ihm geworfen.

Die beiden Hexen blickten sich um.

»Merkwürdig«, sagte Nanny Ogg. »Ein königliches Schlafgemach hätte ich mir irgendwie anders vorgestellt.«

»Ist es denn ein königliches Schlafgemach?«

»Es hat eine Krone an der Tür.«

»Aha.«

Oma musterte die Einrichtung genauer.

»Was weißt du denn schon von königlichen Schlafgemächern?«, fragte sie, um Nanny nicht das letzte Wort zu gönnen. »Du hast doch noch nie eins von innen gesehen.«

»Wer weiß.«

»Nie im Leben!«

»Erinnerst du dich an die Krönung von jung Verence? Wie wir alle ins Schloss eingeladen waren?«, fragte Nanny. »Zwischendurch musste ich mal ... musste ich mir mal die Nase pudern, und da stand die Tür offen. Ich bin rein und ein bisschen auf dem Bett rumgehüpft.«

»Das ist Hochverrat. Dafür kannst du ins Gefängnis kommen«, sagte Oma streng und fügte hinzu: »Und? Wie war es?«

»Sehr bequem. Unsere Magrat weiß überhaupt nicht, was sie sich entgehen lässt. Auf jeden Fall war das Zimmer um Klassen besser als dieses hier.«

Die alles beherrschende Farbe war Grün. Grüne Wände, grüner Boden. Ein Kleiderschrank, ein Nachttischchen. Ein grüner Bettvorleger. Sogar das Licht drang durch ein grün verglastes Fenster herein.

»Als säße man auf dem Grund eines Tümpels«, sagte Oma. Sie fuchtelte mit der Hand. »Und alles voller Fliegen!« Sie hielt inne, als müsste sie kurz gründlich nachdenken. »Hm ...«

»In Tümpeln ist gut dümpeln«, sagte Nanny.

Das Zimmer war tatsächlich voller Fliegen. Sie brummten gegen die Fensterscheibe und flogen ziellos unter der Decke hin und her.

»In Tümpeln ist gut dümpeln«, wiederholte Nanny, weil Menschen, die solche Kalauer von sich geben, es nie bei einem Mal belassen können.

»Ich hab's gehört«, sagte Oma. Sie schlug nach einer dicken Schmeißfliege.

»In einem königlichen Schlafgemach würde man nicht unbedingt Fliegen erwarten«, murmelte Nanny.

»Dann schon eher ein Bett«, sagte Oma.

Das es nicht gab. Dafür war in den Boden ein großer runder Holzdeckel eingelassen, dessen Sinn und Zweck die Hexen sich nicht erklären konnten. Er maß vielleicht sechs Fuß im Durchmesser und war mit praktischen Griffen versehen.

Sie wanderten einmal um den Deckel herum. Fliegen stiegen auf und flogen brummend davon.

»Mir fällt da gerade ein Märchen ein«, sagte Oma.

»Mir auch.« Nannys Stimme klang eine Spur schriller als sonst. »Über dieses Mädchen, das diesen Kerl heiratet, und er sagt zu ihr, du kannst dich überall im Schloss frei bewegen, bloß diese eine Tür darfst du nicht aufmachen, aber sie macht's trotzdem, und da sieht sie, dass er seine ganzen anderen Frauen ermordet ...«

Sie brach ab.

Oma starrte nachdenklich auf den Deckel und kratzte sich am Kinn.

»Überleg doch mal«, sagte Nanny, die sich krampfhaft bemühte, dem Stimmchen der Vernunft Gehör zu verschaffen. »Meinst du wirklich, dass das, was wir darunter finden, schlimmer sein kann als das, was wir uns in unserer Fantasie ausmalen?«

Entschlossen packten die beiden Frauen je einen Griff.

Fünf Minuten später verließen Oma Wetterwachs und Nanny Ogg das königliche Schlafgemach. Oma zog leise die Tür hinter sich zu.

Sie starrten einander an.

»Wahnsinn.« Nanny war noch immer kreidebleich im Gesicht.

»Eben«, sagte Oma. »Märchen!«

»Ich hab schon von ... Leuten wie ihm gehört, aber dass es so etwas wirklich gibt…? Hätte ich nie für möglich gehalten. Igitt. Ich würde zu gern wissen, wie er aussieht.«

»Von außen merkt man ihm nichts an.«

»Das ist auf jeden Fall eine Erklärung für die ganzen Fliegen«, sagte Nanny.

Sie schlug sich entsetzt die Hand vor den Mund.

»Und unsere Magrat ist bei ihm da unten!«, rief sie. »Du weißt, wie es weitergehen wird. Sie lernen sich kennen, und dann…«

»Sie sind doch unter hunderten von Leuten«, sagte Oma. »Es ist ja nun nicht gerade ein trauliches Stelldichein.«

»Sicher… aber, wenn ich daran denke, dass er sie auch nur anfasst… Das wäre ja, als umarmte man einen…«

»Meinst du, Ella geht als Prinzessin durch?«, fragte Oma.

»Wie bitte? Ach so. Ja. Wahrscheinlich. Im Ausland schon. Warum?«

»Dann bedeutet es, dass hier nicht bloß *ein* Märchen gespielt wird. Lily lässt mehrere gleichzeitig ablaufen«, sagte Oma. »Überleg doch mal. Es geht nicht ums Anfassen. Es geht ums Küssen.«

»Los, schnell nach unten!«, sagte Nanny. »Wir müssen das verhindern! Du kennst mich ja, ich bin wahrlich nicht prüde, aber so was? Igitt!«

»Hallo da! Altes Weib!«

Die beiden Hexen drehten sich um. Eine kleine dicke Frau im roten Kleid und mit einer hoch aufgetürmten weißen Perücke musterte sie hochnäsig hinter einer Fuchsmaske hervor.

»Ja?«, raunzte Oma.

»Ja, *gnädige Frau*«, sagte die Tonne. »Wo haben Sie Ihre Manieren gelassen? Ich verlange, dass Sie mir auf der Stelle den Weg zum stillen Örtchen erklären. Also, ich muss doch sehr bitten!«

Der letzte Satz galt Nanny Ogg, die mit kritischem Blick um sie herumschritt und ihr Kleid beäugte.

»Sie haben bestimmt Größe achtundvierzig. Oder doch eine Fünfzig?« fragte Nanny.

»Wie bitte? Was erlauben Sie sich?«

Nanny Ogg rubbelte sich nachdenklich das Kinn. »Hm, ich

weiß nicht«, sagte sie. »Rote Kleider haben mir noch nie gestanden. Sie hätten nicht zufälligerweise was in Blau da?«

Als die aufgebrachte Frau herumfuhr, um Nanny einen Schlag mit dem Fächer zu verabreichen, tippte ihr von hinten eine magere Hand auf die Schulter.

Sie drehte sich wieder um und sah in Oma Wetterwachs' Gesicht.

Während sie in eine Ohnmacht hinüberglitt und zu Boden sackte, meinte sie noch, in weiter Ferne eine Stimme sagen zu hören: »So, mich hätten wir damit ausstaffiert. Aber die hat im Leben keine Größe achtundvierzig. Und bei *dem* Gesicht würde ich an ihrer Stelle keinesfalls Rot tragen ...«

Lady Volentia D'Arrangement gönnte sich im Allerheiligsten der Damentoilette eine kleine Verschnaufpause. Sie nahm ihre Maske ab und fischte ein verirrtes Schönheitspflästerchen aus ihrem Dekolleté. Dann langte sie nach hinten unten, um ihre Turnüre zurechtzurücken, eine Übung, die zwangsläufig die lächerlichsten weiblichen Verrenkungen nach sich zieht. Was für alle bekannten Welten gilt – mit Ausnahme derer, wo der Hüftgürtel bereits erfunden wurde.

Abgesehen von der Tatsache, dass Lady Volentia D'Arrangement ein ebenso lebenstüchtiger Schmarotzer war wie der Tropfende Schillerporling, konnte man nicht viel an ihr aussetzen. Sie besuchte jede Wohltätigkeitsveranstaltung, die etwas hermachte, und kannte fast alle ihre Dienstboten beim Vornamen – zumindest die Reinlicheren unter ihnen. Sie war meist freundlich zu Tieren und sogar zu Kindern, solange Letztere keine Rotznasen hatten und möglichst wenig Lärm machten. Im Großen und Ganzen hatte sie den Schicksalsschlag wirklich nicht verdient, der ihr blühte – und den Mutter Natur in dieser Nacht und auf diesem stillen Örtchen jeder x-beliebigen Frau beschert hätte, die ungefähr die gleichen Körpermaße besaß wie Oma Wetterwachs.

Sie merkte, dass jemand von hinten an sie herantrat.

»'tschuldigung, Werteste.«

Dieser Jemand entpuppte sich als hässliches Hutzelweib der niedersten Sorte mit einem breiten Grinsen im Gesicht.

»Was willst du von mir, altes Weib?«, fuhr Lady Volentia die Alte an.

»'tschuldigung«, sagte Nanny Ogg. »Meine Freundin da drüben würde Sie gern was fragen.«

Lady Volentia drehte sich um und blickte voller Hochmut in …

… eisiges, blauäugiges hypnotisches Vergessen.

»Was soll denn dieses Ding hier, dieser Zweitar-… Hintern?«

»Das ist eine Turnüre, Esme.«

»Auf jeden Fall ist es verdammt unbequem. Ich hab dauernd das Gefühl, dass jemand hinter mir her ist.«

»Aber das Weiß steht dir.«

»Tut es nicht. Schwarz ist die einzige Farbe für eine richtige Hexe. Und die Perücke ist zu warm. Wer will denn schon einen Turm Haare auf dem Kopf haben?«

Oma setzte ihre Maske auf. Es war ein Adlergesicht aus weißen Federn, die mit Pailletten besetzt waren.

Nanny zupfte sich die unaussprechliche Unterkonstruktion ihrer Krinoline zurecht und richtete sich auf.

»Mannomann, sind wir eine Schau«, sagte sie. »Und du mit den Federn im Haar, todschick.«

»Ich war noch nie eitel«, gab Oma Wetterwachs zurück. »Das weißt du, Gytha. Man kann mir vieles nachsagen, aber nicht, dass ich eitel bin.«

»Nein, Esme«, sagte Nanny Ogg.

Oma drehte eine kleine Pirouette.

»Wären wir dann so weit, Madame Ogg?«, fragte sie.

»Wir wären. Auf geht's, Lady Wetterwachs!«

Die Tanzfläche bot ein Bild dicht gedrängter Ausgelassenheit. Alle Säulen waren mit silbernem und schwarzem Schmuck behängt, den Farben des Festes Samedi Nuit Mort. Auf einer Empore musizierte eine Kapelle. Tänzer wirbelten wild durcheinander. Es herrschte ein unbeschreiblicher Trubel.

Ein Kellner mit einem vollen Getränketablett fand sich plötzlich ohne selbiges wieder. Sein suchender Blick fiel auf einen kleinen Fuchs mit turmhoher weißer Perücke.

»Marsch, marsch. Hol uns noch 'ne Runde«, sagte Nanny freundlich. »Kannst du sie sehen, Eure Ladyschaft?«

»Es ist zu voll.«

»Siehst du wenigstens den Prinzen?«

»Woher soll ich das denn wissen? Die haben doch alle Masken auf!«

»He, gibt's da drüben etwa was zu futtern?«

Sekunden später bekam der weniger tanzfreudige beziehungsweise hungrigere Teil des Gennueser Adels, der das lange Büfett belagerte, ungefähr auf Brusthöhe – und begleitet von freigebig verteilten Rippenstößen – einen gefälligen Singsang zu hören: »Bitte Platz machen!«, »Könnten Sie wohl ein Stück zur Seite treten?«, »Dürfte ich vielleicht mal vorbei?«

Nanny kämpfte sich bis zu dem üppig beladenen Tisch durch und ergatterte unter erneutem Einsatz der Ellenbogen auch noch einen Platz für Oma Wetterwachs.

»Die haben aber mächtig aufgefahren, was?«, sagte sie. »Bloß die Hühner sind hier im Ausland ziemlich mickrig geraten.« Sie angelte sich einen Teller.

»Das sind Wachteln.«

»Dann nehm ich drei. He, da! Garkong!«

Der Bedienstete starrte sie an.

»Gibt's hier auch saure Gurken?«

»Leider nein, gnä' Frau.«

Nanny Ogg blickte den Tisch entlang, der sich unter Essensbergen bog: gebratene Schwäne, ein Pfau, dem es vermutlich auch dann nicht besser gegangen wäre, wenn er gewusst hätte, dass man ihm die Schwanzfedern nach dem Braten wieder hinten reinstecken würde, Früchte, gesottene Hummer, Nüsse, Kuchen, Sahne und Desserts. Mehr Speisen, als sich ein Eremit in seinen hungrigsten Träumen erhoffen könnte.

»Und wie sieht's mit Würzsoße aus?«

»Nein, gnä' Frau.«

»Tomatenketchup?«

»*Nein*, gnä' Frau.«

»Und so was nennt sich dann Gurrmähparadies«, knurrte Nanny, während die Kapelle zum nächsten Tanz aufspielte. Sie knuffte eine hochgewachsene Gestalt, die sich am Hummer bediente, in die Seite. »Nette Hütte, was?«

SEHR SCHÖN.

»Super Kostüm, das Sie da haben.«

DANKE SEHR.

Oma Wetterwachs legte Nanny die Hand auf die Schulter und drehte sie herum. »Da ist Magrat!«

»Wo? Wo?«

»Da drüben ... neben den Topfpflanzen.«

»Ach ja. Auf der Käselong«, sagte Nanny. »Das ist Ausländisch für Sofa«, fügte sie hinzu.

»Was macht sie?«

»Becirct die Männer, würde ich sagen.«

»Wie bitte? *Magrat*?«

»Und wie. Du hast diese Hypnose wirklich gut drauf.«

Magrat wedelte mit dem Fächer und blickte zum Compte de Yoyo auf.

»Mein Bester«, sagte sie. »Sie dürfen mir gern noch ein paar Lercheneier holen, wenn Sie *unbedingt* darauf bestehen.«

»Ich eile, Gnädigste!« Schon hastete der alte Mann zum Büfett.

Magrat ließ den Blick über die Schar ihrer Bewunderer gleiten und hielt schließlich mit huldvoller Geste Hauptmann de Vere von der Palastwache die Hand hin. Der stand stramm.

»Mein lieber Hauptmann«, sagte sie. »Ihnen gebührt das Privileg des nächsten Tanzes.«

»Führt sich auf wie ein Flittchen«, schimpfte Oma.

Nanny warf ihr einen merkwürdigen Blick zu.

»Ach was«, sagte sie. »Und überhaupt: So ein bisschen Geflittere hat noch niemandem geschadet. Wenigstens sieht keiner von ihren Verehrern wie der Prinz aus. He, was soll denn das?«

Die Frage galt einem kahlköpfigen Männlein, das gerade dabei war, möglichst unauffällig eine kleine Staffelei vor ihnen aufzubauen.

»Äh ... wenn die Damen ein paar Minuten stillhalten könnten«, sagte er schüchtern. »Für den Holzschnitt.«

»Wieso Holzschnitt?«, fuhr Oma Wetterwachs ihn an.

»Sie wissen schon.« Der Mann klappte ein Taschenmesser auf. »Nach einem Ball wie diesem will doch jeder seinen Holzschnitt in der Zeitung sehen. Ganz nach dem Motto ›Lady Dings amüsiert sich mit Lord Bums‹ und so.«

Nanny Ogg legte ihrer Freundin beschwichtigend die Hand auf den Arm. Oma schluckte die giftige Antwort herunter, die ihr auf der Zunge lag, und wechselte vorsichtshalber das Thema.

»Ich kenne einen Witz über belegte Brote«, sagte sie und schüttelte Nannys Hand ab. »Kommt ein Mann in eine Schenke. Und er fragt den Wirt: ›Gibt es hier Alligatorschnitten?‹ Sagt der Wirt: ›Ja.‹ Sagt der Mann: ›Dann nehme ich ein Alligatorschnittchen – aber fix!‹«

Sie warf dem Holzschnitzer einen triumphierenden Blick zu.

»Und?«, fragte der Mann, der eifrig vor sich hin schnitzte. »Wie weiter?«

Nanny Ogg zog Oma Wetterwachs schnell ins Getümmel.

»Manche Leute verstehen einfach keine Witze«, sagte Oma.

Während das Orchester das nächste Stück anstimmte, fand Nanny Ogg in ihrer Tasche eine Tanzkarte, deren Besitzerin am anderen Ende des Schosses friedlich schlummerte.

»Der Meinige«, sagte sie, während sie die Karte umdrehte, »ist Sir Roger de Coverley.«

»Gnädigste?«

Oma Wetterwachs fuhr herum. Ein fülliger, militärisch gekleideter Mann mit buschigem Backenbart verneigte sich vor ihr. Er sah aus, als hätte er im Laufe seines Lebens schon zahlreiche Witze vertragen.

»Ja?«

»Sie haben mir den nächsten Tanz versprochen, Gnädigste.«

»Hab ich nicht.«

Der Mann machte ein verwirrtes Gesicht. »Aber ich kann Ihnen versichern, Lady D'Arrangement… Ihre Karte… mein Name ist Oberst Gateau…«

Oma musterte ihn mit einem zutiefst misstrauischen Blick, dann las sie die Tanzkarte, dic an ihrem Fächer hing. »Oh.«

»Kannst du denn überhaupt tanzen?«, zischelte Nanny.

»Natürlich.«

»Ich hab dich aber noch nie tanzen sehen«, sagte Nanny.

Oma, die eben dazu ansetzen wollte, dem Oberst eine – für ihre Verhältnisse – höfliche Abfuhr zu erteilen, drückte trotzig die Schultern durch.

»Eine Hexe kann alles, was sie sich in den Kopf setzt, Gytha Ogg. Kommen Sie, Herr Oberst.«

Nanny sah ihnen nach, wie sie im Getümmel verschwanden.

»'allo, schöne Füchsin«, sagte eine Stimme hinter ihr. Sie drehte sich um. Es war niemand da.

»Hier unten.«

Sie senkte den Blick.

Eine höchstens halbe Portion von einem Männchen mit einer gepuderten Perücke auf dem Kopf und in der Uniform eines Hauptmanns der Palastwache strahlte sie an.

»Mein Name ist Casanunter«, stellte er sich vor. »Ich gelte als der beste Liebhaber der Welt. Was sagen Sie dazu?«

Nanny musterte ihn von oben bis unten – was recht schnell erledigt war.

»Sie sind ein Zwerg«, sagte sie.

»Auf die Größe kommt es nicht an.«

Nanny Ogg ging kurz mit sich zu Rate. Die eine Hexenkollegin, die für ihr scheues, zurückhaltendes Wesen bekannt war, führte sich auf wie Dingsbums, diese heidnische Königin, die den Männern den Kopf verdrehte und in Eselsmilch badete, und die *andere* benahm sich äußerst merkwürdig und tanzte mit einem *Mann*, obwohl sie den einen Fuß nicht vom anderen unterscheiden konnte. Warum also sollte sie, Nanny Ogg, sich nicht ebenfalls ein kleines Pläsierchen gönnen?

»Können Sie auch tanzen?«, fragte sie matt.

»Selbstverständlich! Darf ich bitten, schönes Kind?«

»Kind? Für wie alt halten Sie mich denn?«

Casanunter dachte nach. »Okay, okay. Aber besser alt als kalt.«

Seufzend reichte Nanny ihm die Hand hinunter. »Na, dann kommen Sie.«

Lady Volentia D'Arrangement schleppte sich wankend einen Korridor entlang, ein verlorener Strich in der Landschaft, bekleidet nur mit einer komplizierten Korsagenkonstruktion und knöchellanger Rüschenhose.

Was ihr eigentlich zugestoßen war, wusste sie selbst nicht genau. Erst dieses grauenvolle Frauenzimmer, dann eine Woge unendlichen Glücks, und dann … saß sie plötzlich auf dem Teppich, ohne Kleid. In ihrem langweiligen Leben hatte Lady Volentia genügend Bälle besucht, um zu wissen, dass es durchaus nichts Ungewöhnliches war, kleiderlos in einem fremden Zimmer aufzuwachen, aber so etwas geschah normalerweise später am Abend, und man hatte wenigstens eine vage Vermutung, wie es einen dorthin verschlagen konnte.

Langsam tastete sie sich an der Wand entlang. Diese Sache würde ein Nachspiel haben.

Ein Mann kam um die Ecke gebogen. Er schleuderte lässig eine

Truthahnkeule in die Luft und fing sie mit der anderen Hand wieder auf.

»Hallo«, sagte Lady Volentia, »wären Sie wohl so gut … oh!«

Die ganz in Leder gewandete Person mit der Augenklappe feixte wie ein brandschatzender Korsar.

»Wraauuuul!«

»Also, ich muss doch sehr bitten!«

Tanzen ist wirklich kein Kunststück, dachte Oma Wetterwachs. Man muss sich bloß zur Musik bewegen.

Es half ihr natürlich, dass sie die Gedanken ihres Partners lesen konnte. Sobald man aus dem Anfangsstadium heraus ist, in dem man dauernd auf seine Füße guckt, um zu sehen, was die da unten so treiben, ist Tanzen reine Instinktsache. Und mit Instinkten kennen Hexen sich aus. Der Oberst, der zunächst doch tatsächlich führen wollte, gab sich nach kurzem Ringkampf geschlagen, was auch an Omas erbitterter Gegenwehr lag, vor allem aber an ihren Stiefeln.

Lady D'Arrangements Schuhe hatten ihr nicht gepasst. Außerdem hing Oma an ihren Stiefeln, die ein komplexes eisernes Innenleben besaßen und Kappen wie Rammböcke. Beim Tanzen gingen die Stiefel nur – und genau – dahin, wo sie hinwollten.

Oma Wetterwachs steuerte ihren hilflosen und leicht lädierten Partner auf Nanny Ogg zu, die sich bereits einen ziemlich großen Tanzbereich freigeräumt hatte. Was Oma mit synkopisch hämmernden Nagelschuhen schaffte, schaffte Nanny allein mit ihrem Busen.

Sie hatte einen großen, erfahrenen Busen, der sich nicht gern bändigen ließ. Sprang Nanny Ogg in die Höhe, sackte er nach unten, drehte sie sich nach rechts, flog er noch nach links. Die komplizierten Schritte, die sie dabei vollführte, standen in keinem Verhältnis zum eigentlichen Tempo der Musik. Während sich ihr Körper im gemäßigten Walzertakt drehte, trappelten ihre Füße eine Art lebhaften Seemannstanz aufs Parkett, so dass sich ihr Partner genötigt sah, einen gewissen Sicherheitsabstand zu wahren. Die Tanzpaare im näheren Umkreis waren stehen geblieben und sahen fasziniert zu, ob es Nanny in Folge der Anstauung harmonischer Vibrationen womöglich in den Kronleuchter katapultieren würde.

Oma wirbelte mit ihrem willenlosen Partner vorbei. »Gib nicht so an«, zischte sie. Damit war sie auch schon wieder im Getümmel verschwunden.

»Eine Freundin von Ihnen?«, fragte Casanunter.

»Sie ist –«, begann Nanny.

Eine Fanfare ertönte.

»Das war jetzt aber ziemlich neben dem Takt«, sagte sie.

»Nein, es bedeutet, dass der Prinz eingetroffen ist«, erklärte Casanunter.

Die Kapelle verstummte. Wie auf Befehl drehten sich sämtliche Tanzpaare zur Freitreppe.

Zwei Gestalten schritten hoheitsvoll die Stufen herunter.

Meine Götter, ist das aber ein hübscher Satansbraten, dachte Nanny. Da sieht man's mal wieder. Esme hat Recht. Man darf nie nach dem Äußeren gehen.

Und seine Begleiterin …

… ist das Lily Wetterwachs?

Die Frau war nicht maskiert.

Von ein paar Lachfalten und Runzeln einmal abgesehen, war sie Oma Wetterwachs wie aus dem Gesicht geschnitten.

Beinahe …

Nanny drehte sich suchend nach der weißen Adlermaske um. Aller Augen hingen an der Treppe, doch nur ein Blick war hart wie eine Eisenstange.

Lily Wetterwachs trug Weiß. Bis zu dieser Sekunde wäre Nanny Ogg nie auf die Idee gekommen, dass es Weiß in unterschiedlichen Farben geben könnte. Jetzt wurde sie eines Besseren belehrt. Das Weiß von Lily Wetterwachs' Kleid schien zu strahlen. Selbst wenn man alle Lichter löschte, würde es vermutlich weiterleuchten. Das Kleid hatte Stil, eine schimmernde Kreation mit Puffärmeln und Spitzenbesatz.

Und Lily Wetterwachs – Nanny Ogg musste es zugeben – sah jünger aus. Die Gesichtszüge waren die Gleichen, genau wie der reine Wetterwachs-Teint, nur weniger … angegriffen.

Wenn man vom Bösesein eine solche Haut kriegt, dachte Nanny, hätte ich mich in jungen Jahren mal mehr ins Zeug legen sollen. Der Lohn der Sünde ist der Tod, aber das Gehalt der Tugend wird mit gleicher Münze bezahlt, und die Bösen können wenigstens jeden Freitag schön früh ins Wochenende gehen.

Die Augen waren ebenfalls identisch. Die Wetterwachse hatten irgendwo einen Splitter Saphir in den Genen. Vielleicht schon seit Generationen.

Der Prinz war unglaublich attraktiv. Aber das stand zu erwarten. Er trug Schwarz. Sogar vor den Augen.

Nanny riss sich aus ihren Gedanken und drängte durch die Menge bis zu Oma Wetterwachs.

»Esme?«

Sie ergriff Omas Arm.

»Esme?«

»Hm?«

Plötzlich kam Bewegung in den Gästepulk. Zwischen Treppe und Chaiselongue teilte er sich wie das Meer.

Oma Wetterwachs' Fingerknöchel waren so weiß wie das Kleid ihrer Schwester.

»Esme? Was ist los? Was *machst* du?«, fragte Nanny.

»Ich … versuche … das Märchen … aufzuhalten«, ächzte Oma.

»Und was macht *sie*?«

»Sie … lässt … es … geschehen!«

Die Menge wogte noch weiter zurück, bis sich wie von selbst eine Gasse bildete.

Der Prinz schritt langsam hindurch. Hinter Lily hingen undeutliche Spiegelbilder in der Luft, so dass es aussah, als würde sie von einem ganzen Schwarm verblassender Geister verfolgt.

Magrat erhob sich.

Die Luft schillerte in allen Regenbogenfarben. Nanny meinte, sogar Vogelgezwitscher zu hören.

Der Prinz nahm Magrat bei der Hand.

Nanny blickte zu Lily Wetterwachs, die milde lächelnd auf einer der unteren Stufen stehen geblieben war.

Dann versuchte sie, die Zukunft ins Visier zu nehmen.

Es war erschreckend einfach.

Normalerweise verzweigt sich die Zukunft an jeder Ecke, so dass man nur eine höchst verschwommene Vorstellung davon bekommt, wie es weitergehen wird, auch wenn man so zeitsensibel ist wie eine Hexe. Aber hier wanden sich Märchen um den Baum der Ereignisse und zwangen ihn in eine neue Form.

Oma Wetterwachs hätte ein Muster der Quanten-Unabwendbarkeit selbst dann nicht erkannt, wenn sie es auf frischer Tat dabei ertappt hätte, wie es ihr Abendessen vertilgte. Hätte ihr gegenüber jemand den Ausdruck »Raumzeit-Paradigmen« fallen gelassen, wäre ihre einzige Reaktion ein »Hä?« gewesen. Aber deswegen war sie noch lange nicht dumm. Sie gab bloß nicht viel auf Worte und schon gar nicht auf Kauderwelsch. Sie wusste einfach nur, dass sich in der Menschheitsgeschichte bestimmte Dinge dauernd wiederholen, wie dreidimensionale Klischees. Märchen.

»Und wir gehören jetzt dazu! Und ich kann es nicht aufhalten«, sagte Oma. »Es muss eine Stelle geben, wo ich das Märchen aufhalten kann, aber ich finde sie nicht!«

Die Kapelle musizierte weiter. Sie spielte einen Walzer.

Ohne den Blick voneinander losreißen zu können, schwebten Magrat und der Prinz einmal um die Tanzfläche. Dann erst wagten es vereinzelte Paare, sich zu ihnen zu gesellen, und der Ball nahm seinen Lauf, als hätte man ein Uhrwerk neu aufgezogen. Die Fläche füllte sich mit Tanzenden, und das Rauschen der Konversation setzte wieder ein.

»Möchten Sie mich nicht mit Ihrer Freundin bekannt machen?«, fragte Casanunter auf Höhe von Nannys Ellenbogen. Tanzende Paare wirbelten an ihnen vorbei.

»Es muss kommen, wie es kommen muss«, fuhr Oma fort, ohne auf die Störung aus den niederen Regionen einzugehen. »Alles. Der Kuss und dass die Uhr Mitternacht schlägt, dass sie wegläuft und den gläsernen Pantoffel verliert. Alles, wie es im Märchenbuch steht.«

»Igitt«, sagte Nanny, auf den Kopf ihres Partners gestützt. »Da würde ich lieber an einer Kröte lutschen.«

»Sie ist nämlich genau mein Typ«, raunte Casanunter. »Ich hatte schon immer eine Schwäche für dominante Frauen.«

Die Hexen betrachteten das ineinander versunkene Paar, das an ihnen vorbeiglitt.

»Und wenn ich ihnen einfach ruck, zuck ein Beinchen stelle?«, schlug Nanny vor.

»Das kannst du nicht. Das steht nicht im Buch.«

»Na ja, Magrat ist doch eine – mehr oder weniger – vernünftige Person«, sagte Nanny. »Vielleicht merkt sie ja, dass etwas nicht stimmt.«

»Ich verstehe mich auf mein Handwerk, Gytha Ogg«, entgegnete Oma. »Sie wird nichts merken, bis es Mitternacht schlägt.«

Sie drehten sich zu der großen Uhr um. Es war erst kurz vor neun.

»Weißt du was?«, sagte Nanny Ogg. »Uhren schlagen gar nicht Mitternacht. Sie schlagen zwölf. Die Schläge sind einfach nur Gebimmel.«

Und wieder suchte der Blick der Hexen die Uhr.

Im Sumpf krähte Legba, der schwarze Hahn. Er krähte immer, wenn die Sonne unterging.

Nanny Ogg stapfte schnaufend die nächste Treppe hoch. Irgendwo hier oben musste das Ding doch sein.

»Lass dir das eine Lehre sein, das nächste Mal die Klappe nicht so weit aufzureißen, Gytha Ogg«, japste sie.

»Kehren wir dem Ballgetümmel den Rücken, um irgendwo ein Schäferstündchen miteinander zu genießen?«, kam es hoffnungsvoll von Casanunter, der hinter ihr hertrottete.

Ohne ihn weiter zu beachten, hastete Nanny einen staubigen Gang hinunter, der auf der einen Seite von einer Brüstung eingefasst wurde. Dahinter lag der Schlosshof. Und da …

… eine kleine hölzerne Tür.

Sie rammte sie mit dem Ellenbogen auf. Kontrapunktisch zu den tanzenden Ballgästen surrte und tickte in dem Raum ein Räderwerk. Es war, als würden die Tänzer von der Uhr angetrieben, was ja im metaphorischen Sinn auch stimmte.

Ein Uhrwerk, dachte Nanny. Wer sich mit Uhrwerken auskennt, dem macht keiner mehr etwas vor.

So ein Mist aber auch, dass ich keinen Schimmer von den Dingern habe.

»Was für ein lauschiges Plätzchen«, sagte Casanunter.

Nanny quetschte sich in die Uhr. Direkt vor ihrer Nase griff ein Zahnrad ins andere.

Sie machte große Augen.

Du liebes Lottchen. Was für ein Aufwand, nur um die Zeit in kleine Stücke zu zerhacken.

»Es könnte ein bisschen eng werden«, tönte Casanunter irgendwo unter ihrer Achselhöhle. »Aber Not kennt kein Gebot, Madame. Ich erinnere mich an ein Rendezvous in Quirm, wo wir in einer Sänfte …«

Mal sehen, dachte Nanny. Dieses Teil hängt an dem dran, das hier dreht sich, das da dreht sich schneller, dieses stachelige Teil wackelt hin und her …

Wie hieß es noch so schön? Erst Hand anlegen, dann fragen, sagte der Hohepriester zur Tempeljungfrau.*

Nanny Ogg spuckte in die Hände und legte Hand an das größte Zahnrad.

Es drehte sich weiter. Und zog sie einfach mit.

Herrjemine. Na, wenn das so war …

Sie besann sich auf einen Ausweg, den weder Oma Wetter-

* Dies ist die Pointe eines Scheibenweltwitzes, dessen Anfang der Nachwelt leider nicht erhalten geblieben ist.

wachs noch Magrat auch nur im Traum in Erwägung gezogen hätten. Aber weil ihre Reisen über die Meere zwischengeschlechtlicher Techtelmechtel Nanny Ogg sehr viel weiter geführt hatten als nur zweimal um den Leuchtturm, fand sie überhaupt nichts Entwürdigendes dabei, einen Mann um Hilfe zu bitten.

Mit einem honigsüßen Lächeln wandte sie sich Casanunter zu.

»Wir hätten es sehr viel bequemer in unserem kleinen Seppareh, wenn Sie dieses Rad ein bisschen beiseiteschieben könnten«, sagte Nanny. »Falls Sie das kräftemäßig schaffen.«

»Mit links, Teuerste.« Casanunter reckte sich. Zwerge sind ungeheuer stark für ihre Größe. Das Zahnrad leistete keinerlei Widerstand.

Irgendwo in dem Uhrwerk verklemmte sich etwas, irgendwo machte es *klonk*. Große Räder drehten sich nur noch unter Protest. Kleine Räder kreischten auf ihren Wellen. Mit einem Ping flog ein wichtiges Einzelteil heraus und prallte von Casanunters perückengepolstertem Schädel ab.

Die Zeiger huschten sehr viel schneller über das Zifferblatt, als es die Natur je vorgesehen hatte.

Nanny Ogg blickte nach oben. Sie hatte noch ein anderes Geräusch gehört.

Ihr selbstzufriedener Gesichtsausdruck war wie weggewischt. Der Hammer, der die Stunden schlug, schwang langsam nach hinten. Schlagartig wurde ihr klar, dass sie genau unter der Glocke stand, die im nächsten Augenblick der Schlag treffen würde.

Bong…

»Mist, verdammter!«

…bong…

…bong…

…bong…

Nebelschwaden wallten durch den Sumpf, von Schatten begleitet. Schemenhafte Schatten in dieser Nacht, in der der Unterschied zwischen den Lebenden und den Toten lediglich eine Frage der Zeit war.

Frau Gogol fühlte, dass sie zwischen den Bäumen waberten. Die Heimatlosen. Die Hungrigen. Die Stummen. Die von Menschen und Göttern Verlassenen. Die Bewohner von Nebel und Sumpf, deren einzige Stärke jenseits der Schwäche lag, deren Glaube ebenso brüchig und zusammengeschustert war wie ihre Hütten. Und die Menschen aus der Stadt – nicht die aus den großen weißen Häusern, die mit der Kutsche auf vornehme Bälle fuhren, sondern die anderen. Über die keine Märchen geschrieben wurden. Märchen interessieren sich in der Regel nicht für Schweinehirten, die Schweinhirten bleiben, oder für arme, genügsame Schuster, deren Schicksal es ist, noch ein bisschen ärmer und sehr viel genügsamer zu sterben.

Obwohl sie die Leute waren, die das Märchenreich am Laufen hielten, die das Essen kochten, die Böden fegten und die Nachttöpfe leerten – die Gesichter in der Menge, deren Wünschen und Träumen, so anspruchslos sie auch sein mochten, keinerlei Bedeutung zukam. Die *Unsichtbaren*.

Und ich, dachte Frau Gogol. Die den Göttern Fallen stellt.

Als eine Religion, die man sich aus irgendwelchen zufällig herumliegenden Bestandteilen selbst zusammenbasteln kann, tritt Voodoo im Multiversum in den unterschiedlichsten Ausformungen auf, die jedoch allesamt eine Gemeinsamkeit haben: den Versuch, einen Gott in den Körper eines Menschen herabzurufen.

Was dumm war, wie Frau Gogol fand. Und gefährlich.

Frau Gogols Voodoo funktionierte andersrum. Was war ein Gott? Der Mittelpunkt eines Glaubens. Wenn die Menschen glaubten, wuchs ein Gott heran. Anfangs noch sehr schwach, aber falls einen der Sumpf etwas lehrte, dann war es Geduld. Ein Gott konnte aus allem entstehen. Aus einer Handvoll Federn, um die ein rotes Band geschlungen war, aus einem Hut und einem Gehrock auf ein paar Stangen … aus einfach allem. Denn wenn alles, was die Menschen besaßen, kaum mehr als nichts war, konnte ihnen auch ein Nichts fast alles sein. Geduldig fütterte man den

Gott heraus, man hegte und pflegte ihn wie eine Gans, die als Pastete enden soll. Und wenn er stark genug und die Zeit reif war, machte man den Weg frei … in die entgegengesetzte Richtung: Ein Mensch übernahm den Gott. Später würde man dafür einen hohen Preis bezahlen müssen, aber das war schließlich immer so. Nach Frau Gogols Erfahrung segnete am Ende noch jeder das Zeitliche.

Sie trank einen Schluck Rum und gab den Krug an Samstag weiter.

Der tat es ihr nach und drückte den Krug dann einem Schemen in die Hand – sozusagen.

»Es möge beginnen«, sagte Frau Gogol.

Der Tote nahm drei kleine Trommeln und begann, einen herzschlagschnellen Rhythmus zu schlagen.

Nach einer Weile tippte eine »Hand« Frau Gogol auf die Schulter und reichte ihr den Krug. Er war leer.

Also dann …

»Lady Bon Anna, sei mir gnädig. Heiliger Ross Mann, beschütze mich. Großer Schritt, führe mich. Hotaloga Andrasch, fange mich auf.

Ich stehe zwischen dem Licht und der Dunkelheit, doch das ist einerlei, denn ich *bin* das Dazwischen.

Hier ist Rum für euch. Hier ist Tabak. Hier ist Essen. Hier ist ein Heim für euch.

Und jetzt hört mir gut zu …«

… bong.

Für Magrat war es wie der nahtlose Übergang von einem Traum in einen anderen. Sie hatte geträumt, sie tanze mit dem schönsten Mann auf dem Ball, und … sie tanzte tatsächlich mit dem schönsten Mann auf dem Ball.

Allerdings trug er geschwärzte Augengläser.

Obwohl Magrat eine herzensgute Schwärmerin war, eine zwanghafte Tagträumerin und, um Oma Wetterwachs zu zitieren, ein nasses Handtuch, wäre sie keine Hexe gewesen, wenn sie sich nicht auf ihre Instinkte hätte verlassen können. Bevor ihr Partner auch nur daran dachte, schützend die Hand zu heben, riss sie ihm die Brille herunter.

Magrat hatte solche Augen schon gesehen, aber noch nie im Gesicht eines Lebewesens, das auf zwei Beinen ging.

Eben noch anmutig über die Tanzfläche schwebend stolperte sie jetzt über ihre eigenen Füße.

»Äh...«, begann sie.

Plötzlich fühlten sich seine gepflegten, sorgfältig manikürten Hände nur noch kalt und klamm an.

Magrat machte auf dem Absatz kehrt und lief los. So eilig hatte sie es davonzukommen, dass sie gleich mehrere Tanzpaare über den Haufen rannte. Sie verhedderte sich mit den Beinen in ihrem langen Kleid und schlitterte in den albernen Schuhen über den Boden.

Als sie die Freitreppe erreichte, versperrten ihr zwei Lakaien den Weg.

Magrat kniff die Augen zusammen. Sie musste hier raus, ohne Rücksicht auf Verluste.

»Hai!«

»Autsch!«

Sie sprang die Treppe hinauf. Oben angekommen rutschte sie aus, und ein gläserner Schuh schoss über die Marmorplatten davon.

»Wie soll man denn in diesen Dingern laufen können?«, schrie sie. Auf einem Bein hüpfend riss sie sich auch noch den anderen Schuh vom Fuß und floh in die Nacht hinaus.

Der Prinz schritt langsam die Treppe empor und hob den weggeworfenen Schuh auf.

Er hielt ihn in der Hand. Das Licht brach sich funkelnd in den gläsernen Facetten.

An eine Wand gelehnt stand Oma Wetterwachs im Schatten. Alle Märchen hatten einen Wendepunkt. Bis dahin konnte es nicht mehr weit sein.

Sie verstand sich gut darauf, anderen Leuten in den Kopf zu schauen, doch nun musste sie es bei sich selbst versuchen. Sie konzentrierte sich. Immer tiefer drang sie in ihr Inneres ... vorbei an alltäglichen Überlegungen und belanglosen Sorgen, schneller und schneller ... durch dicke Gedankenschichten ... und noch tiefer ... durch Vergangenes und Verdrängtes, durch alte Schuld und kalte Reue, doch dafür war jetzt keine Zeit ... bis auf den Grund ... bis sie ihn sah, den silbernen Handlungsfaden. So wie sie selbst ein Teil der Handlung gewesen war und immer noch dazugehörte, musste der Faden auch ein Teil von ihr sein.

Er zog vorbei. Sie streckte die Hand danach aus.

Oma hasste alles, was das Schicksal der Menschen vorherbestimmte, was sie in die Irre führte und in ihrer Menschlichkeit beschnitt.

Das Märchen raste wie eine peitschende Stahltrosse dahin. Oma Wetterwachs packte zu.

Dann riss sie erschrocken die Augen auf und trat aus dem Halbdunkel heraus.

»Pardon, Hoheit.«

Blitzschnell schnappte sie dem Prinzen den Schuh aus der Hand und reckte ihn hoch in die Luft.

Ihr Gesicht war eine furchterregende Maske grimmiger Genugtuung.

Sie ließ den Schuh fallen.

Er zersprang auf der Treppe.

Tausende glitzernder Glassplitter stoben über den Marmor.

Ein Zittern lief durch das Märchen, das sich um die schildkrötenförmige Raumzeit der Scheibenwelt wand. Ein abgerissenes Ende sauste durch die Nacht, auf der verzweifelten Suche nach einer Handlungsfolge, an die es sich anhängen und von der es sich nähren konnte ...

Auf der Lichtung regten sich die Bäume. Und so auch die Schatten, was sie eigentlich gar nicht dürften, es sei denn, das Licht wanderte ebenfalls. Diese Schatten taten es trotzdem.

Die Trommel verstummte.

In die Stille mischte sich nur noch das Knistern, mit dem die eine oder andere Energieentladung über den aufgehängten Gehrock huschte.

Samstag trat vor. Grüne Funken sprühten, als er die Jacke ergriff und anzog.

Ein Ruck fuhr durch seinen Körper.

Erzulie Gogol stieß den angehaltenen Atem aus.

»Du bist hier«, sagte sie. »Du bist noch du selbst. Du bist ganz du.«

Samstag hob die zu Fäusten geballten Hände. Die in ihm gefangene Energie ließ mal einen Arm, mal ein Bein zucken. Doch im Großen und Ganzen beherrschte er sie.

»Mit der Zeit wird es einfacher«, sagte Frau Gogol etwas sanfter.

Samstag nickte.

Seit die Energie ihn durchströmte, erkannte Frau Gogol wieder das Feuer in ihm, das er zu Lebzeiten besessen hatte. Nicht, dass er ein besonders guter Mensch gewesen wäre. Gennua galt unter seiner Herrschaft nicht gerade als Paradebeispiel für Rechtschaffenheit. Aber wenigstens hatte er den Leuten nie weismachen wollen, dass sie danach verlangten, von ihm unterdrückt zu werden, und dass ihm bei allem, was er tat, nur ihr Wohlergehen am Herzen lag.

Die Menschen von Neu-Gennua, des *alten* Neu-Gennua, die rings um die Lichtung standen, beugten das Knie oder verneigten sich.

Er war ihnen kein gütiger Herrscher gewesen. Aber er hatte zu ihnen gepasst. Seine Willkür, seine Arroganz und selbst seine Fehler hatte er nie mit etwas anderem gerechtfertigt als mit der Tatsache, dass er größer, stärker und manchmal auch einfach nur gemeiner war als andere Leute. Er hatte sich nie angemaßt, etwas

Besseres zu sein. Und er hatte seinen Untertanen das Glücklichsein nie befohlen oder gar aufgezwungen. Die Unsichtbaren wussten, dass Glück kein naturgegebener Seinszustand des Menschen ist und es nie von außen nach innen erlangt werden kann.

Samstag nickte wieder, und diesmal war es ein Nicken tiefer Zufriedenheit. Zwischen seinen Zähnen sprangen Funken über, und als er durch den Sumpf davonstapfte, überschlugen sich die Alligatoren förmlich, um ihm den Weg freizumachen.

In die Schlossküche war wieder Ruhe eingekehrt. Die riesigen Tabletts voller Braten, Schweineköpfen mit Äpfeln in der Schnauze und drei- bis vierfach geschichteten Sahnedesserts waren längst nach oben gebracht worden. Nur aus der hinteren Ecke, wo einige Mägde bereits mit dem Abwasch angefangen hatten, klapperte es in den Spülbecken.

Die Köchin Frau Nett hatte sich selbst einen Teller Rotstreifenfisch in Langustensoße hergerichtet. Sie war nicht die beste Köchin in Gennua – dieses Prädikat galt unzweifelhaft Frau Gogol mit ihrem Gumbo, für den die Menschen fast schon von den Toten zurückkehrten –, doch der Unterschied war nicht größer als etwa der zwischen Diamanten und Saphiren. Frau Nett hatte sich für das Bankett mächtig ins Zeug gelegt, das war sie ihrer Berufsehre schuldig. Aber für die Zubereitung großer Fleischklumpen fiel ihr beim besten Willen nicht sehr viel ein.

Die Gennueser Küche war – wie die erlesenste Kochkunst überall im Multiversum – von Leuten entwickelt worden, die aus der Not heraus mit den Zutaten etwas zaubern mussten, die ihre Herrschaft verschmähte. Kein Mensch würde je ein Vogelnest auch nur kosten, wenn er nicht müsste. Nur der Hunger bringt den Menschen dazu, seinen ersten Alligator zu verzehren. Niemand würde eine Haifischflosse essen, wenn er den Rest des Hais verspeisen dürfte.

Frau Nett goss sich ein Gläschen Rum ein und wollte gerade

zum Löffel greifen, als sie plötzlich das Gefühl hatte, beobachtet zu werden.

Ein hochgewachsener Mann im ledernen Wams stand in der Tür und starrte sie an, eine rote Katzenmaske baumelnd in der Hand.

Unter seinem ausgesprochen direkten Blick überfiel Frau Nett der dringende Wunsch, besser frisiert zu sein und ein hübscheres Kleid angezogen zu haben.

»Ja?«, sagte sie. »Sie wünschen?«

»Frresschen, Frrau Nett«, antwortete Greebo.

Sie musterte ihn von oben bis unten. Heutzutage trieben sich in Gennua die merkwürdigsten Gestalten herum. Wahrscheinlich ein Ballgast; trotzdem kam er ihr wie ein alter Bekannter vor.

Greebo war kein glücklicher Kater. Was hatte es doch für einen Aufstand gegeben, nur weil er einen gebratenen Truthahn vom Tisch gezerrt hatte. Danach hatte ihn das dürre Weibchen mit den großen Zähnen angesäuselt und zu einem Stelldichein in den Rosengarten bestellt, was kätzischen Gepflogenheiten gänzlich widersprach, und das hatte ihn verwirrt, weil er nicht im richtigen Körper steckte – und sie ebenso wenig. Außerdem scharwenzelten hier viel zu viele andere Männchen herum.

Dann hatte er die Küche gewittert. Katzen werden von Küchen magisch angezogen, genau wie Steine von der Schwerkraft.

»Kennen wir uns?«, fragte Frau Nett.

Greebo antwortete nicht. Stattdessen ging er immer seiner Nase nach, bis zu einer Schüssel, die auf einem der großen Tische stand.

»Haben«, verlangte er.

»Fischköpfe!?« Eigentlich handelte es sich um Abfall, aber Frau Nett hatte da schon ein paar Ideen, wie sie mit ein bisschen Reis und einigen Spezialsoßen ein Gericht daraus zaubern könnte, für das sogar Könige sich die Köpfe einschlagen würden.

»Haben«, wiederholte Greebo.

Frau Nett zuckte mit den Schultern.

»Sie wollen rohe Fischköpfe? Nur zu, bedienen Sie sich«, sagte sie.

Greebo hob vorsichtig die Schüssel hoch. Mit seinen Fingern hatte er sich noch nicht so richtig angefreundet. Er blickte verstohlen in alle Richtungen und verschwand schnurstracks unterm Tisch.

Ein Schmatzen drang darunter hervor, und die Schüssel schabte über die Fliesen.

Greebo tauchte wieder auf.

»Millllch?«, fragte er.

Fasziniert griff Frau Nett nach dem Milchkrug und einer Tasse – …

»Unterrrtasse«, sagte Greebo.

… und einer Untertasse.

Greebo nahm sie entgegen, untersuchte sie genau und stellte sie auf den Boden.

Frau Nett traute ihren Augen nicht.

Nachdem Greebo die Milch ausgeschlabbert hatte, leckte er sich die letzten Tröpfchen aus dem Bart. Jetzt ging es ihm schon sehr viel besser. Und da drüben brannte ein großes Feuer im Kamin. Er trottete hinüber, hockte sich davor, spuckte auf seine Pfote und wollte sich die Ohren putzen. Leider kam er nicht weit, weil unerklärlicherweise weder Pfote noch Ohren die richtige Form hatten. Dann rollte er sich zusammen, so gut es eben gehen wollte – doch auch das war nicht einfach, da er anscheinend die falsche Art von Wirbelsäule hatte.

Nach einer Weile drang ein rumpelndes asthmatisches Grollen an Frau Netts Ohr.

Greebo versuchte zu schnurren.

Er hatte die falsche Kehle dafür.

Lange würde er sicher nicht schlafen können. Und sobald er aufwachte, wäre er schlecht gelaunt und auf einen Kampf aus.

Frau Nett widmete sich wieder ihrem Abendessen. Obwohl soeben ein Baum von einem Mann eine Schüssel Fischköpfe verspeist, ein Tellerchen Milch geschlabbert und sich, mehr schlecht als recht, vor dem Kamin zum Schlafen hingelegt hatte, empfand sie keinerlei Angst. Im Gegenteil, sie musste sich regelrecht beherrschen, um ihm nicht den Bauch zu kraulen.

Mit dem Schuh in der Hand rannte Magrat den langen roten Teppich hinunter, der zum Schlosstor und in die Freiheit führte. Einfach nur weg von hier, darauf kam es an. Über das Wohin konnte sie sich später noch Gedanken machen.

Doch dann glitten aus dem Schatten lautlos zwei Gestalten auf sie zu und versperrten ihr den Weg. Unter ihrem stechenden Blick reckte Magrat ihnen den Schuh wie eine Waffe entgegen.

Die Menge teilte sich. Von Seide umraschelt rauschte Lily Wetterwachs hindurch.

Vor ihrer Schwester blieb sie stehen und musterte sie von oben bis unten. Sie schien nicht sonderlich überrascht, sie zu sehen.

»Und auch noch ganz in Weiß«, bemerkte sie trocken. »Wie es sich für die Gute gehört.«

»Aber ich habe dich aufgehalten«, sagte Oma, schwer atmend vor Anstrengung. »Ich habe den Handlungsfaden zerrissen.«

Lily Wetterwachs blickte an ihr vorbei. Die Schlangenschwestern kamen die Treppe herauf, die schlaffe Magrat zwischen sich.

»Man bewahre uns vor Menschen, die alles wörtlich nehmen«, sagte Lily. »Schuhe kommen doch immer als Paar daher. Hattest du das etwa vergessen?«

Sie schritt auf Magrat zu und riss ihr den zweiten Schuh aus der Hand.

»Der Trick mit der Uhr war gut«, fuhr sie, wieder an Oma gewandt, fort. »Sehr beeindruckend. Aber nutzlos. Den Gang eines Märchens kann man nicht aufhalten. Das Ende ist unabwendbar. Ein gutes Märchen lässt sich nicht ruinieren. Das weiß keiner besser als ich.«

Ohne Oma aus den Augen zu lassen, gab sie den Schuh an den Prinzen weiter.

»Er wird ihr passen«, sagte sie.

Zwei Höflinge hielten Magrats Bein fest, als der Prinz ihr den Schuh gewaltsam über die abgespreizten Zehen schob.

»So«, fuhr Lily fort, den Blick unablässig auf Oma geheftet.

»Und verschon mich bitte mit deiner Heckenhexen-Hypnose, Esme.«

»Er passt«, sagte der Prinz, aber so ganz überzeugt klang er nicht.

»Klar passt er«, rief eine fröhliche Stimme vom hinteren Rand der Menge. »Sie hat ja auch zwei Paar dicke Socken übereinander an.«

Lily senkte den Blick. Dann sah sie wieder hoch, auf Magrats Maske, und riss sie ihr vom Gesicht.

»Aua!«

»Es ist das falsche Mädchen«, sagte Lily. »Aber das nützt dir trotzdem nichts, Esme, denn schließlich ist es ja der richtige Schuh. Jetzt müssen wir nur noch diejenige finden, der er passt –«

In den Gästepulk kam Bewegung. Höflinge traten beiseite und ließen Nanny Ogg durch, ölverschmiert und mit Spinnweben behängt.

»Immer her damit, wenn's ein schmal geschnittener Achtunddreißiger ist«, rief sie. »Momentchen, ich zieh mir bloß eben die Stiefel aus …«

»Sie waren damit nicht gemeint, Sie altes Weib«, sagte Lily kalt.

»Und ob«, gab Nanny zurück. »Wir wissen nämlich alle, wie das Märchen weitergeht. Der Prinz klapperte die ganze Stadt ab, um die Frau zu finden, der der Schuh passt. So sah Ihr Plan doch aus, oder? Probieren Sie's mit mir, dann können Sie sich die Mühe sparen.«

Ein leiser Zweifel huschte über Lilys Gesicht.

»Eine *junge Frau*«, knurrte sie. »Im *heiratsfähigen* Alter.«

»Kein Problem«, sagte Nanny aufgekratzt.

Der Zwerg Casanunter knuffte einen Höfling in die Knie.

»Sie ist eine sehr enge Freundin von mir«, brüstete er sich.

Lily fasste ihre Schwester ins Auge.

»Das ist dein Tun. Glaub nicht, dass ich das nicht weiß.«

»Damit hab ich nichts zu tun«, sagte Oma. »Das ist das wahre Leben, das auf sich alleine aufpassen kann.«

Nanny riss dem Prinzen den Schuh aus der Hand und schlüpfte hinein, bevor sie jemand daran hindern konnte.

Sie wackelte mit dem Fuß.

Der Schuh passte wie angegossen.

»Na also!«, sagte Nanny. »Sehen Sie? Das hätte Sie sonst einen ganzen Tag gekostet.«

»Vor allem, weil es in einer Stadt von dieser Größe sicher Hunderte Frauen gibt, die Achtunddreißiger tragen …«

»… schmal geschnitten …«

»… die schmal geschnittene Achtunddreißiger tragen«, fuhr Oma fort. »Um auf Anhieb das richtige Haus zu finden, müsste man schon sehr viel Glück haben – beziehungsweise eine untrügliche Ahnung.«

»Aber das wäre geschummelt«, sagte Nanny.

Sie verpasste dem Prinzen einen Rippenstoß. »Bloß eins muss ich vorher noch loswerden, mein Junge. Ich habe ja nichts gegen königliches Winkewinke oder feierliche Premierengalas und was man als Prinzessin sonst noch so für Aufgaben hat. Aber ich würde nie mit einem Wonneproppen wie dir das Bett teilen. Das ginge mir entschieden zu weit.«

»Weil er gar kein Bett hat, das er mit jemandem teilen könnte«, bemerkte Oma.

»Nein, denn er schläft ja in einem Tümpel«, ergänzte Nanny. »Wir haben es mit eigenen Augen gesehen. Kein Bett, nur ein Planschbecken.«

»Weil er ein Frosch ist«, sagte Oma.

»Und überall brummen Fliegen rum, für den Fall, dass er nachts aufwacht und einen Happen essen will«, sagte Nanny.

»Hab ich's mir doch gedacht!«, rief Magrat und schüttelte die Wachen ab. »Er hat so klamme Hände!«

»Klamme Hände haben viele Männer. Aber bei diesem Exemplar kommt es daher, dass er ein Frosch ist«, sagte Nanny.

»Ich bin ein Prinz von königlichem Geblüt«, sagte der Prinz.

»Und ein Frosch«, erwiderte Oma.

»Mich stört das nicht«, tönte Casanunters Stimme herauf. »Ich bin ein Freund offener Beziehungen. Von mir aus können Sie sich gern einen Frosch als Gespielen zulegen …«

Lily ließ den Blick über die Menge wandern. Dann schnipste sie mit den Fingern.

Auf einen Schlag war es totenstill.

Nanny Ogg sah forschend in die Runde. Dann fuchtelte sie mit der Hand vor dem Gesicht eines Wachmanns herum. »Ist ja ein Ding.«

»Das hältst du nicht lange durch«, sagte Oma. »Du kannst tausend Leute nicht dauerhaft ausschalten.«

Lily zuckte mit den Schultern. »Die sind unwichtig. Kein Mensch wird sich später noch daran erinnern, wer alles auf dem Ball war. Das Einzige, was in Erinnerung bleibt, ist die Flucht, der Schuh und das glückliche Ende.«

»Die Sache ist entschieden. Du kannst das Märchen nicht zurückdrehen. Und er ist ein Frosch. Nicht einmal dir gelingt es, ihn ständig in dieser Gestalt zu halten. Nachts verwandelt er sich wieder zurück. Er hat ein Schlafzimmer mit einem Tümpel! Er ist ein Frosch«, sagte Oma abschließend.

»Nur innen drin«, entgegnete Lily.

»Also da, wo es drauf ankommt«, sagte Oma.

»Das Äußere ist aber auch nicht unwichtig«, wandte Nanny ein.

»Viele Menschen sind im Inneren Tiere. Viele Tiere sind im Inneren Menschen«, sagte Lily. »Was ist denn schon groß dabei?«

»Er ist ein Frosch.«

»Und ausgerechnet nachts«, sagte Nanny versonnen. Mit einem Mann, der nachts ein Mensch war und nur tagsüber ein Frosch, hätte sie es unter Umständen noch einigermaßen aushalten können. Er brächte zwar keine Lohntüte nach Hause, aber dafür würden die Möbel weniger in Mitleidenschaft gezogen. Und was seine lange Zunge anging … darüber durfte sie gar nicht erst nachdenken.

»Und Sie haben den Baron getötet«, sagte Magrat.

»Meinst du etwa, er wäre ein besonders angenehmer Zeitgenosse gewesen?«, gab Lily zurück. »Außerdem hat er mir keinen Respekt erwiesen. Und wer keinen Respekt hat, hat gar nichts.«

Nanny und Magrat warfen einen Blick auf Oma.

»Er ist ein Frosch.«

»Ich habe ihn im Sumpf aufgelesen«, sagte Lily. »Mir ist gleich aufgefallen, dass er ziemlich klug war. Ich brauchte jemanden … der für meine Überredungskünste empfänglich war. Warum sollte ein Frosch nicht auch eine Chance bekommen? Er würde keinen schlechteren Ehemann abgeben als so mancher andere. Und ein einziger Kuss von einer Prinzessin besiegelt den Zauber.«

»Viele Männer sind Tiere«, käute Magrat einen irgendwo aufgeschnappten Gedanken wieder.

»Ja. Aber er ist ein Frosch«, sagte Oma.

»Du musst es mal von meiner Warte aus betrachten«, sagte Lily. »Dieses Land besteht nur aus Sumpf und Nebel. Es verläuft sich in alle Richtungen. Aber ich kann aus Gennua eine großartige Stadt machen. Keine wuchernde Eiterbeule wie Ankh-Morpork, sondern eine Stadt, die funktioniert.«

»Die Kleine möchte keinen Frosch heiraten.«

»In hundert Jahren kräht kein Hahn mehr danach.«

»Aber heute.«

Lily hob entnervt die Hände. »Was willst du also? Du hast die Wahl. Zwischen mir und … der Frau aus dem Sumpf. Licht oder Dunkel. Nebel oder Sonnenschein. Finsteres Chaos oder ein glückliches Ende.«

»Er ist ein Frosch, und du hast den alten Baron getötet«, sagte Oma.

»Du hättest dasselbe getan«, entgegnete Lily.

»Nein«, sagte Oma. »Ich hätte dasselbe *gedacht*, aber ich hätte es nicht getan.«

»Wo ist denn da der Unterschied?«

»Sagen Sie bloß, das wissen Sie nicht?«, rief Nanny Ogg.

Lily lachte.

»Seht euch drei doch nur an«, sagte sie. »Vor guten Absichten platzt ihr noch aus allen Nähten. Die Jungfrau, die Mutter und das alte Weib.«

»Wen nennen Sie hier eine Jungfrau?«, fuhr Nanny Ogg sie an.

»Wen nennen Sie hier eine Mutter?«, echote Magrat.

Oma Wetterwachs' Miene verfinsterte sich sekundenlang. Sie sah aus wie jemand, der plötzlich merkt, dass nur noch ein einziges Streichholz übrig ist und alle anderen ein langes gezogen haben.

»Was soll ich bloß mit euch machen?«, fragte Lily. »Ich halte wirklich nichts davon, Menschen zu töten, es sei denn, das wäre zwingend erforderlich, aber wenn ich euch laufen lasse, stellt ihr nur noch mehr Dummheiten an …«

Sie betrachtete ihre Fingernägel.

»Also lasse ich euch einsperren, bis diese Geschichte ein Ende gefunden hat. Und dann … Könnt ihr erraten, wie es weitergeht? Ich erwarte von euch, dass ihr flieht. Denn schließlich bin ich die Gute.«

Vorsichtig ging Ella im Mondschein durch den Sumpf, immer dem vorausstolzierenden Gockel hinterher. Hin und wieder bewegte sich etwas im Wasser, doch was es auch sein mochte, es zeigte sich nicht. Ein wandelndes Unheil auf zwei Beinen wie Legba spricht sich schnell herum, sogar unter Alligatoren.

Endlich erkannte sie in der Ferne einen orangefarbenen Schein. Es war die Hütte von Frau Gogol beziehungsweise ihr Boot. Im Sumpf war der Unterschied zwischen Land und Wasser fließend.

»Hallo? Ist da jemand?«

»Komm her, mein Kind. Nimm Platz. Ruh dich ein bisschen aus.«

Vorsichtig stieg Ella die Treppe zu der wackeligen Veranda hoch. Frau Gogol saß in ihrem Schaukelstuhl, eine weiß gekleidete Lumpenpupe auf dem Schoß.

»Magrat hat gesagt–«

»Das weiß ich alles. Komm zu Erzulie.«

»Wer sind Sie?«

»Ich bin deine ... Freundin, mein Kind.«

Ella hielt sich fluchtbereit.

»Sie sind doch hoffentlich nicht auch eine Fee?«

»Nein. Keine Fee. Nur eine Freundin. Ist dir jemand gefolgt?«

»Ich ... ich glaube, nicht.«

»Es wäre sowieso nicht weiter schlimm, mein Kind. Keine Sorge. Aber vielleicht begeben wir uns trotzdem für ein Weilchen auf den Fluss. Umgeben von Wasser sind wir noch viel sicherer.«

Ein Ruck ging durch die Hütte.

»Setz dich lieber hin. Es schaukelt ein wenig, bis wir tiefes Wasser unter den Füßen haben.«

Ella riskierte einen Blick.

Frau Gogols Hütte bewegte sich auf vier großen Entenfüßen vorwärts. Sie hoben das Häuschen aus dem Morast, platschten damit durchs seichte Wasser und trugen es sanft paddelnd davon.

Greebo wachte auf und streckte sich.

Und er hatte die falschen Arme und Beine!

Frau Nett, die ihn die ganze Zeit beobachtet hatte, stellte ihr Glas auf den Tisch.

»Und was darf es jetzt sein, Herr Kater?«, fragte sie.

Greebo trottete zur Tür und kratzte daran.

»Will *rrraus*, Frrrau Nett«, sagte er.

»Sie müssen einfach nur den Knauf drehen.«

Greebo starrte auf den Knauf, als hätte er es mit einem technisch hochkomplexen Gerät zu tun, und wandte sich mit flehendem Blick zu der Köchin um.

Sie öffnete ihm und trat beiseite, um ihn hindurchschlüpfen zu lassen. Sobald er draußen war, schloss sie hinter ihm ab und lehnte sich aufatmend mit dem Rücken gegen die Tür.

»Bei Frau Gogol wird Ella bestimmt nichts passieren«, sagte Magrat.

»Ha!«, machte Oma.

»Also, mir war die Voodoo-Frau richtig sympathisch«, sagte Nanny Ogg.

»Ich traue keinem über den Weg, der Rum trinkt und Pfeife raucht«, entgegnete Oma.

»Nanny raucht auch Pfeife und trinkt alles, was flüssig ist«, merkte Magrat an.

»Ja, aber nur, weil sie eine scheußliche alte Vettel ist«, antwortete Oma, ohne aufzublicken.

Nanny Ogg nahm die Pfeife aus dem Mund.

»So ist es«, sagte sie fröhlich. »Und seinen Ruf muss man stets hegen und pflegen.«

Oma gab ihre Bemühungen um das Türschloss auf.

»Ich schaff's nicht«, knurrte sie. »Und mit Magie ist es auch nicht zu knacken – es besteht aus Oktiron.«

»Was für ein Schwachsinn, uns einzusperren«, sagte Nanny. »Ich an ihrer Stelle hätte uns umbringen lassen.«

»Das liegt daran, dass du im Grunde ein guter Mensch bist«, erklärte Magrat. »Die Guten sind unschuldig und sorgen für Gerechtigkeit. Die Bösen sind schuldig und erfinden die Gnade.«

»Nein, ich weiß genau, warum sie uns am Leben gelassen hat«, sagte Oma ominös. »Damit wir wissen, dass wir verloren haben.«

»Aber gleichzeitig erwartet sie, dass wir fliehen«, wandte Magrat ein. »Das verstehe ich nicht. Sie muss doch wissen, dass am Ende immer die Guten gewinnen.«

»Nur im Märchen.« Oma inspizierte inzwischen die Türangeln. »Und sie bildet sich ein, dass die Märchen ihr gehorchen. Sie biegt sie sich zurecht. Lily glaubt, *sie* sei die Gute.«

»Dass sie die Sümpfe nicht mag, kann ich nachvollziehen«, sagte Magrat. »Abgesehen von dieser Geschichte mit dem Frosch und den anderen unschönen Sachen leuchtet mir Lilys Standpunkt durchaus ein–«

»Dann bist du nichts weiter als eine dumme gute Fee«, raunzte

Oma, die sich wieder das Schloss vorgenommen hatte. »Man kann den Leuten nicht einfach eine bessere Welt vor die Nase knallen. Die müssen sie sich schon selber bauen. Sonst ist sie nur ein Käfig. Außerdem erschafft man keine bessere Welt, indem man Leuten den Kopf abschlägt und anständige Mädchen mit Fröschen verheiratet.«

»Aber der Fortschritt–« begann Magrat.

»Bleib mir bloß mit diesem Fortschritt vom Leib. Fortschritt bedeutet bloß, dass schlechte Dinge schneller geschehen. Hat vielleicht noch jemand 'ne Hutnadel? Die hier taugt nichts.«

Nanny, die genau wie Greebo die Fähigkeit besaß, jedem beliebigen Ort etwas Heimeliges abzugewinnen, machte es sich in einer Ecke der Zelle gemütlich.

»Ich hab mal eine Geschichte gehört«, sagte sie. »Darin ging's um einen Kerl, der viele, viele Jahre im Gefängnis saß und von einem anderen Häftling, der wahnsinnig klug war, die spannendsten Sachen über das Universum gelernt hat. Zum Schluss ist er getürmt und hat sich gerächt.«

»Und was für wahnsinnig kluge Sachen kannst du uns über das Universum beibringen, Gytha Ogg?«, fragte Oma.

»Keine einzige«, sagte Nanny heiter.

»Dann sehen wir lieber zu, dass wir sofort von hier türmen.«

Nanny zog ein Stück Pappe und einen Bleistiftstummel aus ihrem Hut, leckte die Mine an und dachte eine Weile nach. Dann schrieb sie:

Lieber Jason etzettera peepee (wie man im Ausland sagt),

was für ein Ding aber auch, jetzt haben sie deine alte Mutter mal wieder eingebuchtet. Ich bin eine echte Knastschwester. Du musst mir einen Kuchen mit eingebackener Feile drin schicken. Sonst muss ich bald wie 'n Zebra rumlaufen. Kleiner Scherz am Rande. Das hier ist ein Bild von unserm Verlies. Da, wo das X ist, da sind wir, also in der Zelle drin. Magrat ist die in dem fürneh-

men Kleid, sie hat sich hier als Courgette ausgegeben. Esme ist die mit der finsteren Miene, weil sie das Schloss nicht aufkriegt, aber das schafft sie schon noch, weil die Guten am Ende immer gewinnen. Und die Guten sind WIR. Und der ganze Zinnober bloß, weil irgend so 'n Mädel irgend so 'nen Prinz nicht heiraten will, der in Wahrheit ein Frosch ist, und ich kann's ihr echt nicht verdenken. Wer will denn auch schon Nachkommen, die sich womöglich irgendwelche Gene eingefangen haben und in den ersten Wochen in einem Marmeladenglas leben müssen und später durch die Gegend hüpfen und plattgetrampelt werden…

Plötzlich drangen die Klänge einer recht passabel gespielten Mandoline durch die Wand, begleitet von einem kleinen, aber zu allem entschlossenen Singstimmchen:

»– si consuenti d'amoure, ventre dimo tontreturoooo –«

»Wie mich hungert, meine Liebste, nach dem Speisesaal deiner warmen Zersetzung«, dolmetschte Nanny, ohne den Kopf zu heben.

»– della della t'ozentro, audri t'dren vontarieeeeee –«

»Der Laden, der Laden. Ich habe eine Lutschpastille, der Himmel ist rosa«, Nanny.

Oma und Magrat sahen einander an.

»– guarunto del tari, bella pore di larientos –«

»Freue dich, Kerzenmacher, du hast einen großen, dicken –«

»Ich glaub dir kein Wort«, sagte Oma. »Das hast du doch frei erfunden.«

»Das ist eine wortgetreue Übersetzung«, antwortete Nanny. »Ich spreche Ausländisch wie eine Inländische.«

»Frau Ogg? Sind Sie das, Liebste?«

Drei Augenpaare richteten sich auf das hohe Fenster. Ein kleines Gesicht spähte durch die Gitterstäbe.

»Casanunter?«, sagte Nanny.

»So wahr ich lebe, Frau Ogg.«

»Liebste!?«, murmelte Oma.

»Wie haben Sie es geschafft, bis rauf an das Fenster zu kommen?«, fragte Nanny, ohne Esmes Seitenhieb irgendwelche Beachtung zu schenken.

»Ich weiß immer, wo ich mir eine Trittleiter besorgen kann, Frau Ogg.«

»Sie könnten nicht zufälligerweise auch noch einen Schlüssel besorgen?«

»Das würde nichts nützen. Vor der Tür stehen zu viele Wachen, Frau Ogg. Sogar für einen berühmten Degenfechter wie mich. Strikte Anweisung Ihrer Hoheit: Niemand darf Ihnen zuhören oder Sie auch nur ansehen.«

»Wie kommt es eigentlich, dass Sie zur Palastwache gehören, Casanunter?«

»Als Glücksritter darf man nicht wählerisch sein, Frau Ogg«, sagte Casanunter ernst.

»Aber die anderen Wachen sind alle sechs Fuß groß. Sie dagegen sind eher … vertikal etwas kürzer geraten.«

»Was meine Größe angeht, habe ich Sie belogen, Frau Ogg. Ich bin ein weltberühmter Lügner.«

»Ist das wahr?«

»Nein.«

»Und dass Sie der beste Liebhaber der Welt sind, war das auch gelogen?«

Casanunter verfiel in längeres Schweigen.

»Na schön, vielleicht bin ich in Wahrheit nur die Nummer zwei«, sagte er schließlich. »Aber dafür gebe ich mir mehr Mühe.«

»Könnten Sie uns nicht eine Feile beschaffen, Herr Casanunter?«, fragte Magrat.

»Mal sehen, was sich machen lässt.«

Das Gesicht verschwand.

»Vielleicht können wir drei Leute dazu bringen, dass sie uns besuchen. Dann ziehen wir ihre Klamotten an und hauen ab«, schlug Nanny Ogg vor.

»Jetzt hab ich mir auch noch die Hutnadel in den Finger gestochen«, schimpfte Oma Wetterwachs.

»Oder wir überreden Magrat, einen Wachmann zu verführen.«

»Verführ ihn doch selber«, parierte Magrat so gehässig, wie es ihr nur irgend möglich war.

»Von mir aus. Gern.«

»Jetzt haltet mal die Klappe«, sagte Oma. »Wie soll man bei eurem Gequake denn nachdenken–«

Wieder drang vom Fenster ein Geräusch zu ihnen herunter.

Diesmal war es Legba.

Der schwarze Hahn lugte kurz zwischen den Gitterstäben hindurch, dann flog er wieder davon.

»Der ist mir wirklich unheimlich, dieser Gockel«, sagte Nanny. »Jedes Mal, wenn ich ihn sehe, muss ich an Zitronenscheibchen und Kartoffelsalat denken.«

Plötzlich wurde ihr runzliges Gesicht noch runzliger.

»Greebo!«, rief sie. »Wo haben wir Greebo gelassen?«

»Er ist bloß eine Katze«, sagte Oma. »Und die können gut auf sich selber aufpassen.«

»Er ist doch so ein Sensibelchen–«, setzte Nanny an, als plötzlich jemand anfing, die Mauer einzureißen.

Ein Loch tat sich auf. Eine graue Hand griff hindurch und brach einen weiteren Stein aus der Wand. Ein modriger Gestank nach Schlick und Schlamm wogte herein.

Gestein zerbröselte unter schweren Fingern.

»Meine Damen?«, dröhnte eine Stimme.

»Na, wenn das nicht der Herr Samstag ist«, sagte Nanny. »Wie er leibt und lebt beziehungsweise leibte und lebte.«

Samstag knurrte etwas Unverständliches, dann war er verschwunden.

Es hämmerte an der Tür, Schlüssel klirrten.

»Wir machen uns lieber auf die Socken«, sagte Oma. »Los!«

Sie halfen einander durch das Loch nach draußen.

Samstag, der auf der anderen Seite des kleinen Innenhofs stand, setzte sich in Richtung des Ballgeschehens in Bewegung.

Und er war nicht allein. Etwas folgte ihm, wie ein Kometenschweif.

»Was ist das?«

»Das Werk von Frau Gogol«, sagte Oma Wetterwachs grimmig.

Ein immer breiter werdender, düsterer Schatten schwebte hinter Samstag auf das Schlosstor zu, schwärzer als die Nacht. Auf den ersten Blick schien er aus Gestalten zu bestehen, doch beim näheren Hinsehen wurde deutlich, dass es sich lediglich um zerfließende und ständig neu miteinander verschmelzende Schemen handelte. In der dunklen Flut blitzte hin und wieder ein Auge auf. Das Zirpen von Grillen und das Sirren von Mücken drangen daraus hervor. Es roch nach Moos und Schlamm.

»Das ist der Sumpf«, sagte Magrat.

»Das ist die *Vorstellung* von einem Sumpf«, korrigierte Oma. »Ohne die Vorstellung von einem Sumpf gibt es keinen Sumpf.«

»Ach, du lieber Himmel«, sagte Nanny. Doch dann zuckte sie mit den Schultern. »Ella ist in Sicherheit, und wir sind ausgebrochen. Kommt jetzt der Teil, wo wir abhauen? Das wird ja schließlich von uns erwartet.«

Niemand rührte sich vom Fleck.

»Die Gäste da drin sind keine besonders netten Menschen«, sagte Magrat nach einer Weile. »Aber deshalb haben sie noch lange keine Alligatoren verdient.«

»Keinen Schritt weiter, ihr Hexen«, befahl es hinter ihnen. Ein halbes Dutzend Wachen spähte durch das Loch in der Wand.

»Das Leben in der Großstadt ist auf jeden Fall abwechslungsreich«, stellte Nanny fest, während sie eine weitere Nadel aus ihrem Hut nestelte.

»Sie haben Armbrüste«, warnte Magrat. »Gegen Armbrüste kommt man nicht an. Schusswaffen werden erst in Lektion sieben behandelt, und so weit bin ich noch nicht.«

»Und wie wollen die den Abzug betätigen, wenn sie glauben, sie hätten Flossen?«, kam es drohend von Oma.

»Na, na«, sagte Nanny. »Nur schön sachte mit den jungen Pferden. Es weiß schließlich jeder, dass die Guten immer gewinnen, vor allem, wenn sie in der Unterzahl sind.«

Die Männer kletterten aus dem Loch.

Hinter ihnen sprang lautlos ein schwarzer Schatten von der Mauer.

»Na also«, seufzte Nanny. »Ich hab ja gleich gesagt, dass er es ohne sein Frauchen nicht lange aushält.«

Einige Wachen bemerkten den stolzen Blick, mit dem sie an ihnen vorbeisah, und drehten sich um.

Sie fanden sich einem hochgewachsenen, breitschultrigen Mann mit schwarzer Mähne, Augenklappe und einem sehr breiten Grinsen gegenüber.

Er hatte die Arme lässig über der Brust verschränkt.

Greebo wartete, bis ihm die Aufmerksamkeit aller Wachen sicher war, dann bleckte er ganz langsam die Zähne.

Einige Wachen wichen unwillkürlich zurück.

Einer der mutigeren Männer sagte: »Keine Panik. Er ist ja noch nicht mal bewaff–«

Greebo hob die Hand.

Krallen machen kein Geräusch, wenn sie ausgefahren werden. Aber eigentlich sollten sie das. Und zwar ein Geräusch wie »tzing«.

Greebos Grinsen wurde breiter.

Ah! Die Krallen funktionierten also noch …

Klugerweise riss einer der Männer seine Armbrust hoch. Dummerweise achtete er dabei nicht auf Nanny Ogg, die mit der Hutnadel genau hinter ihm stand. Ihre Hand fand derart blitzschnell ins Ziel, dass jeder weisheitssuchende, in Safran gehüllte Jüngling auf der Stelle den Weg der Frau Ogg beschritten hätte. Der Mann stieß einen Schrei aus und ließ die Armbrust fallen.

»Wrauuul …«

Greebo sprang.

Katzen sind wie Hexen. Sie kämpfen nicht, um zu töten, sondern, um zu gewinnen. Und das ist keineswegs dasselbe. Einen Gegner zu töten ist sinnlos. Denn dann weiß er ja nicht, dass er verloren hat. Ein wahrer Sieger braucht einen Gegner, der sich seiner Niederlage voll und ganz bewusst ist. Über eine Leiche kann man nicht triumphieren, aber es gibt nichts Kostbareres als einen geschlagenen Gegner, der bis ans Ende seines traurigen, erbärmlichen Lebens ein geschlagener Gegner bleiben wird.

Katzen sehen das natürlich weniger verkopft. Sie haben einfach Spaß daran, ihren Gegner in die Flucht zu schlagen – um den Schwanz und einige Fellbüschel ärmer.

Greebo bediente sich einer höchst unwissenschaftlichen Kampftechnik, mit der er gegen jeden auch nur halbwegs passablen Degenfechter den Kürzeren gezogen hätte. Wobei sich die Erfolgsaussichten allerdings um einiges erhöhten, wenn genannter Degenfechter glaubte, in eine Art beißwütigen Häcksler geraten zu sein.

Die Hexen sahen sich das Schauspiel interessiert an.

»Ich denke, wir können ihn ruhig hierlassen«, sagte Nanny schließlich. »Er scheint sich prächtig zu amüsieren.«

Sie eilten zum Schlosshof.

Die Kapelle spielte gerade ein anspruchsvolles Stück, als der erste Geiger zufällig zum Eingang sah – worauf ihm klappernd der Bogen aus der Hand fiel. Der Cellist drehte sich neugierig um, folgte dem starren Blick seines Kollegen und versuchte auf einmal, sichtlich verstört, sein Instrument rückwärts zu spielen.

Unter Quietschen, Quäken und Schnarren verstummte ein Instrument nach dem anderen. Die Tänzer drehten sich, vom Schwung getragen, noch eine Zeitlang weiter, bevor sie verwundert ins Stocken gerieten. Dann hoben auch sie den Blick zur Treppe empor.

Auf der obersten Stufe stand Samstag.

Plötzlich erfüllten Trommelschläge die Stille, gegen die sich das abgebrochene Tanzstück so läppisch ausnahm wie Grillengeschrammel. Diese Musik ging ins Blut. Verglichen damit war jede andere Musik nicht mehr als ein jämmerlicher Berieselungsversuch.

Sie ergoss sich in den Schlosshof, begleitet von der Hitze, der

Schwüle und dem modrigen Geruch des Sumpfs. Ein Hauch von Alligator lag in der Luft – wie eine Verheißung.

Die Trommelschläge dröhnten lauter, komplexe Gegenrhythmen, die weniger ins Ohr als direkt ins Herz fuhren.

Samstag wischte sich ein Staubkörnchen von der Schulter des alten Gehrocks und streckte den Arm aus.

Der Zylinder erschien in seiner Hand.

Er streckte auch den anderen Arm aus.

Der schwarze Spazierstock mit dem Silberknauf tauchte wirbelnd aus dem Nichts auf.

Samstag setzte den Hut auf. Er drehte den Stock.

Die Trommeln dröhnten. Nur, dass es … vielleicht keine Trommeln mehr waren, vielleicht kamen die Schläge aus dem Boden, den Wänden oder der Luft. Es war ein rasanter, heißer Takt, dem sich die Menschen nicht entziehen konnten, als schnellte er ihnen direkt durch den Hirnstamm in die Füße, ohne den Umweg über die Ohren zu nehmen.

Auch Samstags Füße bewegten sich. Sie stampften einen ganz eigenen Staccatorhythmus auf den Marmor.

Er tänzelte die Treppe herunter.

Er drehte sich. Er sprang. Die Rockschöße peitschten durch die Luft. Mit einem Hall wie von einer Schicksalsglocke landete er auf dem Boden.

Erst jetzt machte sich unter den Anwesenden Unruhe breit.

Der Prinz quakte.

»Das kann er nicht sein! Er ist *tot*! Männer! Tötet ihn!«

Mit irrem Blick fasste er die Wachen am Fuß der Treppe ins Auge.

Der Hauptmann erbleichte.

»Wie, äh? Schon wieder?«, stammelte er. »Ich weiß nicht, ob …«

»Auf der Stelle!«

Der Hauptmann legte nervös die Armbrust an. Die Spitze des Pfeils malte Achten vor seinen Augen.

»Sofort!«

Die Sehne der Armbrust schnalzte.

Ein dumpfer Aufprall war zu hören.

Samstag sah auf die Federn, die ihm aus der Brust ragten, und erhob grinsend seinen Stock.

Dem Hauptmann stand die Gewissheit des sicheren Todes ins Gesicht geschrieben. Er ließ die Waffe fallen und wandte sich zur Flucht. Nach zwei Schritten brach er zusammen.

»Nein«, sagte eine Stimme hinter dem Prinzen. »*So* tötet man einen Toten.«

Lily Wetterwachs trat aus der Menge, das Gesicht zornesweiß.

»Du hast hier nichts mehr zu suchen«, zischte sie. »Du gehörst nicht in das Märchen.«

Sie hob die Hand.

Die schemenhaften Schatten sammelten sich in Lilys Rücken und ließen ihre Gestalt noch schillernder hervortreten. Ein silbernes Feuer schoss durch die Luft.

Baron Samstag streckte seinen Stock vor. Die Magie schlug in seinen Körper ein und fuhr durch ihn hindurch. Die silbernen Verästelungen, die sich auf dem Boden abzeichneten, knisterten noch ein paar Sekunden, ehe sie verloschen.

»Nein, Gnädigste«, sagte er. »Einen Toten kann man nicht töten.«

Die drei Hexen beobachteten das Duell vom Eingang her.

»Ich konnte fühlen, wie der Strahl vorbeigezischt ist«, sagte Nanny. »Eigentlich hätte er ihn in Stücke reißen müssen!«

»Wen oder was hätte er in Stücke reißen müssen?«, fragte Oma. »Den Sumpf? Den Fluss? Die Welt? Denn das alles ist er! Clever gemacht, Frau Gogol. Das muss Ihnen der Neid schon lassen.«

»Was soll das heißen?«, wollte Magrat wissen. »Wieso ist er das alles?«

Lily wich zurück. Sie hob ein zweites Mal die Hand und schoss einen weiteren Feuerball auf den Baron ab. Dieser traf seinen Hut und zerplatzte wie ein Feuerwerksknaller.

»Dumm, dumm, dumm!«, murmelte Oma. »Sie hat doch gesehen, dass es nichts nützt, und probiert es trotzdem weiter!«

»Bist du jetzt etwa auf ihrer Seite?«, sagte Magrat.

»Nein! Aber Dummheit geht mir gehörig gegen den Strich. Mit dieser Art von Magie richtet man gar nichts aus, Magrat Knoblauch, das müsstest sogar du … o nein, nicht noch einmal …«

Der Baron lachte, als sich auch der dritte Feuerball entlud, ohne Schaden anzurichten. Dann erhob er seinen Gehstock. Zwei Höflinge brachen zusammen.

Lily Wetterwachs war im Zurückweichen bis an den Fuß der Freitreppe gekommen.

Der Baron schritt gemächlich auf sie zu.

»Haben Sie sonst noch was auf Lager, Lady?«

Lily hob die Hände.

Die drei Hexen konnten den fürchterlichen Sog spüren, der entstand, als sie versuchte, sämtliche magischen Kräfte in ihrer Umgebung auf sich zu ziehen.

Draußen stellte der letzte noch aufrecht stehende Wachmann fest, dass er nicht mehr gegen einen Mann kämpfte, sondern gegen einen wütenden Kater. Das war aber auch kein Trost. Es bedeutete lediglich, dass Greebo wieder ein zweites mit scharfen Krallen bewehrtes Pfotenpaar zur Verfügung stand.

Der Prinz schrie.

Es war ein langer, abschwellender Schrei, der unmittelbar über dem Boden in einem Quaken endete.

Bedachtsam trat Baron Samstag einen Schritt vor, und es hatte sich ausgequakt.

Das Trommeln brach ab.

Nun senkte sich eine echte Stille herab, unterbrochen nur vom Rascheln des weißen Kleides, als Lily die Treppe hinauf floh.

Hinter den Hexen sagte eine Stimme: »Danke, meine Damen. Würden Sie jetzt bitte beiseitetreten?«

Die drei drehten sich um. Es war Frau Gogol. Sie hielt Ella bei der Hand und hatte eine pralle, bunt bestickte Tasche über der Schulter hängen.

Die Voodoo-Frau führte das Mädchen die Treppe hinunter und durch die schweigende Menge hindurch.

»Das ist auch nicht richtig«, knurrte Oma.

»Was?«, fragte Magrat. »Was ist nicht richtig?«

Baron Samstag stieß seinen Stock auf den Boden. »Ihr kennt mich«, sagte er. »Ihr wisst, dass ich getötet wurde. Und jetzt stehe ich vor euch. Man hat mich ermordet. Und ihr? Was habt ihr getan–?«

»Was führen Sie im Schilde, Frau Gogol?«, murmelte Oma in sich hinein. »Nein, das werde ich niemals zulassen.«

»Pst, ich kann ihn nicht verstehen«, sagte Nanny.

»Er sagt, sie können ihn als Herrscher zurückhaben oder Ella nehmen«, erklärte Magrat.

»Sie werden Frau Gogol bekommen«, raunte Oma. »Als grausame Eminenz.«

»Sie ist doch gar nicht so übel«, wandte Nanny ein.

»Im Sumpf ist sie nicht so übel«, sagte Oma. »Wenn es jemanden gibt, der das Gegengewicht zu ihr bildet. Aber dass Frau Gogol einer ganzen Stadt vorschreibt, was sie zu tun und zu lassen hat … das ist nicht richtig. Die Magie ist ein viel zu kostbares Gut, als dass man sie fürs Regieren missbrauchen darf. Außerdem hat Lily die Menschen nur töten lassen – während Frau Gogol sie nach der Hinrichtung auch noch zwingen würde, Holz zu hacken und den Haushalt zu besorgen. Ich finde, wenn man ein arbeitsreichen Leben hinter sich hat, sollte man es wenigstens danach ein bisschen ruhiger angehen lassen dürfen.«

»Schließlich will man sich die Petersilie doch ganz gemütlich von unten angucken«, sagte Nanny.

Oma blickte an ihrem weißen Kleid hinab. »Ich wünschte, ich hätte meine eigenen Sachen an. Die einzig richtige Farbe für eine Hexe ist Schwarz.«

Sie marschierte die Treppe hinunter und legte die Hände trichterförmig um den Mund: »Huhu, Frau Gogol!«

Baron Samstag verstummte. Frau Gogol nickte Oma zu.

»Ja, Fräulein Wetterwachs?«

»*Frau*«, kläffte Oma ruppig, schlug aber sogleich einen etwas sanfteren Ton an.

»Was Sie hier treiben, ist nicht richtig. Sicher, Ella ist die rechtmäßige Herrscherin, so weit, so gut. Und Sie haben ihr mit Magie geholfen, bis hierher zu kommen. Daran ist auch nichts auszusetzen. Aber nun muss damit Schluss sein. Wie es weitergehen soll, muss sie ganz allein entscheiden. Man darf mit Magie kein Recht durchsetzen. Man darf nur Unrecht verhindern.«

Frau Gogol richtete sich zu ihrer vollen, imposanten Größe auf. »Wie kommen Sie dazu, mir vorzuschreiben, was ich zu tun oder zu lassen habe?«

»Wir sind Ellas gute Feen«, sagte Oma.

»Genau«, sagte Nanny.

»Und wir haben einen Zauberstab«, sagte Magrat.

»Aber Sie verabscheuen doch gute Feen, Frau Wetterwachs«, wandte Frau Gogol ein.

»Wir gehören zu der anderen Sorte«, sagte Oma. »Wir gehören zu den guten Feen, die den Menschen das geben, was sie wirklich brauchen, und nicht das, was sie sich unserer Meinung nach wünschen sollten.«

Einige Gäste in der gebannt lauschenden Menge mussten sich diese Aussage erst ein paarmal stumm vormurmeln, um sie zu verstehen.

»Dann haben Sie Ihre Feenpflichten ja jetzt erledigt«, sagte Frau Gogol, die schneller denken konnte als die meisten anderen. »Und obendrein ausgezeichnete Arbeit geleistet.«

»Sie haben nicht zugehört«, entgegnete Oma. »Das Feenamt umfasst viel mehr, als man gemeinhin denkt. Kann sein, Ella wird eine gute Herrscherin. Kann sein, sie wird eine schlechte. Aber das muss sie selbst herausfinden. Ohne Einmischung von außen.«

»Und wenn ich nein sage?«

»Dann müssen wir uns wohl oder übel weiterhin als Feen betätigen«, antwortete Oma.

»Wissen Sie eigentlich, wie lange ich auf diesen Sieg hingearbeitet habe?«, fragte Frau Gogol von oben herab. »Wissen Sie, was ich alles *verloren* habe?«

»Aber nun haben Sie ja gewonnen, und damit muss die Sache dann auch ein Ende haben«, sagte Oma.

»Wollen Sie mich etwa herausfordern, Frau Wetterwachs?«

Oma zögerte nur einen Augenblick, dann straffte sie die Schultern und nahm kaum merklich die Arme zur Seite. Nanny und Magrat rückten ein Stückchen von ihr ab.

»Wenn Sie mir keine andere Wahl lassen.«

»Mein Voodoo gegen Ihre ... Kopfologie?«

»Wenn Sie darauf bestehen.«

»Und um welchen Einsatz soll es gehen?«

»Keine magische Einmischung mehr in Gennuesische Angelegenheiten«, antwortete Oma. »Keine Märchen mehr. Keine Feen. Nur Menschen, die ihre eigenen Entscheidungen treffen. Ob gut oder schlecht. Ob richtig oder falsch.«

»Einverstanden.«

»Und Lily Wetterwachs überlassen Sie mir.«

Frau Gogol schnappte so laut nach Luft, dass es im ganzen Schlosshof zu hören war.

»Niemals!«

»Ach was?«, sagte Oma. »Sie haben doch nicht etwa Angst zu verlieren, oder?«

»Ich möchte Ihnen nichts zuleide tun, Frau Wetterwachs.«

»Das freut mich«, sagte Oma. »Ich möchte nämlich auch nicht, dass Sie mir etwas zuleide tun.«

»Ihr sollt nicht kämpfen«, rief Ella.

Aller Augen richteten sich auf sie.

»Wir müssen auf sie hören«, sagte Oma Wetterwachs. »Schließlich ist sie ja jetzt die Herrscherin, nicht wahr?«

»Ich halte mich aus den Angelegenheiten der Stadt raus«, sagte Frau Gogol. »Aber Lilith gehört mir.«

»Nein.«

Frau Gogol zog eine Lumpenpuppe aus ihrer bunt bestickten Tasche.

»Sehen Sie das hier?«

»Ja«, antwortete Oma.

»Die Puppe sollte eigentlich Lilith darstellen. Sie möchten doch nicht, dass sie stattdessen *Sie* verkörpert.«

»Tut mir leid, Frau Gogol«, sagte Oma fest. »Ich kenne meine Pflicht.«

»Sie sind eine kluge Frau, Frau Wetterwachs. Aber Sie sind auch sehr fern der Heimat.«

Oma zuckte nur mit den Schultern. Frau Gogol hielt die Puppe an der Taille hoch. Sie hatte saphirblaue Augen.

»Sie kennen sich mit Spiegelmagie aus? Nun, das hier ist meine Art von Spiegel, Frau Wetterwachs. Ich kann die Puppe in Sie verwandeln. Und ich kann ihr Leid zufügen. Zwingen Sie mich nicht dazu. Bitte.«

»Tun Sie, was Sie nicht lassen können, Frau Gogol. Aber um Lily kümmere ich mich.«

»Nimm dich in Acht, Esme«, raunte Nanny ihr zu. »Die Frau weiß, was sie tut.«

»Der ist alles zuzutrauen«, sagte Magrat.

»Ich habe den allergrößten Respekt vor Frau Gogol«, antwortete Oma. »Eine fabelhafte Frau. Aber sie redet zu viel. An ihrer Stelle hätte ich die Puppe schon längst mit ein paar dicken Nägeln gespickt.«

»Das glaub ich dir gern«, sagte Nanny. »Ein Glück, dass du die Gute bist.«

»Also dann.« Oma erhob erneut die Stimme. »Ich werde jetzt meine Schwester suchen, Frau Gogol. Diese Sache ist eine Familienangelegenheit.«

Sie schritt entschlossen auf die Treppe zu.

Magrat zückte ihren Zauberstab.

»Wenn sie Oma etwas antut, wird sie bis an ihr Lebensende als orangefarbene Kugel mit Kernen durch die Gegend rollen«, sagte sie.

»Ich glaube, das wäre Esme gar nicht recht«, entgegnete Nanny. »Nur keine Bange. Sie glaubt nicht an diesen Firlefanz mit Nadeln und Puppen.«

»Sie glaubt doch an gar nichts! Aber Frau Gogol glaubt daran, und darauf kommt es an! Denn es sind *ihre* Kräfte, um die es hier geht!«

»Meinst du nicht, dass Esme das ebenfalls weiß?«

Oma Wetterwachs hatte inzwischen die Treppe erreicht.

»Frau Wetterwachs!«

Oma wandte sich um.

Frau Gogol hielt einen langen spitzen Holzspan in der Hand. Mit einem hoffnungslosen Kopfschütteln stieß sie ihn der Puppe in den Fuß.

Esme Wetterwachs zuckte zusammen.

Schon bohrte sich der Lumpenpupe ein zweiter Splitter in den Arm.

Oma erbebte und fasste sich mit schwerer Hand an den Ärmel. Als sie die Treppe weiter hinaufstieg, hinkte sie leicht.

»Als Nächstes könnte ich mir das Herz vornehmen, Frau Wetterwachs«, rief die Voodoo-Hexe.

»Davon bin ich überzeugt. Sie beherrschen Ihr Handwerk«, antwortete Oma, ohne sich umzublicken.

Frau Gogol stach einen Span in das andere Bein. Oma ging halb in die Knie und musste sich am Geländer festhalten. Neben ihr loderte eine der großen Fackeln auf.

»Beim nächsten Mal!«, sagte Frau Gogol. »Verstanden? Beim nächsten Mal. Das bringe ich fertig!«

Oma drehte sich um.

Hunderte von Gesichtern waren zu ihr emporgereckt.

Sie sprach so leise, dass sie kaum zu verstehen war.

»Ich weiß, dass Sie es können, Frau Gogol. Weil Sie wirklich daran glauben. Was war noch gleich der Einsatz? Lily, ja? Lily und die Stadt?«

»Was spielt denn das jetzt noch für eine Rolle?«, fragte Frau Gogol. »Wollen Sie sich nicht endlich geschlagen geben?«

Oma Wetterwachs steckte sich nachdenklich den kleinen Finger ins Ohr und wackelte darin herum.

»Nein«, antwortete sie. »Nein, ich glaube nicht. Sehen Sie her, Frau Gogol! Passen Sie ganz genau auf.«

Sie ließ den Blick durch den Schlosshof wandern und fasste für einen Sekundenbruchteil Magrat ins Auge.

Dann drehte sie sich zur Seite und streckte den Arm bis zum Ellenbogen in die brennende Fackel.

Die Puppe, die Erzulie Gogol in der Hand hielt, ging in Flammen auf.

Sie brannte auch noch, nachdem die Voodoo-Frau sie mit einem Schmerzensschrei fallen gelassen hatte. Sie brannte, bis Nanny Ogg fröhlich pfeifend anspaziert kam und die Flammen mit einem Krug Obstsaft vom Büffet löschte.

Oma zog den Arm wieder aus der Fackel. Er war unversehrt geblieben.

»*Das* ist Kopfologie«, sagte sie. »Das Einzige, was zählt. Alles andere ist Kinderkram. Ich hoffe, ich habe Sie nicht verletzt, Frau Gogol.«

Sie drehte sich um und ging weiter die Treppe hinauf.

Frau Gogol starrte auf das nasse Aschehäuflein. Nanny Ogg tätschelte ihr kumpelhaft die Schulter.

»Wie hat sie das gemacht?«, stammelte die Voodoo-Frau.

»Hat sie gar nicht. Sie hat *Sie* dazu gebracht, es selbst zu machen«, antwortete Nanny. »Bei Esme Wetterwachs muss man immer auf alles gefasst sein. Ich würde zu gern miterleben, dass sich mal irgend so ein Zen-Spinner mit ihr anlegt.«

»Und sie ist die *Gute*?«, fragte Baron Samstag.

»Ja«, sagte Nanny. »Schon komisch, wie das Leben manchmal so spielt.«

Sie warf einen versonnenen Blick auf den leeren Saftkrug.

»Was hier fehlt«, sagte sie wie jemand, der nach reiflicher Überlegung zu einem wohlbegründeten Schluss gekommen ist, »sind Bananen und Rum.«

Als sie entschlossenen Schrittes die Alkoholika ansteuern wollte, wurde sie von Magrat am Kleid festgehalten.

»Dafür ist jetzt keine Zeit!«, sagte die Junghexe. »Wir müssen hinter Oma her! Vielleicht braucht sie unsere Hilfe!«

»Das kann ich mir im Traum nicht vorstellen«, antwortete

Nanny. »Ich würde nur ungern in Lilys Schuhen stecken, wenn Esme sie aufstöbert.«

»Aber ich habe Oma noch nie so aufgewühlt gesehen«, sagte Magrat. »Es könnte Gott weiß was passieren.«

»Das will ich doch schwer hoffen.« Nanny nickte einem Lakaien zu, der mit einer raschen Auffassungsgabe gesegnet war und sofort dienstbeflissen herbeisprang.

»Womöglich richtet sie ein fürchterliches Unheil an.«

»Umso besser. Das hat sie schon immer mal machen wollen«, sagte Nanny. »Einen Bananendaikry, Mahatma Bambi, dalli klick.«

»Nein. Das wäre keine gute Idee«, beharrte Magrat.

»Na *gut*.« Nanny reichte den leeren Krug an Baron Samstag weiter, der ihn wie in Trance entgegennahm.

»Wir müssen mal eben was regeln gehen«, sagte sie. »Tut mir leid. Aber feiert schön weiter … falls noch jemandem danach ist.«

Als die Hexen fort waren, hob Frau Gogol die triefenden Puppenreste auf.

Ein, zwei Gäste hüstelten verlegen.

»Und das soll alles gewesen sein?«, fragte der Baron. »Nach zwölf Jahren?«

»Der sogenannte Prinz ist tot«, antwortete Frau Gogol.

»Aber du hast mir versprochen, dass ich mich an ihr rächen darf«, sagte der Baron.

»Sie wird der Rache nicht entgehen.« Die Voodoo-Frau warf die Puppe wieder hin. »Lilith hat zwölf Jahre lang vergeblich gegen mich gekämpft. Frau Wetterwachs dagegen ist noch nicht mal ins Schwitzen geraten. Deshalb glaube ich, dass sie der Rache sicher ist.«

»Du bist doch nicht verpflichtet, dein Versprechen zu halten!«

»Doch. Ich muss zu meinem Wort stehen.« Frau Gogol legte Ella den Arm um die Schultern.

»Da hast du's, Kind«, sagte sie. »Das Schloss gehört dir. Die

Stadt gehört dir. Keiner der hier Anwesenden wird dir dein Recht streitig machen.«

Der Blick, mit dem sie die Gäste musterte, ließ den einen oder anderen zurückweichen.

Ella sah zu Samstag auf.

»Ich habe das Gefühl, dass ich Sie kenne. Und Sie auch«, fügte sie an Frau Gogol gewandt hinzu. »Ich habe Sie schon mal gesehen, Sie beide. Vor langer Zeit?«

Baron Samstag wollte antworten, aber Frau Gogol brachte ihn mit einer Handbewegung zum Schweigen.

»Wir haben es versprochen«, sagte sie. »Keine Einmischung.«

»Auch nicht von uns?«

»Vor allem nicht von uns.« Sie drehte sich zu Ella um. »Wir sind nur … irgendwelche Leute.«

»Verstehe ich das richtig?«, sagte Ella. »Ich habe jahrelang in einer Küche geschuftet … und jetzt … soll ich eine Stadt regieren? Einfach so?«

»Ganz recht.«

Ella blickte zu Boden und dachte angestrengt nach.

»Und wenn ich etwas befehle, müssen die Leute es machen?«, fragte sie treuherzig.

Im Schlosshof war vereinzelt nervöses Räuspern zu hören.

»Ja«, antwortete Frau Gogol.

Ella kaute an ihrem Daumennagel. Endlich hob sie den Kopf.

»Dann befehle ich als Erstes das Ende des Balls. Das sofortige Ende! Ich will auf den Karneval. Ich wollte schon immer in den Straßen tanzen.« Sie ließ den Blick über die besorgten Mienen der Gäste wandern. »Keiner ist verpflichtet mitzukommen«, fügte sie hinzu.

Der gennuesische Adel wusste aus langjähriger Erfahrung nur zu gut, was es bedeutet, wenn ein Herrscher sagt, etwas sei nicht verpflichtend.

Der Schlosshof leerte sich in Minutenschnelle – lediglich drei Gestalten blieben zurück.

»Aber … aber … ich wollte doch Rache«, sagte der Baron. »Ich wollte den Tod. Ich wollte, dass unsere Tochter an die Macht kommt.«

ZWEI DRITTEL DEINER WÜNSCHE HABEN SICH ERFÜLLT. KEINE SCHLECHTE QUOTE.

Frau Gogol und der Baron drehten sich um. Tod stellte sein Glas ab und trat vor.

Baron Samstag drückte den Rücken durch.

»Ich bin bereit«, sagte er.

Tod zuckte mit den Schultern. Bereit oder nicht, schien er sagen zu wollen. Ihm konnte es egal sein.

»Aber ich habe dich warten lassen«, fügte der Baron hinzu. »Zwölf Jahre lang!« Er nahm Erzulie in den Arm. »Als sie mich getötet und in den Fluss geworfen haben, haben wir dir Lebenszeit gestohlen!«

DU HAST NUR AUFGEHÖRT ZU LEBEN. DU BIST NICHT GESTORBEN. DAMALS WOLLTE ICH DICH NICHT HOLEN.

»Nicht?«

ICH BIN HEUTE ABEND MIT DIR VERABREDET.

Der Baron reichte Frau Gogol den Spazierstock. Er nahm den schwarzen Zylinder ab und schlüpfte aus dem Gehrock.

In dessen Falten knisterte Energie.

»Das Ende von Baron Samstag«, sagte er.

VIELLEICHT. SCHICKER HUT.

Der Baron wandte sich an Erzulie.

»Ich denke, ich muss gehen.«

»Ja.«

»Und was hast du vor?«

Die Voodoo-Frau blickte auf den Hut, den sie in Händen hielt.

»Ich kehre zurück in den Sumpf«, antwortete sie.

»Kannst du nicht hierbleiben? Ich traue dieser Hexe aus dem Ausland nicht über den Weg.«

»Aber ich. Also geh ich zurück in den Sumpf. Weil manche Märchen ein Ende haben müssen. Was auch immer aus Ella wird, sie ist selbst dafür verantwortlich.«

Bis zu den schlammig braunen Wassern des Flusses war der Weg nicht weit.

Am Ufer blieb der Baron stehen.

»Wird sie glücklich und zufrieden sein bis ans Ende aller Tage?«, fragte er.

BIS IN ALLE EWIGKEIT WOHL NICHT. ABER VIELLEICHT LANGE GENUG.

Und so enden Märchen.

Die böse Hexe ist besiegt, die zerlumpte Prinzessin bekommt, was ihr zusteht, das Königreich ist gerettet. Alle sind glücklich. Alle sind zufrieden. Nur Leben gibt es keines mehr.

Märchen *wollen* enden. Ihnen ist es egal, wie es hinterher weitergeht…

Nanny Ogg hetzte durch einen Korridor.

»So hab ich sie noch nie erlebt«, schnaufte sie. »Esme ist in einer komischen Stimmung. Sie könnte zur Gefahr für sich selber werden.«

»Auf jeden Fall ist sie eine Gefahr für andere«, antwortete Magrat. »Sie–«

Vor ihnen traten die Schlangenfrauen aus einer Tür und kamen ihnen entgegen.

»Sieh's mal so«, murmelte Nanny. »Was können die uns schon groß anhaben?«

»Ich kann Schlangen nicht ausstehen«, sagte Magrat leise.

»Sicher, sie haben Zähne«, sagte Nanny so nüchtern, als ob sie einen Vortrag hielte. »Womöglich sind es sogar Giftzähne. Schnell weg, Kind. Vielleicht finden wir ja einen anderen Weg.«

»Ich hasse Schlangen.«

Nanny zerrte an Magrat, die sich nicht von der Stelle rührte.

»Komm weiter!«

»Ich hasse sie aus tiefstem Herzen.«

»Aus sicherer Entfernung kannst du sie bestimmt noch viel besser hassen!«

Die Schwestern hatten die Hexen fast erreicht. Sie gingen nicht – sie glitten. Vielleicht hatte Lilys Konzentration nachgelassen, denn sie waren schlangenähnlicher als je zuvor. Nanny glaubte sogar, unter ihrer Haut ein Schuppenmuster erkennen zu können. Und die Mundpartie war völlig missraten.

»Magrat!«

Eine der Schwestern streckte die Hände aus. Magrat erschauderte.

Die Schlangenschwester riss den Mund auf.

Magrat sah ihr in die Augen und verpasste ihr wie in Trance einen derart harten rechten Haken, dass sie mehrere Schritt weit nach hinten geschleudert wurde.

Es war kein Schlag aus dem Lehrbuch irgendeines Weges oder Pfades. Niemand ist je auf die Idee gekommen, ihn zeichnerisch darzustellen oder mit einem Kopfverband vor dem Spiegel einzuüben. Dieser Schlag kam direkt aus dem ererbten Lexikon panischer Überlebensreflexe.

»Nimm den Zauberstab!«, rief Nanny und machte blitzschnell einen Satz nach vorn. »Lass den Ninja-Quatsch! Nimm den Stab! Dafür ist er doch da!«

Instinktiv fuhr die andere Schlange herum, um der Bewegung zu folgen – ein Beweis dafür, dass der Instinkt nicht immer den Schlüssel zum Überleben darstellt, denn sogleich landete Magrat einen wuchtigen Hieb auf ihrem Hinterkopf. Mit dem Zauberstab.

Sie sackte zusammen und verlor noch im Fallen ihre Gestalt.

Eines muss man nämlich über Hexen wissen: Sie laufen nie vor Dingen davon, die sie aus tiefstem Herzen hassen.

Bei in die Enge getriebenen kleinen Pelztieren ist es ähnlich. Hin und wieder entpuppt sich eines von ihnen als Mungo.

Oma Wetterwachs hatte nie verstanden, was am Vollmond so besonders sein sollte. Schließlich war er bloß eine große helle Scheibe. Mit dem Neumond verhielt es sich genauso – ein dunkler Kreis, mehr nicht.

Allenfalls wenn der Mond weder ganz zur Welt des Lichts noch ganz zur Welt der Dunkelheit gehörte, wenn er quasi zwei Gesichter hatte, konnte *vielleicht* sogar eine Hexe an ihn glauben.

In dieser Nacht stieg der Halbmond aus den Nebeln, die über dem Sumpf lagen.

Lilys Spiegelnest reflektierte sein kaltes Licht wie auch alles andere. An der Wand lehnten die drei Hexenbesen.

Oma nahm sich den, der ihr gehörte. Sie trug weder einen Hut, noch hatte ihr Kleid die richtige Farbe; sie brauchte unbedingt etwas, das ihr vertraut war.

Nichts regte sich.

»Lily?«, sagte Oma leise.

Ihr eigenes Bild blickte ihr aus den Spiegeln entgegen.

»Von mir aus ist der Spuk vorbei«, sagte Oma. »Ich gebe dir meinen Besen und nehme mir Magrats. Sie kann bei Gytha mitfliegen. Frau Gogol wird dich nicht verfolgen. Dafür habe ich gesorgt. Und zu Hause können wir noch Hexen gebrauchen. Aber als gute Fee musst du aufhören. Und es werden auch keine Leute mehr getötet, nur damit ihre Töchter besser in ein Märchen passen, wie du es mit dem Baron gemacht hast. Komm mit nach Hause. Das ist ein Angebot, das du nicht ausschlagen kannst.«

Lautlos glitt ein Spiegel zurück.

»Versuchst du etwa, *nett* zu mir zu sein?«, fragte Lily.

»Glaub ja nicht, dass mir das leichtfällt«, antwortete Oma, die wieder einen etwas normaleren Ton angeschlagen hatte.

Lilys Kleid raschelte im Dunkeln, als sie zwischen den Spiegeln hervortrat.

»Dann hast du die Frau aus dem Sumpf also besiegt«, sagte sie.

»Nein.«

»Aber du bist hier, nicht sie.«

»Ja.«

Lily nahm Oma den Besen aus der Hand und sah ihn sich genauer an.

»Ich hab so ein Ding noch nie benutzt«, sagte sie. »Man setzt sich bloß drauf und fliegt los?«

»Bei diesem Exemplar muss man ziemlich Anlauf nehmen, bevor er abhebt«, antwortete Oma. »Aber im Großen und Ganzen funktioniert es so, ja.«

»Hm. Kennst du die Symbolik des Hexenbesens?«, fragt Lily.

»Hat die was mit Maibäumen, Volksliedern und solchem Kram zu tun?«, fragte Oma zurück.

»Aber ja.«

»Dann will ich nichts davon wissen.«

»Nein«, sagte Lily. »Das hätte mich auch gewundert.«

Sie gab den Besen zurück.

»Ich bleibe hier«, sagte sie. »Nur weil Frau Gogol sich einen neuen Trick ausgedacht hat, bedeutet das noch lange nicht, dass sie gewonnen hat.«

»Falsch. Ich sage doch, der Spuk ist vorbei«, wiederholte Oma. »Jedes Märchen hat ein Ende. So ist das nun mal. Du hättest die Welt eben nicht in Märchen verwandeln dürfen. So was macht man nicht. Man behandelt Menschen nicht wie Figuren oder Sachen. Wer es trotzdem tut, sollte wenigstens erkennen können, wann das Spiel aus ist.«

»Und dann hat man gefälligst seine rot glühenden Schuhe anzuziehen und zu tanzen, bis man tot umfällt?«, fragte Lily.

»So in etwa, ja.«

»Während alle anderen glücklich und zufrieden bis ans Ende ihrer Tage leben?«

»Wer weiß?«, sagte Oma. »Das liegt an ihnen. Aber eines darfst du mir glauben: Du bekommst keine zweite Chance. Du hast verloren.«

»Du weißt doch selbst, dass eine Wetterwachs nie verliert«, antwortete Lily.

»Eine von ihnen muss es heute Nacht lernen«, gab Oma zurück.

»Aber wir befinden uns außerhalb der Märchen«, sagte Lily. »Ich, weil sie durch mich geschehen, und du, weil du sie bekämpfst. Wir beide stehen im Mittelpunkt, wir sind frei–«

Hinter ihnen klapperte es auf der Wendeltreppe. Magrat und Nanny Ogg lugten über die oberste Stufe.

»Brauchst du Hilfe, Esme?«, fragte Nanny vorsichtig.

Lily lachte.

»Da kommen *deine* kleinen Schlangen, Esme.«

»Soll ich dir was sagen?«, fügte sie hinzu. »Du bist wirklich genau wie ich. Wusstest du das nicht? Jeden Gedanken, der mir durch den Kopf gegangen ist, hast du auch schon gehabt. Jede Tat, die ich begangen habe, hast du selbst in Betracht gezogen. Aber du hattest nie den Mut dazu. Das ist der Unterschied zwischen Leuten wie mir und Leuten wie dir. Wir haben den Mut, das zu tun, wovon ihr nur träumt.«

»Ach ja?«, sagte Oma. »Du denkst also, ich träume?«

Lily bewegte einen Finger. Hilflos zappelnd schwebte Magrat die letzten Stufen herauf und fuchtelte wie wild mit dem Zauberstab.

»Das gefällt mir«, sagte Lily. »Dass sich Leute etwas wünschen. Ich hab mir mein Leben lang noch nichts gewünscht. Ich lasse Dinge lieber geschehen. Das ist sehr viel lohnender.«

Magrat knirschte mit den Zähnen.

»Ich würde bestimmt keinen guten Kürbis abgeben, Kindchen.« Lily wedelte lässig mit der Hand. Magrat stieg höher.

»Du würdest dich wundern, wozu ich alles fähig bin, Esme«, fuhr Lily verträumt fort, während sie die Junghexe umhertreiben ließ. »Du hättest es auch mal mit Spiegeln versuchen sollen. Wirkt wahre Wunder für die Seele. Die Frau aus dem Sumpf habe ich nur deshalb verschont, weil mich ihr Hass beflügelt hat. Ich mag es nämlich, wenn man mich hasst, weißt du? Aber *natürlich* weißt du das. Hass ist eine Form von Respekt. Gehasst zu werden beweist, dass man etwas bewirkt. Es ist wie ein kaltes Bad an einem heißen Tag. Wenn dumme Menschen die Sinnlosigkeit ihres Tuns einsehen müssen, wenn sie ohnmächtig vor Wut erkennen, dass sie geschlagen sind und ihnen nichts geblieben ist außer einer klaffende Leere in der Magengrube – tja, um ganz ehrlich zu sein, das ist für mich so belebend wie ein Gebet. Und dann die Märchen … die Märchen zu beherrschen … sich ihre Kraft auszuborgen … ihren Trost … in ihrem verborgenen Zentrum zu stehen … Kannst du das nachvollziehen? Diese tiefe Befriedigung, wenn sich ihre Muster wiederholen? Ich habe Muster schon immer geliebt. Und wenn dieses Ogg-Weib nicht sofort aufhört, sich von hinten an mich heranzuschleichen, lasse ich deine junge Freundin über den Schlosshof hinausschweben, Esme. Und dann? Wer weiß? Vielleicht verliere ich das Interesse an ihr.«

»Ich bin bloß ein bisschen hin und her gegangen«, sagte Nanny. »Das ist doch nicht verboten.«

»Du hast das Märchen in deinem Sinne verändert«, fuhr Lily fort, »und jetzt verändere ich es in meinem. Ich sage es dir noch einmal: Du brauchst nur zu gehen. Flieg nach Hause. Was im fernen Gennua passiert, braucht dich nicht weiter zu kümmern. Schwer zu sagen, ob ich es tatsächlich mit dir aufnehmen kann... aber deine beiden Freundinnen? Die haben gegen mich nicht den Hauch einer Chance. Ich könnte Marmelade aus ihnen machen. Das ist dir doch wohl hoffentlich klar. Ich bin also ganz deiner Ansicht, dass heute Nacht *eine* Wetterwachs das Verlieren lernen muss.«

Oma schwieg eine Zeitlang, auf den nutzlosen Besen gestützt.

»Na schön. Lass sie runter«, knurrte sie schließlich. »Und dann sage ich auch, dass du gewonnen hast.«

»Wenn ich dir doch nur glauben könnte«, antwortete Lily. »Andererseits... du bist die Gute, nicht wahr? Du musst dein Wort halten.«

»Sieh her«, sagte Oma. Sie trat an die Brüstung und sah in die Tiefe. Das Licht des doppelgesichtigen Mondes reichte eben aus, um die Nebelschwaden zu erhellen, die das Schloss wie ein Meer umgaben.

»Magrat? Gytha?«, sagte sie. »Tut mir leid. Lily, du hast gewonnen. Ich gebe mich geschlagen.«

Oma sprang.

Nanny Ogg stürzte zur Mauer. Als sie zwischen den Zinnen hindurch in den Abgrund blickte, sah sie gerade noch, wie eine verschwommene Gestalt vom Nebel verschluckt wurde.

Die drei Frauen auf dem Turm schnappten nach Luft.

»Das ist ein Trick«, sagte Lily. »Ein Ablenkungsmanöver.«

»Ist es nicht!«, schrie Magrat und sackte zu Boden.

»Sie hatte ihren Besen bei sich«, sagte Lily.

»Aber der ist kaputt! Er startet nicht!«, rief Nanny. »Also gut…« Drohend baute sie sich vor Lily Wetterwachs auf. »Wir werden schon noch dafür sorgen, dass Ihnen das eingebildete Grinsen vergeht–«

Sie brach ab, als ihr ein silberscharfer Schmerz durch den Körper schoss.

Lily lachte.

»Dann war es also kein Trick?«, sagte sie. »Tatsächlich. Ich sehe es euch an. Esme war klug genug, zu wissen, dass sie nicht gewinnen konnte. Nehmt euch lieber ein Beispiel an ihr. Und richte den albernen Zauberstab gefälligst nicht auf mich, Magrat Knoblauch. Die alte Desiderata hätte mich schon vor langer Zeit erledigt, wenn sie es gekonnt hätte. Die Menschen haben einfach keinen Verstand.«

»Schnell, Nanny! Nach unten«, sagte Magrat. »Vielleicht liegt sie da–«

»So ist es richtig. Seid gut. Das könnt ihr am besten«, rief Lily, als die beiden Hexen zur Treppe liefen.

»Aber wir kommen wieder«, fauchte Nanny Ogg. »Selbst wenn wir bei Frau Gogol im Sumpf leben und Schlangenköpfe essen müssen!«

»Selbstverständlich.« Lily hob eine Augenbraue. »Das sage ich doch. Man braucht Leute wie euch. Sonst weiß man nie, ob man noch etwas drauf hat. Und man behält den Spielstand besser im Blick.«

Sie sah ihnen nach, wie sie auf der Treppe verschwanden.

Eine Windbö wehte über den Turm. Lily raffte ihre Röcke und trat an die Brüstung. Tief unter ihr waberte der Nebel über die Giebel. Schwach war in der Ferne die Musik des Karnevalstreibens auf den Straßen zu hören.

Bald würde es Mitternacht sein. Die *echte* Mitternacht, nicht die billige Fälschung eines alten Weibs, das in einer Uhr herumkrabbelte.

Lily versuchte, durch die Dunstschwaden bis zum Fuß des Turms zu spähen.

»Ach, Esme«, murmelte sie. »Du warst wirklich keine gute Verliererin.«

Nanny packte Magrat am Arm. »Nicht so schnell.«

»Aber sie könnte verletzt sein!«

»Genau wie du, wenn du stolperst und die Wendeltreppe runterstürzt«, sagte Nanny. »Außerdem glaube ich nicht, dass Esme wie ein Bündel Lumpen im Schlosshof liegt. So würde sie im Leben nicht abtreten. Ich schätze, es war wirklich nur ein Ablenkungsmanöver, damit Lily nicht auf die Idee kommt, uns was anzutun. Esme dachte bestimmt, wir wären ihr ... Wie war das noch mal mit diesem tsortanischen Burschen, den man nur verwunden konnte, wenn man ihn an der richtigen Stelle getroffen hat? Er war unbesiegbar, bis seine Feinde ihm draufgekommen sind. Ich glaube, es war sein Knie. Wir sind ihr tsortanisches Knie, verstehst du?«

»Aber wir wissen doch, dass ihr Besen wahnsinnig viel Anlauf braucht, um zu starten!«, schrie Magrat.

»Stimmt. Das dachte ich auch erst. Jetzt frage ich mich allerdings – wie schnell wird man wohl, wenn man senkrecht nach unten fällt?«

»Das ... das weiß ich nicht.«

»Ich vermute stark, Esme wollte es rauskriegen«, sagte Nanny.

Als sie um einen Treppenknick bogen, kam ihnen mit schweren Schritten eine Gestalt entgegen. Die beiden Hexen machten ihr höflich Platz.

»Wenn ich mich doch bloß daran erinnern könnte, an welchem Körperteil man den Tsortaner treffen musste«, sagte Nanny. »Die Frage geht mir jetzt bestimmt die ganze Nacht nicht mehr aus dem Sinn.«

AN DER FERSE.

»Ach ja? Danke sehr.«

GERN GESCHEHEN.

Die Gestalt stieg weiter nach oben.

»Der war aber toll verkleidet, was?«, sagte Magrat schließlich.

Sie sahen einander fragend in die Augen.

Magrat erbleichte. Sie blickte die Treppe hinauf.

»Schnell, wir müssen wieder nach oben–« begann sie.

Nanny war um einiges älter. »Ich denke, langsam reicht auch«, sagte sie.

Lady Volentia d'Arrangement saß im Rosengarten vor dem großen Turm und putzte sich die Nase.

Sie wartete jetzt seit einer geschlagenen halben Stunde, und allmählich reichte es ihr.

Dabei hatte sie sich ein romantisches Tête-à-tête erhofft, mit diesem interessanten Mann, der so schüchtern und draufgängerisch zugleich wirkte. Und was hatte sie stattdessen bekommen? Einen Beinahezusammenstoß mit einer alten Frau, die nicht nur auf einem Besen aus dem Nebel geschossen kam, sondern – soweit Lady Volentia es bei dem rasanten Vorbeiflug erkennen konnte – obendrein auch noch *ihr* geraubtes Kleid trug. Auf dem tiefsten Punkt ihrer Flugbahn hatte die Alte mit den Stiefeln zwei Furchen durch die Rosen gepflügt, bevor sie wieder in den Steigflug überging.

Außerdem strich ihr andauernd so ein dreckiger, stinkender Kater um die Beine.

Dabei hatte der Abend so gut angefangen …

»'allo, Mylady?«

Sie blickte forschend ins Rosendickicht.

»Ich heiße Casanunter«, sagte eine hoffnungsvolle Stimme.

Als Lily Wetterwachs aus ihrem Spiegellabyrinth das Klirren von Glas vernahm, drehte sie sich blitzschnell um.

Erschrocken runzelte sie die Stirn. Und im nächsten Augenblick stand sie auch schon vor der Tür, die in ihre Spiegelwelt führte, und riss sie auf.

Bis auf das Rascheln ihres Kleides und ihr leises Atmen war kein Laut zu hören. Sie schlüpfte zwischen die Spiegel.

Ihre unzähligen Abbilder warfen ihr anerkennende Blicke zu. Sie atmete auf.

Doch dann stieß sie mit dem Fuß an ein Hindernis. Sie sah hinunter. Auf den Steinplatten lag, schwarz im Mondlicht glänzend, ein Besen inmitten von Glassplittern.

Entsetzt riss sie den Kopf hoch und suchte ihr Spiegelbild.

Es funkelte sie böse an.

»Was für einen Spaß macht es denn schon, Sieger zu sein, wenn der Verlierer nicht mehr lebt und gar nicht weiß, dass er verloren hat?«

Lily wich zurück. Sie bewegte lautlos die Lippen, wie ein Goldfisch.

Oma Wetterwachs trat aus dem leeren Rahmen. Lily starrte an ihrer auf Rache sinnenden Schwester vorbei.

»Du hast meinen Spiegel zerbrochen!«

»Dafür der ganze Aufwand?«, sagte Oma. »Dass du in einer morastigen Stadt Königin spielen kannst? Dass du Märchen wahr machst? Und so was nennst du Macht?«

»Du verstehst das nicht… du hast den *Spiegel* zerbrochen…«

»Sicher, das sollte man lieber bleiben lassen«, sagte Oma. »Aber ich dachte mir: Was jucken mich sieben weitere Jahre Unglück?«

Bild um Bild zerspringt, bis ans Ende der gekrümmten Spiegelwelt, der Riss setzt sich schneller fort als das Licht…

»Man muss *beide* zerbrechen, sonst ist man nicht mehr sicher… du hast das Gleichgewicht zerstört…«

»Ha! Ich? Sag bloß.« Oma machte einen Schritt auf sie zu, in den saphirblauen Augen nichts als Bitterkeit. »Ich gebe dir jetzt die Tracht Prügel, die unsere Mutter dir nie gegeben hat, Lily Wetterwachs. Nicht mit Magie und nicht mit Kopfologie. Und auch nicht mit einem Stock wie dem, den unser Vater damals wahrlich nicht geschont hat – sondern mit Backpfeifen. Aber nicht, weil du die Böse warst. Nicht, weil du dich an den Märchen vergriffen hast. Jeder muss seinen eigenen Weg gehen. Sondern weil – und jetzt hör mir gut zu –, weil ich, nachdem du fort warst, *die Gute sein musste*. Du hattest den ganzen Spaß. Mir ist klar, dass ich dir das nicht mit gleicher Münze heimzahlen kann, Lily, aber ich verspreche dir, dass ich es nach besten Kräften versuchen werde …«

»Aber … ich … ich … *ich* bin doch die Gute«, murmelte Lily mit schreckensbleicher Miene. »Ich bin die Gute. Ich kann nicht verlieren. Ich bin die gute Fee. Du bist die böse Hexe … und du hast den Spiegel zerbrochen …«

… schnell wie ein Komet erreicht der Riss in den Spiegeln den entferntesten Punkt und läuft im weiten Bogen zurück, rast durch zahllose Welten …

»Du musst mir helfen … die Spiegelbilder müssen im Gleichgewicht sein«, sagte Lily kläglich und drückte sich mit dem Rücken an den noch heil gebliebenen Spiegel.

»Die Gute? Du? Die den Märchen Menschen zum Fraß vorwirft? Die das Leben der Leute nach eigenem Gutdünken zurechtbiegt? Du willst die Gute sein?«, gab Oma zurück. »Soll das etwa heißen, es hat dir noch nicht mal *Spaß* gemacht? Wenn ich so böse gewesen wäre wie du, wäre ich um ein Vielfaches böser gewesen. Ich wäre darin besser gewesen, als du es dir je hättest ausmalen können.«

Sie holte aus.

… der Riss kehrte an seinen Ursprung zurück, und er trug die fliehenden Reflexionen sämtlicher Spiegel in sich …

Oma riss die Augen auf.

Das Glas hinter Lily Wetterwachs bekam einen Riss.

Und Lilys Spiegelbild drehte sich um, lächelte glückstrahlend, streckte die Arme aus und zog Lily Wetterwachs an sich.

»Lily!«

Alle Spiegel zersprangen. Sie zerstoben zu einem feinen Splitterregen, der die Turmspitze sekundenlang in glitzernden Feenstaub zu hüllen schien.

Wie zwei Racheengel in Zeiten laxer himmlischer Qualitätskontrolle erreichten Nanny Ogg und Magrat endlich das Dach.

Sie blieben stehen.

Wo das Spiegellabyrinth gewesen war, gähnten nur noch leere Rahmen, der Boden war mit Scherben übersät. Darauf lag eine weißgekleidete Gestalt.

Nanny schob Magrat hinter sich und schlich vorsichtig über das knirschende Glas näher heran. Sie gab der Frau einen Stups mit der Stiefelspitze.

»Los, komm. Schmeißen wir sie vom Turm«, rief Magrat.

»Bitte sehr«, antwortete Nanny. »Tu dir keinen Zwang an.«

Magrat zögerte. »Äh«, sagte sie, »damit meinte ich nicht mich persönlich. Ich wollte eher darauf hinaus, dass sie vom Turm geschmissen gehört, wenn es überhaupt noch so etwas wie Gerechtigkeit gibt.«

»Dann würde ich an deiner Stelle die Klappe nicht so weit aufreißen.« Nanny kniete sich vorsichtig auf die klirrenden Splitter. »Außerdem hatte ich Recht. Es ist Esme. Das Gesicht erkenne ich überall wieder. Zieh deinen Unterrock aus.«

»Wozu?«

»Sieh dir doch ihre Arme an, Kind!«

Magrat riss die Augen auf. Dann schlug sie sich die Hände vor den Mund.

»Wie hat sie das denn bloß gemacht?«

»Sieht so aus, als hätte sie mit beiden Händen durch eine Glasscheibe gegriffen«, sagte Nanny. »Also, runter mit dem Unterrock. Wir reißen ihn in Streifen. Dann gehst du los und findest Frau Gogol. Frag sie, ob sie irgendwelche Salben hat und uns helfen kann, und wenn sie nicht will, richtest du ihr aus, dass sie am besten jetzt schon mal die Beine in die Hand nehmen sollte, weil sie sich nämlich sonst morgen früh auf einen Besuch von mir gefasst machen muss.« Nanny fühlte Oma den Puls. »Ob Lily Wetterwachs tatsächlich Marmelade aus uns hätte machen können, weiß ich nicht genau. Aber ich bin mir absolut sicher, dass ich Frau Gogol ein Auge aushauen könnte, wenn es darauf ankäme.«

Nanny nahm ihren weidenverstärkten Hut ab, kramte ein samtenes Tuch aus der Spitze und schlug es auseinander. Es enthielt einen kleinen Vorrat an Nadeln und ein Röllchen Garn.

Sie leckte den Faden an und hielt die Nadel mit zusammengekniffenem Auge ins Mondlicht.

»Ach Esme, Esme«, seufzte sie, als sie sich ans Nähen machte. »Du bist wirklich keine gute Siegerin.«

Lily Wetterwachs blickte hinaus in die vielschichtige silbrige Welt.

»Wo bin ich?«

IM SPIEGEL.

»Bin ich tot?«

DIE ANTWORT AUF DIESE FRAGE LIEGT IRGENDWO ZWISCHEN JA UND NEIN, sagte Tod.

Lily drehte sich, und Milliarden Spiegelbilder drehten sich mit ihr.

»Wann kann ich hier wieder raus?«

SOBALD DU DIE ECHTE GEFUNDEN HAST.

Lily Wetterwachs rannte los, immer weiter durch die endlosen Spiegelbilder.

Eine gute Köchin ist morgens immer als Erste und abends immer als Letzte in der Küche.

Frau Nett löschte die Feuer und zählte noch schnell das Tafelsilber und die Terrinen durch. Sie –

Sie fühlte, dass sie beobachtet wurde.

In der Tür stand ein großer grauer Kater. Ein Auge leuchtete in einem giftigen Gelbgrün, das andere schimmerte milchig weiß.

Was von seinen Ohren noch übrig war, glich dem Rand einer Briefmarke. Trotzdem strotzte das Tier nur so vor Selbstbewusstsein. Es schien eine Botschaft von ihm auszugehen, die da lautete: Ich mach dich mit der linken Pfote fertig.

Frau Nett, der dieser Kater merkwürdig bekannt vorkam, starrte ihn eine ganze Weile an. Da sie eine enge Freundin von Frau Gogol war, wusste sie, dass es sich bei einer Gestalt lediglich um eine tief verwurzelte Gewohnheit handelte. Wer sich in der Nacht des Samedi Nuit Mort in Gennua aufhielt, lernte rasch, eher dem eigenen Urteil zu vertrauen als den eigenen Sinnen.

»Hallo, du«, sagte sie mit kaum mehr als dem Hauch eines Zitterns in der Stimme. »Du möchtest doch sicher ein paar Fischbeine, äh, Fischköpfe, nicht wahr?«

Greebo streckte sich und machte einen Buckel.

»Und ich hätte auch noch Milch im Kühlraum.«

Greebo gähnte zufrieden und kratzte sich mit der Hinterpfote das Ohr. Die Welt der Menschen eignete sich durchaus für eine Stippvisite, aber auf Dauer würde er sich darin nicht aufhalten wollen.

Einen Tag später.

»Frau Gogols Heilsalbe scheint gut zu helfen«, sagte Magrat. Dabei hielt sie ein Marmeladenglas in die Höhe, das zur Hälfte mit einer hellgrünen, seltsam körnigen Masse gefüllt war. Das Zeug verströmte einen Geruch, der in alle Ritzen der Welt kroch.

»Da sind Schlangenköpfe drin«, bemerkte Nanny Ogg.

»Du kannst mich nicht erschrecken«, antwortete Magrat. »Ich weiß nämlich, dass der Schlangenkopf eine Blume ist. Wenn ich mich nicht irre, gehört sie zur Familie der Fritillarien. Wirklich erstaunlich, was man mit Blumen alles machen kann.«

Nanny Ogg, die eine sehr lehrreiche, wenn auch grausige halbe Stunde damit zugebracht hatte, Frau Gogol bei der Zubereitung der Salbe über die Schulter zu schauen, brachte es nicht übers Herz, Magrat ihren Kinderglauben zu nehmen.

»Hast Recht«, sagte sie. »Blumen. Dir kann man nicht so leicht was vormachen.«

Magrat gähnte.

Zwar durften die Hexen sich im Schloss nach Lust und Laune frei bewegen, doch ihnen stand der Sinn eher danach, sich zu schonen. Oma Wetterwachs ruhte im Zimmer nebenan.

»Leg dich ein bisschen aufs Ohr«, sagte Nanny. »Ich löse gleich Frau Gogol ab.«

»Aber Nanny ... Gytha ...«, sagte Magrat.

»Hm?«

»Die ganzen Sachen, die sie während der Reise gesagt hat ... Die klangen so ... so kalt. Oder nicht? Dass man sich nichts wünschen soll, dass man keine Magie benutzen darf, um Menschen zu helfen, dass niemand unverletzt durchs Feuer gehen kann – und dann hat sie genau das Gegenteil von dem gemacht, was sie vorher gesagt hat! Ich weiß überhaupt nicht mehr, was ich davon halten soll.«

»Na ja«, sagte Nanny. »Es kommt eben immer auf das Allgemeine und das Besondere an.«

»Und was soll das bedeuten?« Magrat legte sich ins Bett.

»Dass Esme, wenn sie ›jeder‹ oder ›niemand‹ sagt, sich selbst nie mit einschließt.«

»Wenn ich mir das recht überlege ... ist das furchtbar.«

»Das ist nicht furchtbar, das ist Hexerei. Von der allerbesten Sorte. Und jetzt ... schlaf ein bisschen.«

Magrat war zu müde, um zu widersprechen. Sie streckte sich aus und fing schon bald auf eine manierliche Art zu schnarchen an.

Nanny blieb noch ein Weilchen sitzen, rauchte ihre Pfeife und starrte die Wand an.

Dann stand sie auf und öffnete die Tür.

Frau Gogol, die auf einem Hocker neben dem Bett saß, hob den Blick.

»Machen Sie lieber auch ein Nickerchen«, sagte Nanny. »Ich übernehme die nächste Schicht.«

»Irgendetwas stimmt nicht mit ihr«, sagte Frau Gogol. »Die Hände heilen gut. Aber sie wacht einfach nicht auf.«

»Bei Esme ist alles eine Kopfsache«, sagte Nanny.

»Ich könnte ein paar neue Götter basteln und die Leute dazu bringen, richtig fest an sie zu glauben. Was meinen Sie?«, fragte Frau Gogol. Nanny schüttelte den Kopf.

»Das würde Esme bestimmt nicht wollen. Sie kann mit Göttern nichts anfangen. In ihren Augen sind sie so überflüssig wie ein Kropf.«

»Oder ich koche einen Gumbo. Dem kann keiner widerstehen.«

»Ein Versuch kann nicht schaden«, antwortete Nanny. »Man muss alles probieren, sag ich immer – vielleicht hilft's ja. Legen Sie los. Aber lassen Sie den Rum hier.«

Nachdem die Voodoo-Frau hinausgegangen war, rauchte Nanny noch ein bisschen Pfeife, nuckelte nachdenklich an der Rumflasche und betrachtete die Gestalt im Bett.

Dann bückte sie sich zu Oma Wetterwachs hinunter und flüsterte ihr ins Ohr:

»Du wirst mir doch jetzt nicht noch verlieren wollen?«

Oma Wetterwachs blickte hinaus in die vielschichtige, silbrige Welt.

»Wo bin ich?«

IM SPIEGEL.

»Bin ich tot?«

DIE ANTWORT AUF DIESE FRAGE LIEGT IRGENDWO ZWISCHEN JA UND NEIN, sagte Tod.

Esme drehte sich, und Milliarden Spiegelbilder drehten sich mit ihr.

»Wann kann ich hier wieder raus?«

SOBALD DU DIE ECHTE GEFUNDEN HAST.

»Ist das eine Fangfrage?«

NEIN.

Oma sah an sich hinunter.

»Na, diese hier«, sagte sie.

Märchen wollen immer nur ein *glückliches* Ende. Es ist ihnen wurscht, für wen.

Lieber Jason usweiter,

tja, das war's dann auch schon so ziemlich mit Gennua. Aber Frau Gogol hat mir ihre Zombie-Medizin gelernt und mir das Rezz Retsts gezeigt, wie man einen Banananendaikri mixt. Und dann hat sie mir noch was geschenkt, das Ding heißt Banjo, ihr werdet Augen machen, wenn ihr's seht. Und im großen Ganzen ist sie eine Seele von Mensch, solange man sie immer schön im Auge behält zumindest. Sieht ganz so aus, wie wenn Esme wieder bei uns wäre, aber ich weiß auch nicht, sie benimmt sich irgendwie komisch, deshalb passe ich gut auf sie auf, man weiß ja nie, womöglich hat die Lily im Spiegel sie ja doch noch aufs Kreuz gelegt. Aber ich glaube, es geht ihr besser, weil, wie sie aufgewacht ist, hat sie Magrat nach dem Zauberstab gefragt. Und dann hat sie ihn sich angeguckt und an den Ringen gedreht und gefummelt und den Nachttopf in einen Blumenstrauß verwandelt, und Magrat hat gesagt, so was hätte bei ihr nie geklappt, und Esme hat gesagt, kein Wunder, weil sie zu viel Zeit mit Wünschen verplempert hätte, statt einfach mal rauszufinden, wie man sie wahr werden lassen kann. Worauf ich rauswill, ist, ein Glück, dass Esme den Zauberstab nie als junge Frau in die Hand gekriegt hat. Dagegen wäre Lily die reinste Waisenknäbin gewesen. Anbei ist ein Bild von dem Friedhof hier, du kannst sehen, dass die Leute in Kisten über der Erde begraben werden, weil die Erde so nass ist und man nicht gleichzeitig tot und ersoffen sein will. Wie heißt's doch so schön? Wenn einer eine Reise tut, dann kann er was erzählen tun? Ich könnte euch mittlerweile so viel erzählen, dass mir hinterher die Zunge fusselig aus dem Mund hängt. Liebe Grüße MAMA

Im Sumpf hängte die Voodoo-Hexe Frau Gogol den Gehrock auf das Gestell, setzte den Zylinder oben auf den Pfahl und band den Spazierstock mit Zwirn am Ende des Querholzes fest.

Sie trat einen Schritt zurück.

Flügel flatterten. Legba schwang sich aus den Lüften herab und landete auf dem Hut. Dann krähte er. Weil er ein mächtiger Vogel war, krähte er normalerweise nur, wenn es Nacht wurde, aber heute war er ausnahmsweise dazu bereit, dem neuen Tag seine Reverenz zu erweisen.

Später erzählte man sich, dass in jedem Jahr am Samedi Nuit Mort, wenn der Karneval den Höhepunkt erreicht und die Trommeln am lautesten dröhnen und der Rum fast bis auf den letzten Tropfen ausgetrunken ist, ein Mann mit Gehrock und Zylinder und der Energie eines Dämons aus dem Nichts auftaucht, um den Tanz anzuführen.

Schließlich müssen Märchen auch irgendwo einen Anfang haben.

Es platschte, und dann schlossen sich die Wasser des Flusses wieder.

Magrat ging davon.

Der Zauberstab versank im zähen Schlamm. Nur ein paarmal noch berührten ihn die Füße zufällig vorbeikrabbelnder Langusten – Geschöpfen, die keine gute Fee haben und sich niemals etwas wünschen dürfen. Doch im Laufe der Monate sank er immer tiefer und geriet, wie fast alles in der Geschichte, allmählich in Vergessenheit. Mehr hätte sich niemand wünschen können.

Die drei Besen stiegen über Gennua auf, zusammen mit den Nebelschwaden, die sich aus dem Morgengrau erhoben.

Die Hexen blickten hinunter auf die grünen Sümpfe, von denen die Stadt umgeben war. Gennua döste. Die Tage nach dem Fetten Mittag waren besinnliche Tage, weil sich die Menschen erst einmal von den Strapazen des Feierns erholen mussten. Auch Greebo schlief, zusammengrollt auf seinem Platz zwischen den Borsten. Er hatte sich von Frau Nett regelrecht mit Gewalt losreißen müssen.

»Tja, das war's dann wohl fürs Erste mit *la douche vita*«, seufzte Nanny, ganz Frau von Welt.

»Wir haben uns gar nicht von Frau Gogol verabschiedet«, sagte Magrat.

»Die weiß bestimmt auch so, dass wir abreisen«, antwortete Nanny. »Der Frau entgeht so leicht nichts.«

»Aber können wir uns auch darauf verlassen, dass sie ihr Wort hält?«, fragte Magrat.

»Ja«, antwortete Oma Wetterwachs.

»Sie ist eine ehrlich Haut, auf ihre Art«, sagte Nanny Ogg.

»Sicher, das stimmt«, gab Oma zu. »Aber ich hab ihr auch gesagt, dass ich vielleicht irgendwann mal wieder vorbeischaue.«

Magrat warf einen Blick auf Omas Besen. Unter dem Gepäck zwischen den Borsten befand sich eine große runde Schachtel.

»Den Hut, den sie dir geschenkt hat, hast du überhaupt noch nicht aufprobiert«, sagte sie.

»Ich hab ihn mir angesehen«, entgegnete Oma frostig. »Er passt nicht.«

»Ich kann mir kaum vorstellen, dass Frau Gogol einen Hut verschenkt, der nicht passt«, wandte Nanny ein. »Zeig doch mal her!«

Oma rümpfte die Nase, aber sie nahm den Deckel trotzdem von der Schachtel. Als sie den Hut hervorholte, segelte zerknülltes Seidenpapier hinunter in den Nebel.

Magrat und Nanny machten große Augen.

Natürlich hatten sie schon mal Früchte auf einem Hut gesehen – Nanny Ogg war selbst im Besitz eines schwarzen Strohhuts mit Wachskirschen für besondere Familienfeindseligkeiten. Aber dieses Exemplar besaß mehr als nur ein paar Kirschen. So ungefähr das einzige Obst, das noch fehlte, war eine Melone.

»Er ist auf jeden Fall sehr … ausländisch«, stammelte Magrat.

»Na, los«, sagte Nanny. »Setz ihn schon auf.«

Oma fügte sich, wenn auch zähneknirschend, und war auf einen Schlag zwei Köpfe größer – hauptsächlich wegen der Ananas.

»Sehr bunt. Sehr … schick«, sagte Nanny. »So einen Hut kann nicht jede tragen.«

»Die Granatäpfel stehen dir besonders«, sagte Magrat.

»Und die Zitronen«, sagte Nanny Ogg.

»Ihr macht euch doch nicht etwa über mich lustig?«, fragte Oma Wetterwachs argwöhnisch.

»Möchtest du dich mal ansehen?«, fragte Magrat. »Ich hab irgendwo einen Spiegel dabei.«

Die Stille fiel herab wie eine Axt. Magrat wurde rot. Nanny Ogg funkelte sie böse an.

Sie ließen Oma nicht aus den Augen.

»J-ja«, sagte sie nach einer gefühlten Ewigkeit. »Ich glaube, ich sollte wirklich einen Blick in den Spiegel werfen.«

Magrat löste sich aus ihrer Erstarrung, kramte in ihren Taschen und holte einen kleinen Handspiegel mit Holzrahmen hervor. Sie reichte ihn hinüber.

Oma Wetterwachs musterte ihr Spiegelbild. Unauffällig lenkte Nanny Ogg ihren Besen etwas näher an sie heran.

»Hm«, sagte Oma nach einer Weile.

»Sehr vorteilhaft, wie die Weintrauben über deinem Ohr hängen«, sagte Nanny aufmunternd. »Das ist wahrlich ein Hut für eine Respektsperson.«

»Hm.«

»Findest du nicht?«, fragte Magrat.

»Na ja«, gab Oma widerstrebend zu. »Fürs Ausland geht er vielleicht. Wo mich keiner sieht, der mich kennt. Jedenfalls keiner, der zählt.«

»Und wenn wir wieder zu Hause sind, kannst du ihn immer noch essen«, sagte Nanny Ogg.

Die Spannung verflog. Die Hexen hatten das Gefühl, einen Berg bestiegen oder eine gefährliche Schlucht überwunden zu haben.

Magrat sah auf den braunen Fluss mit den verdächtigen Baumstämmen am sandigen Ufer.

»Eins würde ich noch gern wissen«, sagte sie. »War Frau Gogol nun wirklich gut oder wirklich böse? Ich mein ja bloß, tote Leute und Alligatoren und was weiß ich …«

Oma blickte in die aufgehende Sonne, die durch die Nebel spitzelte.

»Tja«, sagte sie. »Gut oder böse, das ist hier die Frage. Die sich nicht so leicht beantworten lässt. Ich weiß nie genau, wo die Menschen stehen. Aber vielleicht ist es auch wichtiger, wohin sie gehen.

Wisst ihr was?«, fügte sie hinzu. »Ich glaube, ich kann von hier aus tatsächlich den Rand erkennen.«

»Komisch«, sagte Nanny. »Man erzählt sich doch immer, dass es hier im Ausland irgendwo Elefanten gibt. Ich hab mir schon immer gewünscht, mal einen Elefanten zu sehen. Und in Klatsch oder so sollen die Leute angeblich an einem Seil hochklettern und verschwinden.«

»Wozu das denn?«, fragte Magrat.

»Keine Ahnung. Dafür gibt's bestimmt einen cleveren ausländischen Grund.«

»Desiderata schreibt in einem von ihren Büchern auch etwas über Elefanten«, erzählte Magrat. »Wenn die Leute auf der Sto-Ebene sagen, dass sie den Elefanten sehen wollen, meinen sie damit bloß, dass sie bald eine Reise machen werden, weil sie keine Lust mehr haben, immer an ein und demselben Ort zu bleiben.«

»Man kann ruhig an ein und demselben Ort bleiben«, meinte Nanny. »Man muss nur seinen Gedanken freien Lauf lassen.«

»Ich würde so gern mal rauf zur Mitte reisen«, sagte Magrat. »Um die uralten Tempel zu sehen, die im ersten Kapitel vom *Weg des Skorpions* beschrieben werden.«

»Und da würden sie dir dann lauter Sachen beibringen, die du noch nicht weißt, ja?«, fragte Nanny ungewohnt scharf.

Magrat warf einen Blick auf Oma.

»Wahrscheinlich nicht«, sagte sie kläglich.

»Also dann«, sagte Nanny. »Wohin soll's gehen, Esme? Fliegen wir nach Hause? Oder wollen wir den Elefanten sehen?«

Omas Besen drehte sich sanft in der Brise.

»Du bist eine scheußliche alte Vettel, Gytha Ogg«, sagte sie.

»Stimmt genau!«, sagte Nanny fröhlich.

»Und du, Magrat Knoblauch–«

»Ich weiß«, sagte Magrat, zutiefst erleichtert. »Ich bin ein nasses Handtuch.«

Oma blickte zurück zur Mitte. Irgendwo hinter den hohen Bergen stand eine alte Hütte, deren Schlüssel auf dem Plumpsklo hing. Dort konnte zurzeit alles Mögliche los sein. Wahrscheinlich ging das ganze Königreich vor die Hunde, weil sie nicht da war, um dafür zu sorgen, dass die Leute nicht vom rechten Weg abkamen. Das war ihre Aufgabe. Kaum auszudenken, was für Dummheiten sie sich während ihrer Abwesenheit leisten würden...

Nanny schlenkerte mit den roten Stiefeln.

»Am schönsten ist es eben doch zu Hause«, sagte sie.

»Nein.« Oma Wetterwachs machte noch immer eine nachdenkliche Miene. »Es gibt Millionen Orte, wo es genauso schön ist. Aber leben tut man nur an einem.«

»Dann fliegen wir also heim?«, fragte Magrat.

»Ja.«

Doch sie gönnten sich einen Umweg und sahen den Elefanten.

Terry Pratchett

geboren 1948, gilt als einer der erfolgreichsten Autoren der Gegenwart. Von seinen Romanen wurden weltweit über 80 Millionen Exemplare verkauft, seine Werke sind in 38 Sprachen übersetzt. Er starb im März 2015. Mehr zum Autor unter: www.pratchett-buecher.de und www.pratchett-fanclub.de.

Terry Pratchett bei Goldmann und Manhattan

Die Scheibenwelt-Romane: Voll im Bilde · Alles Sense! · Total verhext · Einfach göttlich · Lords und Ladies · Helle Barden · Rollende Steine · Echt zauberhaft · Mummenschanz · Hohle Köpfe · Schweinsgalopp · Fliegende Fetzen · Heiße Hüpfer · Ruhig Blut! · Der fünfte Elefant · Die volle Wahrheit · Der Zeitdieb · Die Nachtwächter · Weiberregiment · Ab die Post · Klonk! · Schöne Scheine · Der Club der unsichtbaren Gelehrten · Steife Prise · Toller Dampf voraus

Märchen von der Scheibenwelt: Maurice, der Kater · Kleine freie Männer · Ein Hut voller Sterne · Der Winterschmied · Das Mitternachtskleid · Die Krone des Schäfers

Von der Scheibenwelt außerdem erschienen: Wahre Helden. Ein illustrierter Scheibenwelt-Roman · Die Kunst der Scheibenwelt · Nanny Oggs Kochbuch. · Die Straßen von Ankh-Morpork. Eine Scheibenwelt-Karte · Die Scheibenwelt von A - Z · Mythen und Legenden der Scheibenwelt · Witz und Weisheit der Scheibenwelt · Narren, Diebe und Vampire. Die besten Geschichten aus zehn Jahren Scheibenwelt-Kalender · Vollsthändiger und unentbehrlicher Stadtführer von gesammt Ankh-Morpork · Mrs. Bradshaws Handbuch

Dazu ist erschienen: Die gemeine Hauskatze · Eine Insel. Roman

Gemeinsam mit Stephen Baxter: Die Lange Erde. Roman · Der Lange Krieg. Roman · Der Lange Mars. Roman

Außerdem sind Johnny-Maxwell-Romane von Terry Pratchett erschienen: Nur du kannst die Menschheit retten/Nur du kannst sie verstehen/Nur du hast den Schlüssel. Drei Romane in einem Band

Die Titel sind teilweise auch als E-Book erhältlich.